도완석 장편 시나리오

길 위의 초상 3

도완석 장편 시나리오

길 위의 초상

3

도완석 지음

주께서 밭고랑에 물을 넉넉히 대사 그 이랑을 평평하게 하시며
또 단비로 부드럽게 하시고 그 싹에 복 주시나이다
(시편 65:10)

평민사

국민학교 입학식날 엄마와 함께 찍은 사진 1959.3.2

목 차

서문

나는 한국 전쟁 중에 유복자로 태어났고 청년시절에 아내를 만나 지금의 가족을 이루기 전까지 내 인생의 절반을 어머님과 단둘이서 살았다. 이 책은 나의 소중한 어머님에 대한 실존적 이야기를 중심한 나의 가족사 이야기이다. 물론 어머님에게 있어서는 늘상 당신 자신보다 더 소중했던 자식인 내가 있었기에 어쩌면 어머님의 인생 이야기 가운데에는 나의 이야기가 대부분일 수도 있다. 실제로 자칫 잊힐 뻔했던 나의 어릴 적 성장기 이야기가 상당 부분 기술되었는데 그것은 어머님의 사랑과 고난이라는 인생 여정의 회고를 통해 비로소 인생의 의미와 가치를 염두했기 때문이다.

글의 기본적인 테마는 내 어릴 적 어머니께서 들려주셨던 아버지에 대한 사무친 정과 한국전쟁이라는 대서사적 배경 속에서 어머님의 실존적 경험 속에 등장했던 동시대 사람들에 대한 인물초상들이 중심이다. 오래 전 이야기이기에 전적으로 나의 기억력에 의존하였고 애매한 시대적 상황의 설명을 보완하기 위해 역사적 자료를 참조하였으며 문학적 표현의 구성을 위해 팩트가 아닌 비사실 (nonfactive)적인 꾸밈을 첨가하기도 하였다.

특히 어머님과 나의 인생이라는 여로 속에서 등장하는 수많은 인물들에 대한 초상을 기술한 것은 그들 모두가 비록 역사의 뒤안길에 사라진 민초들이지만 어쩌면 그들의 삶 자체가 먼 훗날 이 시대를 설명할 수 있는 역사적 증인이 될 수 있기 때문이다. 또 하나 나는 종종 아내로부터 "당신은 왜 그렇게 살아오면서 신세진 사람들이 많으냐?" 하는 핀잔을 듣게 되는데 그것은 달리 말하면 내 살아온 지난날의 인생 굴곡이 심했다는 증거이기도 하다. 비록 이야기 속에 등장하는 그들의 생존여부는 알 수 없지만 나는 그들과 책 속에서의 조우라도 소중했기 때문에 대사 한 마디 한 마디에 정성을 기울인 것은 그분들에 대한 뒤늦은 감사를 꼭 표현하고 싶었기 때문이다.

또 하나의 자부심은 우리 가족사의 한 시대적 혼돈과 소용돌이 속에서 모질었던 고난의 세월, 그 삶의 공간적 배경이 바로 대전이라는 것이다. 나는 내 인생의 터전인 대전이라는 도시를 누구보다도 사랑한다. 그래서 언젠가 내 사랑하는 손주들이 오랜 세월 후에 나를 회고할 때 할아버지가 살았던 대전의 모습을 그리게 해주고 싶었다. 그들이 보는 훗날의 대전이 아닌 그들이 기억해야할 대전의 옛 도시풍경을 상상할 수 있는 자료로써 말이다.

이 책의 시대적 배경은 1950년대부터 2021년까지로 했다 상황에 따라 인물들의 회고장면에서는 1900년 초반으로 거슬러 내려가기도 하겠지만… 한 가지 독자들에게 양해를 구하는 것은 책 속에 등장하는 인물들의 이름이 그리고 사건의 장소나 배경이 실명과 가명으로 뒤섞여 있다는 점이다. 아무래도 창작 시나리오로서의 작품이기에 그 점을 이해해 주시길 바란다.

버드내 산방에서
지은이 드림

제 20 부

사춘기

17. 교회 교육관

'샤론의 꽃 예수' 찬송 소리와 함께 교회 교육관 안에 중등부 학생 모임으로 남녀 중학생들이 의자에 둘러앉아 담당전도사님의 인도에 따라 열심히 찬송을 부르고 있다.

찬송　1. 샤론의 꽃 예수 나의 마음에 거룩하고 아름답게 피소서
　　　　 내 생명이 참사랑의 향기로 간 데마다 풍겨나게 하소서
　　　　 예수 샤론의 꽃 나의 맘에 사랑으로 피소서
　　　 2. 샤론의 꽃 예수 이 세상에서 어느 꽃과 비교할 수 있으랴
　　　　 나의 삶에 한결같은 은혜와 사랑으로 가득하게 하소서
　　　　 예수 샤론의 꽃 나의 맘에 사랑으로 피소서 – 아멘 –

남전도사　예수님께서는 사랑하는 나사로가 병들어 고통 가운데 있
　　　　다는 소식을 들으셨습니다. 그의 두 누이 되는 마르다와
　　　　마리아는 능력 많으신 예수님이 수많은 병자들을 고치시

는 모습을 늘 보아왔기 때문에 예수님께서 속히 오셔서 병든 오라비 고쳐주시기를 간절히 소원하였어요. 그런데, 예수님께서는 특별한 이유도 없이 그 계시던 곳에서 이틀이나 더 머무르셨기 때문에 예수님께서 베다니 마을에 도착하셨을 때에는 병든 나사로는 이미 죽은 지 나흘이나 되어 무덤 속에서 썩어가고 있었지요. 오라비를 잃은 두 자매의 마음은 말할 수 없이 슬프고 실망적이었겠지요. 여기서 질문 하나 드리지요! 왜 예수님께서는 나사로가 병들어 위급하다는 사실을 아시고도 이틀이나 더 늦게 베다니 나사로네 집으로 가셨을까요?

형식 예수님은 어느 특정한 한 사람만을 위해 사역을 하신 것이 아니시기 때문에 그 이틀 동안 계시던 곳에서 다른 사람들의 병을 고쳐주시느라고 늦게 가신 것 같아요!

전도사 네…? 그럼 이번에는 여학생 중에서! 누구?

예진 저도 재 말에 동의해요. 그런데 지금같이 교통수단이 빨랐다면 더 일찍 가실 수 있었겠지만 그 당시만 하더라도 자동차나 기차가 없었기 때문에 일찍 가시거나 늦게 가시거나 이미 죽었을 거라는 생각에서 천천히 가셨을 것 같아요!

전도사 오, 그러니까 이미 죽었을 거라 생각하셨다는 말이지요? 또 다른 사람? 이번엔 다시 남학생!

영신 (손을 들고) 예수님은 오히려 나사로가 완전히 죽음의 상태에서 하나님의 능력으로 살아난다면 그것이 오히려 사람들에게 하나님의 살아계심을 증거할 수 있다고 생각하셔서 늦게 가셨을 거라고 생각해요!

남학생들 오… 오!

전도사 정답은?

학생들 …?

전도사 그때 일을 내가 지금 어떻게 알겠습니까?

학생들 에… 이!

전도사 그런데! … 우영신 군이 말한 것에 나는 동의함!

남학생들 와! (박수를 친다)

전도사 그래요. 예수님께서는 아마도 하나님의 영광을 드러내시기 위해서 그러셨을 거예요 그 근거는 바로 다음 말씀에 나타나지요. 예수님께서는 이렇게 말씀하셨어요! "나는 부활이요 생명이니 나를 믿는 자는 죽어도 살겠고 무릇 살아서 나를 믿는 자는 영원히 죽지 아니하리니 이것을 네가 믿느냐?"

영신 그럼 예수님 자신이 하나님의 능력인가요?

전도사 딩동댕!

혜숙 예수님은 하나님의 아들이라고 하셨잖아요. 그리고 하나님은 예수님의 아버지고요. 그런데 어떻게 예수님 자신이 하나님의 능력이 될 수가 있어요?

전도사 오우! (박수를 치며) 아주 중요한 부분을 혜숙이가 질문해줬어요! 누가 이 전도사님 대신 말해줄 수 있는 사람? 한번 이 질문을 여러분들한테 했다고 하고 여러분들이 생각하고 있는 답을 말해보세요!

종대 아버지가 부자면 아들도 부자잖아요. 그러니까 아버지인 하나님의 능력은 곧 아들이 물려받았을 테니까 아들인 예수님께서 물려받은 능력으로 나사로를 살리신 거 아닐까요?

전도사 구… 웃! 베리 굿! 물론 그래요. 하지만 100점 만점에 90

점! 누구 더 보충해서 말해볼 친구?

진숙 제가 초등부 때 선생님한테 배웠는데요. 하나님과 예수님 그리고 성령님은 모두 하나라고 하셨어요. 하나님은 아버지이신 성부하나님! 그리고 예수님은 아들이신 성자하나님! 그리고 성령님은 영이신 하나님의 능력으로서 성령하나님! 그래서 삼위일체라고 하셨어요! 그래서 예수님 안에서 하나님의 능력이 나타나 나사로를 살릴 수 있었던 거라고 생각해요!

학생들 와아! (박수를 친다)

조용하고 부드러운 음악이 들리면서 우영신 교수의 목소리가 들린다.

#18. 햇살 가득한 대전천의 봄 풍경

1960년대 대전천의 봄 풍경. 사람들이 왕래하는 목척교로부터 아낙들이 빨래하는 대전천 그리고 어린 아이들이 발가벗고 엄마들이 목욕을 시키는 풍경이 보인다. 그리고 대전제일장로교회 전경이 다시 나타난다.

영신교수 (독백) 중학교 이학년 막 사춘기에 들어선 바로 그 시기에 나는 교회 중등부 모임에서 한 소녀를 만나게 되었어. 황진숙이라고⋯ 지금도 그 이름이 잊히지 않을 정도로 내 마음이 몽땅 쏠리게 된 첫 번째 사건이었지. 소녀는 항상 하얀 원피스를 입고 다녔는데 자세히 살펴보니 얼굴도 예쁘고 늘 몸가짐이 단정한 거야. 그리고 소녀는 가끔씩 성경

공부 시간에 차분한 목소리로 누구도 답변하지 못하는 부분을 조리있게 대답을 할 정도로 똑똑했고 지혜로운 여학생이었지. 그런데 그 소녀는 또 평상시에는 말이 없는 거야. 어쩌다 친구들의 말에 살짝 웃음을 보이긴 하지만 그게 전부였고 또래 친구들이 소란스럽게 장난을 치면 슬그머니 그 자리를 뜨는 거 있지. 그런 그 소녀에게 관심이 쏠리게 된 나는 언제부턴가 나도 모르게 그 소녀를 흘낏흘낏 쳐다보는 습관을 가지게 되었어! 그때만 해도 아직 어려서 그랬던가 보지. 그러한 내 가슴의 감정이 무엇인지도 모른 채 마치 죄를 지은 것만 같은 느낌이었어. 그러다가 한 번은 우리 중등부가 오정동에 있는 대전대학(현 한남대학교) 뒷산으로 야유회를 가게 되었지. 그때 나는 야유회를 가는 전날부터 가슴이 설레면서 내일은 꼭 소녀에게 아무 말이나 건네 봐야겠다고 생각했어. 그런데 무슨 말을 언제 어떻게 하면 좋을까 생각하다가 그 밤을 꼬박 새우게 된 거 있지.

19. 대전대학 뒷동산

옛 대전대학 건물 사진과 소나무 우거진 동산이 O.L 될 때 교복을 입은 남녀 중학생들이 둥글게 앉아 찬송을 부르고 있다.

노래   (찬송) 참 아름다워라 주님의 세계는 저 솔로몬의 옷보다 더 고운 백합화
주 찬송하는 듯 저 맑은 새소리 내 아버지의 지으신 그 솜

씨 깊도다

이때 3학년 남학생 태규가 일어나 사회를 본다. 삼박자 게임과 수건 돌리기 게임 등 학생들이 서로 웃고 즐거워하는 장면.

태규   자! 그럼 이번에는 가라사대 게임을 해보겠습니다. 내가 가라사대라고 하는 말을 앞에다 붙일 때 여러분이 날 따라해야 하고 내가 가라사대라는 말을 하지 않고 내가 시키는 대로 하면 여러분은 술래가 되는 겁니다. 자 그럼 시범적으로 한번 해보겠습니다. 다 같이 두 손을 높이 들어보세요!

이때 대부분의 학생들이 두 손을 높이 든다.

태규   네 이러면 여러분들은 술래가 되는 겁니다. 내가 가라사대라는 말을 하지 않았는데 여러분들이 두 손을 들었으니까요 자, 그럼 다시 한 번만 더 연습게임! 자 가라사대 두 손 내리세요. (모두 두 손을 내린다)

태규   모두 이해하셨지요?

학생들   네!

태규   자 그럼 이번에는 가라사대 고개를 좌우로 흔들어 보세요. 가라사대 더 빨리 흔들어 보세요. (학생들이 모두 고개를 흔들 때) 스톱!

이때 대부분의 학생들이 흔드는 것을 멈춘다.

태규 네 다 틀렸고 지금 저 2학년 남학생하고 여학생 하나만 안 틀리고 지금 계속 고개를 흔들고 있습니다. 자 저 두 학생 계속 고개를 흔들면서 박수를 칩니다!

그러나 두 남녀 학생 계속해서 고개만 흔든다.

태규 네! 가라사대 그만!

두 남녀학생 고개 흔드는 것을 멈춘다.

태규 아 대단해요! 두 사람 이리 앞으로 나오세요.

남학생인 아이가 앞으로 나오고 여학생 혜숙이가 그대로 서 있다.

태규 네 이 남학생이 틀렸지요? 가라사대 나오라고 할 때 나와야 되는데 그냥 나오는군요. (학생들 웃음) 자 이렇게 해서 이번 게임은 여학생 팀이 승리했습니다! 우우! (여학생들이 좋아하며 박수를 친다)

학생들이 다른 레크레이션을 하며 즐겁게 웃고 떠드는 영상이 비추일 때 우영신 교수 목소리가 들려온다.

영신교수 (독백) 그날 그 즐거운 게임을 하는 와중에서도 난 소녀를 힐끔거리며 자꾸 바라보게 되었지. 그런데 갑자기 이상한 느낌이 드는 거야! 여태 그런 걸 못 느꼈는데 그 소녀가 다른 날과는 달리 그날 사회를 보고 있는 태규 형만 자꾸 바라보며 웃는 거 있지! 순간 나는 혹시 소녀가 태규 형을 좋아하고 있는 것은 아닐까? 하는 생각이 들어 갑작스런 걱정과 함께 이번엔 그 두 사람을 번갈아 쳐다보게 되었어. 그런데 내 눈에는 그 소녀가 계속 태규 형을 쳐다보면서 웃고 즐거워하는 모습이 확실히 선배인 태규 형에게 매료된 듯한 눈빛이었어. 아 정말이지! 어린 마음에 그 생각이 너무나 속상하고 상처가 되었던 거 같아! 그래서 나는 그만 속이 상해서 그 자리에 더 있지 못하고 슬그머니 혼자서 일어나 소나무 길을 헤치며 내려왔어. 그러다가 소나무 숲길 중턱에 있는 작은 공간에 멈춰 서서 소나무를 발로 차면서 속상해 하고 있었지. 그런데 말이야! 그런 나를 향해 누군가 내 등 뒤에서 나를 부르는 거야!

#20. 소나무 숲속

소녀가 영신이 뒤에서 영신이를 부른다.

진숙   저…

영신   (뒤를 돌아보다가 깜짝 놀라 주춤한다)

진숙   할 말이 있는데…

영신   응? 아 예! 뭔데요?

진숙   우리 삼성국민학교 동창이고 또 교회에서 같은 학년반이 잖아.

영신   (고개를 들지 못한 채) 그… 그런데 왜… 요?

진숙   지난번 부활절 철야기도회 때도 그렇고 그 뒤로 교회에서 왜 자꾸 나를 훔쳐보는 거야? 그리고 오늘도 니가 자꾸 나를 훔쳐본다고 내 친구들이 흉보고 놀려대고 있어!

영신 (얼굴이 빨개지며) 으응, 아… 아닌데!

진숙 나는 너 알아! 그림 잘 그리는 애! 너 이름이 우영신이지?

영신 …

진숙 그러지 마! 자꾸 부담스러워! 남들한테 놀림 받는 것두 싫구!

이때 태규가 내려온다. 그리고 진숙이한테로 다가간다.

태규 진숙아 너 왜 여기에 있어? (영신이를 바라보며) 왜, 이 녀석이 너한테 뭐 잘못한 게 있어?

영신 어… 아… 아닌데!

태규 니네 아빠하고 엄마가 너 데리러 왔대. 어서 내려가 봐.

진숙 (아무 말도 않고 뒤돌아서서 내려간다)

태규 (영신에게) 너 진숙이한테 괜히 까불지 마 임마! (진숙이 뒤를 따라가며) 진숙아! 진숙아! 같이 가, 진숙아!

이때 종대와 찬열이가 뒤이어 영신이한테 다가온다.

종대 영신아! 왜 점심 안 먹고 혼자 여기 와서 있는 거야?

영신 (화가 난 듯 옆에 있는 소나무 가지를 꺾어서 집어 던진다) 아휴. 진짜!

찬열 왜 그러는데 태규 형이 너한테 뭐라고 했어?

영신 아니야. 그런 거 아냐!

종대 그럼 빨랑 가서 도시락 먹어 어서! 애들은 벌써 도시락 다

먹었어. 니 껀 우리가 챙겨났으니까.

영신 괜찮아 점심 먹고 싶지 않아, 나 여기 조금만 더 앉아 있다가 갈게!

찬열 너 황진숙 때문에 그러지?

영신 뭐? 황진숙!

찬열 그래 새끼야! 아까 선배누나들이 웃으며 그러더라. 니가 자꾸 진숙이만 쳐다본다고! 사람들이 다 알아 임마!

영신 아휴, 아닌데!

종대 (웃으며) 아니긴 뭐가 아니었마! 너 연애하냐?

영신 아냐! 새끼야!

종대 너 진숙이가 누군지 알아?

영신 (고개를 들어 종대를 바라보며) 누군데…?

종대 걔네 아버지가 우리 교회 장로님이구 또 여기 대전대학 학장님이야!

영신 뭐… 뭐라구? 학장님?

종대 그래 임마! 걔 굉장히 똑똑하고 공부도 무진장 잘해!

영신 (다시 고개를 숙이면서) 알아! 그러니까 대전여중 다니지!

종대 너두 공부 잘하고 그림도 잘 그리잖아 새끼야! 글도 잘 쓰고! 그러니까 한번 만나봐! 같은 동창끼리 어때!

영신 싫어! 걔는 벌써 남자친구 있어!

찬 열 뭐라구, 남자 친구가 있다구? 그럴 리가 없는데…

영신 아냐 있어! 내가 봤어! 그런데 그게 진짜야? 누나들이 내가 진숙이를 자꾸 쳐다봤다구 한 말!

찬열 그래 새끼야! 아마 너 올라가면 누나들이 막 약 올릴 걸!

종대 그래도 그냥 빨리 올라가서 도시락이나 먹어 임마! 배 안고파?

영신 야 임마! 쪽팔려서 어떻게 도시락을 먹냐? 누나들이 애 말대로 약 올릴 텐데. 나 그냥 갈래. (벌떡 일어나 내려간다)

종대, 찬열 야! 우영신 어딜 가는 거야! 야 우영신!

이때 다시 그 풍경 속에서 우영신 교수의 목소리가 들려온다.

영신교수 (독백) 그런 일이 있고 난 후부터 나는 그 교회가 가기 싫어졌어. 형들과 누나들의 놀림감이 될까봐 두려웠고 또 소녀의 얼굴을 쳐다볼 자신이 없었지. 무엇보다도 태규 형이 진숙이 옆에서 챙겨주는 모습이 자꾸 상상되어서 더 싫었지. 하하하, 그리고 이건 참 웃기는 말인데 그때 나는 어린 맘으로 태규 형네는 아주 부자고 또 진숙이네도 대학교 학장님이라는 엄청난 집안이라서 태규 형과 진숙이가 서로 사귄다면 그들 부모님이 허락을 해주시겠지만 내가 만약 진숙이를 만나 사귄다면 성남동 달동네에 사는 가난한 나를 진숙이 부모님이 허락 안 해주실 거라는 생각을 했던 거야! 그 어린 소년이 말이야! 그건 아마도 내가 본 영화 신성일 엄앵란 주연의 〈맨발의 청춘〉에 나오는 가난한 주인공으로 착각해서 그런 상상을 했던 것 같아. 그리고 그때는 사춘기 남녀 학생들이 공식적으로 만날 수 있는 장소가 교회였기 때문에 교회에 다니지 않은 친구들은 교회를 빗대 연애당이라고 불렀던 시절이었지!

음악이 더 고조되었다가 다시 서서히 사라진다.

21. 보문중학교 전경

조용한 배경음악이 깔리면서 보문중학교 학교 건물이 비추인다. 그리고 어느 교실에선가 김소월의 시가 낭독된다.

초혼
산산이 부서진 이름이여!
허공중에 헤어진 이름이여!
불러도 주인 없는 이름이여!
부르다가 내가 죽을 이름이여!

심중에 남아 있는 말 한마디는
끝끝내 마저 하지 못하였구나.
사랑하던 그 사람이여!
사랑하던 그 사람이여!

붉은 해가 서산마루에 걸리었다.
사슴의 무리도 슬피 운다.
떨어져 나가 앉은 산 위에서
나는 그대의 이름을 부르노라.

설움에 겹도록 부르노라.
설움에 겹도록 부르노라.
부르는 소리는 비껴가지만
하늘과 땅 사이가 너무 넓구나.

선 채로 이 자리에 돌이 되어도
부르다가 내가 죽을 이름이여!
사랑하던 그 사람이여!
사랑하던 그 사람이여!

#22. 교실 안

김규환 국어선생님이 영신이네 반에서 국어수업을 하고 있다. 선생님이 김소월의 시 〈초혼〉을 낭독하고는 학생들 얼굴을 쳐다본다.

김선생님 뭐야 너희들 그 무표정이?

아이들 서로 얼굴들을 쳐다본다.

김선생님 너희들 방금 내가 읽은 이 가슴 애틋한 시를 듣고도 가슴에 아무런 느낌도 없는 거야? 에라 이 돌대가리에 똥가슴들아! 너희 놈들같이 이제 사랑의 감성이 막 피어오르는 봄꽃 같은 청춘에 뭐 아지랑이 같은 어른거리는 뭐… 그런 감정이 피어오르지도 않는 거야?

찬열 왜 그래야 하는데요?

김선생님 뭐? 왜 그래야 하느냐구?

찬열 네!

김선생님 너 다시 삼성국민학교로 가라! 넌 아직 어린애니까!

학생들 까르르 웃는다.

김선생님 이 시라는 건 말이다 누구에게나 가슴 속에 담겨져 있는 감성이라는 감각을 이끌어내는 힘인 거야! 언어라고 하는 말과 글의 표현으로 말이지! 그런 너희의 가슴 속에는 아직 사랑이라는 감성이 고여 있지 않은 것 같다. 그러니 창새기에 똥만 가득 차 있는 거지! 사람이 사람다와야 한다는 것은 말이지 니들 창자 바로 옆둥이에 붙어있는 가슴이라는 유리병 같은 감성그릇 안에다 얼마나 많은 생각과 감성을 물처럼 담아두느냐에 따라서 각각 다른 거야!

동성 선생님 그럼 여자 생각하면 가슴이 울렁거리며 그것이 끄떡거리는 것도 감성의 물인 거예요?

학생들 다시 까르르 웃는다.

김선생님 그렇지. 그것도 감성의 물이지! 하지만 말이다 생각해봐라. 물 대접에 시원하고 깨끗한 생수가 담겨져 있는 것과 니네 아버지들 술 자시고 토해낸 구정물이 담겨 있는 그릇 어느 것이 깨끗한지를… 아마 다음 날 아무리 씻은 그릇이라도 토한 구정물 담겼던 그릇에다 고깃국 퍼서 니들한테 퍼준다면 너희가 그것을 먹을 수 있겠니?

동룡 없어 못 먹지요! 고깃국인데… 히히.

학생들, 에라 이 새끼야! 빈정대며 웃는다.

김선생님 그것과 마찬가지야! 사람이 살다보면 자기 옆에 사람들이 늘상 모여드는 사람이 있고 아무리 손짓해도 모이기는커녕 그 곁에 가기를 싫어하는 사람이 있지. 그건 말이다 바로 그 사람 속에 있는 감성이라는 그릇에 맑고 정화된 순수한 감성이 담긴 사람한테는 사람들이 모이고 더럽고 추한 똥물 같은 감성이 담긴 사람에게는 사람들이 다가서지 않는 거야 바로 그 차이지!

동성　선생님 그럼 여자하고 사랑하는 것은 다 똥물인 거예요?

학생들 다시 까르르 웃는다.

김선생님　천만에 말씀! 방금 말했다만서도 사랑도 아름답고 순수한 사랑이 있고 똥물 같은 사랑이 있지! 예를 들자면 부모님 사랑, 나라사랑, 자식사랑 또 조금 전에 너희에게 읽어준 김소월의 시처럼 한 여인에 대한 지고지순한 영혼의 맑은 사랑 같은 것들은 순수한 사랑의 맑은 감성이지만 미군들 잡지에서 볼 수 있는 나랑은 무관한 벌거벗은 여자들 나체 사진 같은 것에 껄떡대는 그런 사랑의 감정은 분명한 차이가 있는 거야! 자 그런 의미에서 한번 너희들 생각을 가다듬고 조용히 내가 다시 이 시를 읽어볼 테니까 너희 가슴의 감정그릇에 담겨있는 맑은 감성이 어떻게 움직이는지 한번 느껴들 봐라! 알았지?

학생들　네!

김선생님　(다시 눈을 지그시 감으며 낭독한다)

초혼
산산이 부서진 이름이여!
허공중에 헤어진 이름이여!
불러도 주인 없는 이름이여!

부르다가 내가 죽을 이름이여!

심중에 남아 있는 말 한마디는
끝끝내 마저 하지 못하였구나.
사랑하던 그 사람이여!
사랑하던 그 사람이여!

붉은 해가 서산마루에 걸리었다.
사슴의 무리도 슬피 운다.
떨어져 나가 앉은 산 위에서
나는 그대의 이름을 부르노라.

설움에 겹도록 부르노라.
설움에 겹도록 부르노라.
부르는 소리는 비껴가지만
하늘과 땅 사이가 너무 넓구나.

선 채로 이 자리에 돌이 되어도
부르다가 내가 죽을 이름이여!
사랑하던 그 사람이여!
사랑하던 그 사람이여!

김 선생님의 시 낭송이 계속되는 중에 조용히 눈을 감고 감상하는
영신 얼굴이 클로즈업된다. 그리고 영신의 독백이 흐른다.

영신   (독백) 나는 서산마루를 바라보며 한 마리 사슴이 되어 그

소녀를 사랑한다고 설움에 겹도록 그 이름을 불러보고 싶다. 황진숙 그 이름을… 이 생각이 순수한 영혼의 감성일까? 아님 똥물 감성일까?

음악.

#23. 우영신 교수의 서재

우영신 교수가 서재 책상에 앉아서 물끄러미 허공을 쳐다보면서 회상에 잠겨있다.

영신교수 (독백) 당시 중학교 2학년 국어 교과서에는 영화 시나리오 작법으로 오 헨리의 작품 「마지막 잎새」가 시나리오로 각색되어 실려 있었다. 당시 국어선생님이셨던 김규환 선생님을 나는 무척 따르고 좋아했는데 하루는 그 선생님께서 우리에게 너희들 생활 속의 한 장면을 간단하게 영화 시나리오로 써오라는 숙제를 내주셨다. 그때 나는 평소 영화를 무척 좋아했었기 때문에 내 스스로 영화 시나리오를 써봐야겠다는 생각을 하고 있었던 터라 기쁜 마음으로 창작 시나리오 소재를 위해 고심을 하게 되었다. 그러던 차에 라디오 방송으로 서울 세종문화회관에서 '별들의 잔치'라고 하는 행사를 중개방송하고 있었는데 그때 영화배우 김승호 선생님이 〈초혼〉이라는 바로 그 김소월의 시를 낭송했다. 비록 라디오를 통해 들은 시낭송 소리였지만 어린 마음에 너무나 감동을 받았던지 나는 김승호 선생님의 목소리를 흉내내어 가면서 그 시를 통째로 외우게 되었다. 그러다 문득 〈초혼〉이라는 시를 영화 시나리오로 써보면 어떨까? 하는 생각을 하게 되었고 며칠 밤을 새워가며 지금으로 표현하면 시놉시스를 구상하게 되었던 것이지. 그리고 나는 14살 그 나이에 그 시놉시스를 바탕으로 하여 시나리오를 쓰기 시작했던 것이다.

#24. 영신이네 방

영신이가 앉은뱅이책상에 앉아서 원고를 쓰고 있다. 그 옆에서 운기가 영신이 숙제하는 모습을 신기한 듯 쳐다본다.

운기 그래 너 시나리오 숙제는 다한 거야?

영신 아니 아직 쓰려면 멀었어. 한 이틀 정도는 더 써야 할 것 같애!

운기 그럼 이틀 후에 너 숙제 다 하면 내 숙제도 해줄 수 있어? 그럼 내가 니 대신 삼일 동안 혼자서 신문 다 돌려줄게!

영신 혼자서? 안 돼. 신문이 얼마나 무겁다구. 너 혼자선 안 돼. 무리야!

운기 아냐! 나 혼자서도 다 들 수 있어! 그리고 신문을 돌리다 보면 갈수록 가벼워지잖아! 응 그러니까 내 숙제도 좀 해주라!

영신 알았어! 그럼 이렇게 하면 어때? 선생님이 내준 숙제는 세 장까지 써오라고 했잖아. 그런데 지금 내가 쓴 숙제는 벌써 사십 장이 넘어! 그러니까 내가 한두 부분만 빼서 너 줄 테니까 숙제 검사하고 꼭 나한테 돌려줘야해! 알았지?

운기 오케바리! 나 진짜루 기운 쎄. 내 이름이 운기잖아 거꾸로 하면 기운! 어때 믿을 수 있지? 그러니까 염려말구 넌 숙제나 해! 내가 혼자서 다 돌릴 테니까!

영신 아니야 처음에는 신문이 무거우니까 나랑 같이 돌려. 그리고 신문이 가벼워지걸랑 그때 너 혼자서 돌려도 되잖아! 그런데 너 전에 나랑 같이 신문 돌리던 그 집들 다 기억할 수 있어?

운기 그럼 다 알지! 불독, 세파트, 똥개네 집들 다 기억할 수 있어!

영신 한두 군데 더 새로 확장한 집이 있는데 그 집들은 아주 찾기 쉬워! 암튼 알았어! 대신 너 내가 쓴 시나리오 얘기해 줄 테니까 듣고 이상하면 말해줄래?

운기 알았어! 어서 이야기해 봐!

영신 어느 목장에 어떤 할아버지가 있었다. 그런데 그 할아버지 한테는 슬픈 과거가 있었어! 그래서 가끔씩 언덕 위 바위에 앉아서 먼 산을 바라보고 그 옛날 자기가 사랑했던 여인을 그리워하는 거야!

운기 어떤 슬픈 과거가 있었는데?

영신 이 할아버지가 젊었을 때 지금 이 목장이 그때도 있었는데 하루는 그 목장으로 어떤 여자가 그림을 그리러 왔어!

운기 물론 예뻤겠지? 영화배우 문희처럼!

영신 당연하지! 그런데 어느 날 바람이 세게 불고 폭풍이 몰아치던 날이었는데 젊은 날의 할아버지 집 창문을 두드리는 소리가 들리는 거야! 그래서 이 할아버지가 아니 그때는 청년이었지! 이 청년이 등불을 들고 문을 열고 나가보니까 어떤 여자가 쓰러져 있었어! 그런데 자세히 들여다보니까 바로 자기네 목장으로 그림을 그리러 왔던 예쁜 여자였던 거야.

운기 그래서 그 여자를 따먹었어?

영신 아이. 이 새끼는 생각하는 것마다 똥물감성이야 지저분하게…!

운기 헤헤헤, 빨리 얘기 계속해 봐!

영신 그래서 이 청년은 그 여자를 방안으로 데리고 들어와서 밤새도록 정성껏 간병을 한 거야! 그리고 아침이 되어서 이 여자가 깨어난 후에 어찌된 상황인가를 물어봤을 거 아냐? 그런데 말이지!

운기 왜 귀신이었어?

영신 웬 귀신은… 그게 아니고 이 여자가 일본여자였던 거야!

운기 뭐라구? 일본여자?

영신 그래, 그때는 왜정시대였으니까 우리나라에도 일본사람들이 많이 살았고 여기 대전에도 일본 놈들이 많이 살았을 꺼 아니야!

운기 뭐? 대전! 그럼 이야기 장소가 여기 대전이었어? 그런데 대전에 목장이 어딨어! 너무 구라 같잖아?

영신 아니야 임마! 대전대학 뒤편 선교사들 사는 집 너머에 연합사라는 목장이 지금도 있어! 우리 미술반 애들이 자주 가서 그림을 그리는 데거든!

운기 그래? 경치도 좋아?

영신 그럼 딥다 좋아! 가을에 연합사 목장 가는 오솔길에 낙엽이 뚝뚝 떨어지고 길가에 수북이 쌓인 낙엽을 보면 정말 멋있어!

운기	그럼 이 시나리오로 영화를 만들게 되면 그곳에서 촬영하겠네! 그럼 주연 영화배우는 누굴 시킬 거야? 신성일? 아님 남진? 그리고 여자는 문희겠네. 너 남정임보다 문희를 더 좋아하잖아!
영신	얌마 좀 가만 있어 봐! 누가 중2짜리가 쓴 시나리오를 영화로 만들어 준대? 이건 그냥 숙제야 숙제!
운기	그래도 멋있잖아!
영신	그런데 문제가 생겼어!
운기	웬 갑자기 문제! 어떤 문젠데?
영신	아니 시나리오 속 이야기에서 말야!
운기	알아! 어떤 문제냐니까?
영신	그 청년과 이 일본여자가 서로 사랑하게 되었단 말이지!
운기	그게 뭐가 문제야! 난 그렇게 될 걸 미리 알고 있었는데.
영신	글쎄 좀 가만히 있어봐 이 또라이야! 그게 문제가 아니고 남자는 한국사람 아니 그때는 조선사람이라고 했지! 남자는 조선사람이고 여자는 일본사람인데 서로 사랑하게 되었으니까 그게 문제지!
운기	그게 뭐가 문제야? 남자 여자 서로 좋으면 빠구리 틀고 애 낳고 잘 살면 됐지! 히히.
영신	아휴 내가 이런 똥감성하고 내 작품을 이야기하다니⋯ 관두자 관둬!
운기	아니야! 내가 괜히 그런 거야. 어서 계속해봐! 재밌는데!
영신	지금부터 그런 지저분한 말 하지 마! 그럼 나 화낸다!
운기	알았어 새끼야!

#25. 우영신 교수의 서재

영신교수 (독백) 운기와 나는 그날 밤 내가 상상으로 꾸며낸 시나리오 이야기를 나누며 밤늦도록 잠을 자질 않았다. 나의 이야기는 계속되었다.

#26. 영화 속 장면

이때부터 영신이의 이야기가 부분적으로 실제 영상으로 나타나고 영신이 대사가 덧입혀진다.

영신교수 (독백) 폭풍이 쏟아지던 날 그 일본여인이 찾아와 쓰러진 것은 우리나라가 해방이 되던 날 이 여인이 조선인들에게 매를 맞고 도망쳐온 것이었고, 이후 청년과 사랑하게 되었지만 일본여인을 며느리로 맞이할 수 없다는 청년의 부모로 인해 힘든 상황이 되었다. 그로부터 얼마 뒤 이 일본여자의 부모가 일본에서 건너와 목장으로 찾아와서 강제로 그 여인을 데리고 일본으로 떠났고 홀로된 청년은 사랑하는 여인을 잊지 못하고 혼자 살고 있었는데 그로부터 삼십년이 지난 어느 날 청년이었던 할아버지는 일본에서 날아온 편지를 받고 오열을 한다. 바로 사랑하던 그 여인의 죽음에 대한 내용이었다. 할아버지는 언덕 위에 올라앉아 통곡을 하는데 이때 〈초혼〉이라는 시가 낭송된다. 시가 낭송되고 난 뒤 할아버지 등 뒤로 한 청년이 서 있는 것이다. 그 청년은 다름 아닌 일본여인이 떠날 때 태중에 있던 이 할아버지의 친아들이었어. 청년의 엄마는 일본에서 강제로 재혼을 했지만 사랑하는 남자를 잊지 못하고 불행한 결혼생활을 하다가 병들어 죽게 되었는데 죽기 전에 자기 아들에게 이 모든 사실을 말해 주면서 한국으로 건너가서 너의 친아버지를 찾아보라고 했다는 것이다.

#27. 영신이네 방

영신, 홀로 시나리오를 쓰면서 훌쩍이며 울고 있다.

영신 (소리) 나는 이 장면을 구상하면서 혼자서 엄청 울었던 기억이 난다. 이것이 중학교 2학년이던 열네 살 어린 소년이 구상한 시놉시스였다. 나는 지금도 그때 내가 썼던 이 원고의 일부를 가지고 있다.

#28. 학교 교실 안

김 선생님이 학생들과 수업 중에 영신이의 숙제물을 들고 수업을 한다.

김선생님 지금까지 읽어준 시나리오가 너희 반 우영신이가 직접 쓴 시나리오다. 근데 너희들이 써온 숙제는 시나리오가 아닌 동화책이나 만화책 내용을 그대로 베껴온 것이 대부분인데 너희 놈들 어떻게 생각하나? 물론 재능의 차이도 있겠지만 너희 놈들은 평소 전혀 독서를 하지 않았다는 증거야! 앞으로 너희들 우영신만 빼놓고 매주 각자 세 권 이상씩 명작소설을 읽고 반드시 독후감을 써와야 할 것이다. 아니면 바지 벗기고 엉덩이에 빳따 열대씩을 선사할 것이야. 알았나?

학생일동 (소리) 넷!…

동룡 (작은 소리로) 우영신 이 씹새…!

경쾌한 음악.

#29. 동화극장

김진규와 문희 그림이 그려져 있는 〈모르는 여인의 편지〉 영화 간판이 커다랗게 보이는 동화극장. 가수 남진이 부르는 '울려고 내가 왔나'라는 가요가 흘러나온다. 그리고 동화극장 입구를 지키며 라디오 노래를 따라 부르는 청년의 모습.

청년 (노래) 울려고 내가 왔나 누굴 찾아 여기 왔나
낯설은 타향땅에 내가 왜 왔나
하늘마저 날 울려 궂은비는 내리고
무정할사 옛사람아 그대 찾아
천리길을 울려고 내가왔나

그 누구 찾아왔나 영산강아 말해다오
반겨줄 그 사람은 마음이 변해

아쉬웠던 내 사랑 찬서리에 시드나
그렇지만 믿고 싶어 보고프면
또 오리다 울면서 찾아오리

청년 | 카! 멋져부려. 나가 이래 봬도 남진과 동향으로 쟈가 목포에서 자랄 때 나가 한때 그곳에서 좀 놀았제. 아무리 들어싸도 남진의 신곡인 이 가요는 정말 명곡이지라 (다시 폼을 잡고) 울려고 내가 왔나 누굴 찾아 여기 왔나아… 아! 짠.

이때 영신이가 신문을 들고 극장 입구에 들어선다.

영신 | 아저씨!
청년 | (노래를 부르다 말고) 와 그랴?
영신 | 아저씨 신문 가지고 왔는데요!
청년 | 그란데? 가지고 왔으면 싸게 들어가 놓고 가면 되지 막 구성지게 한가락 뽑는 와중에 노랠 멈추게 해야? 분위기 없는 놈, 참말로 그래야 쓰겄냐?
영신 | 그럼 들어갈게요!
청년 | (다시 손마이크를 입에 대고) 낯설은 타향땅에 내가 왜 왔… (노랠 멈추고) 야! 야! 야!
영신 | 왜요?
청년 | 너 오늘은 금방 나와야 쓰겄다. 미성년자 불가 영화지라 그렁께. 극장사무실 전무님 책상 위에다 신문을 곱게 올려놓고 말이시 싸게 나와라 잉. 임검석에 순경들이 올 모양잉께.
영신 | 예! 그런데 아저씨가 진짜로 남진이랑 같은 동네에서 살

	았어요?
청년	짜샤! 나가 남진이랑 동향인이라고 몇 번이나 말했냐 짜샤!
영신	아! 그래서 그렇게 노래를 잘 부르는구나. 아저씨, 그럼 아저씨도 서울로 올라가 남진한테 부탁해서 레코드 취입 한 번 해보세요!
청년	오-메! 참말로 나의 노래가 고로콤 구성졌냐?
영신	그럼요. (신파조로) 어린 내 가슴에도 이렇듯 심금을 울렸사와요 아저씨!
청년	오메 참말로 이 바닥에 인재가 여기 있었구먼이라. 나를 제대로 볼 줄 아는 사나이가 여기 숨겨져 있었어! 기분이다. 지금이 여섯 싱게 여덟시 전까지는 나와야 쓰겄다!
영신	알았으라! 아저씨 멋져부려!
청년	오케바리! 히히히
영신	(따라 웃으며 극장 안으로 들어간다)

청년, 다시 노래를 계속하려는데 라디오에서 긴급뉴스가 울려 퍼진다.

라디오	(소리) 긴급뉴스를 말씀 드리겠습니다.
청년	뭐라고라, 긴급뉴우스?
라디오	(소리) 오늘 서울 장충체육관에서 열린 세계복싱협회 WBA 주니어 미들급 타이틀전에서 우리나라 김기수 선수가 세계 챔피언이었던 이태리의 니노 벤베누티를 꺾고 1대2 판정승을 거두어 세계 주니어 미들급 챔피언이 되었습니다. 지난 6월 16일 아마추어 레슬링 세계선수권대회에서 플라이급 장창선 선수의 챔피언 소식에 이어 오늘 또다시 세계복싱협회 WBA 주니어미들급 세계 챔피언이 탄생함으

로써 이제 대한민국은 또다시 스포츠 한국의 면모를 여실히 보여주었습니다. 김기수 선수는 함경남도 북청출신으로 지난 1951년 1.4후퇴 때 월남한 실향민으로 오늘 북한 남침일인 6월 25일에 인생 항로를 화려하게 바꾸었습니다. 장충체육관에는 모두 6,500여 명의 관중들로 가득 메운 가운데 박대통령 각하께서도 친히 오셔서 관중석에서 응원을 하셨는데 오늘 경기에서 우리 자랑스런 대한의 김기수 선수는 65전승을 자랑하던 강자 벤베누티 선수를 천신만고 끝에 고군분투하여 1대2라는 판정승으로 해방 후 처음으로 세계 주니어 미들급 타이틀을 획득한 챔피언이 된 것입니다. (라디오소리 F.O)

청년 오메 오메! 이건 또 뭔 소린겨? 김기수가 이태리 선수 니노 벤베누티를 이겼으라? (크게 소리를 지르며) 야호! 이런 경사가. 부채표 까스 활명수 맹키로 꽉 멕혔던 한이 쑤욱 내려가는 것 갔당께로. 시상에 이런 경사스런 날이… 기도만 아니믐 나가 텔레비전 실황중계를 보았을 텐디 아이고야 아까버 워쩐다냐잉… (다시) 낯설은 타향 땅에 내가 왜 와았… 나아…!

#30. 영화관 안

영화를 보는 영신. 스크린에 영화 장면 몇 커트, 이때 우영신 교수의 목소리가 O.L된다.

영신교수 (소리) 그 중학교 2학년 시절 그렇게 나는 영화관에다 신문

배달을 하면서 일주일이면 두세 편씩의 영화를 볼 수가 있었다. 그날 본 영화는 아마도 한국 영화 〈모르는 여인의 편지〉였던 것 같다. 그것을 지금도 기억할 수 있었던 것은 그날이 우리나라 최초로 김기수 복싱선수가 세계챔피언이 되었던 날이었기 때문이다. 그 영화는 스테판 츠바이크 소설을 원작으로 한 영화였는데 그 영화 속에서 가장 인상적이었던 장면은 김진규 선생님이 휠체어에 앉아 창가에 떨어지는 낙엽을 바라보며 대사 대신에 시를 읊었는데 그 시가 바로 프랑스의 여류화가이자 시인이었던 마리 로랑생의 〈잊혀진 여인〉이라는 시였다. 이 시는 그녀의 연인이었던 〈미라보 다리〉를 쓴 유명한 시인 아폴리네르의 죽음을 애도하면서 그녀 자신을 빗대어 쓴 시라고 한다. 나는 영화를 본 후에 영화 전단지를 가지고 와서 그 전단지에 쓰여진 영화 이야기를 다 외운 후 다음 날 학교에 가서 점심시간에 우리 반 친구들에게 그 영화이야기를 들려 주었던 기억이 난다. 나는 일찍부터 그렇게 영화 마니아가 되었던 것이다.

#31. 학교 교실 안

왁자지껄한 점심시간. 영신의 주변으로 몰려든 반 친구들. 영신이는 열심히 영화 이야기를 해주고 있다.

찬열 너 대전극장에서 하는 〈007골드핑거〉 봤어?

영신 봤지! 숀 코넬리라고 하는 멋있는 영국 신인 배우가 제임스 본드라는 영국의 첩보원으로 나오는 영환데 정말 끝내주던데! 그런데 그건 너네들이 직접 가서 보고 오늘은 내가 어제 본 더 끝내주는 영화 얘기 해줄게.

동룡   어제는 무슨 영화를 봤는데?

영신   〈모르는 여인의 편지〉라고 김진규, 문희가 나오는 영화야!

영서   에게! 국산영화야? 그럼 재미없겠네 뭐!

동룡   홀딱 벗는 영화도 아니고 그저 그런 영화네 뭐! 김진규 문희 나오는 영화면 울고짜고 하는 영활 텐데 안 그래?

영신   암마 이제 우리도 중2야! 좀 더 낭만적이고 문학적인 작품들이 필요한 거 아냐?

찬열   놀고있네! 그건 고등학생이나 대학생 형들한테나 필요한 거구… 나는 007 같은 영화가 더 좋더라!

영신   야! 똥! 수준 떨어뜨리려면 듣지 마. 우리끼리 이야기할게!

찬열   저 새끼는 일 년도 더 넘은 일 가지고 맨날 날보고 똥이래…

영신   나도 찌라시 읽어보고 안 건데 이 영화는 스테판 츠바이크 소설을 원작으로 한 영화야! 한 여고생이 유명한 음대교수를 짝사랑하는데 이 음대교수는 항상 수많은 팬들 속에 살기 때문에 이 여고생이 자기를 짝사랑하는지를 알지 못했거든!…

찬열   야! 잠깐, 팬이 뭐야? 잉크 찍어 쓰는 팬?

동성   야, 똥! 좀 가만있지 못해? 어휴 저 무식한 똥.

영서   야, 그냥 어서 계속해! 점심시간 다 끝나겠다!

영신   (찬열에게) 너 중간에 괜히 말 끊지 마!… 하지만 이 순정파 여고생은 그런 교수를 섭섭하게 생각하지 않고 자기 혼자서 그 멋진 교수를 사랑하는 것만으로도 행복해 하는 거야!

찬열   완전 또라이네!

아이들   (동시에 큰소리로) 야! 똥.

찬열   알았어 새끼들아!

영신   그런데 이 여고생이 대학생이 되어서도 그 교수를 흠모해서 여러 번 그 교수네 집 앞을 서성거리는 거야. 그런데 드디어 어느 날 이 여자는 교수와 정면으로 마주친 거지! 그러니 얼마나 가슴이 뛰었겠니? 그런데도 이 교수는 "안녕하세요!" 인사만 꾸뻑하고 지나가는 거 있지! 그래도 이 여자는 교수 얼굴을 한 번 쳐다본 것만으로도 너무 행복해 했어!

찬열   또라…

아이들   (찬열이를 쏘아본다)

찬열   아냐, 그냥 나 혼자 해본 소리야! 새끼야!

영신   그리고 이 여자는 그 교수가 자기에게 관심을 두지 않으면 않을수록 더 깊은 연정이 솟아올랐던 거지!! 그러던 어느 날 그날도 이 여대생은 자기가 좋아하는 이 교수의 얼굴을 한번만이라도 더 보고 싶어서 그 교수네 집 앞을 서성거렸는데, 그때 마침 이 교수가 술에 잔뜩 취해서 비틀거리며 걸어오는 거야! 그리고 집 앞쪽에서 막 토하는 것을 보고 이 여자가 달려갔어. 그리고는 교수의 등을 두들겨주면서 자기 손수건을 내밀면서 입을 닦으라고 했어! 그랬더니 이 교수가 싱긋 웃으면서 하는 말이 "오! 아가씨 참 예쁘구만. 오늘 밤 나랑 같이 잘까? 얼마면 돼?" 하면서 이 여대생을 거리의 여자로 오해했던 거야!

영서   이런 개새끼!

영신　그런데 보통사람 같으면 막 화를 냈을 텐데, 이 여자는 너무나 짝사랑하던 남자였기 때문에 뭐라고 했는 줄 알어?

동룡　뭐라고 했는데?

영신　그냥 생글거리면서 거리의 여자인 척하고 "알아서 주세요" 한 거야!

찬열　그래서 둘이 같이 가서 잤어?

영신　응! 그런데 다음날 아침에 이 교수가 그 여자를 보고 또 뭐라고 한 줄 알아? "어디서 우리가 만난 적 있나? 매우 낯익은 아가씨로구먼!" 그 한마디만 하고는 돈을 몇 푼 던져주고 방을 나간 거야!

동성　근데 빠구리 트는 장면은 안 나왔어?

영서　야! 우리 지금 낭만적이고 문학적인 얘길 듣고 있는 거잖아!

아이들　(낄낄댄다)

영신　그리고 몇 년이 흘렀지! 이 교수에게 한 통의 편지가 날라왔는데 전혀 들어보지 못한 여인의 이름이었어! 그리고는 깜짝 놀라는 거야. 왜냐하면 이 여인이 고등학생 때부터 자기를 사랑해왔던 이야기를 편지로 다 써보냈는데, 그날 밤 거리의 여자인 척하고 그 교수와 자고 난 후에 이 여인은 그만 자신의 아기를 가졌다는 글을 읽게 된 거지! 이 여인은 그 후 자기 집을 뛰쳐나와서 홀로 이 아이를 낳아 키웠는데 너무나 가난해서 아기가 폐렴에 걸렸는데도 치료도 못 받고 죽자 자신도 교수에게 편지 한 통을 써서 보내고 난 후 자살해서 죽은 거야! 이 편지를 읽고 충격을 받은 교수는 이 여자가 누군지 아무리 생각을 해보아도 기억이 나질 않는 거야. 그때 교수는 창가에 앉아 낙엽 지는 창밖을 내다보며 자신의 헛되게 살아온 인생을 후회하면서 눈물을 흘리는데 그 장면에서 마리 로랑생 시인이 쓴 〈잊혀진 여인〉이라는 시가 자막으로 서서히 떠오르는 거야! 얼마나 멋있었다구! 여기 내가 영화 찌라시에 적힌 그 시를 가지고 왔는데 한 번 들어볼래?

#32. 로랑생 초상화와 파리의 가을 풍경 영상

영신이가 이 시를 읽을 때 음악과 함께 로랑생의 초상화와 파리의 가을풍경이 함께 영상으로 비춘다.

잊혀진 여인
따분한 여자보다 더 불쌍한 여인은
슬픈 여자입니다
슬픈 여자보다 더 불쌍한 여인은
불행한 여자입니다
불행한 여자보다 더 불쌍한 여인은
병든 여자입니다
병든 여자보다 더 불쌍한 여인은
버림받은 여자입니다
버림받은 여자보다 더 불쌍한 여인은
고독한 여자입니다
고독한 여자보다 더 불쌍한 여인은
쫓겨난 여자입니다
쫓겨난 여자보다 더 불쌍한 여인은

죽은 여자입니다
죽은 여자보다 더 불쌍한 여인은
잊혀진 여자입니다

아이들   (감탄한 듯) 아! 멋있다.

감성적인 음악이 흐를 때 점심시간을 끝내는 타종소리가 들린다.

제21부

체험 그 삶 속의 변화

#1. 신문보급소

두익이 삼촌이 운영하는 신문보급소. 비좁은 공간 안에 대여섯 명의 소년, 청년들이 당일 저녁 배달할 석간신문들을 나누어 부수를 세고 있다. 그 안에 영신이도 있다.

보급소 안쪽에 투명한 유리창으로 된 낡은 미닫이 문 안쪽에 두익이 삼촌 사무실이 있다. 두익이 삼촌이 자기 사무실에서 석간신문을 읽고 있다가 버럭 소리를 지른다. 신문배달원들 일손을 멈추고 두익이 삼촌을 쳐다본다.

두익삼촌 에잇 개돼지만도 못한 새끼들. 아, 나라 백성들은 허기진 배 움켜쥐고 허리띠 졸라매면서 잘 살아 보자고 새마을 운동하며 뼈꼴 빠지게 일하고 있는데 나라 재벌이란 놈들은 깡패새끼들이나 하는 밀수 짓이나 하다니… 그래 그 많은 돈 죽어 저승으로 돈 지게 지고 나를 꺼여 뭐여! 어휴 나쁜 새끼들.

영신 왜 그래요 삼촌? 신문에 뭐가 났어요?

두익삼촌 너 영신이가 한 번 크게 읽어봐라! 오늘 신문 1면말이다!

영신 (신문 앞면을 보며) 여기 한문으로 씌어진 기사요?

두익삼촌 그래 니네들 중학교서 요즘 한자들 배우지? 한 번 크게 읽어봐라!

영신 (더듬거리며 신문을 읽는다) 또 재벌 ○수.

두익삼촌 재벌 밀수!

영신 (더듬거리며 신문을 읽는다) 아! 또 재벌밀수! 사카린 2천 부대를 ○○자재로?

두익삼촌 건설자재로 가장해!

영신 아! 또 재벌밀수! 사카린 2천 부대를 건설자재로 가장해! 그리고 여기 작은 글씨에는 세무서 벌과금 등 2천만 원 징수! 삼촌! 삼성재벌계 한국 ○○서예요

두익삼촌 한국비료!

영신 아! 비료라는 글자구나! 근대 삼촌! 이게 다 무슨 뜻이에요?

두익삼촌 이게 무슨 말이냐면 말이다⋯ 가만 기사를 속시원하게 읽어줄게! 니들이 이런 어려운 한자를 읽기엔 아직 힘들지! 모본방적의 밀수사건을 매듭짓기 전에 또다시 삼성재벌의 방계회사인 한국비료에서의 밀수입 사건이 드러나 크게 주목된다. 15일 관계 소식통에 의하면 부산세관은 지난 6월 한국비료에서 사카린 약 2천 포대⋯ 한 포대에 42kg들이를 건설자재로 가장, 울산으로 밀수입한 것을 적발, 동 물품을 압수하는 한편 이미 벌과금을 비롯한 기타 세금 약 2천만 원을 부과 징수했다고 한다.

영신 예에? 2천만 원이요? 그런데 사카린이 뭐예요?

두익삼촌 응 나도 맛본 건 아닌데⋯ 사카린은 달기가 설탕보다 3배 정도 더 달고 열량이 높지 않아서 사람들 건강에는 훨씬

더 좋다는 건데 그것도 일종의 설탕종류지! 아니, 설탕원
료라고 해야 하나? 암튼 설탕 가격보다 훨씬 비싸고 단맛
이 끝내준다는 거야! 문제는 그런 좋은 물건을 일본서 몰
래 밀수로 들여와서 나라 세금도 떼어먹고 백성들에게 아
주 비싸게 팔아먹는 도둑놈들 중에 상도둑놈들이라는 점
이지! 그것도 재벌이라는 놈들이 말야!

음악.

#2. 우영신 교수 연구실

우 교수와 유리가 소파에 마주앉아 커피를 마시며 인터뷰를 나누고
있다.

유리   아, 저도 언젠가 〈제3공화국〉인가 하는 TV드라마에서 본
        것 같아요. 그 사카린 밀수사건을요! 삼성그룹에서 한 사
        건이죠?

영신교수 그래. 당시는 단순한 밀수사건인줄만 알았었는데 나중에
        김두한이라는 유명한 주먹잡이 출신 국회의원이 정부 각
        료들한테 국회에서 똥까지 뿌려댈 정도로 아주 큰 사건으
        로 비화된 어마어마한 사건이었지!

유리   네, 저도 그 사건에 대해선 그 드라마에선가, 아니 한국 현
        대사 수업시간에 들은 것 같아요!

영신교수 그러니까 1960년대 초반 박정희 대통령이 제3공화국을
        출범시키고 나서 나라 경제 살리기 운동에 주력을 할 때였

지. 당시 농업의 근대화를 위해 비료생산이 시급하다고 생각한 박대통령은 삼성의 이병철 회장을 불러 질소비료의 절대 부족을 말하면서 부탁 반 강요 반으로 비료공장건설을 세워달라고 부탁해서 세운 것이 바로 한국비료공장이었어!

#3. 제3공화국 드라마 장면

MBC-TV에서 방영되었던 드라마 한 장면이 텔레비전 화면을 통해 비추어진다.

박정희 이 사장은 이제 일을 피하지만 말고 새 사업을 일으켜 경제재건에 적극 참여해주셔야만 하겠소.

이병철 당연한 말씀입니다. 이 나라가 살 길은 각하의 말씀대로 당연히 경제 재건이 우선이 돼야 한다고 봅니다. 하온데 혹시 구상하고 계신 무신 사업이라도 있으신지요? 각하!

박정희 뭐 특별히 구상한 사업이 있다기보다는 내 엊저녁에도 우리 농촌지역의 상황을 살펴보았는데, 이 나라 농토를 그렇게 재래적인 방식으로 농살 지어서는 안 될 거라 생각했소. 이제 우리 농촌도 선진 외국과 같이 기계의 영농화와 새로운 과학적인 방식으로 농업의 생산성을 높일 수 있는 농촌 근대화 방식이 필요하오. 그러자면 풍토병이나 계절 풍으로 손실되는 피해를 막기 위한 농약개발이 필요하고 특히나 퇴비만을 가지고 농사를 짓는 재래식 방식으로는 농업의 생산성을 높일 수가 없어요. 그래서 선진국과 같은 화학비료나 농약을 사용하여 농사를 짓는다면 농촌의 소득증대를 확실하게 높일 수가 있을 것인데 이 화학비료나 수입용 농약 값이 웬만해야지. 우리 농토에 사용하는 비료를 전량 수입을 한다는 것은 그 예산도 어마어마할 뿐 아니라 개발도상국이 되겠다는 나라 목표에 자존심이 달린 문제가 아니겠소? 어떻게 농촌근대화를 부르짖으면서 비료나 농약을 자체생산하지 못하고 전량 수입에 의존해야만 한단 말이요? 그래서 내 오늘 이 사장을 뵙자고 한 것인데 어떻소! 이 사장이 한번 주도해서 농약공장과 비료공장을 만들어볼 생각은 없으시겠소?

이병철 (잠시 생각을 하다가 고개를 숙이며) 각하! 뜻은 정말 고귀하고 선행적이라 사료되옵니다만 지금 형편으로는 그런 것을 설립하려면 우선적으로 기술력과 자금력, 그리고 이후 시장성에 대해 구체적인 검토가 필요하리라 생각됩니다. 각하!

박정희 그렇다면 이 사장께서 오랫동안 구상하신 비료공장부터 시작하면 어떻겠습니까?

이병철 그것도 마 할 수 없는 것은 아니겠지만 역시 구체적인 검토가…

박정희 알았소! 그러고보니 이 사장은 우리 정부에 협조할 생각이 없는 거구만요.

이병철 (고개를 더 깊이 숙이며) 각하! 절대로 그런 것이 아닙니다. 다만 제가 말씀드리는 것은 좀 더 구체적인 방안을 검토하여 실행해 보자는 것이온데 지금 상황으로 봐서는 역부족이라 사료되옵기에… 드리는 말씀이옵니다. 각하.

박정희 아니, 대한민국에서 이 사장이 이런 사업에 역부족이라 한다면 다른 사람은 더 불러 논할 것도 없잖습니까?

이병철　하오나 각하!

박정희　그러지 말고 정부가 적극적으로 뒷받침할 테니 비료공장
　　　　을 하나 지어보시오. 이 사장!

이병철　알겠습니다. 각하! 하오나 외람된 말씀이오나 각하께옵서
　　　　혼자 애써주신다고 해서 될 일은 아니라고 생각되옵니다.

박정희　아니 뭐요?

이병철　(순간 당황하며) 저 그런 게 아니오라, 행정부는 물론 거족적
　　　　인 뒷받침이 필요하다는 말씀을 드리고 싶었던 것입니다.
　　　　각하! 이런 큰 사업은 행정부의 적극적인 협조 없이는 성
　　　　사되기 어렵습니다.

박정희　알았소! (수화기를 들고는) 이봐! 지금 즉시 장기영이를 오라
　　　　고 해!

#4. 청와대 대통령 집무실

박정희와 이병철이 소파에 앉아 차를 마시고 있다. 이때 비서실장이
문을 열고 들어온다.

비서실장　각하! 장기영 부총리께서 오셨습니다.

박정희　오, 그래? 들어오라고 해!

비서실장이 나가고 이어 장기영 부총리가 들어온다.

장기영　부르셨습니까? 각하!

박정희　오, 오셨소! 장 부총리, 지금 막 이 사장이 비료공장을 짓

기로 했소! 그러니 앞으로 장 부총리께서 전적으로 책임을 지고 뒷받침하도록 하시오. 알겠소?

장기영 (고개를 숙이며) 네. 최선을 다해서 지원토록 하겠습니다. 각하!

박정희 부총리와 여기 이 사장께서는 두 분 다 오래 전부터 잘 아는 사이라고 했소?

장기영 그렇습니다. 각하! 부산 피난 시절 제가 한국은행에 근무하고 있었을 때 여기 이병철 사장께서는 제일제당을 경영하고 계셔서 그때부터 잘 알고 지낸 사이입니다!

박정희 그럼 더 잘됐구먼! 서로가 잘 아시는 사이라 하셨으니 서로 간 신뢰를 바탕으로 부총리께서는 확실하게 전폭적인 지원을 해주시고, 이사장께서는 국가 미래를 위해 꼭 대한민국의 자존심을 내세울 수 있는 비료공장을 멋지게 한번 만들어주시오!

#5. 청와대 입구

청와대 현관문을 열고 나서는 이병철과 장기영.

이병철 장 부총리 각하! 대통령께서 저리도 강경하게 말씀하시니 면전에서 아니 된다고 거절할 수도 없고 해서 내 침묵하고 나오긴 했지만서도 이건 정말 그렇게 쉽게 생각할 일이 아입니더. 생각해보이소! 지금 우리가 그만한 기술이 있습니꺼 아니면 그런 공장을 세울만한 돈이 있습니꺼? 참말로 난감하다 아입니꺼!

장기영 그걸 제가 왜 모르겠습니까! 하지만 국가의 장래를 위해서는 반드시 언젠가는 해야 할 사업이기에 시기를 조금 앞당기자는 거지요! 이건 대통령 각하의 뜻이기도 하지만 저도 제 임기 중에 비료문제 만큼은 꼭 해결하고 싶은 제 의지이기도 합니다. 그러니 이 사장 우리 한번 큰 일 저질러봅시다. 부탁이요!

이병철 부총리께서는 여전히 자신의 행로에 활기가 넘치시는군요! 내 그럼 부총리께 두 가지 조건을 제시해도 되겠습니꺼?

장기영 조건이라니요? 어디 한번 말씀해 보십시오!

이병철 (잠시 생각을 하다가) 에, 그러면 말입니더 첫째 조건은 정부에서는 비료공장 규모를 연산(年産) 30만t 규모로 짓는 데 있어서 조령모개(朝令暮改)가 되어서는 안 된다는 저의 전제조건을 먼저 받아주시고예, 둘째는 이 공장을 설립하고 운영하는데 있어서 모든 대외교섭권이나 모든 권한을 우리 삼성에게 일임한다는 정부의 공한이 필요합니더! 그리 해줄 수 있겠습니꺼?

장기영 (이병철의 손을 잡으며) 이병철 사장! 정말 고맙습니다. 당연히 그리 해드려야지요!

#6. 우영신 교수 연구실

우영신 교수와 유리가 소파에 마주앉아 이야기를 나눈다.

영신교수 며칠 후 박 대통령은 이병철을 다시 불렀다는 거 아냐. 그리고는 장기영 부총리 앞에서 이병철에게 "이 사장이 요구하신 것에 대해서는 우리 정부가 약속한 이상 안심하셔도 됩니다. 지금이라도 우리 정부가 지원할 일이 있으면 뭐든지 말씀하시면 적극적으로 뒷받침하겠소. 대신 비료 공장 공사를 서둘러주시면 고맙겠소"라고 했다는 거야!

유리 지금이야 그런 정도의 기간산업을 설립한다는 것은 문제 도 아니겠지만 당시 우리나라의 GNP가 80달러인 상황에 서는 정말 어마어마한 프로젝트였겠네요!

영신교수 그렇지! 그 당시 우리나라는 북한의 삼분의 일 정도의 수 준 밖에 되지 않았으니까 북한이 그때 당시 GNP가 우리 보다 세 배나 높은 240달러였고, 당시 필리핀은 무려 800 달러였으니 정말 어마어마한 프로젝트가 아닐 수 없었지!

유리 그러니까 그런 것을 그들이 해냈던 거네요!

영신교수 아무리 뭐가 어쩌구저쩌구 해도 그분들의 파이오니아 정 신과 추진력에 대해서는 우리가 아무런 이의를 제기할 수 없는 거야! 이병철이란 삼성의 창업주가 어떤 사람이니? 보기에는 도자기나 만지며 책이나 읽는 조용한 선비인상 이지만 일단 일을 시작하면 정주영 저리 가라 할 정도로 일에 미친 듯이 몰입하는 그런 분이었고, 또 야망이 얼마 나 컸던지 그분은 세계 최대의 비료공장을 설립하겠다는 야망을 처음부터 가졌던 거야! 당시 소련에서도 30만 규 모의 공장을 짓고 있었는데, 이 회장은 그보다 더 많은 33 만을 목표로 했어! 그리고는 건설계획 검토 중 보일러와 파이프를 그대로 두고 암모니아와 요소의 주요 부문만 조 금 늘리면 생산능력을 3만 이상 늘릴 수 있다는데 착안하 여 추진하였는데, 결국 연간 36만t 규모를 생산하는 기적 을 일으켰던 거지!

유리 그런데 그 어마어마한 자금 마련은 어떻게 마련했을까요?

영신교수 글쎄, 뭐 자세한 수치까지는 내 잘 모르겠다만. 때마침 한일회담이 타결되고, 일본자본은 한국진출의 호기를 만난 때였지. 이에 일본을 견제하려는 속뜻이 있어 미국의 반대도 있었지만 1964년인가? 그 해 이병철은 일본 미쓰이(三井)물산과 4190만 달러의 차관계약을 맺을 수 있었고, 여기에 다시 200만 달러가 추가되어 총 4390만 달러의 차관도입을 경제기획원은 즉각 승인해주어서 삼성은 결국 울산공단 내에 35만 평의 부지를 사들여 1965년 말부터 정지공사를 시작해서 한국비료공장이라는 대역사를 이루어 낸 거지!

유리 와우! 그럼 공장 설립에 따른 기술력은요?

영신교수 이병철은 삼성그룹의 엘리트들을 가려 뽑아 모두 한비에 투입시켰고 당시 이미 소규모 생산을 내고 있던 충주비료의 기술진을 대거 스카웃했지. 그리고 설계와 감리는 미쓰이 계열사인 도오오 엔지니어링이, 공사의 기계부문은 현대건설이 그리고 건축부문을 대림산업이 맡았는데 일본자본과 기술이 주도한 5비건설이었던 것이지. 그보다 더 기가 막힌 건 그 모든 작업이 돌관작업이었던 거야, 마치 군대보다 더 군대다운 특공대 작전이었던 거지. 새벽 6시부터 밤 11시까지 쉴 틈 없었고, 가족이 면회 오면 나가 여관에서 잠시 만나고 돌아오는 정도였다고 했으니까! 우리나라 경제 부흥의 역사는 삼성이나 현대나 모두 그런 식으로 일어난 거지. 그러니까 당시 현장 사람들이야 말로 우리나라를 선진국 대열로 오르게 한 건국 이래 최고의 영웅들이라고 볼 수 있는 거야!

유리 그런데 그런 한국비료를 왜 삼성은 빼앗기게 되고 국가에

헌납하게 된 거예요?

영신교수 그것이 미스터리라는 거지! 워낙 대형 사건이다 보니 관련자 모두가 제각각의 변명을 하고 있어서… 그리고 그 관련 당사자들이 이미 모두 고인들이 되셨으니 이제 어느 말이 진실이고 어느 것이 거짓인지 알 수가 없는 미스터리가 된 거야! 그런데 중요한 건 말이지 우리 같은 소시민들에게 있어서는 그 사건의 진실규명 보다는 기업인의 뚝심과 정치인들의 고단수가 더 흥미로웠던 거지!

유리 그건 또 무슨 말씀이세요?

영신교수 언론이나 시대의 관심사 같은 풍문은 글자 그대로 세월이 흘러가니 바람같이 사라지고 결국 남은 건 실체지. 그 사건의 주역인 삼성은 이제 세계 속에서 선두로 달리는 기업이 되어 국가 브랜드를 높여주고 있고, 우리 정부만 해도 이제는 국제사회에서 G7이라 불릴 정도로 선진국이 되었잖니! 과거의 흘러간 세월의 약점을 캐내는 것도 필요하겠지만 세상사 흥망성쇠라는 건 말이다 다 과정이라는 것이 있다는 말이지 내 말은!… 어쨌든 우리가 지금 농업 근대화로 인해 이렇게 풍요롭게 잘 먹고 잘 살고 있지 않니! 그런데 어쩌다 1966년 이야길 하다 우리가 이런 이야길 꺼내게 된 건지 모르겠구나?

유리 암튼 저는 이 이야기가 몹시 흥미로운데요. 언제 다시 아버님하고 말씀 나눌 기회가 있었으면 좋겠어요! 그리고요 그 1966년도에 뭐 생각나시는 거 다른 이야기는 없으세요? 이제 막 어린아이에서 소년으로 등급하신 성장기 이야기요! 너무 재미있을 것 같아요. 지난 번 친구분들끼리 몰래 극장에 들어갔다가 된통 혼나셨던 이야기처럼요!

#7. 영신네 집 앞

교회 종소리가 들린다. 미나리할매, 곱게 한복을 차려입고 성경책을 들고 교회 갈 준비를 하고 있다.

미나리할매   영신아! 니 아즉 준비가 덜 된 기가? 예배시간 늦겠다! 퍼뜩 서두르자!

길자   (소리) 예 곧 나가니더! 쬐메만예. (소리) 니 정말 교회 안 갈 끼가? 퍼뜩 일나거라! 어서.

미나리할매   (안에다 대고) 와 그라노? 영신이 저놈이 교회 안 간다 카드나? 참말로 별일이네 그리 믿음 좋은 놈이 와 그라는데?

길자   (방문 열고 나오면서) 그러게 말이니더! 무슨 일인둥 통 말도 안 하는 기라예!

영신   (소리) 오늘 저녁에 교회 가서 저녁예배 드릴 꺼란 말야! 낮에는 안 가!

미나리할매   이눔아야! 대예배를 드려야 주일성수 하는 기라! 저녁예배는 저녁예배구! 니 내 교회 갔다 와가 내캉 이야기 좀 하자! 알았제? 자 빨리 가자! 오늘은 많이 늦었다카이!

길자   야!

미나리할매하고 길자가 문 밖으로 나간 후, 영신이가 짜증스런 표정을 하고 방문을 열고 나온다. 그리고 세숫대야를 들고 나와 세수를 한다. 이때 우 교수의 목소리가 들린다.

영신교수   (소리) 그 두 주간 동안 나는 시험에 빠져 있었던 것 같다. 지난번 중등부 야유회 일로 인해 나는 교회에 가기가 무서웠던 것이다. 전도사님과 선생님은 나를 믿음 좋고 똑똑한 모범생이라고 늘 칭찬을 해주었는데, 어린놈이 벌써부터 여자나 쫓아다니고 또 교회를 연애당이라고 불릴 수 있는 근거를 만들었으니 얼마나 챙피한 노릇인가! 더구나 선배형들과 누나들이 나를 쳐다볼 텐데 그 시선을 어떻게 감당해 낼 수가 있겠는가. 무엇보다도 황진숙이 나를 싫어할 것만 같았다. 자기 남자 친구가 있는데 내가 얼쩡댄다면 얼마나 귀찮겠는가! 하는 그런 생각에서 말이다. 그런데 그 주일 날 오후에 내 친구 종대가 찬열이와 함께 성남동 달동네에 사는 우리 집까지 날 찾아왔다. 찬열이는 나와 같은 보문중학교 미술부원이기 때문에 우리 집을 알았다.

찬열이와 종대가 마당 문을 열고 들어온다. 마루에 앉아 영어단어 공부를 하고 있는 영신이 깜짝 놀란다.

찬열 영신아! 종대 왔어!

영신 (마루에서 일어서며) 뭐라구 종대가?

종대 임마! 나야! 나, 종대!

영신 아니 어떻게 여기까지 왔어?

종대 니가 교회에 안 나오니까 왔지! 또 전도사님과 선생님이 니가 어디 아파서 안 나오는 거 아니냐고 무척 걱정을 하시며 나보고 가보라고 하셨어! 다음 주에도 안 나오면 직접 심방 오신다고…

영신 …

찬열 너 지난번 야유회에 갔던 일 때문에 그래? 황진숙 땜에 쫙

팔려서?

영신   야, 똥!

종대   아! 선배누나들이 니가 황진숙을 좋아하는 거 같다고 했던 말 때문에? 임마 그건 농담이야! 누나들이 장난으로 그랬던 거야!

영신   그래두 내가 얼마나 쪽팔렸는데… 그리구 태규 형이 나보고 뭐라고 했는 줄 알아?

종대   뭐라구 했는데?

영신   나보고 너 진숙이한테 괜히 까불지 말라고 공갈을 치더라!

종대   설마? 그 형 굉장히 맘 좋고 재미있는 형인데…

영신   그래두 자기 여자 친구한테 내가 관심을 보인다구 날 괴롭힐 거 아냐!

종대   뭐? 누가 여자 친군데? 진숙이? 하하하. 아냐 임마, 태규 형은 진숙이 사촌오빠야!

영신   뭐라구?

종대   그래 임마, 황태규, 황진숙! 너 여태 몰랐어?

찬열   그러니까 이 새끼가 태규 형 땜에 겁먹고 교횔 안 나왔구나! 그치!

영신   야, 똥! 너 좀 가만히 있어봐!

종대   이놈 별명이 똥이야? 왜 하필이면 똥?

찬열   (화들짝 영신이에게) 너야말로 가만히 있어! 암말 말고!

영신   (미소 지으며) 다음에 얘기해줄게!

종 대   그래 언제 교회에 나올 건데?

영신   … 몰라! 생각 좀 해보고…

종대   학생부 성가대에서도 선배들이 너 왜 안 나오는 거냐구 걱정들 하던데… 그냥 나와! 조금 있으면 대전시 교회 청소년합창대회가 인동장로교회에서 열리는데 우리 성가대도 나간다고 했단 말이야!

찬열 너 성가대도 하는 거야? 미술 하는 놈이 음악도? 별거 다 하네…

종대 아! 내가 인제 알겠다! 진숙이랑 니링 뭔가가 있어! 그러니까 아까 진숙이 동생 태성이가 이걸 너한테 갖다 주라고 하더라!

영신 뭐? 태성이가 진숙이 남동생이야? 태규 형 동생이 아니구!

종대 태성인 진숙이 친 동생이고 태규 형은 사촌형이지! 너 그렇게 교회에 같이 다녀놓고도 여태 그걸 몰랐어? 자 받아 봐!

영신 뭔데? 이거 전도지 아냐?

종대 태성이가 이거 너한테 전해 주라고 해서 난 그냥 전도진 줄 알고 가져왔는데 뭔가 냄새가 나!

짧은 음악과 함께 우영신 교수의 목소리가 들린다.

영신교수 (소리) 그날 나는 깜짝 놀랐다. 종대 편으로 보내온 태성이가 전해주라고 했던 전도지 속에는 내 직감처럼 그 속에 짧은 편지가 들어 있었다. 나는 친구들이 간 다음에 떨리는 마음으로 속지가 풀로 붙여진 그 전도지를 뜯어보았다. 네 번 접은 흰 종이에는 반듯하고 예쁜 글씨체로 황진숙이 내게 보낸 편지였다. "그때는 정말 미안했어. 나도 니가 나를 자꾸 바라보는 것을 느꼈는데 내 친구 혜숙이가 옆에서 말해주길래 깜짝 놀랐던 거야. 우린 학생이잖아 나는 부담스러운 것이 싫어! 앞으로 조심해줘! P.S 미술왕에게 드림" 그날 밤 나는 그 편지를 몇 번이고 들여다보면서 밤잠

을 설레었다. 답장을 써야 하나 말아야 하나 고민을 하다
가 겨우 어렵게 문장을 완성해서 답장을 썼다. 그런데 그
것이 화근이 될 줄 누가 알았으랴!

#8. 영신네 방 안

영신이가 방 안 책상에 앉아서 혼자 기도를 한다.

영신 (소리) 아버지 하나님 정말 속상해요. 이젠 진짜로 이 교회
에 다닐 수가 없을 것 같아요. 그 똥, 아니 찬열이 놈이 그
래도 친구라고 믿고 내가 쓴 답장 편지를 몰래 태성이한테
전해주라고 했는데, 지가 먼저 뜯어보고는 교회 친구 전체
에게 돌렸어요. 여학생들도 봤대요. 이번에는 진숙이가 교
회 1층에서 그 사실을 알고 펑펑 울었고, 태규 형도 나를
교회에서 만나면 가만두지 않을 것 같아요. 학생회 성가대
형들이랑 누나들도 다 안대요. 하나님! 이제 어떡해요? 정
말 교회 나갈 수가 없어요. (두 손을 모으고 있을 때) 네? 다른
교회로 옮기라구요? 교회가 꼭 거기만 있는 게 아니라구
요? 정말요? 네에? 미나리 할머니가 지난번에 엄마랑 같
이 부흥회로 갔던 그 교회요? 그래도 되나요?

#9. 꿈속에서

영신, 어느 드넓은 들판 외길을 혼자 걷고 있다. 무지갯빛이 노래방

유리등에 반사되어 비추이는 것처럼 여러 색상의 조명이 영신의 얼굴을 비춘다. 잔잔한 음악과 함께.

영신교수 (소리) 그즈음 어느 날 밤 나는 꿈을 꾸었다. 내가 혼자서 어디론가를 걷고 있었다. 그 길은 나 외에는 아무도 걷지 않는 외길이었다. 한참을 가다보니 내 앞에 큰 계단이 놓여있어 나는 무심코 그 계단을 오르기 시작했다. 그런데 어느 지점에 이르니 계단이 너무 썩어서 그 계단을 밟으면 부서져 버릴 것만 같아서 한 계단을 껑충 뛰어서 올라섰다. 그리고 계속해서 오르는데 좌우에 구름이 보였다. 그런데 이번에는 내 앞에 내가 올라가야 할 두 계단이 아예 없는 것이 아닌가! 뒤를 돌아보니 나는 이미 높은 곳에 올라와 서 있었고 밑으로 내려가기엔 너무 높아서 현기증이 날 정도로 높은 곳에 서 있었다. 또 내 앞에 텅 빈 두 계단 밑으로 보이는 까마득하게 먼 땅의 풍경이 보였다. 나는 무서워서 더 이상 계단을 오르지 못하고 겁을 먹은 채 아버지 하나님께 울면서 기도를 했다. 그러다가 잠에서 깨어났다.

영신 하나님! 엇? (꿈속에서 울다가 잠자리에서 깨어 일어난다)

이때 부엌에서 엄마의 소리가 들린다.

길자 (소리) 뭔 일이고? 니 자다가 가위 눌렸나?
영신 아니? 아니야! 엄마, 나 괜찮아!
길자 (소리) 니 일났으면 새벽기도나 다녀오지! 오늘이 반꽁일이니까 학교서 일찍 올 거 아이가!

영신 응! 그렇게 할게. 엄마! 근데 엄마! 물건 떼러 이렇게 일찍 나가는 거야?

길자 새삼스롭고는… 내 먼저 간데이!

영신 응, 조심해서 가. 엄마! (독백) 아! 불쌍한 우리 엄마… 하나님 도와주세요!

영신교수 (독백) 그날 나는 그런 꿈을 꾸고 난 다음에 혼자서 새벽기도회에 나갔다. 그리고 예배 후 개인기도회 시간에 "하나님 저도 성령 받을 수 있도록 성령세례를 주세요!"라고 기도를 드렸다. 그런데 갑자기 아까 꾼 꿈이 자꾸만 기도 중에 생각이 났다. 그래서 처음엔 개꿈일 거라고 생각했지만 영 마음이 개운치 않아서 하나님 아버지께 물어보기로 했다. 이건 순전히 내 생각에 의해서였다. 그랬더니 갑자기 내 입에서 내 스스로 이런 말이 튀어 나왔다. 외길은 내 인생길이고 내 앞에 펼쳐진 계단은 천국 가는 계단인데 낡고 부실한 계단은 주일날 예배를 드린다고 하면서도 예수님보다 네 마음에 두고 있는 그 소녀를 더 많이 생각하면서 온전한 예배를 드리지 않은 까닭이다. 또 두 계단이 없어진 것은 네가 두 번씩이나 주일 성수를 하지 않은 때문이라고 중얼거렸던 것이다. 지금도 그 기억이 생생하다.

영신 (화들짝 놀라며) 엇! 지금 내가 뭐라고 혼자서 중얼거린 거지? 그래! 내가 그렇게 했지! 맞아! 이것은 분명히 하나님께서 내 심령 상태를 꿈으로 보여주신 걸 거야! 그리고 방금 나도 모르게 중얼거린 것은 분명히 우리 성령님께서 해석해주신 것이고… 네 하나님 알겠습니다. 이제 다시는 주일을 범하는 자가 되지 않겠습니다.

영신교수 (소리) 그날 이후 나는 절대로 주일날 예배에 빠져서는 안 된다고 결심을 했고 이 신기한 꿈이 내 기억 속에서 사라지지 않게 하기 위해서 내 일기장에다 꿈 이야기를 세세하게 적어놓았다. 그때의 결심은 지금까지도 지켜지고 있다.

"불길 같은 성신여 간구하는 우리게" 박수치며 부르는 회중찬송이 은은하게 울려 퍼지며 F.O

#10. 정동교회 안

강단 위에서 예배를 인도하는 고창훈 목사님과 열정적으로 박수를 치면서 찬송을 부르고 있는 방석 위에 앉은 교인들.

불길 같은 성신여 간구하는 우리게
지금 강림하셔서 영광 보여 주소서
성신이여 임하사 내 영혼의 소원을
만족하게 하소서 기다리는 우리게
불로 불로 충만하게 하소서

구속하신 주께서 허락하신 성신을
믿고 간구하오니 지금 내려 주소서
성신이여 임하사 내영혼의 소원을
만족하게 하소서 기다리는 우리게
불로 불로 충만하게 하소서

영신교수 (소리) 그렇게 해서 나는 어릴 때부터 다니던 교회를 옮기게 되었다. 처음에는 전도사님과 선생님, 또 친구들과 헤어지는 것이 섭섭해서 힘들었지만 새로 옮긴 교회에서의 새로운 예배방식과 그곳에서 만난 새로운 친구들의 뜨거운 신앙적 열정에 감동을 받았다. 그래서 아! 하나님께서 나를 이래서 교회를 옮기게 해주셨구나! 하는 생각과 함께 감사하는 마음을 가지게 되었다. 그리고 새로운 사실은 성경 속에 기록된 성령님을 인격적으로 만나게 되는 체험을 하게 된 것이다.

고목사 거리에서 전도를 하다보면 믿지 않는 사람들은 이렇게 질문을 합니다. 믿는 것도 좋고 착하게 살자는 것도 다 좋은데 당신이 말하는 하나님 그분이 살아있다는 증거를 한 번 대보시오. 아니 시퍼렇게 눈을 뜨고 살면서도 코 베어가는 세상인데 어떻게 하나님을 직접 볼 수도 들을 수도 없는데 무조건 믿으라고 하는 겁니까? 하고 말입니다. 성도 여러분! 그러면 여러 성도님들은 그런 사람들에게 무어라고 답변을 하시겠습니까? 우리는 이미 구원에 대한 확실한 체험을 했기 때문에 하나님이 살아계심을 믿는 거지만 그러한 체험도 없는 비신자들에게 하나님 살아계심에 대한 증거는 참 어려운 것입니다. 네? 무어라 증명할 수 있을까요?

영신 (독백) 하나님! 저도 친구들이 저렇게 물어오면 참 난감해요. 어떻게 대답을 해야 하나요?

#11. 자연 풍경 속의 영상

아름다운 음악과 함께.

아름다운 들판에 끝없이 피어있는 빨간 튤립 꽃, 푸르른 나뭇가지가 휘날리며 시원한 바람이 불어오는 언덕, 하얀 양무리들, 그리고 찬란한 저녁노을, 그 하늘가를 한 줄로 날아가는 기러기 떼, 또 반짝이는 밤하늘의 수많은 별들과 둥근 달, 꼬끼오 닭이 훼치는 소리와 함께 열리는 아침 풍경, 음메 소 울음소리와 농부들의 밭갈이. 저 멀리 보이는 산 풍경과 마을 풍경 등등의 영상이 비추인다. 그 끝 부분에 고 목사님의 말씀이 O.L된다.

고목사   이러한 대자연이 어떻게 그들 스스로 만들어지고 어우러지고 저렇게 아름다운 풍경을 보여줄 수가 있는 것입니까? 바로 우리가 바라볼 수 있는 저 대자연 속의 아름다운 창조물이 곧 하나님께서 살아 계시다는 증거이지요. 이것을 일반적인 계시라고 합니다.

#12. 성인들의 영상

고 목사님의 설교 속에 나타나는 인물들의 영상.

고목사   (소리) 젊은 날 방탕한 패륜아였다가 하나님의 부르심을 받아 새로운 인생역전으로 성인이 된 성 프란체스코, 기독교를 대적하다가 다메섹 도상에서 예수의 음성을 듣고 새로운 구도자의 길을 걷게 된 사도바울, 안악산골 시장터의 유명한 동네깡패였다가 서양 선교사의 전도로 한국의 전설적인 부흥사가 된 김익두 목사, 폐병으로 죽음 직전에 하나님의 음성을 듣고 살아나서 세계 최대의 교회를 세운 조용기 목사, 기독교를 전면 부인했다가 새로운 진리를 발견하고 회심 후 많은 사람들에게 전도하여 일본의 최고 스승이 되어 수상 1명, 총리 5명, 교육부장관 4명, 동경대 총장 4명, 복지부 관료 70% 뿐 아니라 우리나라 함석헌, 김교신, 도산 안창호 선생 등 수많은 기독교 제자들을 길러낸 일본의 우찌무라 간조 목사 등은 모두 하나님의 영적인 체험을 통해 변화를 받은 분들입니다.

고목사 (소리) 바로 이렇게 하나님의 특별하신 영적인 체험을 통해 병을 치료함 받고 삶의 극단적인 문제를 해결함 받고 다양한 삶에 변화를 받는 또한 지금도 수많은 기독교인들이 기도하고 간구할 때에 나타나는 성령의 신비로운 은사체험 등은 모두 하나님께서 살아 계시다는 증거를 보여주시는데 이것을 특별 계시라고 부릅니다.

#13. 다시 정동교회 안

영신 교회 바닥에 엎드려 두 손을 모으고 기도한다. 이때 은은한 찬송소리가 코러스로 들려온다.

영신 (독백) 살아계신 하나님. 저도 성 프란체스코나 사도바울, 김익두 목사님, 조용기 목사님, 또 우찌무라 간조 목사님과 같이 영적인 체험을 통해 변화 받는 삶을 살게 해주세요! 그리고 우리 가정에도 기적이 나타나게 해주세요!

찬송 코러스 은은하게 up-down 조용히 사라진다. 중학생 영신이의 기도 모습과 우 교수의 모습이 끝 부분에 짧게 O.L된다.

#14. 우영신 교수의 서재

우 교수 두 손을 모으고 기도하는 모습.

영신교수 (독백) 그렇게 나는 중학교 2학년 때 교회를 옮긴 후 새로운 신앙생활의 변화된 일상을 배우게 되었고, 소위 성령세례라는 영적인 체험을 하게 되었다. 그러한 신앙적 체험 이후 나는 누구에게도 설명하기 어려운 이 경험을 바탕으로 나만이 느낄 수 있는 삶의 변화, 나만이 느낄 수 있는 생활 속 기적, 또 나만이 느낄 수 있는 내 인생의 정체성 등을 알게 된 것이다. 이것은 지금도 느껴지는 하나님의 선물이요 축복임을 나는 인정하고 있다. 한 번은 이런 일이 있었다.

#15. 정동교회 1층 예배당

어린아이들이 모여 노래와 율동을 하면서 분반공부를 하고 있는 모습을 물끄러미 바라보는 중학생 영신.

영신 (독백) 나도 쟤네들만 했을 적에 엄마가 나를 교회에 가지 못하게 하려고 속옷을 벗겨 빨래터로 가시는 바람에 난 닝구를 잡아당겨 아랫도리를 가리고 교회에 간 적이 있었 지! 후후. (미소 짓는다)

이때 긴 머리를 고무줄로 묶고 하얀 원피스를 입은 강은혜 전도사 가 영신이를 향해 다가온다.

강전도사 영신학생!

영신 네…? 전도사님.

강전도사 무얼 그리 쳐다보는 거야? 아이들? 우리 주일학교 아이들 정말 예쁘고 귀엽지?

영신 예! 정말 귀여워요!

강전도사 그럼 말이야! 조금만 있으면 아이들 분반공부 끝나고 모 두 집으로 갈 거거든. 그럼 너 잠깐만 기다렸다가 나하고 이야기 좀 할 수 있겠니?

영신 네, 그런데 얼마나 오래 걸리는데요?

강전도사 왜? 바빠?

영신 그게 아니구요. 조금 있다가 학교엘 가려구요!

강전도사 아니 학교엔 왜? 오늘은 주일이라서 학교에 안 가도 되 잖아?

영신 오늘 학교 미술반 아이들이 모두 모여서 미전 준비로 그림 을 그리기로 했거든요! 조금 늦는 건 괜찮은데 빠지면 미 술부 선배 형들한테 혼나요!

강전도사 그래? 그럼 다음 주에 만날까?

영신 아니 조금 기다릴게요.

강전도사　그래, 그럼 내 빨리 주일학교 얘들 정리하고 올 테니까는 교회 앞 벤치에서 기다리고 있음 좋겠다.

영신　네!

음악.

#16. 교회 앞 벤치

영신이 벤치에 앉아 영어 단어장을 꺼내 단어를 외우고 있다. 여름 햇살이 따갑다.

영신　(단어장을 펴들고) 픽쳐! P.I.C.T.U.R.E ! P. I. C⋯ T.U.R.E 픽쳐⋯ 아티스트 A.R.T.I.S.T 예술가 아티스트.

강전도사　어머, 영어 단어 외우고 있구나!

영신　아, 예!

강전도사　(빵봉지를 건네주며) 아직 점심 안 먹었지? 이거 먹어봐라. 우선 이걸로 요기하고 전도사님하고 얘길 나누고 어서 집에 가서 점심 먹고 학교에 가봐!

영신　아니 괜찮은데요. 이따가 전도사님 드세요!

강전도사　아니야 괜찮으니까 어서 먹어! 내 몫도 벌써 챙겨놨어! 에⋯ 그러니까 내가 너를 좀 보자고 한 것은 말이야!

영신　⋯?

강전도사　너 다음 주부터 주일학교에 와서 우릴 좀 도와주지 않을래?

영신　예? 제가요⋯?

강전도사　그래. 니가 우리 주일학교에 와서 반사가 되어서 주일학교를 도와주면 좋을 것 같아서.

영신 반사가 뭔데요?

강전도사 반사가 뭐긴 주일학생들을 가르치는 교회학교 선생님이란 말이지!

영신 제가요? 저는 아직 어린 학생인데요!

강전도사 물론 니가 아직 어린 중학생이라서 반사가 좀 무릴 거라는 건 잘 알지만 큰 교회 아닌 우리 같이 작은 교회에서는 성도들이 많지 않아서 너 같이 믿음 좋고 성실한 어린 중학생들도 할 수가 있어! 나도 예전에 우리 시골 고향에 있을 적에 그랬거든 난 중학교 1학년 때부터 반살했어!

영신 에이 그래두 여긴 도시잖아요. 그리고 성철이, 윤구같이 6학년 애들은 저보구 형이라고 부르는 걸요!

강전도사 그게 뭐 어때서? 형이니까 형이라고 부르라고 해! 그렇지만 그런 호칭이 중요한 게 아니구 지금은 아직 네가 어리니까 보조반사를 하면서 우릴 좀 도와 달라는거야! 너 그림 잘 그리잖아. 그리고 노래도 잘 한다던 걸…? 그런 걸로 도와주면 되잖아! 어때 그렇게 해 줄 수 있겠어?

영신 네. 그런 걸로 도울 수는 있겠지만 아직 반사는 자신 없어요. 그냥 다음 주부터 주일학교에 와서 필요한 그림도 그려주고 장난감도 치워주고 아이들 가고나면 청소도 해줄게요. 그런 거는 자신 있어요!

강전도사 너무 고맙구나 영신아! 우린 그런 너의 재능이 필요해! 하나님께서도 그런 너의 재능을 통한 헌신을 아주 기뻐하실 거야. 정말 고맙다, 영신아!

#17. 교회 1층 주일학교 예배실

교회 창문 너머로 주일학교 아이들의 노래가 들려온다. 그리고 영신이 주일학교 어린이들과 함께 노래를 가르친다.

영신 저어기 시골 조그마한 동네에 어여쁜 작은 교회가 있었어. 어느 눈이 많이 오는 날 들판이 모두 하얗게 되었는데 갑자기 그 교회에서 종소리가 울려오는 거야! 왜냐하면 그날이 바로 아기 예수님께서 탄생하신 날이거든! 그래서 땡땡땡! 오늘은 아기 예수님이 탄생하신 날입니다. 그러니까 모두 착하고 예쁜 마음으로 박수를 칩시다. 땡땡땡!

꼬마아이들 (모두 박수를 친다) 짝짝짝.

영신 그렇지. 모두 교회 종소리를 들은 사람들은 착한 마음 예쁜 마음으로 하나님 감사합니다하고 박수를 친 거야. 이제 그 노래를 부를 건데 우리 예쁜 유치부 어린이들이 먼저 내가 부르는 노랠 따라 하는 거다! 알았지?

꼬마아이들 네에!

영신 탄일종이 땡땡땡.

꼬마아이들 탄일종이 땡땡땡.

영신 그런데 그 종소리가 아주 시끄럽게 들렸을까? 아니면 조용하고 예쁘게 들렸을까?

꼬마아이들 조용하고 예쁘게요!

영신 그래 맞았어! 그런데 그 조용하고 예쁘게 들리는 종소리를 은은하게 들린다고 하거든. (노래를 한다) 은은하게 들린다. 자 시작!

꼬마아이들 은은하게 들린다.

영신	저 깊고 깊은 산속 오막살이에도 탄일종이 울린다.
꼬마아이들	저 깊고 깊은 산속 오막살이에도 탄일종이 울린다.
영신	네에 아주 잘했어요. 우리 유치부 어린이들 정말 노랠 잘 하는데! 최고!
꼬마아이들	히히헤헤!
영신	그럼 이제부터 노래를 부르면서 내가 하는 대로 나를 따라 해보는 거야! 아주 쉬워! (두 손으로 율동을 하며 노래를 가르친다)

#18. 교회 1층 주일학교 바깥 현관

고 목사님과 강 전도사 창문 안을 들여다본다.

고목사	우영신이가 몇 학년이라고 했지?
강전도사	중학교 2학년이래요.
고목사	그런데 어쩜 저리도 아이들을 잘 가르치지? 정말 놀라운걸!
강전도사	노래만이 아니라 그림도 아주 잘 그려서 저 예배당 벽면에 그려 붙인 그림들 하고 아이들 출석그래프 등 모두가 영신 학생이 혼자서 다 그려놓은 거예요! 참 재능이 많은 학생이에요 목사님!
고목사	정말 보배인데! 저런 아이를 잘 키우면 이 다음에 훌륭한 주의 종이 될 거야! 강 전도사님이 잘 보살펴 주세요!
강전도사	네, 목사님!

#19. 다시 1층 주일학교 예배실

영신이와 아이들 율동을 하면서 노래를 부른다.

탄일종이 땡땡땡 은은하게 들린다
저 깊고 깊은 산속 오막살이에도
탄일종이 들린다

탄일종이 땡땡땡 멀리멀리 퍼진다
저 바닷가에 사는 어부들에게도
탄일종이 들린다

탄일종이 땡땡땡 고요하게 울린다
주 사랑하는 아이 복을 주시려고
탄일종이 울린다

영신   정말 잘했어요. 그럼 우리 유치부 어린이들은 이 노래로 크리스마스이브 때 꼬마산타 옷을 입고 노래를 부르는 거다 알았지?

꼬마아이들 네-에!

영신   그럼 유년부 어린이들! 너희들은 하얀 쉐터를 입고 빨강 목도리와 장갑을 끼고 징글벨 노래를 부를 거야! 다 같이 이 노래를 부를 때에 나는 옆에서 스프레이로 눈을 뿌릴 거니까 놀라지 말고 그냥 율동하면서 노래를 부르면 돼! 알았지?

유년부아이들 네-에!

영신   이 노래는 모두 다 잘 알 테니까 기쁜 마음으로 실제로 썰매를 타고 노는 기분으로 노래를 부르면 돼. 참! 영어 발음 틀리지 않도록 조심하고 말이야! 오케이?

유년부아이들   (다같이) 오케이!

#20. 교회2층 대예배실

성탄 전야 온 교회 가족들이 모여 성탄축하 공연에 흥겨워하고 있다. 이때 징글벨 피아노 반주 소리와 함께 유년부 어린이들이 교회 단상 위로 올라온다.

어린애(여) 얘들아 얘들아! 누가 가장 먼저 썰매를 타고 교회에 가는지 우리 모두 내기할까?

어린이2(남) 내기 하나마나지. 썰매 하면 우리 남자아이들을 너희 여자아이들은 못 따라올걸!

어린이3(여) 길고 짧은 건 대봐야지! 우리 여자아이들도 만만치 않거든!

어린애(여) (호각을 꺼내 한번 길게 불어댄다)

아이들 모두 제자리에서 두 손을 흔들며 공당공당 뛴다. 그리고 자연스럽게 줄을 맞추며 율동과 함께 징글벨 노래를 부른다.

Dashing through the snow (대슁 스루더 스노우)

in a one-horse open sleigh (인어 원홀스 오픈 슬레이)

O'er the fields we go (올 더 필스 위 고)

laughing all the way (랩핑 올 더 웨이)

Bells on bobtails ring (벨스 온 밥테일스 링)

making spirits bright (메이킹 스피릿 브라잇)

What fun it is to ride and sing (왓 펀잇 이즈 투 라이드 앤 싱)

a sleighing song tonight (어슬레이그 송 투나잇)

Oh! Jingle bells, jingle bells (오! 징글벨, 징글벨)

jingle all the way (징글 올 더 웨이)

이때 영신이가 산타할아버지 복장으로 나와 노래하는 아이들 머리 위로 스프레이 눈을 뿌린다.

Oh what fun it is to ride (오 왓펀 잇이즈 투 라이드)

in a one-horse open sleigh (인어 원 홀스 오픈 슬레이)

Hey! Jingle bells, jingle bells (헤이! 징글벨, 징글벨)

jingle all the way (징글 올 더 웨이)

Oh what fun it is to ride (오왓펀 잇이즈 투 라이드)

in a one-horse open sleigh (인어 원 홀스 오픈 슬레이)

Okay, everyone together now! (오케이, 에브리원 투게더 나우!)

흰 눈 사이로 썰매를 타고 달리는 기분 상쾌도 하다
종이 울려서 장단 맞추니 흥겨워서 소리 높여 노래 부른다
헤이…

아이들의 노랫소리와 영상이 초등부 어린이들 마구간 장면과 O.L된다.

#21. 무대 위의 마굿간 풍경

'고요한밤 거룩한 밤' 아름다운 음악이 흐르면서 마구간에 조명이
들어오면 마리아가 앉아있고 요셉이 서 있다. 그리고 아기예수 인형
이 구유에 놓여 있다. 마구간 뒷 벽면에 별들이 반짝인다. 이때 마구
간 옆에 놓인 높은 사다리 위로 천사모양을 한 어린이가 하프를 들
고 독창을 한다.

초등어린이1　고요한 밤 거룩한 밤 어둠에 묻힌 밤 주의 부모 앉아서
　　　　　　감사기도 드릴 때 아기 잘도 잔다 아기 잘도 잔다

이어 천사 분장을 한 세 명의 어린이들이 나팔을 들고 또 다른 사다
리에 오르며 중창으로 노래를 부른다.

초등어린이들　고요한 밤 거룩한 밤 영광이 둘린 밤
　　　　　　천군 천사 나타나 기뻐 노래 불렀네
　　　　　　구주 나셨도다 구주 나셨도다

이번에는 동방박사 세 사람이 아기예수께 선물을 들고 등장. 구유
앞에 무릎을 꿇고 반대편으로 목자로 분장한 네 명의 아이들이 함
께 등장하여 다 같이 노래를 부른다.

초등부어린이들　(합창) 고요한 밤 거룩한 밤 동방의 박사들

별을 보고 찾아와 꿇어 경배 드렸네
구주 나셨도다 구주 나셨도다

모든 출연자들과 관중석에 있던 교회 식구들이 다 함께 촛불을 켜
들고 어둠 속에서 합창을 한다.

고요한 밤 거룩한 밤 주 예수 나신 밤
그의 얼굴 광채가 세상 빛이 되셨네
구주 나셨도다 구주 나셨도다

합창장면이 무대 조명과 함께 서서히 F.O된다.

#22. 눈 내리는 마을 언덕길

유년부 어린이들인 윤희, 영숙, 미희가 노래를 부르며 언덕길을 걸
어온다.

윤희 아이 추워! 코 떨어지겠다.

영숙 나두!

윤희 참! 애들아, 이제 크리스마스가 몇 밤 남았지?

미희 응… 그러니까 세 밤. 그건 왜?

영숙 왜긴! 얘가 산타클로스 할아버지 선물을 기다리거든.

미희 피! 난 또 뭐라구! 산타클로스 할아버지가 세상에 어딨니?
그건 다 동화이야기지!

윤희 아냐! 그건 너희들이 몰라서 그래! 난 작년에 산타클로스

할아버지한테 선물을 받아 봤는걸!

영숙　정말? 정말로 그 산타클로스 할아버지를 진짜로 만나본 거야?

윤희　아니… 본 건 아니지만 선물은 받았어!

미희　거 봐 얘! 보지는 못했지. 그건 다 아빠나 엄마가 일부러 꾸민 거야.

영숙　그래 맞아! 나도 작년에 우리 아빠가 그랬는걸.

윤희　그러니까 그 아빠하고 엄마가 산타클로스가 되는 거지! 내 나이가 몇 살인데 그걸 모르고 한 말이겠니? 내 얘긴 올해도 울 아빠 엄마가 내게 선물을 주실까 하는 거지! 아 제발 이번엔 큼직한 거였으면 좋겠다.

미희　난 작더라도 비싼 거였으면 더 좋겠어.

영숙　난 아무 거라두 예쁜 것 받았으면 좋겠다.

이때 허수룩한 할아버지가 아이들에게 다가선다.

할아버지　(힘없이) 얘… 얘들아!

아이들　엄마야! (깜짝 놀라며 옆으로 피한다)

할아버지　너… 너희들 혹시… 허… 헌 인형 가진 거 없니?

영숙　인… 인형이요?

할아버지　그… 그래. 거 만약에 있다면 내 도… 돈을 줄 테니 내게 팔아라.

아이들　… 팔아요?

할아버지　그… 그래 헌 인형을 사고 싶구나!

윤희　그런데 왜 하필이면 헌 인형을 사시려고 그러세요? 인형 가게에 가시면 좋은 것 많을 텐데요.

할아버지 그… 그건. (우물쭈물한다) 그럴만한 사정이 있단다.

아이들 서로 이상하다는 듯이 쳐다보다가.

윤희 얘, 미희야! 너네 집에 헌 인형 있었지? 왜 눈 하나 빠진 거 말야!

미희 응… 있어. 그런데 왜?

윤희 필요 없으면 할아버지 드리자.

미희 (천천히 고개를 끄덕이며) 고양이가 오줌을 싸서 더러울 텐데 그러지 뭐!

할아버지 고… 고맙구나…

#23. 미희네 집 대문 앞

할아버지는 계속해서 기침을 하면서 초조하게 서 있다. 그 옆에서 아이들 이상하다는 듯 고개를 갸우뚱거리며 할아버지를 쳐다본다. 이때 대문이 열리며 미희, 헌 인형을 들고 나온다.

미희 할아버지! 이렇게 헌 것도 되나요?

할아버지 오! 고… 고맙다. 암 되구말구. (천천히) 그… 그런데 이것 얼마 주면 되겠니?

미희 괜찮아요. 그 인형은 버리려고 했던 거니까 돈은 필요 없어요.

할아버지 저… 정말이냐? 아이구 이거 원 고마워서 어쩌나. 얘들아! 저… 정말 고맙다. 정말 고마워. (혼잣말로) 성아야! 곧 기다려라.

아이들 성아?

영숙 할아버지, 성아가 누구예요?

할아버지 으… 응! 거 우… 우리 똥갱아지! 콜록콜록 얘… 얘들아, 정말 고맙다… 그럼 잘들 놀아라.

아이들 네! 할아버지. (할아버지 사라진다)

윤희 참 이상하지. 왜 하필이면 헌 인형을 사시려고 했을까?

미희 글쎄…?

영숙 할아버지네 집 똥강아지 놀잇감으로 준다고 했잖아!

이때 갑자기 욱이와 영진이가 뛰어 든다.

욱이 얘들아!

여자아이들 엄마야!

윤희 아유 깜짝이야. 두 번째 놀랐잖아! 얘.

욱이 히히 깐순이가 놀라는 걸 보니까 재미있는 걸! 히히!

윤희 뭐 깐순이? 너 정말 죽을래?

욱이 미안 미안! 그런데 너희들 방금 그 할아버지가 뭐라구 하시대?

영숙 아니 그건 왜?

영진 글쎄, 뭐라구 하더라니까?

윤희 헌 인형을 팔라구 해서 미희가 그냥 줬어.

욱이 뭐? 헌 인형? 음… 그래 그렇다면 우리 짐작이 틀림없어.

영진 그래! 아무리 봐도 수상해. 벌써 며칠 전부터 저러구 다니셨거든!

욱이 내 생각엔 간첩 아니면 무슨 나쁜 사람인 것 같아! 인형은 그냥 하는 소리고 우리 동네를 염탐하러 다니는 것이 분명해!

여자아이들 뭐? 간첩? (깜짝 놀라며) 어머나, 무서워!

영진 자, 우리 이러구 있지말구 빨리 저 할아버지 뒤를 미행해 보자.

욱이 그래! 가자! (재빠르게 달려간다)

윤희 (천천히) 내 생각엔 그런 것 같지는 않았는데…

미희 그래… 나두 그냥 불쌍한 할아버지인 것만 같았어.

영숙 아니야. 어쩌면 욱이 말이 맞을지도 몰라. 간첩은 표시가 없으니까.

윤희 아이 무서워.

미희 얘들아! 그만 떨구 우리 집에 가서 놀래?

아이들 그래… (미희네 대문을 열고 안으로 들어간다)

브리지 음악.

잠시 후 여자아이들 즐겁게 웃으며 대문을 열고 나온다. 이때 욱이와 영진이가 울상이 되어서 시무룩하게 여자아이들 곁으로 다가온다.

윤희 아니? 쟤들 좀 봐!

영숙 얘들아! 왜 그러니 왜 울상을 하고 그래? 응?

욱이 아무 말도 꺼내지 말어.

미희 아니? 왜 그러냐니까?

윤희 오라! 너희들 그 수상한 할아버지 뒤따라 가다가 무슨 일 당했구나? 그치?

영숙	오! 참! 그래. 그 할아버지가 정말 간첩이나 나쁜 사람이야?
영진	(크게) 말 시키지 말라니까. (울먹거린다)
미희	응. 사실이구나. 사실이야! 그 할아버지 뒤를 미행하다가 분명히 당했어! 그치?
욱이	아니라니까! 그 할아버진 그런 분이 아니야! 훌륭한 분이셨단 말야.
아이들	뭐라구? 훌륭한 분?
욱이	그래!
윤희	그런데 왜 그렇게 울상을 하며 기운이 없는 건데?
영진	슬프니까 그렇지 뭐.
영숙	참 이상하다. 점점 더 알 수가 없는 말들만 하네?
욱이	옳지! 좋은 수가 있다.
영진	아니 뭔데?
욱이	우리가 성아를 위해 인형을 사자. 어때?
영진	오라! 그거 좋은 생각이다.
윤희	뭐라구? 이젠 너희들이 인형을 사?

더욱 의아해 하면서 서로 얼굴을 쳐다본다.

욱이	사실은 말야. 아까 우리들이 그 할아버지가 수상해서 그 뒤를 따라 가봤거든.
미희	그래서?
욱이	그랬더니 그 할아버지는 우리들이 미행하는 줄도 모르시고 그냥 막 집으로 가셨어. (잠시 이야기를 멈춘다)
미희	그래서 운 거야?
욱이	뭐라구? 넌 누굴 바보로 아니?

윤희	아냐. 어서 얘길 계속해 봐!
욱이	그런데 그 할아버지네 집이 있잖아. 아 정말 너무나 불쌍하더라. 저기 저… 도랑다리 밑에서 사는데 이건 집이 아니야.
영숙	아니? 그럼 집이 아니고 뭐야?
욱이	글쎄 내 얘길 들어 봐. 그 집은 벽도 없고 그냥 가마니로 걸쳐 놓았는데 방바닥도 그냥 가마니로 깔아놨어.
미희	아니 그럼 오늘같이 이렇게 추운 날을 어떻게 지내지?
욱이	그 안에는 어떤 어린 여자애가 얇은 이불 하나만 덮은 채 떨며 울고 있었다.

#24. 다리 밑 가마니 집 안

낡은 가마니로 벽을 두른 다리 밑 집. 어린 다섯 살난 여자아이 성아가 가느다랗게 신음을 하고 누워 있다.

할아버지	(급하게 안으로 들어오며) 성아야! 얘 성아야!
성아	(힘없는 소리로) 할아버지! 왜 이렇게 늦게 왔어?
할아버지	그래. 미안하다. 우리 성아 할아버지 많이 기다렸지?
성아	응. 할아버지!
할아버지	왜?
성아	나 배고파!
할아버지	에구 그렇구나! 우리 성아가 배고팠구나. 그래 내 얼른 나가서 국수 삶아 올 테니까는 조금만 기다려라 응? 추우니까 이불 꼭 끌어안구 있어라! 웬 위풍이 이리도 센 거여…

성아　할아버지 엄마인형 사 왔어?

할아버지　오 그래, 그럼 사왔지. 내 우리 성아 주려구 아주 큼직한 인형 사왔어요.

성아　어디 봐!

할아버지　그… 그래. 조… 조금만 기다려라. (할아버지는 얼른 품속에서 인형을 꺼내 소매로 인형 얼굴을 닦는다. 그리고 인형을 손질한다)

성아　얼른 줘 봐!

할아버지　그… 그래. (머뭇거리면서 인형을 건넨다)

성아　(힘없이 받으며 바라보다가) 에이, 이건 더럽고 눈두 빠진 병신 인형이잖아! 우리 엄마 안 같아! 싫어 싫어. 난 이런 거 싫단 말이야. (운다)

할아버지　(같이 울면서 달랜다) 서… 성아야. 지금은 우선 그것 갖구 놀아! 할아버지가 날 풀리면 일해서 돈 벌어갖구 진짜로 니 엄마 닮은 인형을 사올 테니까… 아… 알았지 성아야! 니가 울면 이 할애비 마음이 아프잖아. 응? 성아야!

성아　싫어! 싫어! 우리 엄만 이렇게 더럽지 않단 말이야! 할아버진 순 거짓말쟁이야. 잉잉. (소리 내어 운다)

할아버지　(돌아 앉아 울며) 으이구 이놈아. 그만해라. 할애비 죽는 꼴 보려구 그러는 게냐! 흑흑, 아무리 철없는 얼라라 해도 그렇지! 할애비가 날 따뜻해지면 니 엄마 닮은 인형 사온다 했잖아! 으이구 흑흑. (가슴을 치며 운다)

성아　(따라서 막 운다)

구슬픈 음악과 찬바람 소리.

#25. 미희네 집 대문 앞

여자아이들 흐느껴 운다. 남자아이들도 울먹인다.

윤희　(울면서) 어떡해! 너무 불쌍하잖아!

미희　난 그런 줄도 모르고… 엄마… 엉엉!

영숙　(울음을 멈추고) 얘들아! 우리가 그 할아버지를 도울 수는 없을까?

영진　바로 그거야! 그래서 우리가 돈을 모아 그 할아버지 대신 성아에게 인형을 사 주면 어떨까?

여자아이들　그래! 그래!

윤희　그래, 나는 일년 동안 모은 내 돼지 저금통을 가져올 거야.

아이들　나두 그럴래.

욱이　좋아! 그러면 우리 모두 다 부모님께 말씀을 드리고 각자 자기 저금통을 가져오자.

아이들　그래 그래.

영진　잠깐.

아이들　왜 그래?

영진　내 생각 같아선 부모님께 말씀을 드리지 않고 가져오는 것이 더 좋겠다.

윤희　왜?

영진　왜냐하면 우리가 착한 일을 한다고 말하고 하는 것보다 모르게 착한 일을 해 보는 것도 재미있는 일이거든.

윤희　그래! 그것도 좋은데 일년치 저금이면 돈이 꽤 될 텐데, 어른들 모르게 우리 맘대로 그 돈을 써도 될까? 나중에 말씀드려?

욱이	암튼 그건 각자 알아서 할 일이고 모두 20분 내로 이곳에 다시 모여야 해. 알았지?
아이들	알았어. (모두 자기 집으로 간다)

#26. 아이들 각자 저금통을 꺼내 오는 장면들

#27. 미희네 집 대문 앞

아이들이 모두 저금통을 들고 모여 있다.

윤희	가지고 왔니? 미희야?
미희	응. 그런데 너는?
윤희	나도 가지고 왔어.
영숙	얼마나 될 것 같니?
윤희	글쎄? 잘 모르겠어. 깨봐야 알지 뭐.
영숙	너희는 얼마나 되니?
욱이·영진	(우물쭈물 하며) 글쎄? 깨봐야 알지 뭐.
미희	자, 그러면 여기 보자기 갖고 왔으니까 보자길 펴고 그 위에다 한 사람씩 저금통을 깨보자.
아이들	그래 그래.
미희	(남자아이들에게) 자, 그럼 너희 먼저 깨 봐.
욱이·영진	(우물쭈물 하며) 아냐, 너희들 먼저 깨 봐.
윤희	그래. 그럼 내가 먼저 깨볼게. (저금통을 깬다. 동전이 쏟아진다)
영숙	다음은 내 꺼! (저금통을 깨니 역시 동전이 쏟아진다)

미희	나두! (역시 동전이 쏟아진다) 자! 다음은 너희들이야.

영진이와 욱이가 우물쭈물 거리며 서로 눈치를 보다가 슬그머니 앉아서 땅에다 저금통을 얼른 깬다. 그리고 머리를 극적거린다. 동전 두세 개만 나온다.

여자아이들	에게게. 이게 뭐야?
윤희	알만하다 알만 해.
남자아이들	에이, 뭘 보통 그렇지 뭐.
영숙	하여튼 모두가 다 성의니까 돈을 모아 보자.
아이들	그래. (서로 돈을 모아 세어본다)
미희	에게 겨우 1,650원이야.
욱이	에이, 모두들 저축 좀 해라. 저축 좀 해. 저축해서 남 주나?
영진	너는!
아이들	하하하 호호호…
윤희	아, 그럼 이 돈을 가지고 우리 모두 인형가게로 가자.
아이들	그래 그래.

모두 함께 퇴장.
즐거운 캐롤

#28. 인형가게 안

인형가게 안으로 들어오는 아이들.

상점아저씨 어서 오세요. 아니? 꼬마 손님들…?

아이들 야!… (모두들 아름다운 인형들을 보고 놀라 소리를 지른다)

상점아저씨 니들 어떻게들 왔냐? 인형 구경하러?

영진 아니요! 저… 인형 사러 왔는데요.

상점아저씨 아니? 남자 녀석이 인형은 무슨 인형?

미희 아니 그런 게 아니구요 우리가 모두 돈을 합쳐서 같이 사려구요!

상점아저씨 그래! 그러면 맘에 드는 걸로 맘대로 골라 봐라!

아이들 네. (두리번거린다)

영숙 어머 예뻐. 얘들아, 우리 저 인형으로 하자.

윤희 어떤 거?

영숙 저 인형 얼마나 예쁘니? 난 우리나라 한복을 입은 여자가 제일 멋있더라.

윤희 난 차라리 그것보다 저기 저 눈이 파랗고 금발인 프랑스 인형이 더 예쁜데?

영진 얘, 얘, 욱아. 저기 저 깜둥이 인형 어떠냐?

욱이 얌마! 성아네 엄마가 남자냐?

영진 아, 참 그렇지!

미희 아저씨! 저기… 저쪽 인형 얼마예요?

상점아저씨 오, 저기 한복 입은 인형?

미희 네.

상점아저씨 특별히 꼬마손님들이니까 싸게 해줘도 한 오천 원 정도?

아이들 네? 오천 원! (모두 입을 벌리고 놀란다)

상점아저씨 아니? 왜들 그러니 너무 비싸서?

아이들 아, 아니에요.

윤희 저… 그러면 그 옆에 있는 금발 인형은요?

상점아저씨 저거?

윤희 네.

상점아저씨 저건 좀 더 비싼데 육천이거든. 하지만 오백 원 깎아줄게. 아저씨가 크리스마스 특별 기념으로…

아이들 아! (더욱 놀란다)

영진 저… 그럼 저쪽에 있는 깜둥이 인형은요?

욱이 임마 여자인형으로 사야 한다니까…

영진 참, 그렇지.

아이들 서로 눈을 마주치다가 모두 고개를 흔든다.

미희 얘들아, 그냥 나가자.

아이들 (울상이 되어) 그래. (한 사람씩 슬금슬금 문을 열고 뒷걸음치며 나간다)

상점아저씨 얘들아 왜들 그래? 너무 비싸서? 하, 저놈들 참! (이상하다는 듯한 표정을 짓는다)

브리지 음악.

#29. 인형가게 문 앞

아이들 모두 울상으로 아무 말 없이 서성댄다.

윤희 정말 어떡하지?

영진 누가 그렇게까지 비싼 줄 알았나?

영숙   할 수 없지 뭐. 엄마랑 아빠한테 도움을 청하는 수밖에.

욱이   안 돼. 우리 일은 우리 힘으로 해보자.

영숙   그렇다면 어떻게 하지? 별 도리가 없잖아.

윤희   할 수 없지 뭐. 우리 힘으론 도저히 할 수 없으니.

영진   그렇다고 안 할 수도 없잖아. 성아가 너무나 불쌍해.

미희   얘들아, 이렇게 해 보는 것이 어떨까?

아이들   어떻게?

미희   우선 이 돈으로는 과자를 사서 성아에게 선물을 하고, 그리고 내일부터라도 우리가 열심히 저축을 해서 돈을 모아 오천 원이 되면 그때 인형을 사서 선물하는 거!

윤희   우리가 일년이나 저축한 돈이 모두 합쳐서 1,650원인데 앞으로 오년을 더 기다리라구?

아이들   그럼 어떻게 하지?

윤희   할 수 없지 뭐. 미희 말대로 과자라도 사는 수밖에.

이때 눈이 내린다.

영숙   어머! 눈이 내리네.

아이들   정말.

욱이   자! 그럼 과자가게로 가자.

아이들 모두 달려간다.

브리지 음악.

#30. 다리 밑 가마니 집 안

다시 할아버지네 집. 성아가 신음소리를 내며 할아버지 품에 안겨
있다.

성아   (신음을 한다)

할아버지   그래서 할머니도 저기 하늘에 별이 되었고 또 너희 애비도
애미도 모두 별님이 되었지.

성아   할아버지.

할아버지   왜?

성아   그럼 할아버지두 나두 죽으면 별이 되는 거야?

할아버지   그럼… 아, 아니지 할아버지는 이제 머지않아 죽어 별이 되
겠지만 우리 성아는 그렇게 일찍 별이 되어서는 안 되지!

성아   왜?

할아버지   왜라니? 우리 성아는 예쁘게 자라서 어른이 되어야 하고
또 좋은 신랑을 만나서 행복하게 잘 살아야 하니까.

성아   할아버지, 나 자꾸만 졸려! 나 잘래.

할아버지   성아야… 성아야 안 돼. 자면 안 돼! 눈 떠! 우리 성아 할아
버지 얘기가 재미없니?

성아   (고개를 가로 젓는다)

할아버지   애, 성아야.

이때 문밖에서 아이들이 성아를 부른다.

아이들   성아야! 성아야!

할아버지   아니? 누가 우리 성알 불러. 거… 누… 누구요? (일어나려

한다)

아이들 할아버지… 저희예요! 들어가도 돼요?

할아버지 (성아를 안은 채) 누, 누군진 모르지만 들… 들어들 와요!

아이들 (들어오면서) 할아버지 안녕하셨어요?

할아버지 아… 아니… 너희들은 인형을 준 아이들 아니냐?

윤희 네, 맞아요. 할아버지!

할아버지 아니, 그런데 어떻게들 왔니?

윤희 네… 사실은요. 저… 이 이거 성아한테 주려고 왔어요. (과자봉지를 내민다)

할아버지 아 아니 이것이 다 뭐냐? 응?

영숙 성아 주려고 사온 과자예요.

할아버지 과자?… 아니 너희들이 무슨 돈이 있다고!

아이들 할아버지 즐거운 성탄에 복 많이 받으세요.

할아버지 고… 고맙다 얘들아… 이거 원. 얘 얘, 성아야… 성아야.

성아 할아버지.

할아버지 그래, 할아버지 여기 있다. 자 얼릉 일어나봐라. 여기 언니들이랑 오빠들이 너 먹으라고 과자를 사왔다. 어서 기운 차리고 눈떠봐!

성아 할아버지… 나 엄마… 엄마인형 사줘… 엄마가 보구 싶어.

할아버지 에이구, 이 자식 또 그 소리. 얘 성아야!

미희 할아버지 그게 무슨 말이에요?

할아버지 음… 어떤 날 이 아이가 나와 함께 시장엘 나갔다가 오는 길에 인형가게 앞을 지나가게 되었지. 그때 이 아이가 다짜고짜로 제 에미 얘길 꺼내지 않겠어. '할아버지 우리 엄마는 예뻐?' 하고 말이야. 그래서 그렇다고 했지. 그랬더니 인형가게를 가리키며 '저기 있는 저 인형보다 더 예뻐?'

하고 다시 묻는 거야! 그래서 그럼 저만치 예쁘지 그랬더니만 그 후론 매일같이 저 소리를 하는 거야. 그 인형이 지 엄마인 줄 알고 말이지… 어휴 불쌍한 내 새끼! 자 성아야, 어여 언니오빠들이 사온 과자를 먹자. 응, 어여!

아이들 모두 흐느껴 운다.
이때 가만히 문이 쓱 열리고 예쁜 인형 하나가 뚝 떨어진다.

아이들 아니? 이게 뭐야?
영숙 어머! 이건 우리가 사려고 했던 한복 입은 인형 아니야?
아이들 뭐라구?
할아버지 아… 아니 이게 어찌된 일이야… 응?
욱이 (갑자기) 가만 있어봐. (밖으로 뛰쳐나간다. 그리고 밖에서 소리친다) 앗! 산타클로스 할아버지다!
아이들 뭐라구? 산타클로스 할아버지! 어디? 어디? (모두들 밖으로 나간다. 그리고 역시 소리친다) 산타클로스 할아버지…!
할아버지 성아야! 성아야!… 산타클로스 할아버지가 우리 성아 주려구 여기 이렇게 엄마인형 가지구 왔단다. 어서 눈뜨고 봐! 진짜 새 인형이야! 엄마인형!
성아 … (아무런 말이 없다)
할아버지 그래, 엄마인형이다. 네가 그토록 가지고 싶어 했던 엄마인형이야. 자! 어서 눈뜨고 봐 진짜라니까!
성아 …
할아버지 안 돼. 성아야… 어서 눈뜨고 엄마인형을 봐야지. 성들이 사온 과자도 먹고 응? 성아야!

#31. 다리 밑 가마니 집 밖

아이들 멀리 도망가듯 달려가는 산타할아버지를 보면서 소리를 지른다.

아이들　산타클로스 할아버지! (산타 멀리 사라진다)

윤희　진짜 산타할아버지가 있었네!

욱이　그러게 말이야! 직접 눈으로 봤는데도 안 믿어지네. 아이참!

이때 방 안에서 할아버지가 우는 소리가 들린다.

할아버지　(소리) 아이구 성아야. 이놈아! 아이구 성아야! 이 할애비 남겨두고 니가 먼저 가면 난 어쩌라구. 아이고 우리 아가야! (통곡소리가 들린다)

크리스마스 캐롤이 조용하게 울려 퍼진다.

#32. 교회 1층 주일학교 예배실

영신이가 어린 아이들 앞에서 동화를 들려주고 있다.

어린이1　(울먹이며) 그래서 성아는 하늘의 별이 된 거예요?

영신　그래, 그렇게 성아는 별이 되었어! 그리고 얼마 후 성아 할아버지도 하늘의 별이 되었는데 잘 들어봐!

신비로운 코러스 은은하게 들리며.

성아   (에코소리) 할아버지! 이제 할아버지랑 나는 반짝이는 별이 된 거지?

할아버지 그래! 이제 우리는 별이 된 거야.

성아   할아버지! 나 이제부터는 착한 사람들을 위해서 매일같이 반짝반짝 빛나는 별빛을 비춰줄 거야.

할아버지 암… 그러자구나 너는 과자를 사다준 어린 산타 꼬마들한테 별빛을 비추거라. 나는 너에게 엄마인형을 던져주고 간 인형가게 주인한테 고맙다는 별빛을 보내줄 테니까.

조용한 코러스가 은은히 들린다.

영신   지금 이 시간에도 어떤 사람들은 자신의 즐거움을 찾아 돈과 시간을 낭비하고 있지만 세상 어딘가에는 착한 아이들과 인형가게 주인아저씨처럼 착한 산타가 되어 이웃에게 좋은 일을 하고 있거든… 사실은 말이지 그 성아랑 할아버지는 천사였던 거야! 자! 아직도 산타가 없다고 생각하는 사람들 손 들어봐! 모두 없네. 그래 산타는 우리에게 선물을 주는 분이 아니고 우리가 불쌍한 이웃들에게 베푸는 착한 행실을 할 때 우리자신이 산타가 되는 거야! 자, 이야기 끝!

조용한 코러스.

#33. 우영신 교수의 서재

산타 모자를 쓰고 눈 내리는 창밖을 내다보며 서 있는 영신, 캐롤이
조용하게 들려온다.

영신교수 이 동화 이야기는 내가 중학교 2학년 때 실제로 내가 지은
나의 자작품이었지. 나는 이 이야기를 주일학교 어린이들
에게 들려주면서 아이들과 함께 울었어! 오랜 세월이 지
난 지금도 내 가슴 속엔 그때 이 동화를 들었던 그 아이들
의 모습이 남아있지. 그리고 그 아이들도 이제는 모두 중
년이 되었을 텐데 세상 어딘가에서 산타의 역할을 하고 있
을까 그것이 늘 궁금한 거야!

음악.

제 22 부

고난 저편에 가려진 비밀

#1. 낡고 폐허된 정동 장로교회 앞

우영신 교수, 그의 아들 진석, 김 작가 유리와 함께 낡고 퇴색한 정동 장로교회 문 앞에 서 있다.

영신교수 여기다! 내가 말하던 옛날 그 교회가 바로 이 교회야! 내가 이 교회에서 중학교 2학년 때부터 주일학교 학생들을 가르쳤지! 그 강모, 그래 성함이 강은혜라는 전도사님이셨어. 그분은 당시 신학교에 다니셨는데 우리 이모같이 나한테 정말 잘해주셨던 분이셨지. 그런 그 전도사님의 권유로 그렇게 주일학교 반사가 되었는데 야! 그때는 정말이지 어디서 그런 열정이 생겼던 건지 정말 신나게 열심을 다했어. 내가 아이들한테 그림을 직접 그려가지고 성경이야기를 해주면 아이들이 너무 재밌어 했고 또 노래를 가르쳐주면 신나게 따라 했었는데… 벌써 50년? 그래 그보다도 훨씬 지난 이야기니까… 그때 아이들도 이제는 중년이 넘어

반백 초로 노인들이 되었을 거야! 안 그렇겠니?

진석 아버지! 그런데 지금 이 교회가 예배드리는 교회가 맞아요? 건물은 그대로 있는데 유리창이 깨지고 교회가 많이 낡은 것으로 봐서 지금은 교회를 안 하는 거 같은데요?

영신 그렇구나! 내 그만 몇십 년 만에 찾아와서 옛날 생각에 사로잡혀 그것을 못보았다. (교회를 둘러보며) 저런! 여기 이 문을 열면 바로 이층 계단이 있어. 그리로 올라가면 이층 본당이 있는데 그곳에서 예배를 드렸거든. 그런데 청소도 안 되어있고 낡은 문짝에 안이 컴컴한 걸로 봐서 이제는 니 말처럼 교회를 안 하는가 보다! 어쩌다 이렇게 되었지?

유리 요즘 기독교 성장률이 마이너스라고 하던데요. 기독교 교인들 수도 많이 줄어들고 문 닫는 교회들도 많다고 들었어요. 요즘 뜨는 TV드라마 〈오케이 광자매〉에 나오는 그 아버지 대사처럼 이건 아니라고 봐요! 왜 한국의 기독교가 이렇게 되었을까요? 잘 되는 교회는 아주 잘 되던데…

진석 식당은 안 그래? 모두 다 죽는 소릴 해도 식당 잘 되는 곳은 대기번호표 받고 기다리는 곳도 많잖아! 다 복불복 아닐까?

영신교수 이놈 말하는 것 좀 봐라! 이게 모태신앙으로 자란 기독교 신자가 할 수 있는 말인 게야? 왜 우리 기독교가 이리도 쇠퇴해져 가는지를 좀 더 심각하게 생각해볼 수는 없는 거니?

진석 아니 그렇다는 거지요, 아버지는 또 왜 그려셔? 그래요! 기독교가 예전과 달리 점점 마이너스 성장을 하는 이유는 뭐 우리가 다 느끼는 거지만 교회가 교회 역할을 다하지 못하고 성도가 성도의 역할을 다하지 못하기 때문이겠죠! 빛이 빛 되지 못하니까 예수님도 말씀하셨잖아요. 소금이 그 짠맛을 잃어버리면 밖에 내버린다 뭐, 같은 상황 아니겠어요?

영신교수 그러니까 그게 뭐냐구?

유리 저는 이렇게 생각해요. 아버님! 한국의 교회 목회자들이 언제부턴가 자본주의적 통치개념으로 교회를 운영하기 때문이라고요. 예수님께서는 공중 나는 새도 깃들일 곳이 있지만 인자는 머리 누울 곳도 없다 하시면서 청빈생활을 몸소 실천하셨는데 지금은 청빈이 아닌 풍요가 교회의 모델이 되잖아요. 오순절 초기시대 때도 교회 공동체 안에서는 서로들 제 것을 제 것이라 하지 아니하고 모두 나누어 쓰며 지냈잖아요. 그런데 지금은 그런 청빈과 더불어 함께 하는 나눔의 시대가 아니라 교회부흥은 교인수, 교회재정, 교회 크기 등으로 평가하고 돈 없으면 선교도 못하는 거고 어려운 이웃 돌봄보다는 내 교회 웅장한 건축물 올리는 것을 더 중요하게 생각하니까요! 그러니 그런 목회자와 교인들이 노숙자의 심정을 알겠어요, 쪽방촌 노인들의 한을 알겠어요. 일반 사람들은 믿음을 선택하지 않아서 그렇지 그런 교회의 모습들을 다 보고 있는데도 말이지요.

진석 그러니까 한마디로 행함이 없는 믿음, 실천력 없는 교회 때문이라는 거지? 와 유리 씨 대단한 통찰력이다!

영신교수 그래 모두 다 맞는 말이야. 그런데 그것이 비단 목회자들만의 문제라고 생각지는 않는다! 한국교회의 침체 이유가 모두 다 목사들 때문이라고 생각하니?

진석 물론 아니지요! 그건 우리 한국 교회 지도자, 교회목사, 전체 모든 교우들의 공동책임인 건 잘 알지요. 하지만! 힘의 논리로 볼 때 아무래도 일반 교인들보다는 교회를 이끌어가는 담임목사님들의 책임이 더 막중하니까 그러는 거죠!

안 그래요 아버지?

영신교수 개신교 선교사들로 시작된 한국의 기독교는 100년 역사에 폭발적인 성장을 이루었다! 특히 1960년대 부흥회를 통한 성령운동, 1970년대의 빌리 그래함 전도대회와 엑스포74, 88민족대성회 같은 초대형 민족복음화운동을 거쳐 1980년대 벧엘성서공부, 제자훈련 등의 지적성령운동과 1990년대 순수한 영성 회복을 위한 사랑의 불꽃잔치, CCM찬양운동 등 활력적인 기독교 내부운동들에 의해 교회가 살아나고 일반교인들의 영적 성장이 이루어져서 통계적으로 삼천만 전 국민의 삼분의 일인 천이백만 명 이상으로 기독교인이 늘어났지! 전 세계가 놀랄 정도로 말이야. 그 덕분에 우리나라가 하나님의 축복을 받아 이제는 G7 경제국으로까지 성장할 수가 있었지 않니? 그런데 그러한 우리 한국 교회가 성장속도를 멈추고 뒤로 다시 후퇴하고 침체되고 있다는 것은 무얼 의미하겠니?

진석 개구리가 올챙이 적 생각을 못한 거죠! 이제 배부르니까 가난한 때를 생각 못하는 교회가 문제네요. 영성과 사회성 말입니다. 또 하나는 그런 가운데 드러나는 교회의 부적절한 공신력 때문 아닐까요? 통계상으로 볼 때 80년대 후반부터 교회에 왔다가 빠져나간 교인들이 몇백만 명이나 된다고 하던데요. 그런 사람들이 교회를 나와서는 교회를 욕하고 교회에 대한 부정적인 이미지를 갖고 있고, 복음을 전해도 교회나 목회자 자질에 대한 실망감, 상처, 이런 것들 때문에 교회 이미지가 아주 나빠졌어요. 대형교회목회자들의 교회 세습문제도 그 하나고요. 교회가 가난했다면 그렇게 세습시키겠어요. 유리 말대로 영성주

의가 사그러들고 실용주의 논리로 팽배해진 때문이라는
거 전 백 프로 동감합니다.

영신교수 (폐쇄된 교회를 다시 바라보며 조용히 눈을 감는다) 글쎄다, 그것만
이겠니? 아버지!

#2. 낡은 정동 장로교회 앞 벤치

우영신 교수 낙엽이 쌓인 벤치에 홀로 앉아 옛 생각에 잠겨있다.
잔잔한 음악과 함께 독백 내용과 같은 장면들이 희뿌옇게 무성영화
처럼 비추인다.

영신교수 (독백) 당시 내가 속해있던 보문중학교 미술부는 보문고등
학교 미술부 형들과 함께 미술실을 사용하고 있었다. 그래
서 매일 점심시간과 방과 후에는 어김없이 미술실로 달려
가야 했는데 특히 보문미전이라는 전시회를 함께 준비하
고 있었기 때문에 그곳에서는 언제나 군대 못지않은 엄격
한 미술부 규율이 있었다. 조금만 제 시간에 늦거나 결석
을 해도 또 미술실 청소가 제대로 되어있지 않으면 소위
물빠따라는 벌칙이 기다리고 있었다. 그뿐 아니라 일주일
에 작품 세 점씩을 완성해 놓지 않으면 그 또한 선배들로
부터 어김없는 물빠따 벌칙이 뒤따랐다. 때문에 나에게 특
히 가장 힘들었던 것은 형들은 주일날 교회에 나가지 못하
게 하면서 야외로 그림 그리러 나갈 것을 강요하곤 했는데
나는 그럴 수 없지 않은가? 나는 이미 천국계단을 올라가
는 과정에서 썩은 계단과 비어있는 계단을 보았기 때문에

절대로 주일날 교회를 빠질 수가 없었다. 그런 일들이 반복되는 과정에서 나는 주일날 오후만 되면 다음 날인 월요일에 있을 물빠따 생각에 미리 겁을 먹고 불안해지기 시작했다. 그래서 나는 그런 저런 이유로서 언제부턴가 미술부 활동에 회의를 느꼈고 그림을 그리는 것조차 싫어지기 시작했다. 하지만 나는 미술특기생으로 입학을 해서 장학금을 받고 있었기 때문에 미술부를 그만 둘 수 있는 상황이 아니었다. 그런 반면에 언제부턴가 나는 시나리오 작가나 영화감독이 되어 좋은 크리스천 영화를 만들어 복음을 전하는 미디어사역자가 되었으면 좋겠다는 생각을 하게 된 것이다. 그리고 그 해 1967년도를 기억나게 하는 또 다른 사건이 있었는데 그것은 이스라엘이 단 6일 만에 이집트, 요르단, 시리아를 격파하여 승리를 거둔 '6일전쟁'이 있었다. 그 전설적인 역사가 바로 그 해에 일어났지!

#3. 보문중 미술실

영신과 같은 또래 미술부원인 동룡, 찬열이가 이젤 앞에 앉아있고 영신이 책을 보고 있다.

동룡   (영신에게) 무슨 책인데 그렇게 열심히 읽고 있냐? 저 새긴 그림 그리는 놈이 그림만 그리는 것이 아니라 글도 쓰고 노래도 잘하고 공부도 잘하고 팔방미인이라서 부럽기도 하지만 어느 땐 존나 얄미워! 한 가지만 해 임마! 우리 아버지가 그러는데 재주 많은 놈들은 난중에 남 밑에서 일하는 머슴 된다더라!

찬열 무슨 책인데 며칠 째 그 책만 읽고 있는데… 〈쌍무지개 뜨는 언덕〉? 아님 뭐야 〈얄개시리즈〉?

동룡 쟤가 너냐! 그런 거 읽게. 보나마나 뻔하지 뭐. 〈꿀단지〉 같은 에로소설 아님… 참 아, 영신이. 너 〈졸업〉이라는 영화 봤어?

영신 (여전히 책을 읽으며) 봤지! 그런데 뭐 너희 같은 미성년자들한테는 이야기 해주기가 좀 그래. 등장인물들의 내면세계보다는 그런 거에 더 집중할 테니까!

동룡 까구 있네! 저 새끼는 잘 나가다가 저렇게 삼천포로 빠지는 게 정말 얄밉다니까? 아 나도 저 새끼 따라다니며 신문배달이나 할까? 그러면 그런 영화 맨날 공짜로 볼 텐데.

영신 (책을 덮으며) 그런데 그 더스틴 호프만이라는 미국배우 연기가 정말 끝내주더라! 아, 이참에 나도 영화배우나 할까?

찬열 저놈은 지 재주만 믿고 목표가 없어요. 뭐 어느 땐 목사가된다고 했다가 또 어느 땐 시나리오 작가가 된다고 하고어제는 영화감독 어쩌고저쩌고 하더니 오늘은 또 영화배우야!

동룡 (영신이 책을 나꿔채면서) 뭐야! 뭔데 맨날 이 책만 읽고 있는게… 뭐 『6일 전쟁의 신화』? 이거 지난 번 국사시간에 메뚜기가 해준 그 이스라엘 전쟁 얘기 아냐?

찬열 『6일 전쟁의 신화』? 야, 이거 무슨 얘기야? 그날 국사시간에 조느라고 못 들었는데 라디오에서도 맨날 이 뉴스만 나오던데 벌써 책으로 나온 거야?

영신 (심각한 표정으로) 이건 좀 심각한 세계정센데… 우리교회 목사님이 설교시간에 그러시더라. 이 6일 전쟁은 이미 구약

성경에서 예언되었던 말씀이라구…

찬열 그러니까 '6일 전쟁'이 뭐냐구 임마?

영신 '6일 전쟁'은 이스라엘이라는 작은 나라가 자기네 나라 보다 10배나 더 큰 이집트, 요르단, 시리아 같은 큰 나라와 전쟁을 해서 단 6일 만에 승리를 거둔 전쟁인데 얼마 전에 있었던 사건이야! 근데 문제는 말야! 어떻게 그렇게 작은 나라가 열 배 이상 더 큰 나라를 그것도 하나가 아니라 세 나라를 그리고 이스라엘은 자원이라곤 거의 없는 나라인데 세계 석유생산국 1위인 요르단, 시리아 같은 큰 경제부국인 나라들을 또 군사력도 30배도 넘는 그런 강대국들과 맞붙어 싸워 단 6일 만에 승리를 거둘 수가 있었느냐는 거야? 그래서 신화라고 말하는 건데 이게 정말 가능한 일이었을까?

찬열 그게 진짜야?

동룡 진짜니까 맨날 뉴스에 나오는 거지? 그래 어떻게 해서 이스라엘이 이길 수가 있었는데?

영신 니네들 가만히 생각해봐! 우리나라 6.25전쟁만 해도 그 기간이 삼 년이 넘었고 또 16개 나라 유엔군들이 도와서 겨우 종전협정으로 전쟁을 멈출 수가 있었는데 이스라엘 나라는 유엔군이나 미국의 도움 없이 그것도 한 방에 그 큰 나라들을 자기네 나라 혼자서 격파시켰는데 진짜 놀랍지 않니?

동룡 그러니까 그 비결이 뭐냐구? 어떻게 승리할 수가 있었는데?

영신 그 승리의 비결이 지금 내가 읽고 있는 이 책에서 나오는데…

찬열·동룡 …

영신 하나님께서 도우신 거지!

동룡 씹세, 또 하나님 타령이네.

영신 진짜라니까! 이번 전쟁 중에선 말이야! 이스라엘 공군들하고 지상군으로 전차부대만 전쟁에 참여했고 이스라엘 온 국민들은 모두 방공호에 들어가서 기도만 했다는 거야! 이스라엘 국영 방송에서도 일체 다른 방송 프로그램을 중지하고 오직 구약성경 시편에 나오는 『시편』 121편 말씀만 계속 낭송했다고 했어! 그것이 승리의 비결이지!

찬열 그런데 1967년에 일어난 오늘의 사건이 수천 년 전에 이미 성경에 예언되었었다구?

영신 구약성경 『스가랴』 12장 말씀을 보면 이스라엘이 하나님의 도우심으로 이스라엘을 둘러싸고 있는 이방 나라들을 쳐부수고 이긴다는 말씀이 아주 구체적으로 세세하게 써져 있어! '6일 전쟁' 사건에 대해서 말이야!

동룡 우연이 아니구?

영신 이미 선포하신 예언의 말씀이라니까?

찬열 그래서 니네 목사님은 뭐라고 말씀하셨는데?

영신 종말이 가까왔다는 증거랬어! 이번 '6일 전쟁'의 큰 의미는 이 마지막 시대 하나님께서 보여주신 예언의 성취로서 말세의 증표라는 거지!

찬열 그런데 넌 왜 목사가 안 되구 영화배우가 되려구 한 거야?

영신 그건 다른 문제지…? 아냐 같은 문제야! 아 나도 모르겠다…!

동룡 씹세, 괜히 사람 겁나게들 하네! 아, 몰라! 그래서 너 요즘 그림 안 그리는 거야? 그러다가 진태 형한테 걸리면 혼나 새끼야!

영신	상관없어! 난 솔직히 요즘 그림 그리고 싶은 마음이 없어
	졌어! 그림 그만 두고 싶어!
찬열	넌 미술특기생으로 장학금을 받잖아! 그런데 어떡하려구?
영신	이제 졸업도 얼마 안 남았으니까 심각하게 내 진로를 생각
	해보려구 그래.
찬열	뭘? 너 또 목사 아니면 영화 쪽?
영신	아니… 그런 거 말고 다른 거 있어! 문제는 고등학교야!
	내가 만약 그림을 계속하면 보문고에서 장학금을 받을 수
	도 있다고 했는데 그 장학금 때문에 내 꿈을 포기하기가
	싫어!
동룡	그건 나도 마찬가지다!
영신	넌 또 왜?
동룡	우리 아빠가 중학교까지만 다니래… 그리고 아빠가 하는
	금세공 기술을 배우래.
영신	너네 집은 잘 살잖아! 그런데 웬 금세공?
동룡	우리 아빠가 그거 하잖아! 그리고 이건 꼭 우리 아빠 생각
	만은 아니야! 나도 공부가 정말 싫어. 내 꼴통은 공부가 아
	닌가봐!
영신	그래도 고등학교 정도는 나와야 앞으로 사회에서 대접을
	받지. 안 그러면 너 사람들한테 무시당해!
동룡	이 새끼 우리 삼촌하고 똑같은 말을 하네! 하지만 돈 있
	으면 사람들이 함부로 무실 못할 거란다! 우리 꼰대 말씀
	이… 우리 아빠는 국민학교도 못나왔지만 이 기술 하나로
	우리 식구들이 이렇게 밥술이나 먹고 산다면서 매사에 기
	술을 최고로 치거든! 그래서 내 맘대로 결정하래!
영신	그러니까 중학교까지만 다닌다는 것은 아빠 뜻이 아니라

니 생각이구나!

동룡 그렇지 뭐! 야! 난 말이야 정말로 학교 다니기가 싫어. 수업시간에 멍하니 앉아 있는다는 것이 얼마나 힘든 일인 줄 알아? 난 1학년 때부터 선생님하고 칠판이 하나도 안 보였어! 그래서 미술반을 택한 거야!

찬열 이 새끼 진짜 꼴통이네! 암마 지금은 우리가 같은 학교 같은 미술반 친구니까 이렇게 함께 지낼 수가 있지만, 너 이담에 우리는 대학생 되고 넌 고등학교도 못나온 공돌이가 된다고 생각해봐! 그땐 아마 우리보다 니가 먼저 우릴 피할걸!

동룡 야, 똥! 넌 새끼야 그것 때문에 내가 고등학교를 가야 한다는 거냐? 나는 진짜루 공부가 정말 하기 싫어서 그래 임마!

영신 그래두 그건 아니지! 우리가 진짜 친구로서 영원히 함께 하려면 지금 당장을 생각하는 것보다는 먼 미래를 내다보는 것도 중요할 수 있어!… 그래두 넌 좋겠다!

동룡 왜 임마? 뭐가 좋은데?

영신 넌 니가 고등학교에 가겠다고 맘만 먹으면 고등학교에 갈 수 있는 형편은 되잖아 그런데 난 내가 그림이 아닌 다른 꿈을 꾼다면 가고 싶어도 갈 형편이 못되니까…

찬열 웃고 있네! 넌 하나님 아버지 빽이 있잖아! 또 공부도 잘하고 다재다능하니까 넌 어떡해서라도 고등학교 대학교에 갈 걸. 그래서 대학 가서 황진숙이랑 사귄다고 약속했잖아 임마!

영신 야, 너 또 그 소리! 너 땜에 내가 쪽 팔린 거 생각하믄 너 내가 이가 갈린다 임마…!

동룡　암튼 난 중학교까지만 다닐 거야! 어쩌면 중학교를 졸업하지 못할 수도 있고! 우리 아빠도 그러길 바라는 거 같애! 그러려면 지금이라도 당장 때려치우고 하루라도 빨리 기술을 배우라고 하더라… 우리 집 공장에도 나보다 어린 놈들이 둘이나 있어!

영신　그래도 그래선 안 돼 임마!

이때 진태 선배가 고함을 치며 들어온다.

진태　야, 이 새끼들아! 그림 안 그리고 뭐해! 이 존만한 새끼들 니들 죽을래?

아이들 후다닥 그림을 그리기 시작한다. 짧은 음악.

#4. 다시 정동 장로교회 앞 벤치

우영신 교수의 독백이 이어진다. 잔잔한 음악과 함께.

영신교수　(독백) 그런데 며칠 후부터 정말로 동룡이가 학교에 나오질 않았다. 나는 그런 동룡이가 진짜 이해가 되질 않았지. 내가 별종이라서 그런지는 몰라도 나는 그놈처럼 공부가 싫지 않았다. 책 읽는 거, 영어하는 거, 글 쓰는 거, 역사이야기, 또 수학문제 푸는 거, 재미있었는데… 아 참 한 가지, 나는 체육시간에 운동하는 건 정말 싫어했다. 땡볕에 땀 흘리며 뛰고 달리는 것이 뭐가 좋다고 저렇게 운동을 하는

지? 나는 그것이 이해가 되질 않았다. 아마도 동룡이 입장에선 그런 차원에서 내가 이해가 되지 않았는지도 모른다. 이후로 나는 동룡이를 지금까지 보질 못했다. 그러던 어느 날이었다.

#5. 정동 장로교회 1층 예배실

영신이가 교회 청소를 한다. 이때 교회 담임목사이신 고창훈 목사가 아이에게로 다가온다.

고목사 주일학교 끝났니? 다른 선생님들은 모두 어데 가고 너 혼자서 청소하는 거냐?

영신 전도사님하고 선생님들 애들이랑 중도극장 앞으로 좀 전에 노방전도 나갔어요.

고목사 얘 영신아! 너 요즘 학교원서 쓰는 기간이라며?

영신 네!

고목사 그래, 어느 고등학교를 갈 건데!

영신 아직 생각 중이에요. 그래서 요즘 그 문제를 놓고 기도하고 있어요!

고목사 아니 왜? 대전고등학교 갈 거 아니었어?

영신 처음엔 그러려고 했는데요. 시험에 붙을지 자신도 없고 또…

고목사 또 뭐?

영신 우리 학교 미술선생님이 여선생님으로 새로 다시 오셨는데요. 저보고 보문고로 가면 계속해서 장학금을 받을 수 있다고 했거든요.

고목사 　그럼 그것도 괜찮잖아! 보문고도 후기라서 그렇지 대전고 다음으로 좋은 학곤데!

영신 　그래서 그런 게 아니고요. 그림 그리는 거 더 이상 안 하려구요!

고목사 　그게 무슨 말이야? 하나님께서 너한테 주신 달란튼데!

영신 　다른 꿈이 있어서요!

고목사 　다른 꿈이 뭔데?

영신 　목사님! 혹시 목사님께서 사시는 가양동에 있는 오순절신학교에는 몇 살부터 다닐 수 있는 거예요?

고목사 　너 신학교 가고 싶어서?

영신 　아니 그냥요. 전 보문고가 기독교 학교가 아니라서 싫기도 하고 또 그림보다는 다른 거 하면서 하나님 일 하고 싶어서요!

고목사 　기독교 고등학교에 가고 싶으면 이곳 대전에는 대성고등학교가 있는데! 그런데 거긴 좀 그렇지? 공부하는 애들이 아니라서…!

영신 　그 학교에도 장학금 제도가 있을까요?

고목사 　사립학곤데 장학금 제도가 없을 수 없지! 너 학비 때문에 그러는 거구나?

영신 　…

고목사 　우리 기도해보자. 네가 하나님께 쓰임 받고자 결심하면 하나님께서도 어떤 응답을 주실 거야! 영신아 너 오늘 시간 좀 있니?

영신 　네! 오늘은 오후에 학교 안 가도 돼요. 미전이 끝나서 당분간은 쉬기로 했거든요.

고목사　그럼 날씨도 추운데 우리 사택으로 가서 뭘 좀 마시면서 이야기 할까?

영신　네!

음악.

#6. 바다가 보이는 어불도 섬 마을

약 30호쯤 되는 바닷가 어촌마을 풍경. 동네 한 모퉁이 집에서 여인의 울부짖는 소리와 술 취한 고씨 고함치는 소리, 동네 아낙들이 문 입구에서 웅성대며 부부싸움을 구경하고 있다.

#7. 낡은 초가 돌집

고씨　너가 오늘 내 손에 한번 죽어 볼라고 작심한 거 같은디 말여라, 나도 좋웅께 한번 그려보자 이년아! 아, 사실대로 이실직고 하덜 못하겄냐 앙? 안 그면 나가 참말로 니년을 패 죽이뿔고 이 집구석에다 확 불을 싸질르랑게 앙!

고씨네　이보시요잉, 병갑 아부지 참말로 와 이런다요 응? 하루이틀도 아니고 와 그라요? 제발 정신 좀 차랑께요! 우덜만 사는 동네 아니잖소!

고씨　이 화냥년아. 긍께 이실직고 하란말여 어느 놈이당가? 어느 놈이랑 붙어먹어 내질러논 아새낀가 말하랑께!

고씨네　고거이 뭔 말이어라? 누가 붙어먹었다고 이 난리당가요잉? 이 아는 당신 안디 고거시 참말로 할 소리당가요?

고씨 (손찌검을 하며) 참말로 죽고 싶어 환장했드냐? 이 화냥년이… 낯판떼기가 쬐까 반반하다고 서방이 물질 나가면 요때다 싶어설랑 치마 걷어부치고 동네방네 휘젓고 다니는 거 나가 모를 줄 알았당가!

고씨네 아이고매 고거이 무신 벼락맞아 뒤질 소리라요잉? 병갑 아부지 지발 이러지 마시요잉. 동네 창피스럽지도 않소. 이러지 말랑께요!

고씨 동네 창피한 걸 아는 년 행실이 고따위당가! (다시 주먹질하며) 긍께 말하란말여 시방! 이 화냥년아! (아내 머리를 휘어잡는다)

이때 마을 어르신이 달려들어 온다.

어르신 행남이 네 이놈! 이거이 뭔 지랄이당가? 아 벌건 대낮에 술 취해 가꼬 이거시 다 뭔 짓꺼링가 말여?

고씨 (아내 머리채를 놓고 어르신한테 엎드리며) 아이고 어르신 나가 참말로 속터져불어 죽고잖당께라! 이년이 글씨 아이고 어르신… (통곡하며 운다)

어르신 에라 이 못난놈 같으니라구!(싸리문 밖에 서 있는 며느리에게) 아 싸게 병갑이 애밀 델고 가덜 않고 뭐하냐!

어르신 며느리가 달려와 고씨네를 데리고 나간다.

어르신 밤새 배 타고 물질했음 곱게 잠이나 퍼 잘내기지 뭔 식전부터 술을 쳐마시고설랑 이 난리를 떠능겨? 너가 이눔아

남사당패 딴따라견? 응? 아 뭔 자랑이라고 딴따라 맹키로 동네사람들 죄다 불러 구경시켜가며 이 지랄이당가 응!

고씨 고렇게 아니구라 글씨 참말로 저년… 아니 제 지집년이요 나 몰래 외갓 남정네하고 정을 통해갖꼬서리.

어르신 (병갑애비 등짝을 후려치며) 에라 이 못돼 처먹은 놈아! 그 주둥아릴 닥치지 못할껴? 어딜 갖다 부칠 게 없어 착하디착한 지 마누라를 화냥년으로 내 모능겨! 이놈아 하늘이 알고 땅이 알어 이 나쁜 놈아! 니 색씬 동리가 다 아는 착하고 행실 바른 아녀잔디 무신 벼락을 맞을라고 그런 험악한 소릴 씨부렁대는겨! 이놈 찢어진 입이라고 고로콤 함부로 말혀도 되능겨? 어여 동리 사람들헌테 돌매 맞기 전에 주정부리덜 말고 싸게 안으로 들어가 자빠져 자랑께 얼릉!

고씨 아… 알겠스라! 어르신. (방안으로 들어가 잠시 후 다시 소리지르며 운다) 아이고 아부지!

어르신 저런 저런… (방을 향해) 너 이놈 퍼질러 자란 말 못들었당가!

고씨 (소리) 아… 알았으라.

어르신, 싸리문 밖에 서성대는 동네 사람들에게 일부러 고씨 들으라고 엄하게 명한다.

어르신 모두 들어라잉! 이 집 개망나니가 하루 이틀도 아니고 저리 술만 퍼마시면 요로콤 동넬 사납게 하능거 더는 두고 볼 수 없응께, 이놈 날 잡아서 뭍으로 쫓까 내불랑게. 그리 알고 말이시, 느그들도 앞으롤랑 우리 마을선 맹절날이나 동네 잔치 아니구설랑 나 몰래 술 맹기러가 파는 집구석

있으면 소작떼기도 거두어들이고 내쫓아불랑게 모다 그리들 알거라잉!

동네 사람들 머리 조아리며 읍한다.

어르신　병갑 애민 누가 댈구 갔능감?
동네아낙　아까 전에 며느님이 어르신 댁으로 델고 갔으라!
어르신　자네가 따라가 약초라도 옳게 쓰는가 한 번 돌봐주더라고! 상처가 심할 텐디 말여…
동네아낙　네 그리 할께라.
어르신　그라믐 모다 명심들 하고설랑 어여들 가드라고… 쫌 있음 뱃물 들어올 시간이 됐을 텡게.

동네 사람들 다시 어르신에게 읍하고 흩어진다.

음악.

#8. 어불도 섬 풍경

섬동네 풍경이 두루 비추며 고 목사와 영신이의 대화가 흘러나온다.

고목사　(소리) 우리 아버지는 그런 사람이었어. 내가 어릴 적에 임시로 살았던 어불도라는 섬에선 주사가 심하기로 유명했지. 지금 생각해보면 아마도 의처증인가 뭔가하는 그런 병이었던가 봐! 너 의처증이 뭔지는 알지?

영신   (소리) 네, 책에서 읽은 거 같아요!

고목사   (소리) 하지만 평상시에는 술만 안 드시면 아버지는 멀쩡하셨어! 우리집 형제가 모두 삼남 이녀인데 내가 남자로는 막내였지! 실은 말이다 내 위로 누나 한 분과 두 형님들은 모두 나하고는 배다른 이복형제들이고 나와 내 여동생은 어머니가 낳으셨는데 그것은 큰어머께서 돌아가시고 우리 어머니께서 재취로 그 집에 들어가셨기 때문이지! 말하자면 애들 셋 있는 홀아비한테 과부였던 어머니께서 재혼을 하신 거지! 좀 복잡해!

영신   (소리) 그러면 목사님께서는…?

고목사   (소리) 그래, 나는 어머니가 델구간 자식이었고 내 밑으로 여동생은 그 의붓 아버지가 낳은 자식이었으니까 나만 빼고는 모두 그 집안의 씨지! 아마도 아버지의 의처증은 그런 가운데서 더 생겼던 것 같아! 그런데 말이다. 영신이 너는 아직 고난이라는 것이 뭔지 잘 모르지?

영신   (소리) 가난이랑 고난이라는 것은 다른 건가요?

고목사   (소리) 그렇지 아마도 가난은 고난이라는 원 안에 들어있는 작은 부분집합일 거야!

비통한 음악 잔잔히.

#9. 바다 위로 달이 보이는 언덕

어린 창훈이가 어스름한 그림자 되어 그 언덕 위에서 쪼그려 앉아 울고 있다. 이때 고씨네가 병순이를 업고 창훈이를 부르며 언덕 위를 오른다.

고씨네　창훈아! 창훈아아! 워짜 고로콤 청승맞고스리 혼자 고라
　　　　고 있다냐? 야! 창훈아!

창훈　오지 마, 오지 말랑께! 나 혼자 있을랑게!

고씨네　(다가와서) 좀 참제! 니가 고로콤 나가뿔면 이 에미 맴이 워
　　　　떠컸냐! (호박잎에 싼 주먹밥을 내밀며) 자! 배고플 꺼인디 어거
　　　　라도 어여 먹어야…!

창훈　안 먹어!

고씨네　그러덜 말고 얼릉 먹으랑께!

창훈　싫어 안 먹는다고 !

고씨네　안 먹으면 너만 손해지라 그랑께 얼릉 먹더라고!

창훈　(울면서) 안 먹는다고!

어린병순　(등에 업힌 채) 오빠 먹어!

고씨네　봐라잉 어린 병순이도 오빠 배고픈께 먹으라제네!

창훈　(소리내어 울며) 안 먹는다고! 안 먹능다고 했잖애!

어린병순　오빠 배고픈께 먹어!

고씨네　(따라 울며) 우짜 그런다냐? 우짜 고로콤 애미 맴 뒤쑤셔놈
　　　　시 고집부린당가? 어린 병순이도 즈그 오빠 배고픙께 먹
　　　　으라제네! 참말로 요레 애미 맴을 아프게 할 거시여? 너는
　　　　병순이만도 못해야! 암만해도 나가 니 댈고 이 섬 구석으
　　　　로 오능게 아녔어야! 에고 흑흑.

어린병순　엄마 울지 마! 엄마!

창훈　그랑께 내 진짜 아부지네 고향이 어딘지만 알켜 달랑께.
　　　　그리로 가뿔랑께!

고씨네　행여 고런 말일랑 허덜 말어야! 이 에미가 오적하믐 그곳

서 살지 못하고 여길 왔을까잉? 아이고 오메요. 내 팔자가 와 이런당가요잉! 참말로… (훌쩍이며 운다)

어린병순 엄마 울지 마! 엄마아!

서글픈 음악.

#10. 바다 위로 달이 보이는 언덕

창훈이와 고씨네가 붙잡고 우는 광경 속에 고 목사의 대사가 O.L된다.

고목사 (소리) 한참 커갈 때 남한테 소외당하고 멸시 받는다는 것이 얼마나 큰 상처인지 그런 경험이 없는 사람들은 아마 모를 거다! 더구나 먹을 거 가지고 설움 받는 것처럼 아픈 건 없지. 내 기억 속에 남아있는 그날은 그 의붓아버지라는 사람이 육지로 가서 장날에 장터에서 찐빵하고 만두를 사가지고 왔던 모양이지? 그리고는 나 한테는 그 동네 어르신네 집으로 심부름을 시켜 내보내고는 돌아와 보니 자기네들끼리만 안방에서 그 찐빵하고 만두를 나누어 먹능거여. 그러면서 내가 밖에서 들으니까 말이다…

#11. 섬 돌집 마당

창훈이가 곡괭이를 빌려서 집 마당으로 들어오는데 불빛 새어나오는 안방 문으로 비추인 그림자들이 보인다.

고씨   (소리) 얼능 창훈이 고놈이 오기 전에 후딱 먹어치워라잉 아주 귀한 것잉께!

병자   (소리) 아버지 요거시 뭐시다요? 뭐간디 요로콤 입에 착착 달라 붙는다요?

고씨   (소리) 나가 말 안 하나 찐빵하고 만두라고! 요즘 같은 난리통에는 증말로 귀한 것잉께 입 닥치고 후딱 먹으란 말여!

병덕   (소리) 입 닥치고 워짜 먹을 수 있당가요? 안 그요? 히히.

고씨   (소리) 떽! 와따메 해방되기 전 한참 시절 때 저그 목포서 중국 왕서방이 맹길어 팔던 이런 것들을 참말로 억수로 많이 사 먹었는디 요즘에는 참말로 귀한 음식이 됐어야!

창훈이 꼴깍 침을 삼키며 안에다 대고 소리친다.

창훈   아부지! 어르신 댁에 가서 곡괭이 빌려 왔으라!

고씨   (소리) (잠잠하다가) 그려! 나가 일러준 대로 그 곡괭이를 옳게 빌려온겨?

창훈   야 맞지라! 자루가 긴 걸로 골라 왔응께요!

고씨   (소리) 그려? 그라믐 허청(헛간)에다 잘 세워두고 말이시 다시 뒷 텃밭에 두고온 삼태기를 가져오면 쓰겄다. 얼능 당겨 오니라 알겠제?

음악.

#12. 바다 위로 달이 보이는 언덕

창훈이와 고씨네가 앉아있다. 어린 병순이가 잠들어 있다.

고씨네 요거시 니랑 내 팔자랑께! 느그 친아버지 난리 나던 해 물에서 동네 빨갱이놈들한테 그렇게 죽고 내 혼자서 닐 이끌고는 금호산을 넘어 강진으로 혀감시 산 재를 몇 고갯등 넘고 넘어가 도망하들 안했냐! 그래가꼬 그리 니랑 나가 살아났당께! 하지만 살아남혀 뭘혀 그 뒤로 고생 고생 억수로 아이고야 말허들 말자! 난리 중에 먹을 거이 있나 가진 돈이 있나? 니는 어렁께 시간만 되면 배고프다고 울어쌌제! 내 역시도 사흘 동안 물 한 모금 말고는 목구멍으로 넘깅게 없응께로 참말로 죽겠드만… 그라다 지금 느그 아버질 선창가 국밥집서 만났잖애!

#13. 선창가

뱃고동소리가 울리고 통통배가 연기를 품어대며 바다 물 질러 떠나는 선창가. 보따리를 이고 진 피난민들이 오가고 좌판 장사치들이 시끌벅적 흥정하고 호객하는 그 풍경 끝으로 고씨네가 다리 난간을 붙들고 기운 없이 앉아 있다. 잔설이 날린다. 이때 북적이는 사람들 틈새로 아홉 살 창훈이가 손에 호떡봉지를 들고 뛰어온다.

창훈 (엄마에게 호떡을 꺼내 내밀며) 엄마! 이거 먹으요!
고씨네 (힘겹게 몸을 일으키면서) 이게 뭐시당가?

창훈 호떡이제 뭐당가!

고씨네 호떡? (급하게 한 입 베어먹다가) 너는 안 먹어야?

창훈 난 먹었으라!

고씨네 근데 요거이 워디서 난 거시여? 참말로 우덜이 먹어도 되는 거당가?

창훈 응 아까 전에 쪼오기 길거리에서 앉았드만 지나가는 사람들이 나가 불쌍타고 돈을 던져주더랑께… 그걸로 산 거싱께 엄마 먹어도 된당께.

이때 털모자를 눌러쓴 50대 영감이 다가와서 창훈이를 살핀다.

영감 맞고만이라! 너랑께! 너가 쫌 전에 호떡 달라고 혀싸서 중께 도망친 놈이제? 그냐 안 그냐!

창훈 (후다닥 도망을 간다)

영감 너 이놈 게 안 스냐? 이리로 오랑께! (흠칫 고씨네를 보고는) 아짐씨가 조놈 에미지라? (천천히 살피며) 피란민이당가?

고씨네 (고개를 가로저으며 들고 있던 호떡봉지를 내민다) 내 한 개밖에 입 안 댔으라. 긍께 이거 도로 가져가시시요잉. 한 개 값슨 내 뭔 일이라도 해서 갚을랑게 용서해주시랑께요!

영감 관두시오. 내 돈 받을라 시방 쫓아온 기 아니고라 어린 거시 저라믐 안 되지라 싶어 타일를라고 온 거신데 마저 잡수시요! (뒤돌아서며 혼잣말로) 참말로 워쩌다가 나라 꼬라지가 요 모양 요 꼴이 됐당가! 재롱 피며 공부할 나이에 저로콤 도적질부터 해야 해싸니…

고씨네 아자씨 아자씨요!

영감 (뒤돌아보며) 와요 나 부른 거라 시방?

고씨네   (보따리에서 옥가락지를 꺼내 내밀며) 예 있으라! 나가 현찰이 없응께 요거라도 가꼬 가시요잉! 우덜이 난리 중에 없어 그렇제 본래 그런 사람이 아니랑께요!

영감   (천천히 살피다가) 관두시오. 나도 사람 볼 줄 안께 그라요. 젊은 아줌씨가 얼라 델고 요로콤 집 나온 거 보믄 뭔가 알 꺼 안 같소. (문득) 아줌씨는 어디서 왔당가?

고씨네   (기진맥진 하며) 고거이 와 묻는당가요? 인자는 집도 절도 없이 기냥 떠도는 신센디 고향이 워디고 또 고거이 뭔 소양입디요… 암튼 죄송스러불고 염치가 없당께라! 이거 안 먹어도 되는디…

영감   날이 차가분께 여기 이라고 있덜 말고 아가 오믐 말이시 혼내들 말고 달래서 쪼기 할매국밥집으로 오랑께 내 그 할마시 잘 아는 사인디 한번 말해 볼랑게. 고기서 설거지라도 하믐서 당분간 지내믐 어떨까 싶응께라!

고씨네   (번쩍) 고거시 참말이당가요? 나 돈은 필요없응께 아자씨! 그리 주선해 주시겠으라? 우리 아하고 내를 먹고 재워만 주믐 된당께라!

영감   그랑께 아 오믐 델고 가보랑께. 나가 이자 가서 말해놀 텡께. (영감 사람들 속으로 사라진다)

#14. 할매 국밥집

고씨네와 어린 창훈이 국밥집 내실에서 정신없이 국밥을 퍼먹고 있다.

국밥할매 거 엏친게 찬찬히 먹드라고… 모잘르면 더 달라 허고…!

아니 얼라 델고 집 나왔음 진즉 이런 델 찾아와설랑 뭐라도 일 찾아 나설레기지 뭔 심뽀로 그리 궁색 떨믐시 조선 팔도를 그리 헤집고 다녔당가! (어린 창훈에게) 꼬맹구야! 배고픔 할매가 더 줄 텡게 말혀라잉? 고놈 참 야무지게 생겨 뿔구만이라! (손님을 맞으며) 어서들 오시랑게! 그쪽으로들 앉으시오잉!

#15. 할매 국밥집

시끌벅적한 국밥집 손님들. 어린 창훈 뒤꼍에서 장작을 가져다 부뚜막 가마솥 아궁이 앞에다 놓는다. 고씨네 양지머리와 시래기를 가져다 가마솥에다 쏟아 붓고 긴 나무국자로 휘젓는다. 그리고 김이 모락모락 나는 다른 솥가마 뚜껑을 열고 옆에 쌓아둔 뚝배기에다 밥을 퍼 담는다. 다시 손님들한테 국밥을 퍼 나르는 고씨네. 국밥값을 계산하는 할매. 이러한 분주한 국밥집 풍경을 보여준다.

#16. 할매 국밥집

전 장면과 같이 여전히 분주한 국밥집 광경. 이때 식당 안쪽에서 혼자 술을 마시던 고씨의 모습이 보인다. 고씨 술에 취한 듯 고개를 숙이고 있다가 갑자기 술주전자를 바닥에다 집어던지며 노래를 부르기 시작한다. 옆에 있던 손님들이 고씨를 쳐다본다.

고씨   (술에 취한 채) 이 풍진 세상을 만났으니… 너의 희망이 무엇

이냐 무엇이냐! 무엇이냐? (옆에 앉은 손님에게 버럭) 무엇이냐
고! 말 안 헐껴? 나는 말여라 희망이고 좆이고 아무 것도
없응께 나한테는 묻지 말랑께! 근데 와 쳐다본당가? 냅러
와 쳐다보느냐 말여! 내한텔랑 묻지 말라 안 혔냐! 이 상
놈으 호로새끼야!

손님 아니 뭐시여 상놈으 호로새끼? (버럭 소리를 지르며) 아니 뭐
이런 개똥같은 새끼가 다 있당가! (소매를 걷어붙이며) 이 새
끼가 증말 되질라고 환장했지라!

고씨 뭐 이 새끼야! 옴마야! 나가 죽고 싶어 환장한 놈인 걸 어째
알았을까잉! 너 돗자리 깔어야 쓰것다 이 좆만한 새끼야!

이때 국밥집 할매가 달려나와 앞을 가로막으며.

국밥할매 아이고야 또 도져 뿌렸고만이라! 또 도져 뿌렸어! (고씨에게)
고만두지 못 혀냐? 어디 첨 보는 손님헌테 그런 승한 욕찌
거리당가? 아무리 술 처먹었다지만 사램이 경우가 있어야
하능 거인디 지금 이게 뭔 짓이당가! 응?

고씨 할매는 쪼깨 비키시시요잉. 이 호로자식 새끼가 지금 나헌
테 시비 걸라 안 혀요!

국밥할매 시비는 뭔노매 시비! 고씨 네놈이 먼저 찡짜를 붙여놓고
지금 뭔 소리다냐! (손님에게) 아이고 손님! 미안스럽구만이
라. 술 먹은 개라고 손님이 참으랑께요잉. 나가 오늘 손님
이 드신 술값하고 밥값은 안 받을 것잉께 기냥 일나 가시
시오잉!

손님 아니 나도 속시끄러버서 한 잔 술로 맴을 달래볼까 혀서
왔드만 뭔 놈으 진짜 호로새끼 같은 놈이 나타나서설랑 (자

리에서 일어나면서) 에잇 아침부터 일진이 사납드만서도… 너 술 마셨으면 얌전히 가그라잉! 고거시 니 신상에 좋을 꺼 잉게!

고씨 (식탁을 들어 뒤엎고 소리 지르며) 뭐라능겨! 이 호로새끼가? 눈 깔에 먹물을 확 뽑아뿔랑게.

고씨네 아이고 아자씨 위째 그란다요? 평소엔 점잖트만 위째 그 라요!

손님 구시렁대며 나간다. 이때 구경하던 다른 손님들도 모두 다 힐 끔거리며 나간다.

국밥할매 오메야 저 미친 놈 땜시 손님들이 저레 다 나가뿔면 우덜 은 어쩔꼬잉. 시상에 저 망할 노메 자슥 땜시 오늘 저녁 장 산 다 망해 뿌렀네 망해 뿌렀어!

고씨 아 할매는 저 지랄 좆같은 놈을 내뿔고는 와 나한테 울고불 고 지랄이당가잉! 에잇. (다시 옆에 놓인 그릇들을 싹 쓸어 엎는다)

국밥할매 오냐! 그라라 이놈아! 너가 돈 많응께 여기 이 물건들 싹 갈아 엎고잉 몽땅 다 깨부수거라잉! 내도 새것 좀 갖고 장 살할랑게!

고씨네 (고씨 앞에 다가가) 지금 요거시 뭐하는 짓이당가요? 그라고 어른한테 울고불고 지랄이라니 댁이 지금 미쳐도 단단히 미쳤구만이라! 아무리 술 취했다혀도 할 소리가 있고 몬 할 소리가 있는 거인디… 얼릉 우리 할매한테 무릎 조아리 고 사과하랑게요.

이때 어린 창훈이가 순경과 함께 들어온다. 국밥집 입구에는 구경꾼들이 모여 있다.

창훈   저 보랑께요. 저 아자씨가 지금 술 처먹고 우리 집을 저렇게 깽판을 놓고 있으라!

순경   (고씨를 향해 소리치며) 그만 두시요잉! 그만 두랑께라!

고씨   (순경을 보고는 멈칫하고는 갑자기 온순해진다) 와 그란다요? 나가 뭘 워쨌는디요!

순경   아니 술을 자실라면 곱게 잡수실 거인디 왜 요로콤 난동을 부리고 난리당가요?

이때 고씨네가 나선다.

고씨네   순경아자씨! 별거 아니고만이라! 술집서는 맨날 벌어지는 흔한 일잉께 그만 돌아가시시요잉. 즈그들이 알아서 정리 할랑게!

순경   (고씨 팔을 잡으며) 일단 나가더라고! 그라고 낼러 따라 오시요잉! 아무리 취중에 객길 부렸다혀도 이 집에 기물덜 파손한 거하고 또 손님들 쫓까내설랑 손해 끼친 거시 있을 텡게 다 손해배상 해줘야 쓰것구만요. 일단 지서로 가더랑께!

국밥할매   그만 하랑께라! 순경 아자씨 바쁘실 텐데 쟈 말대로 우리가 알아서 할랑게 그만 가보시랑께요!

순경   (할매에게) 참말로 괜찮겠스라? 그라고 이 취객 아는 사람이당가요?

국밥할매   그람요! 저으기 배 타는 놈인디 우리 집 단골이기도 하고라 괜찮지라. 술 안 먹는 날은 색씨 매냥 얌전하고 경우도 있는 사람잉께!

순경 그라믐 할머니 말만 믿고 나가 그냥 갈랑게 또다시 행팰 부린다 싶음 지서로 연락 하랑께요. (고씨에게) 당신도 얼릉 집으로 가 얌전히 주무시요잉. (밖으로 나간다)

고씨 멍하니 그 자리에 서 있다가 갑자기 소리를 버럭 지른다.

고씨 아이고라 우리 엄니요! 복길이 어메요! (선 채로 소리 내어 울다가 밖으로 뛰쳐 나간다)

음악.

#17. 할매 국밥집 (밤)

국밥집 곳곳에 호야등이 걸려있고 안방에서는 어린 창훈이가 방바닥에 엎드린 채 글씨공부를 하고 있다. 고씨네 주방서 설거지를 하고 있고 국밥할매 어질러진 식탁을 치우고 있다.

국밥할매 무시라 무시라! 시상 천지 고놈 같이 끈질긴 놈은 아마 없당께라. 아 앞으로 그런 놈 들어오믐 말이시 국밥이나 내노믐 몰라도 절대로 술은 내다 주지 말랑께. 이게 다 뭐시당가!

고씨네 그 아자씨, 그라도 술만 안 자시면 평시엔 멀쩡하드만 뭔 한이 그리 많을까잉 술만 들어가믐 영 딴판이던디요!

국밥할매 아 난리 겪고 시상 뒤비진 마당에 길 가는 사람 아무나 붙들고 물어보랑께! 지처럼 한 없고 사연 없는 놈들이 어디 있능가? 술이란 말이시 본시 배우기 나름잉기여! 부모 밑에서 배운 술은 그래도 위아래가 있능 거신디 저놈처럼 막되처먹은 술버릇은 말여라 저리 막장이랑께 그랑께 자네 아 창흥이도 말임시 안즉은 저레 어리지만 쫌 더 크걸랑 술만큼은 옳게 마시는 법을 가르쳐야 혀!!

어린창훈 (방 안에서) 할머니! 내는 이담에 크믐 술 안 마실 껀디요!

국밥할매 그려라 술집서 술 안 마신다는 놈 반가븐 거이 아니지만서도 널랑은 꼭 그리 하거라잉… 술을 보약들끼 들면 을마나 좋을 거인디 술을 원수매냥 마구 처들 마싱게 속에서 독만 품어나오는 거시제… 어이그! 오메요…

#18. 할매 국밥집 앞

선창가에 통통배가 모두 출항하여 없고 바닷물만 찰싹거린다. 하지만 여전히 국밥집 앞에는 보따리를 이고진 피난민들이 오가고 좌판 장사로 시끌벅적한 거리풍경 속에 고씨가 국밥집 앞을 서성인다. 이때 어린 창훈이가 호떡장수 영감 옆에서 웃고 있다가 호떡 하나를 먹으며 국밥집으로 들어간다. 이때 고씨가 어린 창훈이를 부른다.

고씨 어이 꼬맹구! 니 이름이 창훈이라 했능가?

어린창훈 그란디오!

고씨 니 쪼까 이리 좀 와 볼랑가?

창훈이 고씨한테 다가간다.

어린창훈 와 그라는디요?

고씨 응 긍께 (머뭇거리다가 손에 쥔 종이쪽지를 창훈에게 건네며) 이거 쪼까 느그 엄니한테 갖다줄 수 있것냐? 이거슨 말여. 쩌번 에 나가 느그 집서 술낌에 니 엄니하고 할매한테 못되게 굴어 느그 집 손님들 다 쫓까낸 일도 있고혀서 미안스러버 쓴 글인디 말이시 시방 좀 전해주면 쓰것는디! 느그 엄니 언문 읽을 줄 알제?

어린창훈 아자씨가 들가 전해주시랑께라!

고씨 느그 할매도 있고 나가 염치없어 안 그냐! 그랑께 기냥 전 해 주면 쓰것는디!

어린창훈 알았스라! (국밥집 안으로 들어간다)

#19. 국밥집 안 (오후)

고씨네가 주방 안쪽에서 고된지 부뚜막에 앉아있다. 국밥할매도 손 님상에 엎드려 졸고 있다.

어린창훈 엄마! 이거 조기 바깥에서 저번에 술 취해가꼬 행패부리 던 아자씨가 엄마한테 주라능디!

고씨네 (순간 힐끔 조는 국밥할매를 쳐다보고는) 이거시 뭐시당가?

어린창훈 몰라! 쩌번 날 엄마한테 미안타고 쓴 글이라 하맹시 주 던디.

고씨네 (얼릉 받아 앞치마 속으로 감추며) 알았쓰께 너도 손님 없을 때 얼릉 방으로 들가 글공부 좀 혀야!

어린창훈 응! (방으로 들어간다)

고씨네   (아들 눈치를 보며 슬그머니 쪽지를 꺼내 읽는다. 그리고는 얼른 다시 집어넣는다)

국밥할매   (어느 새 깨어 고씨네를 보며) 고거이 뭐시당가?

고씨네   (화들짝 얼굴을 붉히며) 뭐시 말이요? 암것두 아니랑게!

국밥할매   (크게 하품을 하고는) 뭍질 하러간 사내놈들이 돌아올라면 아직 멀었제? 아이고 내 고동안이라도 잠 좀 잘랑게. 참 저녁거리에 쓸 내장이랑 파가 쬐까 모자랄 거인디 한번 봐야 쓰겄다잉!

고씨네   글씨 저녁손님이 몇이나 올랑가 모르겄는디 낼 식전에 해장손님도 수월찮게 장에 다녀 올까요잉?

국밥할매   (속주머니에서 지폐 두어 장 꺼내며) 그려라! 괴기집 가설랑 실한 거 한 댓근하고 팔랑 강진아지매한테 가서 서너 다발만 사 오니라!

어린창훈   (방 안에서) 엄마! 나도 따라 가고 잖은디?

고씨네   닐랑 하던 글씨 공부나 마져 혀! 고로콤 글 공부에 게으르면 난중에 군대 가서 엄매한테 편지도 못 쓰는 바보 천치가 될꺼구만! (앞치마를 벗고 깨진 반쪽 거울을 들여다보며 머리를 매만진다)

#20. 뚝방길, 장터 국수집, 바닷뚝길

뚝방 아래로 갯벌이 보이는 곳. 고씨와 고씨네가 쪼그리고 앉아있다. 그 뒤로 저녁노을이 비치며 둥근 해가 떠있다. 이어 O.L 시장통 국수집서 고씨, 고씨네가 국수를 먹는 장면, 다시 O.L 한적한 바다 뚝길을 나란히 걷는 장면.

#21. 국밥집 내실 (밤)

국밥할매 속치마 바람으로 이불 위에 앉아 버선을 벗으며 앉아있고.
어린 창훈 훌쩍거리며 누워있다. 고씨네 문 입구에 쪼그리고 앉아
눈물을 흘린다.

국밥할매 그리 맴을 먹은 거시면 가야지라. 열녀 춘향이도 아니고
이왕지사 부부연을 맺기로 약속했음 한 살이라도 더 젊을
때 맴 먹은 대로 따라가능기 맞제.

고씨네 나가 편하자고 그리 맴을 먹응기 아니지라. 저놈 호로자식
소리 듣는 것도 싫고요잉 게다가 벌써 닐 모레면 금세 떡
꺼머리 장정이 될 꺼인디 지 형편에 저놈 까막눈 벗겨낼
돈도 없고 커가는 놈 뱃대지에 쳐담을 음식도 채울 자신이
없응께 그리 맴 먹덜 안았당가요! 혼자 사는 과부 형편에
별도리 없지 않겠스라.

국밥할매 인자는 조선시대도 아니고 자식 델고 재취로 나선다는 거
시 슝이 아니랑께 그라네! 나라가 요로콤 전쟁 난리통에
서방 잃고 홀로된 여편네들이 을매나 많은디… 옛날 매냥
수절한다는 거이 자랑은 아니제. 없이 사는 사람, 없이 사
는 사람덜끼리 만나고, 외로운 사람 외로운 사람덜끼리,
서로 만나 보듬고 위로하며 정 붙이고 사는 거이 옳은 이
치가 아니당가? 시상살이가 그리 긴 거시 아닝겨. 나도 연
분홍 꽃치마 펄럭이며 꽃가마 탄 게 엊그제 같은데 말이시
어느새 요로콤 머리 세뿔고 이빨 빠지고 늙어 꼬부랑 할미
가 될 줄 누가 알았당가! 모두가 노랫가락처럼 화무십일
홍이요 일장춘몽이랑께.

고씨네 그란디 저놈아가 앞으로 사는 기 낯설까봐 걱정이랑께요. 벌써부터 어린 게 뭘 안다고 저렇게 저녁도 안 처먹고 저래 눈물만 질질 짜믐시 도통 입을 함구하고 있응께 속에 돌맹구가 들어 찬 거처럼 속이 편치 않구만이라! (고개를 돌리며) 창훈아! 이 에미 시집 가들 말고 여기 할매하고 너하고 기냥 요래 살까잉? 니가 결정하랑께.

어린창훈 (고개를 돌리며) 몰러 내는 암말도 안 할 텡게 엄매 맘대로 하랑께!

국밥할매 (창훈에게) 이눔아 이거시 모다 너 땜시 그런다는 걸 여태 듣고도 몰러 그러능겨? 니 에미 속 터지게 말고 기냥 니 에미 맴 편하게 하더라고잉! 고것이 옳은 자식잉겨!

고씨네 (고개를 파묻고 소리내어 운다) 우짤꼬이… 엄메요!

음악.

#22. 선창가 똑딱선(이른 아침)

바다 안개가 자욱한 이른 아침. 고씨네는 두루마기 한복에 보따리를 안고 고씨가 내민 손을 잡고 배에 오른다. 그리고 귀마개를 하고 무명 바지저고리에 조끼를 입고 검정모자를 눌러 쓴 어린 창훈이 조그마한 가방을 메고 심통스럽게 혼자 배에 오른다. 선창가에 서서 손을 흔드는 국밥집 할매. 이때 호떡영감이 숨차게 선창가로 뛰어온다. 그리고 호떡 봉지를 창훈 앞으로 내 던진다.

영감 창훈아! 잘가그라잉 새 아버지 말씀 잘 듣고 느그 새 형들

하고도 사이좋게 지내고 말이시! 아무 때고 뭍에 오걸랑 내한테 꼭 들리랑께! 알았당가?

어린창훈 (손을 흔들며) 할아버지 나가 꼭 다시 올랑게 안녕히 계시랑께요!

고씨와 고씨네, 창훈이가 할매하고 영감에게 공손히 인사를 할 때 음악과 함께 똑딱선 시동이 걸리고 출항한다. 바다 안개가 짙게 피어오르는 물길을 가로지르며.

잔잔한 음악.

#23. 똑딱선 선상 위에서

선상 위에서 고씨네 보따리를 끌어안고 쪼그려 앉은 채 눈물을 지으며 먼 바다를 응시한 채 생각에 잠긴다.

고씨 (소리) 아줌씨! 아니 창훈이 어메요! 이왕지사 우딜이 요로콤 만난 것도 인연이라믐 인연잉케 더 이상 내외하덜 말고 말이시 창훈이 델고 나가 사는 어불도에 가설랑 기냥 우리 아들하고 딸내미캉 모두 한 식구가 되갖고 같이 살아 보면 워뗘요? 나가 창훈이 애비가 될 텐게 창훈이 어메가 우리 애덜 어메가 되주소! 사는 살림이 넉넉지는 않지만이라 나가 안즉은 젊응게 지금보다 쪼매만 더 노력하믐 말여라 우리 식구들 굶기진 않을 꺼구만이라!

창훈아비 (소리) 여보 창훈애미요 절대 바깥에 뭔 소리가 들려도 땅

밑에 파논 허청 밖으로 나오면 안 된당께! 기냥 귀를 막고 우리 창훈이랑 꼭 숨어있으란 말이요. 알았제?

#24. 허청(헛간) 밑으로 파놓은 지하 토굴방

양식을 숨겨놓은 헛간 안 지하 토굴 속에서 어린 창훈이를 꼭 끌어안고 숨죽여 떨고 있는 고씨네. 바깥에서 총소리와 동리사람들 비명소리가 들린다.

소리1   (소리) 바른대로 말하라우! 너 이 반동노무새끼레 지난 번 남반부 괴뢰놈들 하고 양코배기 놈들이 면에 입성했을 적에 손에 남반부 깃발을 들고서리 환영행사에 나갔어 안 나갔서? 빨랑 말하지 못하네?

창훈아비   (소리) 아 아… 니랑께라! 나가 고때는 물질하러 가느라 말만 들었제 나가들 않았당께요!

소리1   (소리) 기럼 여기 상태 동무레 거짓뿌렁했단 말이가? 똑똑히 말하지 못하갔어?

창훈아비   (소리) 이봐! 상태… 나가 그날 식전에 배타고 물질하러 나강 거 자네도 봤잖애! 그런데 왜?

소리2   (소리) 나가 언제 봤으랴? 나를 쑥맥으로 아능가본디 그날 분명히 아재는 예배당 댕기는 사람들이랑 같이 모두 태극기 들고 염산면 사무소 앞 신작노로 나간 걸 나가 봤당께요. 그랑께 딴말일랑 허덜 마쇼잉.

창훈아비   (소리) 이봐! 상태. 증말 와 이러능겨! 나 좀 쪼까 살려주면 안 되겠능가? 바른대로 말 좀 해주랑께!

소리2 (작은 소리로) 그라는 아재는? 와 울 아부지 지리산으로 숨겨 들어간 걸 순경들한테 고자질 했을까잉? 피장파장이제…

소리1 (소리) (상태에게) 이 집엔 이 반동새끼래 말고 또 다른 가족 이래 없는 기야?

고씨네 어린 창훈이를 꼭 끌어당겨 안는다.

소리2 (소리) 이 집 아주마캉 꼬맹구 아들이 더 있지라! 헌데 안 뵈능거 본께… 아주마랑 꼬맹구는 저그 면내 사는 즈그 친정엘 갔능갑디요 있으면 방안서 나왔을긴디…

소리1 (소리) 이보라우! 예배당 댕기는 놈들은 거짓뿌렁은 아니한다 들었는데 이 상황에서도 거짓뿌렁을 하는 거보니까는 하나님보다는 내 이 총이 더 무서운가보디? 기리지들 말라우야. 이 쌍간나새끼야!

창훈아비 (소리) 사… 살려주소잉 나가 예수쟁이도 아니고라. 예배당에도 댕기지 않는당께요 그리고 말이시 나가 내 아들놈 냉겨두고 요로콤 죽을 순 없당께요!

소리1 (소리) 뭐 하는 기야! 날레 갈기라는 말 안 들리네? 야! 그리고 너흰 이집 집구석을 뒤져게지구 예있는 양식꺼리 있음 몽땅 들고 나오라우.

이때 따발총 갈기는 소리.

창훈아비 (소리) 차… 창훈아! 여… 여보! 오메 나 죽네잉… (에코)

고씨네 어린 창훈이 입을 막으며 놀라 눈을 크게 뜬 채 눈물을 흘린다.

강한 음악.

#25. 똑딱선 배

배 위에서 고씨네 먼 바다를 향해 고함을 치며 소리 내어 운다.

고씨네　(소리) 창훈애비요! 창훈애비요 낼러 용서하랑께요! 아-앙!
창훈 애비요!

창훈이 엄마를 붙들고 옆에서 같이 울고 고씨는 남사스러운지 얼굴
을 찌푸리며 배 뒤쪽으로 간다. 고씨네 고함치며 통곡하는 소리가
바다 저 멀리로 울려 퍼진다. 바다 위로 아침햇살이 번져온다.

음악.

#26. 바다 위로 달이 보이는 언덕

소년 창훈이와 고씨네.

고씨네　그려 인자 너도 컸응께 너 맘대로 혀라! 언제까정 고로콤
눈칫밥을 먹음시 씨 다른 형제들이랑 싸움서 살 수는 없응
께 말여! 나가 처음 니 델고 올 작에는 저니가 니 공부 시
켜준다꼬 철썩같이 약속을 했는디 말이시 시방은 공부는
커녕 죽도락 일만 시켜 먹음시 사람 채별하능 거 본께 내

도 널로 더 이상 델구 산다는 거시 염치가 없당께. 나 맴 같어설랑 너 델고 이리로 온 거처럼 말이시 다시 너하고 물으로 나가 살었음 좋겠는디 워쩌냐? 이놈 지지배 병순이가 이 집 씬께로 이러지도 못하고 저러지도 못헝께 니가 이 에미 맴을 이해혀야 쓰딜 안겄냐? 그라고 말이시 느그 본 고향은 말여 주소가 전라남도 영광군 염산면 봉냄리지라 염산면 봉냄리… 모다 난리 때 동리 사람들이 많이 죽었을 꺼구만서도잉 먼 집안사람이라도 한두 명은 안 있겄냐? 느그 고씨 본관은 말이시 지금 저니는 같은 고씨라 케도 제주고씨고 니는 장흥백파 고씬겨! 옛날 고려 말 홍건적이 처들어 왔을 적에 고려 임금님을 호종하여 호종공신으로 책봉되면서 느그 조상님이 장흥백(長興伯)에 봉해졌다고 허데! 그래가꼬 그 자손들은 제주고씨라 않고 장흥고씨, 장택고씨, 창평고씨로 본관을 써왔는데 말이시 니는 아마도 장흥고씰껴 느그 죽은 애비가 내한테 그랬응께. 그러니 니가 크걸랑 느그 고향에 가서말여라 집안 어른들이 살아계시금 좀 더 알아보고 배우랑께. 이 못낸 에밀랑은 찾을 생각도 말구말이여. 내도 인자부텀 니를 이자뿌릴랑게! 알았당가?

음악.

#27. 정동 장로교회 목사 사택

고 목사와 영신이 의자에 앉아 차를 마시며 이야기를 나눈다.

영신 그래서 어떻게 됐어요?

고목사 말도 말아라! 그렇게 열네 살 어린 것이 혼자 육지로 나와서 참말로 억수로 고생을 많이 안 했드냐? 아마도 하나님께서 나를 주의 종으로 맨드실라고 연단을 시키셨던 것 같은데, 그때는 한참 젊은 나이라서 그런지 왜 그렇게 배가 고프던지 그리고 춥기는 또 왜 그렇게 추분지 돈이 궁해 집도 절도 없으니 여름이면 한 데서 잠을 자야 했고 겨울이면 공사판 떠돌면서 야방 보는 아저씨들한테 부탁을 혀갖고 눈치 보면서 겨우 노무자들 틈새에 껴서 잠을 자덜 안 했냐! 그런데 너 그런 나에게 제일 무서웠던 게 뭔지 아니?

영신 뭔데요?

고목사 (웃으며) 모기야! 모기!

영신 네? 모기요!

고목사 (웃으며) 그래 목포항 여름 모기는 말이다, 지금은 어쩔란가 모르겠지만 그때 만해도 방역이란 게 없을 때니까 바닷가 모기가 꼭 잠자리만 했다니까?

영신 잠자리요? 에이 설마…

고목사 암튼 그때 한 고생은 나한테는 골고다 언덕길이었으니까! 그런데 말이다 하나님이 주시는 고난과 연단은 말이다. 어느 정점에 이르러서는 꼭 돌봄이 따른다는 거야! 한번은 내가 그 잠자리만한 모기에게 물려서 그랬는지 아님 암튼 학질인지 장티푸스인지 그런 병에 걸려서 말이다 혼자 다 죽었지 뭐냐! 그 어린 것이 목포항 선착장 벤치에서 정신을 잃고 쓰려져 있었던가봐! 그런데 한참 후에 눈을 떠 보니까 내가 어떤 병실에 누워 있는 거 있지! 그리고 간호원 말에 의하면 내가 그렇게 나흘 동안을 혼수상태로 있었다는 거야!

#28. 목포 시립병원 병실

소년 창훈이 링거를 꽂은 채 병실 침대에 누워있고 간호사가 체온기를 들고 병실로 들어온다.

간호사 어머 너 깨어났구나! 이제 정신이 좀 드는 거니?

소년창훈 저 그란디 여게가 어디랑가요?

간호사 어디긴 병원이지! 목포시립병원…

소년창훈 목포시립병원이라고라? … 그란데 나가 어떻게 여기 와 있당가요?

간호사 고거야 니가 아픈 게 여기 있는 거지! 자 말 그만하고 열부텀 재야 쓰겄다! 아 하고 입 열고, (체온기를 창훈 입에 넣으며) 혀 밑에 넣고 입 다물어야! (잠시 후 다시 꺼내 체온기를 살펴보면서) 37도 3분… 아직도 미열인 거 본께 정상은 아니여야!

소년창훈 저 간호원 누나! 나가 참말로 워째 요길 왔응까잉? 그라고 나가 워디가 어쩌게 아픈 건지 쪼께 말 좀 해줄 수 있으요?

간호사 아무 기억도 안 나는겨? 니가 아퍼서 선착장서 쓰러져 있는 걸 어떤 신사 분이 이리루 델고 왔어어! 그분 아녔음 참 위험했을 뻔했는디… 그 어르신이 널 살려주신 거지! 넌 장티푸스라고 고혈에 온몸에 삭신이 쑤셔 죽을 수도 있는 병이었거든! 또 전염성이 있어서 이렇게 독실에서 호강도

하고 말이어라!

소년창훈 그런디 나가 언제까지 여기 요로콤 있어야 한당가요? 병원비가 윽수로 비쌀 텐디…

간호사 퇴원을 말하는 거니? 그건 의사선생님께서 됐다고 하시면 언제든지 나간 수 있지만 아즉 열이 있능 거 본께 며칠은 더 있어야 쓰건는디… 그라고 니 치료비는 그 신사 양반이 다 내준 것 같어야.! 그래 몸은 아직도 쑤시능겨?

소년창훈 아니 그런 거는 아닌디 말여라 배가 쬐까… 아니 허불나게 고프당께요!

간호사 (가볍게 웃으며) 안즉은 링겔을 맞응께 워쩔까 모르겄는디 말여라 나가 의사 선생님께 물어봐야 쓰겄다. (사투리를 쓰는 자신을 깨닫고는) 아니 참! 의사 선생님께 여쭤볼게! 그럼 좀 더 쉬고 있어. 물은 주전자에 있응께 자주자주 마시고잉 아니, 자주 마시세요! 워뗘 나 서울말씨 잘하제? (눈을 찡긋하고는 나간다)

#29. 정동 장로교회 목사사택

고 목사와 영신이.

고목사 그렇게 내가 죽을 뻔했는데 나를 발견하고 살려주신 분이 누군 줄 알아? 그분은 목포에서 아주 존경을 받으시는 교육자신데 목포서 덕인중학교를 세우시고 학생들을 가르치시는 교장선생님이셨어. 이복주 선생님이라고, 그분이 쓰러져 있는 나를 발견하시고는 나를 병원으로 데리고 가셨지. 그리고 내 병원 치료비 일체를 내주신 분이셨는데 아마도 하나님께서 연단 중에 있는 나를 천사처럼 그분을 내게로 보내주신 것 같아. 그 후로도 여러 번 어려운 일이 있었지만 꼭 그때마다 하나님은 그분과 같은 천사를 보내주셔서 나를 도와주시곤 하셨지! 항상 연단의 정점에서 말이야…!

영신 그런 하나님의 도우심을 은혜라고 하나요?

고목사 그렇지 그것이 은혜이지 그러나 포괄적으로 은혜라는 단어에는 또 다른 의미가 있는데 그건 다음에 말하기로 하자! 어쨌든 그 어른을 만난 후로 나에겐 또 다른 은혜로서 내 생활환경에 커다란 변화가 나타났지!

영신 그것이 뭔데요?

#30. 덕인중학교 교장실

집무를 보고 있는 이복주 교장, 잠시 후 교장실 문을 노크하는 소리.

이복주교장 네! 들어오기요!

이때 문이 열리며 서무주임이 들어온다.

서무주임 저 교장선생님 어떤 소년이 교장선생님께 감사하다고 인살 드리러 왔다는데요?

이복주교장 그래, 누긴가? 암튼 들어오라구 해요!

서무주임 다시 문을 열고 나갔다가 소년 창훈이를 데리고 들어온다.

이복주교장 (창훈을 보고) 누구지?

소년창훈 저 인사 먼저 올리겠으라. (교장에게 큰 절을 올린다) 저… 저는
쩌번에 나가 목포항서 쓰러져 있는 것을 교장선생님께서
병원에 델고가 살려주신 고창훈이지라!

이복주교장 아! 그 학생? 어서 오기요 그래 이제 몸은 다 나았나?

소년창훈 야 선생님 덕분으로 다 나았지라. 헌데 지는 학생이 아닌
디요!

이복주교장 그래? 그래도 그 나이믐 한 고등학교에는 다닐 나인데…?
그래 지금은 뭘 하고 있나?

소년창훈 그냥 동가식서가숙 함서 아무 일이나 닥치는 대로 해감서
하루하루 살고 있지라!

이복주교장 그래? 그런데 오늘 어떻게 날 찾아온 거네?

소년창훈 (통조림 한 개를 주머니에서 꺼내며) 선생님께서 절 살려주신 은
혜 감사혀가 인사라도 드리는 것이 옳은 거라 생각하고 왔
으라! 요거이 별건 아니지만 깐쓰멘디요 한번 드셔보시랑
께요.

이복주교장 (소년을 천천히 살펴보다가) 그래 우선 좀 거기 앉지! 그리고 서
무주임은 이 소년에게 마실 거하고 뭐 좀 먹을 것 좀 내오
기요!

서무주임 네! (인사를 하고 나간다)

이복주교장 그래 집은 어딘가?

소년창훈 살던 곳은 해남 어불도라고 해남서 배 타고 한참을 가는
곳인디 그곳서 떠나온 지는 벌써 삼 년이 넘었으라!

이복주교장 그래? 해남의 어불도! 먼 곳서 왔구만 그럼 그곳에 부모님

이 사시는가?

소년창훈 아니지라. 아부지는 육이오 때 빨갱이 놈들한테 돌아가시고 어메 혼자만 재취로 그 섬서 살고 있당께요?

이복주교장 그래? 뭔 집안 사정이 있었는가 보구나!

이때 서무실 여직원이 우유 한 잔과 센베이 과자를 쟁반에 담아 들고 와서 테이블에 놓고 나간다.

이복주교장 그럼 자넨 지금 어디서 살고 있는가?

소년창훈 뭐 일정한 곳에 사는 게 아니구라 기냥 일 있는 곳서 먹고 자구 하고 있으라!

이복주교장 (한참을 소년을 바라본다)

소년창훈 (겸연쩍은 듯 일어나며) 그람 지는 일어나 볼랑게요. 암튼 죽을 목숨 살려주셔서 감사하당께요!

이복주교장 잠깐! 자리에 앉아보기요. 그럼 말이야! 이러면 어드레?

소년창훈 야?

이복주교장 특별히 갈 곳이 없으면 말이디 우리 학교서 지내믐 어드레? 마침 우리 학교에 급사 한 명이 필요한데 그 일을 해보면 어카간? 잠은 우리 학교 숙직실에서 자고 밥은 내 다른 방도를 구해볼 테니끼니…

음악.

#31. 정동 장로교회 목사사택

고 목사와 영신이.

고목사 그렇게 해서 내가 그 어르신 덕분에 처음으로 학교 급사직
으로 일자리를 얻어서 목포에서 안착을 하게 되었지! 그
리고 감사한 것은 이복주 교장선생님이 알고 보니 아주 신
앙이 좋으신 교회 장로님이셔서 나도 그분의 권유로 그때
부터 그분 섬기시는 교회를 다니게 되었고…!

영신 와! 하나님은 그렇게 목사님을 돌보아 주셨군요! 그런데
목사님은 언제 목사님이 되신 건데요? 아니 처음에 어떤
동기로 목사님이 되시겠다고 결심을 하신 건데요?

고목사 그 이야기를 해줄까? 나는 그 교장선생님의 은혜를 생각해
서 뭐든지 최선을 다했어! 아주 열심히 말이지! 처음엔 학
교일만 하다가 나중엔 교회 일까지 맡아하게 되었지! 매일
같이 새벽 네 시면 기상을 해서 학교와 교회 청소를 선두로
학교 운동장 청소는 물론 교무실, 교장실 전체를 깨끗하게
청소를 했고, 겨울이면 선생님들과 학생들이 등교하기 전
에 훈훈하게 미리 각 반마다 돌아다니며 난로 불을 피워놓
았어! 또 가리방이라고 철필로 먹지에 써서 인쇄를 하던 옛
날 인쇄방식을 배워서 선생님들께서 부탁하시면 밤을 새워
서라도 그 많은 시험지 인쇄물들을 다 프린트 해놓았지. 어
디 그뿐인가? 각 교실마다 돌아다니면서 깨진 유리창을 갈
아주고 책걸상 부러진 것은 물론 학교 건물에 웬만한 전기
공사나 목공일을 혼자서 다 해냈지 그것도 기쁨으로 즐겁
게 말이야! 그랬더니 교장선생님은 말할 것도 없고 모든 선

생님 모든 학생들이 다 나를 좋아하는 거 있지! 그러던 어느 한 날은 교장선생님이 날 부르시더니 이번에는 서무과에서 일하라고 하시면서 서무직원으로 채용해주시는 거야! 그래서 이번에도 또 밤낮 가리지 않고 서무일도 열심히 독학을 하면서 배워서 비품관리, 물품구매, 경리장부 등 모든 것을 척척 해내며 최선을 다했더니 모두가 나를 인정해주더구나! 사람 사는 곳에서는 말이다. 모든 일에 자신을 낮추고 사심 없이 욕심내지 않고 모두에게 헌신하면 또 아낌없이 상대를 위해주면 다들 사랑받게 돼있어! 내가 그렇게 했지! 아니 하나님께서 나를 그렇게 인도해주시고 그런 성격과 근면함을 주신 것 같아! 그리고 또 그런 과정에서도 어느 선생님의 권유로 밤에 독학을 해서 내가 고등학교 검정고시꺼정 합격하질 않았겠냐!

영신　와, 정말 대단하네요!

고목사　그러던 어느 날이었어! 불쑥 어불도에 계시던 어머니한테서 편지 한 통을 받게 되었는데 전에 어머니께서 말씀해주셨던 내 고향 영광군 염산면 봉남리에 가보았느냐고 하시는 거야! 그래서 학교 쉬는 날에 마침 학교에 차가 있어서 내가 직접 운전을 하고 내 고향 영광군을 찾아가게 되었지!

음악.

#32. 영광으로 가는 길

복사꽃이 만발한 어느 활짝 개인 봄날, 봄갈이 농촌 풍경이 아름다운 시골 길을 달리는 자가용, 가까이에 시원한 푸른 바다가 넘실거린다.

#33. 염산면 사무소

집집마다 생굴비를 늘어놓고 있는 해안가 마을. 염산면 사무소 앞에 차가 머문다. 그리고 창훈, 차에서 내려 염산면 사무소로 들어간다.

#34. 염산면 사무소 안

10명 남짓한 직원들이 근무를 하고 있는 작은 면사무소. 창훈 그 중 나이든 중년직원에게 명함 한 장을 꺼내주며 인사를 나누고 이야기를 한다.

사무장 봉남리라? 아, 설도리! 근데 거기 누굴 찾으신당가요? 나가 그 동리 사람들은 죄다 알지라!

창훈 저… 아는 사람이 있어 찾아온 게 아니고라. 지가 대여섯 살까지 살던 곳이라서 요로콤 한번 찾아왔당께요!

사무장 그라요! 그라면 혹시 선상님 선친 존함이 워찌 되신당가요?

창훈 예! 고자 선자 응자신디요!

사무장 고자 선자 응자라고라? (고개를 저으며) 글씨요, 고씨 성을 가진 사람들이 오래 전에는 그 마을서 두어 가구 살긴 살았던 걸로 기억을 하능디 육이오 때 그 마을서 큰 난리가 나는 바람에 모다 어떻게 됐는지는 알 길이 없지라.

창훈   큰 난리라고라?

사무장   말도 말랑께요! 인천상륙 작전으로 오도가도 못 하는 북한 빨갱이놈들이 대다수는 북으로 도망을 가뿔었지만 도망을 못간 놈들은 산 속으로 기어들어가 빨찌산이 되았는 데 고 빨찌산 빨갱이놈들이 수시로 마을로 내려와 가꼬는 우리 양민들을 죽이고 때리고 양식들을 빼앗아가믐시 아주 못되게 안 했당가요! 그때 마을 사람들이 육수로 많이 죽는 바람에 그 동네가 아주 쑥밭이 되았지라! 특히 예배 당에 댕기는 사람들을 몽땅 다 안 죽였소! 그래가꼬 그 마을에는 암도 살들 않다가 난리 끝나고 그것도 한참 후에야 사람들이 다시 들어와 살게 되았는디 지금은 절반이 외지 사람들이랑께!

창훈   그라믐 사무장님! 육이오 전에 살던 사람들 호적이나 민적 같은 것이 혹시라도 이곳 어디 면사무소에 남아있는 것은 없을랑가요?

사무장   여기라고 별 수 있간디? 그 설도리가 딴 부락보다 좀 심해서 그랬지만 이 근동 모다 화 당하지 않은 곳이 없었웅께. 그래가꼬 민적 같은 것은 모다 불타 없어졌지라.

창훈   … 실은 즈그 아버지도 그때 화를 당하셨지라. 나가 쪼메 기억이 있웅께요!

사무장   아. 그랬고만이라 참말로 안 됐소잉! 암튼 나가 그때는 군에 가 있어가꼬 이 고장서 일어난 그 난리를 직접 목격한 것은 아니지만서도 훗날에 세세하게 다 안 들었소! 근데 말여라 고거슬 아실랑가 모르것는디요. 실은 고 빨찌산 빨갱이 놈들 소행이 다가 아니고라 동네서 빨갱이놈들 편에 붙어서 붉은 완장을 차고 다니던 좌익 청년놈들 소행이 더 악했다 안 혀오. 고놈들 손에 죽은 사람들이 더 많았응께. 근디 말여라! 참말로 우스븐 거슨 그놈들 손에 죽은 사람 자숙 놈들이랑 그 사람들을 죽인 그 빨갱이 손에 놀아난 놈 지숙들이 지금 모다 한 마을서 같이 살고 있당께! 그래 가꼬 지금도 그 마을서는 간간이 크고 작은 싸움이 일어나지라! 근디 역시 예배당에 댕기는 사람들은 뭐시 달라도 다른 거시 다 즈그들도 따지고 보믐 서로 원수지간일 텐디도 모다 용서를 하며 산다는 것이 여간 신통방통한 거시 아니지라!

이때 뚝길로 자전거를 타고 김익 전도사가 다가온다.

사무장 오메 마침 거시기 그 뭐냐 염산교회 목사님이 저기 오시는구먼이라. 바로 저분이랑께요. 저분 아버지가 그때 예배당 목사님이셨는데 그 못된 빨갱이 마을 청년들 땜시 죽어 순교하셨는디 자그 아버지 대를 이어 그 예배당 목사님이 되가꼬 저리 이 근동에 다니면서 기독교는 용서하는 교라나 뭐라나 함시 사람들헌테 모다 서로 용서하고 이해하며 살자고 하신당께요. 나이는 젊지만 참 훌륭하지라. (다가오는 김익 전도사에게) 저그 전도사님! 여기 쪼까 좀 와 보실랑가요?

김익전도사 (자전거에 내리면서) 사무장님 안녕하시지라. 근데 뭔일이다요? 그라고 웬 손님이…

사무장 우덜이 마침 염산교회 애길 안 했당가요? (창훈이를 가리키며) 이 젊은 선상님은 즈그 목포 덕인중핵교에서 오신 분인디

요. 목사님 사시는 봉남리가 고향이람시 이리 찾아 안 왔
소! 그라고 이분 선친께서도 그 난리 때 그 마을서 화를 당
해 돌아가셨다누만요!

창훈　안녕하십니까 고창훈이라 합니다. (명함을 건넨다)

김익전도사　아 네 안녕하세요 그란디 우덜 봉남리가 고향이당가요?
가… 만 고창훈이라믐? 혹시 살구나무집에 살던 꼬맹구
창… 훈이? 저 예전에 우리 동네 끝집 살구나무집에 안 살
았당가요? 방앗간 옆집에.

창훈　글씨 기억이 가물가물 헌디요 아매도 그런 거 같지라… 맞
당께요! 우덜이 그 방앗간 집 옆 헛간이 있던 집에 산 것
같으요만…

김익전도사　그람 혹시 동리 예배당 집서 살던 김익이라는 형 기억은
없당가요?

창훈　김익이라고라? 아주 키가 크고 교회 감낭구에서 감도 따
주고 옛날 이야기도 잘해주던 형이 기억에 있는디요 그 형
이름이 김익인 것 같은디…?

김익전도사　그렇제 그 김익이 형이 내요! 맞지라. 그라믐 그 살구나무
집 꼬맹구 창훈이가… 바로.

창훈　그러네요. 나가 창훈이지라. 익이 형이 어르신들헌테 혼나
감시로 우덜한테 예배당 감낭구에서 감을 따주던 그 익이
형이당가요? 오메 참말로.

김익전도사　아이고 주여! 이게 뭔일이당가 이게 몇 년만이당가? 그 꼬
맹구 창훈이가 돌아왔구만이라! (와락 창훈이를 끌어 안는다)

창훈　(안긴 채) 참말로 반갑네요잉! 우짜 지를 금세 알아 봤당가요?

김익전도사　이름이 낯설지 않응께 찬찬히 보이 어릴 제 모습이 그대로
있어 알아봤지라!

#35. 새로 지은 교회 사택

염산교회 건물 옆에 새로 지은 듯한 사택. 마당 평상에 걸터앉은 두 사람.

김익전도사　참말로 고생이 윽수로 많았구만이라! 그래 어머닌 지금도 어불도에 사시고? 건강은 어째 하신가? 어머니 연세도 꽤 되얐으실긴데…?

창훈　우리 오메도 인자 내후년이믐 환갑이랑께요! 근디 고생을 윽수로 해가꼬 많이 늙었을 거인디 지도 우리 오메 못 본 지 벌써 십년도 넘었지라. 그리 어불도로 떠나온 디로 한 번도 안 가봤응께… 그래도 간간이 우리 오메가 그기 어불도서 낳은 병순이라는 여동생이 편지를 자주 보내줘서 소식은 알고 지내지라.

김익전도사　그럼 아버님 시신은 어찌 했는지 아능가? 그 난리 때 화를 당하셨담서!

창훈　글쎄요! 그 땔랑 지도 어렸응께 오메 따라 밤에 산길로 산길로 도망쳐간 기억뿐이 없지라! 형님! 그라믐 그때 빨갱이놈들한테 죽은 동리사람들 시신들은 모다 어찌했는지 아신다요?

김익전도사　아메도 옛 마을 풍속 따라 모다 화장을 혀서 빈 배에 유골을 싣고 불을 질러 저 앞바다에 띄워 보냈을 거시여! 당시 우리 교회 교인 분들은 모다 한꺼번에 빨갱이놈들이 저 바닷가서 총살을 해가꼬 목에 돌을 달아 수장을 해 죽였는디 나가 그때 저 대나무 숲에서 그 모양들을 지켜 안 봤냐! 지금도 기억에 생생하제. (눈이 촉촉하게 젖는다)

창훈 형님!

#36. 마을 앞 해변가 (밤)

인민군들이 포승줄에 매인 교인들을 해변가에 무릎을 꿇려 앉혀 놓고 소리를 지른다.

붉은 완장을 찬 동네 좌익 청년들이 죽창과 횃불을 들고 교인들을 에워싼 채 함께 고함을 친다. 밤바다 위로 둥근 보름달이 떠있다.

인민군1 (옆에 있는 좌익 청년1에게) 이 반동 새끼들이레 모두 몇 명이나 되네?

좌익청년1 얼라들꺼정 해서 모다 일흔 명이 좀 넘을 것 같은디요! 아까 전에 예배당서 예배드렸던 놈덜인디 모다 저그 대나무 숲에서 숨어 있드만요!

허상장로 (인민군1에게) 이 보시요잉! 우덜이 댁들한테 뭔 잘못을 했간디 요로콤 죄인맹키로 포승줄로 묶어게지고 이런다요?

인민군1 뭐야? 저 늙은 동무레 뭐라 씨부렁거리는 거야! 어이 상태 동무! 저 간나새끼레 뉘기야? 응?

상태 (좌익 청년) 옛! 저분은 아니 저 늙은 간나레 동네 이장이고요 예배당 장로지라!

인민군1 아주 악질반동이구만기래! (허상 장로에게) 뭔 잘못을 했는지 알려줄까? 아주 잘못한 거이 많지! 첫째 너희 반동놈오 새

끼들이래 우리 민족의 위대한 수령동지이신 김일성 장군
님을 받들어 뫼시지 않고, 눈에 보이지도 않는 예수를 믿
는다고 하면서리 퇴폐적인 종교사상에 미쳐게지구 날뛰
는 거이 죄이고, 둘째 우리 조선의 한반도를 통일시켜게지
구 사회주의로 무장을 해설라므니 모다 너나없이 평등하
게 잘 살게 해주려고 저 멀리 북에서 내려온 조선인민해방
군들을 배신하고서리 국군괴뢰도당 놈들을 열렬히 환영을
하면서 기놈들을 도와준 거시 두번 째 죄이다. 그리구서리
세 번째는 니놈들 입은 입이구 우덜 입은 주둥인 기야? 어
째설라므니 니놈들은 삼시 세끼를 다 챙겨먹고 우리 인민
해방군들은 하루 한 끼도 못 먹고시리 산 중에서 굶고 사
는데도 양식을 쪼매 나누자면 양식을 감추고서 우덜을 산
적놈이디끼 대하느냐 말이네? 그거시 아주 기분 더러운
니놈들 쥔 거지! 어드레 내 말주변이 없어서리 일일이 열
거하지는 못하디만 그 세 가지만 해도 너희들은 모다 죽어
마땅한 반동 죄인들인 게야! (옆에 있던 좌익 청년1에게) 어드레
동무 내 말이 틀린기야?

좌익청년1　아… 아니구만이라! 지당하신 말씀이랑게요!

인민군1　기렇디! 기럼 이 반동노메 간나새끼들을 어찌 처단해야
좋은 기야?

좌익청년1　마… 마땅히 김일성 장군님 이름으로 쳐 죽여야지라! 기
꺼이 공평한 인민재판이랑께요!

인민군1　기거이 인민재판이 아니야! 아니디, 이거이 모다 인민들이
니끼니 인민재판일 수가 있갔디. 좋아 기러면 어드래한 방
법으로 처단하믐 좋겠는지 어디 말해보라우야! 기건 상태
동무래 말해보기요!

이때 가까운 곳에서 다른 인민군들의 욕설과 함께 피투성이가 된 김방호 목사를 끌고 온다. 교우들 울부짖으며 웅성댄다.

인민군1 조용히, 조용히 못하갔어?

교우들 아니 목사님! 목사님. (울며 소리 지른다)

김방호목사 모다 뭣담시 요로콤들 있당가요? 허 장로님 여즉 피신 안 가셨으라?

허상장로 목사님만 교회에 남겨두고 우덜끼리 우째 떠날 수 있당 가요! 그러다가 저 상태놈의 밀고로 요로콤 모다 안 잡 혔으라!

김방호목사 기냥들 떠나시라니까…!

인민군1 뭬라 씨부렁대는기야! 이 종간나 새끼들이레 아즉 정신을 못차렸구나야. (김 목사에게) 이보기요 김 목사! 와 기랬어? 와 조선인민해방군들을 적대시하고 그 국군괴뢰군 간나새 끼들이레 나타나니끼니 교인들을 몽땅 앞세워게지구 남조 선기를 들고 환영행사에 나섰느냔 말이네? 기리면 안 되 지 않갔어? 김 목사래 해방되기 전에는 나라 찾아야 한다 고 독립운동을 했다면서? 지금 우리도 반쪽 난 나라를 하 나로 이어개지구 나라 독립하자구 이래 내려온 거란 말이 디. 근데 어케 독립운동을 했다는 동무래 미군들 앞제비 놀음을 할 수가 있단 말이네! 앙?

김방호목사 우덜은 나라의 안정과 평화를 기원하는 백성들이오. 근데 말여라 어째 통일과 자주 독립을 말하는 그대들은 요로콤 전쟁을 일으켜가꼬 나라 백성들을 수없이 죽이고 무참히 짓밟고 양심도 없이 남녀노소를 가림 없이 학살을 자행한 당가요? 그대들이 이번에도 우덜 마을서 이유없이 닥치는 대로 학살을 자행혀가꼬 죽인 사람이 몇 명이나 되는지 아오? 그거이 통일이고 해방이당가요? 일정 때 왜놈들도 그리는 안 했지라!

인민군1 거 아가리 닥치지 못하갔어! 뭬이야? 학살? 개눈에는 뭐만 보인다더니 반동노모 새끼 눈에는 혁명사업이래 자성이 아니라 학살로 보이네? 거 반동노모새끼래 이리로 끌고 오라우야! 내레 우리 혁명사업이 위대한 과업인 것을 확실히 보여 주갔어! 빨랑 끌어 오란 말 안 들리네?

좌익 청년들이 김 목사를 인민군1 앞으로 끌어다가 무릎을 꿇린다.

인민군1 (끌려온 교인들에게) 자! 똑똑히 보라우! 무엇이 혁명과업이고 무엇이래 헛된 개소린 줄을 내 똑똑히 보여주갔어! 이 반동 간나새끼레 위대하신 김일성 장군님의 평화통일사업을 침략이고 학살이라 했으니끼니 그 말에 책임을 져야 안 칸? (김 목사에게 총을 겨눈다)

김방호목사 이보시요! 인민군 양반! 당신도 조선사람 나도 조선사람이지라. 성경말씀에 민족이 민족을 나라가 나라를 친다했는데 고거이 세상 말세의 징조라 했단 말이요! 당신은 이제 김일성이라는 이름으로 내게 총을 겨누고 나는 이제 예수의 이름으로 당신 손에 죽을 거인디 두고 보시요잉! 김일성 이름하고 예수의 이름하고 어떤 이름의 권세가 시상에 평화를 주고 생명을 주는지 말이시! (교우들을 향해) 성도 여러분 이 시간을 두려워들 마시요잉. 우리는 지금 순교의 죽음으로 영생의 길을 갈거싱께! 그라고 이보게 상태, 준만이. 진호! 그라고 자네들! 여기 우덜 죽음을 똑똑히 보랑께! 그래 가꼬 훗날 자네들 양심으로 우러나오는 소리로 이 죽음들을 거짓 없이 증언들 해주랑께! 아니면 말여라 지금이라도 좋응께 어서 그 붉은 완장을 벗겨내고 예수를 믿으랑께요… 그래야 구원을…

인민군1 닥치라우야! 죽음 앞에서도 설교네. (총을 쏜다)

김방호목사 윽!… (쓰러지면서) 차… 찬송을 부르시오. 126… 장을.

인민군1 (광분하며 마구 총을 쏘아댄다) 그만 그만 아가리 닥치지 못하네!

교우들 (울부짖으며) 목사님! 목사님.

김화순사모 (오열을 하면서) 이보시오 김방호 목사님! 익이 아버지요…!

허상장로 (울면서 찬송을 선창한다) 내 주를 가까이 하게 함은…

이때 포승줄에 묶인 교인들 모두 눈물로 오열하며 함께 찬송을 따라 부른다.

교인들 십자가 짐 같은 고생이나… 내 일생 소원은… 늘 찬송하면서…

인민군1 모두 뭐 하는 기야. 그 창갈 그치지 못하갔어! 앙? 이 종간나 새끼들이래 참말로 악질 반동들이구나야! (함께 있는 인민군들에게) 쏘라우! 인민재판이구 뭐구 없시야! 그냥 마구 갈기라우야. 그라구 찔르라우! 어서!

인민군들 따발총으로 교인들을 향해 총을 난사한다. 그리고 쓰러지는 교인들을 다시 죽창으로 미친 듯이 마구 찌르는 붉은 완장의 좌익 청년들, 비명 소리와 함께 쓰러지는 교우들의 모습. 이 장면을 slow motion으로 카메라 페이닝(이동촬영)하며 촬영한다. 동시에 순교하는 교인들이 부르던 내 주를 가까이 찬송이 합창으로 은은하게 울려 퍼진다.

#37. 순교하는 장면과 인민군들의 만행 장면

계속해서 순교하는 장면과 인민군들의 만행, 그리고 죽은 시신들을 배로 옮겨서 목에 동아줄로 엮은 무거운 돌에 매달아 바다 위로 내던지는 장면. 이때 해변가에서 놀라 우는 다섯 살 어린 여자아이를 배 위에서 총을 쏘아 죽이는 인민군1, 찬송이 더욱 구슬프게 울려 퍼진다.

#38. 김익 전도사의 내레이션

다시 이어지는 코러스를 배경으로 김익 전도사의 독백이 흘러나온다.

김익전도사 (소리) 인민군들이 우리 염산고을에 처음 잠입해 온 것은 6.25전쟁을 며칠 앞둔 어느 날이었어! 야심한 밤중에 몰래 서해안을 타고 들어와 가꼬 이미 이 지방에서 암암리에 활동하고 있던 고정 간첩들과 합세해서 비극의 씨앗을 만들어 냈는디 말여라. 전쟁이 발발하자 놈들은 교회가 미군의 앞잡이라고 매도하면서 맨 먼저 교회부터 폐쇄하기 시작했당께. 그리고는 교회를 인민군 사무실로 쓰면서 예배를 요구하는 교인들을 마구잡이로 학살했는데 말여라. 그날도 우리 염산교회 허상 장로님께서 인민군들의 학살 계획을 미리 아시고는 예배를 드리자마자 담임목사님이셨던 우리 아버님께 이 사실을 알리고는 빨리 목사님부터 피신하라고 일러주셨던겨! 그란데 아버님께서는 사랑하는 양떼만 냄겨두고 목자가 먼저 피신할 수는 없는 법이라고 하시면서 교우들에게 먼저 비밀리 배를 준비해 놓고 빨리 피신하라고 안 했당가! 그리고는 교인들이 모두 피신할 수 있는 시간을 벌기 위해서 당신 혼자서 인민군 사무실로 들어 가셨다가 그렇게 붙잡히시게 된 것인디 바닷가 대나무 숲에 모여 숨어있던 교우들도 같은 마을에 살던 어떤 머슴 일 하다가 좌익 청년단에 가담한 놈의 밀고로 발각되어 그렇게 모다 순교를 당하게 된 것이랑께! 자그만치 77명이나 말이제. 죄목은 단 한 가지라, 우덜 교회 청년회가 앞장서서 국군과 UN군을 대대적으로 환영했다는 거시여. 그런데 말이시 이런 순교는 비단 우리 교회뿐만이 아니고 말여라 인근 야월교회를 비롯하여 우리 영광군에서만도 백수읍교회, 묘량교회, 법성교회, 영광대교회 등에서 무려 197명이나 같은 방법으로 공산당 놈들한테 순교를 당했당께! 자네 아버님처럼 종교적인 순교가 아닌 그냥 마구잡이로 양민들을 학살한 것도 부지기수고… 참말로. 이런 역사를 훗날 사람들이 기억해 줄랑가 모르겄네잉.

다시 코러스를 배경으로 창훈과 김익 전도사의 대사가 이어진다.

창훈　근디 아까 전에 그 면사무소서 만났던 사무장이라는 영감님 말씀은 또 뭐다요? 이 마을에는 그때 당시 학살당하거나 순교 당하신 자손들이 여즉 남아있는가 하믄 역시 붉은 완장을 차고 학살에 가담했던 좌익 청년들 본인과 자손들도 여즉 남아 함께 살고 있다면시 간간히 싸움이 일어난다고들 하든디 워짜 그랄 수가 있다요?

김욱전도사 워짜겠어? 고거시 백성들의 삶인디… 세월이 약이라고잉 처음에는 모다 서로 이를 갈고 매일 쌈박질을 하더만시 차차 시간이 가고 세월이 흐릉께 그런 악연들이 차차 잊어지는 모양입디여! 아직 앙금은 서로 남아있겠지만… 그래가꼬 나가 지금 하는 일은 말이시 이 지역에 살며 학살에 가담했던 좌익분자들 가족하고 또 학살당한 가족들 역시 찾아 댕기면서 모다 하나님의 사랑과 용서의 마음을 전하고 사랑과 용서를 구하는 일이제. 이자 우리 교회는 사랑으로 서로 용서하자는 거시 그냥 모토가 되어버렸당게… 그거시 올바른 복음 아니겠능가? "한 알의 밀알이 땅에 떨어져 죽지 아니하면 한 알 그대로 있고 죽으면 많은 열매를 맺느니라" 하신 것처럼 말이시. 우리 염산교회 77인 순교자의 피는 결코 헛되지 않을 것이제. 그랑께 오늘에 와서 풍성한 사랑의 열매를 맺고 있는 것 같당께.

음악 Up-down.

#39. 영광군 시골 봄 길을 달리는 자가용

창훈 (소리) 그날 나는 내 고향 염산군 봉남리를 다녀오는 중에 내내 그 사랑으로 용서한다는 김욱 전도사님의 말씀을 곰곰이 생각해보게 되었지. 그러면서 해남 송지면 어불도에 살고 계시던 의붓아버지와 의붓 형제들 또 어머니까지를 포함해서 지금까지 내가 험하게 살아왔던 모든 날들 속에 생각나는 사람들 모두를 향해 진정으로 사랑할 수 있나? 용서할 수 있나를 고민한 거야!… 결국 나는 그 문제를 해결하기 위해서 또 다른 결심을 하게 되었던 거지!

음악.

#40. 정동 장로교회 목사사택

고 목사와 영신이.

영신   또 다른 결심이라니요?

고목사   사실은 말이다. 그때까지만 해도 나는 교회를 열심히 다녔고 또 모범적인 교인이라는 칭찬을 많이 들으면서 나 자신도 자랑스러운 덕인교회 교인으로서 자부심을 느껴왔지만 막상 사랑과 미움 또 용서라는 결단 자체에 있어서는 너그럽지 못했을 뿐더러 내 자아에서 한 치도 양보할 수 없는 이기적인 나 자신임을 깨닫게 된 거야. 그러면서 어떻게 믿는 자라고 할 수가 있었겠니? 행함이 없는 믿음인데… 그것이 바로 내 양심을 파고드는 가책의 문제였고 나중에는 이런 내가 정말로 하나님을 믿는 사람일까 하는 정도에 내 믿음까지 의심하게 되었던 거지!

영신   그래서요?

고목사   그래서 결심을 하게 된 것이 바로 신학교에 입학을 해서 믿음이 무엇이고 하나님은 누구시며 신학이 무엇인가를 공부해보자는 것이었지. 그런 결심을 가지고서 바로 이복주 교장선생님과 상담을 하고는 학교를 그만두고 간 것이 광주에 있는 광주 호남신학교였어! 그래서 이후 목사가 되어 오늘날 이렇게 목회자의 길을 걷게 된 것이 아니겠니.

음악.

제 23 부

여호와 이레

#1. 다시 정동 장로교회 앞 벤치

음악이 흐르고 다시 우영신 교수의 독백이 이어진다.

영신교수 (독백) 사실 나는 중3 무렵에 고등학교에 진학한다는 것이 무척 힘든 상황이었지. 왜냐하면 어머니께서 다시 건강이 나빠지셔서 몇 달째 일도 못 나가시고 집안에서만 누워 계 셨기 때문이야. 어머니 병원비와 약값이 만만치는 않았지 만 그것은 내가 신문 배달을 해서 벌어온 돈으로 해결했찌 만 당장 집 월세나 연료비, 식사비 등에 따른 생활비가 문 제가 될 정도로 어려운 형편이었으니까… 하지만 그런 가 운데서도 나는 배움에 대한 욕심이 있었기 때문에 꼭 고등 학교는 가야 한다는 생각에서 진학을 포기할 수가 없었지. 그래서 결심한 것이 그러면 차라리 학비가 싼 공립고로 진 학을 하든가 아니면 성적이 약한 학교로 가서 장학금을 받 으면 어떨까 싶어서 일단은 그런 마음을 먹고 다음날 학교 미술선생님을 찾아갔던 기억이 난다.

#2. 보문중 교무실

학교 교무실. 이명자 선생님과 영신이 면담을 하고 있다.

이선생님 뭐라구? 보문고로 원서를 쓰지 않겠다구?

영신 네!

이선생님 난 이미 너희 담임선생님하구 다 얘기해 놓았는데!

영신 아무래도 제 형편상 사립은 어렵고 공립으로 가야할 것 같아요!

이선생님 잘 생각해봐! 나도 너 보문고 장학생으로 추천한다는 것이 쉬운 일은 아니야! 그렇지만 니가 학교를 성실하게 다녔고 또 니 후배 애들도 널 좋아하고 하니까 미술반 전통을 바르게 살리고 싶어서 그러는 거지!

영신 만약 제가 장학생이 되지 못한다면 전 사립학교 등록금을 낼 형편이 못 돼서 학교를 다닐 수가 없어요. 그리고 그런 제 집안 형편보다도 더 중요한 것은 미술이 아닌 제 다른 꿈이 있어서 그래요!

이선생님 다른 꿈? 다른 꿈이 뭔데? 선생님한테 말해줄 수 있어?

영신 … 사실은요. 저는 이담에 영화감독이 되고 싶어요. 그리고 또 목사님도 되고 싶구요. 하지만 보문고는 불교학교 잖아요.

이선생님 인석아, 그게 무슨 문제가 돼? 보문고에 다니면 모두 절의 스님이 되는 거니! 너 우리나라 신상옥 감독이라고 알지?

영신   네? 아, 네. 배우 최은희 남편요!

이선생님   그래, 최은희 남편, 그 유명한 〈빨간 마후라〉를 만든 신상옥 감독이 어느 대학을 나왔는 줄 알아? 바로 동경대 미술학과를 나왔어! 그리고 니가 알지 모르겠지만 일본의 유명한 세계적인 영화감독 구로사와 아끼라라는 감독도 서양화를 전공한 분이야. 너 〈라쇼몽〉이라는 영화 알아?

영신   네 알아요. 〈7인의 사무라이〉라는 영화도 만들었잖아요. 그 구로사와 아끼라 라는 감독이요!

이선생님   이놈 봐라! 구로사와 아끼라 감독도 아네! 암튼 세계적인 유명한 영화감독들 가운데 미술을 전공한 감독들이 많아. 회화를 기초로 해서 걸작 명화들을 만들어 낼 수가 있었거든! 그치만 종교적인 문제는 좀 다르긴 하지! 어린 니가 종교적인 문제로 학교를 결정하기에는 좀 이르지 않을까?

영신   저도 생각을 많이 해봤어요. 또 우리 교회 목사님하고도 여러 번 상담도 했구요! 그래서…

이선생님   그래 알았다. 어쨌든 니 인생문제를 내가 왈가왈부 할 수 있는 것도 아니고 난 그저 널 돕고 싶을 뿐이야! 그런데 영신아! 니네 집 형편이 그렇게 어려웠던 거야? 나는 지금까지 전혀 몰랐다! 넌 항상 얼굴이 밝았고 또 그런 티를 전혀 내지 않아서 말이야! 그럼 공립으로 간다면 어느 학교를 생각하고 있는데? 대고? 충고?

영신   실력 되는대로요! 대고는 잘 모르겠고 충고는 한번 시험 쳐볼 만해요!

이선생님   그럼 말이다, 일단 너 미술실기대회에서 탄 상도 있고 하니 안전하게 특기생으로 지원해보자. 공립학교에서 특기생은 입학선발에 가산점을 조금 주지만 장학 혜택은 주지는 않거든! 하지만 그건 입학을 해놓구선 네가 결정할 문제야! 가만 있어봐라. 그럼 내 은사이신 미협회장 이동훈 선생님께 전화를 한번 드려볼까? 그분은 지금 충남고등학교 선생님이시거든! 잠깐만 있어봐!

짧은 음악.

#3. 이 선생님 전화 장면

이선생님 선생님 저 명자예요. 어디긴요, 보문중학교지요. 네. 올 봄에 이리로 옮겨왔어요! 저 선생님, 저희 학교에 우영신이라는 미술부 학생이 있거든요. 네? 잘 아신다구요? 네, 맞아요. 이 애가 삼성국민학교를 나왔어요… 네. 네!

#4. 다시 정동 장로교회 앞 벤치

다시 우영신 교수의 독백. 이동훈 화백의 사진과 함께.

영신교수 (독백) 당시 대전미술협회장으로 계셨던 이동훈 선생님은 한국미술사에 큰 획을 그으신 유명한 서양화가이신 분이야. 선생님은 그 당시에 충남고등학교 미술교사로 근무를 하고 계셨지만 대전 미술협회 회장도 맡고 계셨는데 그 어른께서는 삼성국민학교 때부터 큰 상을 받아왔던 나를 기억하시고, 또 선생님의 제자셨던 이명자 미술선생님의 부탁으로 나의 진학을 위해 많은 도움을 주셨던 기억이 나. 그 당시 대전 예총이 지금 시내 중앙통에 있는 엔시백화점 아니 전에는 동양백화점이라고 했는데 그 바로 옆 그렇지 대덕 군청이 있었고 그 사이에 있었어! 당시 대전 예총은 대전 문화원 안에 있었는데, 그 건물은 계단도 없고 바로 지하로 내려가는 지하 1층이었는데 내가 받은 상장 사본을 위해 이동훈 선생님께서 나를 데리고 다니시면서 지금 기억은 잘 나질 않지만 이런 저런 좋은 말씀을 많이 해주시면서 수고를 해주셨어! 굵은 안경테를 쓰고 계셨고 희끗희끗한 흰머리가 무척 선한 인상을 풍기는 좋은 분이셨지. 이동훈 선생님은 그 후 몇 년 후에 서울의 수도여자사범대학교(현 세종대) 교수로 가셨는데 그건 선생님께서 저술하신 미술 국정교과서 표지에 적혀있던 저자 이름을 보고 알게 되었지. 그때 당시 내가 진학하고 싶어했던 충남고등학교는 공립으로서 선화동에 위치하고 있었고 지금과는 달리 그때는 남녀공학이었어. 그런데 나는 그 선생님들의 뜻을 따르지 않고 또 다른 선택을 하게 되었지. 아마도 운명이었던 것 같아!

음악 서서히 F.O

#5. 1967년도 대전의 달동네였던 허름한 판자촌의 전경.

희미한 조명 아래서 성남동 달동네 허름한 판자촌의 정경. 잔잔한 음악과 함께 우영신 교수의 독백.

영신교수 (소리) 그즈음 나는 자주 꿈을 꾸었다. 어느 날 밤 꿈에 의정부 고아원 원장이라는 분이 내게로 다가왔다. 그리고 나를 어떤 학교로 데리고 갔다. 언뜻 꿈이라서 미처 생각을 못 했는데 그분은 내가 어렸을 때 나를 미국으로 입양 보내 주겠다며 우리 집에 왔었던 홀트아동복지센터의 원장님 이셨다. 그분은 나를 교장실이라는 푯말이 붙은 아주 넓은 방으로 안내했는데 그 방에는 금테 안경을 쓰신 아주 인자 하신 교장선생님이 계셨다. 그리고 그 교장선생님이 나에 게 너는 이제 신문을 돌리지 말고 내가 주는 이 전단지를 돌리라고 하시면서 전단지를 한 보따리 건네주셨는데 그 전단지를 보니 십자가가 그려져 있었다. 너무 반가와서 교 장실 방을 자세히 살펴보니 벽면에는 온통 장식용 십자가 가 붙어 있는 것이 아닌가? 나는 다시 그 교장선생님을 바 라보았다. 그랬더니 교장선생님이 어느 새 목사님 가운을 바꾸어 입고 계셨다. 그리고 그때 창 밖에서 교회 종소리 가 댕그랑 댕그랑 하며 크게 울려왔다. 그러다가 나는 잠 에서 깨어났는데 이상한 것은 그 꿈이 잊혀지지 않고 자 꾸 내 머리 속에 맴도는 것이 아닌가? 그래서 나는 이 꿈 은 분명 하나님께서 내게 주시는 어떤 계시가 아닐까하는 생각을 하게 되었지. 그래서 모든 주위의 권고를 뿌리치고 고집스럽게 기독교 학교인 대성고등학교를 지원하게 되었 던 것이다.

#6. 목동 대성고등학교 앞 언덕길

철장교문 앞 언덕길 아래로 걸어 내려오는 운기와 영신. 오른쪽에 프란체스코 수녀원 담장이 높다랗게 쳐있고 왼쪽에는 낡은 하꼬방 집들이 다닥다닥 붙어있는 피난민 촌 풍경이다.

영신 　운기야 괜찮아! 아직 실업계쪽 고등학교가 남았으니까 그 쪽으로 원서를 내고 다시 도전해봐!

운기 　괜히 너 따라서 같은 학교 다니려고 시험 봤다가 떨어졌 잖아! 집에 가면 아버지, 엄마, 삼촌, 창기형 오! 모두 날 잡아 먹을려고 으르릉 거릴 텐데 어떡하면 좋지? 서울로 째까?

영신 　말도 안 돼, 제발 그러지 마! 만약 그랬다가는 너는 고등 학교를 영영 다닐 수 없게 될지도 몰라! 니네 아버지 고집 세신 거 다 알잖아! 그러니까 지금부터라도 시험공부해서 충남상고라도 가면 어떨까?

운기 　아이 시팔! 똥통학교라구 만만하게 봤다가 좆됐네… 야! 너두 합격 취소하구 나랑 같이 충남상고 안 갈래?

영신 　내가 말했잖아! 이 학교는 하나님께서 나에게 꿈으로 계 시해주신 학교라서 지원한 거라구!

운기 　정말 서울로 토낄까?

영신 　그러지 말라니까! 니가 서울로 토까서 뭘 하며 먹고 살 건 데? 니네 일가친척도 없잖아 서울에는.

운기 　쟈샤 전에 말했잖아 영화배우 할 거라구! 그러면 돈을 무 진장 많이 벌 수 있다구 니가 그랬잖아 임마.

영신 　그건 배우로서 성공하고 난 다음에 일이구! 누가 너처럼 어린놈을 배우로 써주고 또 담박에 성공시켜준데? 꿈 깨고 충남상고로 가라니까!

운기 (문득) 야! 니가 전에 잘 아는 꼬봉인가 뭔가 하는 시장 바닥서 주먹질 하던 똘만이 아저씨가 서울 영화판에서 일한다고 안 했어? 나 그 아저씨한테 찾아가면 안 될까?

영신 임마! 서울이 주먹만 한 동네냐? 자그만치 우리 대전보다 100배는 더 큰 도신데 그 아저씨 주소도 모르고 어떻게 찾아갈 수가 있어? 또 찾아간들 그 아저씨가 잘 알지도 모르는 너를 받아주기나 한데? 그리고 더 중요한 건 그 꼬봉이 아저씨가 지금도 영화판에서 일을 안 할 수도 있잖아. 괜히 헛물 키지 말고 그냥 충남상고로 가라니까?

운기 니가 우리 식구들 성격을 몰라서 그래? 어이쿠 난 오늘 좆됐다. 우선은 아버지한테 귓방망이를 서너 차례 얻어맞을 거고 다음으로 엄마가 연탄집게로 내 몸을 마구 찔러대며 잔소리 할 거고 다음으로 우리 형한테 인계돼서 좆나게 두들겨 맞으면 끝으로 우리 삼촌 앞에서 몇 시간이고 무릎 꿇고 벌 받으면서 잔소리를 듣게될 텐데… 안 돼! 서울로 토낄 꺼야!

영신 아! 이러면 되겠다!

운기 뭐?

영신 니가 먼저 아버지한테 찾아가서 이렇게 말하는 거야!

운기 (걸음을 멈추고 영신이를 쳐다본다)

영신 자 봐봐! (연기 하듯이 흉내내며) 아버지 아무리 생각해봐도 저는 인문계 고등학교에 가지 않는 것이 좋을 것 같아요! 그러면 니네 아버지가 큰소리치시며 이러시겠지! 뭐라고 임마? 너, 죽을래? 그러면 넌 쫄지 말고 이렇게 대답을 하는 거야!

내 머리로는 도저히 고등학교를 나와도 대학을 갈 수가 없을 것 같고 공부는 또 내 취미가 아니니까 차라리 상고로 가서 이 담에 은행에 취직해서 돈을 버는 것이 좋을 것 같아요. 그래서 차라리 나보다 공부를 더 잘하는 내 동생 성기가 대학에 갈 수 있도록 학비를 도와주면 어떨까 싶어요. 그래서 충남상고를 가는 것이 더 낫다고 생각해서 일부러 대성고등학교 시험을 잘 안 봤어요! 하는 거야! 어때? 그러면 니네 아버지가 오히려 기특하다고 널 칭찬하지 않을까?

운기   (갑자기 큰소리치며) 얏호! 나 서울 안갈 거야! 역시 넌 천재야! 어떻게 그런 생각을 다할 수가 있지?

경쾌한 음악.

#7. 우영신 교수 집 아파트 서재

이태리 가수 '살베토르 아다모'가 부르는 〈눈이 내리네〉 샹송 음악과 함께 창밖으로 눈이 내리는 창가에 서서 커피 한 잔을 마시며 묵묵히 옛 시절을 생각하며 서 있는 우 교수. 이때 우 교수의 독백.

영신교수   (소리) 그렇게 대성고등학교 입학시험이 발표되던 날. 나는 합격을 했고 운기는 불합격했다. 사실 우리는 형편상 정반대로 됐어야 했다. 엄마는 나에게 고등학교 문턱이라도 밟아보라고 시험 치르는 것을 허락하셨지만 실은 합격을 해도 학교를 보낼 형편이 되질 않아서 내심 불합격되기를 기도하셨다고 한다. 그런데 운기는 반드시 합격을 했어야 했다. 왜냐하면 운기 바로 위 창기형이 고등학교를 중퇴했기 때문에 운기 아버지는 운기만큼은 꼭 대졸 학력을 가지게 해서 공무원 시험을 보게 하는 것이 소원이라고 늘 말씀하셨고, 이에 운기는 자신 있다고 하면서 자기 아버지에게 많은 위로를 주었기 때문이다. 그날 저녁에 주인집과 월셋집 두 곳에는 어머니들의 눈물이 한동안 계속되었다. 하지만 다행히도 운기는 내가 운기에게 코치해준 대로 자기 아버지에게 말씀을 드려서 골밤 한 대만 맞고는 그 염려하던 공포의 위기를 무사히 넘길 수가 있었다고 한다. 다음 날 골밤 한 대는 뭐냐고 물었더니 운기 아버지가 그랬다고 한다. "임마 공부가 취미로 하는 거냐?" 그리고 얼마 되지 않아서 실제로 운기는 충남상고에 합격을 했는데 이번에는 그것이 운기 아버지의 동네 자랑이 되었다 "우리 둘째 아들놈이 지 동생을 위해서 대학을 포기하고 상고에 당당히 합격을 했노라"고… 아, 그 열다섯 살의 추억이다.

#8. 함박눈이 쏟아지는 오후

함박눈이 펑펑 쏟아지는 성남동 달동네 풍경. 골목길, 자기 집 앞에 쌓이는 눈을 쓸며 청소하는 상욱이 아빠. 이때 신문 뭉치를 들고 신문 배달을 나서는 영신이와 마주친다.

영신   안녕하세요?

상욱아빠 그래 신문 돌리러 가냐?

영신   예!

상욱아빠 저녁은 먹고 다니는 거야?

영신 예. 엄마하고 방금 이른 저녁을 먹고 나오는 길이에요!

상욱아빠 누님은 오늘 좀 어뗘시냐? 엊저녁에 토하시더니 속은 좀 가라앉으신 거야?

영신 네! 오전에는 기운이 없으셔서 계속 누워 계셨다는데 지금은 많이 좋아지셔서 저녁도 좀 드시고 일어나셨어요!

상욱아빠 다행이구나! 옛날 같은 큰 병이 아니어야 할 텐데… 병원서는 뭐라 허데?

영신 예전 같은 병은 아니구요. 당뇨에 혈압이 조금 높다고 하셨어요!

상욱아빠 그건 부자들이나 걸리는 병인데! 웬 당뇨에 혈압? 암튼 너 말이다. 신문 돌리고 나면 몇 시쯤이나 집으로 올 수 있을 것 같냐?

영신 글쎄요? 한두 시간 쯤 후에는 올 수 있을 것 같아요!

상욱아빠 그럼 말이다. 신문 돌리고 와서 니네 집에 가기 전에 우리 집부터 들려라! 내 너한테 긴히 할 말이 있으니까!

영신 예! 그럼 이따가 뵐게요!

상욱아빠 눈길에 차 조심하고!

영신 예!

음악.

#9. 상욱이네 집 안방

달동네의 허름한 안방, 상욱아빠 앞에 무릎을 꿇고 앉아있는 영신,

상욱엄마 어린 딸을 포대기에 업은 채 옆에서 걸레질로 방 청소를 하고 있다.

상욱아빠 편히 앉아라! 벌 받는 거 아니니까!

영신 (편하게 앉으며) 예!

상욱아빠 배는 안 고프니? 신문 돌리느라 뛰어다녀서 배가 꺼졌을 텐데 밥 좀 차려줄까?

영신 아뇨! 하나도 안 고픈데요!

상욱엄마 괜찮아! 밥 많으니까 아저씨랑 이야기 하고 난 담에 상 차려 줄 테니까 먹고 가!

영신 아니 정말 괜찮아요! 그런데 무슨 일 땜에 그러세요?

상욱아빠 바빠?

영신 아니 그런 건 아닌데요…!

상욱아빠 그럼 말이다. 내가 동네아저씨로서 아니 니들 엄마 수양 동생이라고 생각하고 지금부터 내가 묻는 말에 솔직한 대 답을 했으면 한다. 그래줄 수 있겠냐?

영신 예!

상욱아빠 영신이 너 말이다! 니가 생각하기에 말야. 우리 대전에서 가장 가난하고 못 사는 동네가 어디라고 생각하냐?

영신 (순간 움찔하며 상욱아빠를 쳐다보다가 고개 숙이고) 글쎄요…? 우 리 동네…!

상욱아빠 그래? 맞다 우리 동네 사람들이 난리 때 피란을 와갔고 여 기 성남동 산 날맹이에다 허가도 없이 이렇게들 하꼬방으 로 집을 짓고 살고 있지! 그래서 저어기 목동 판자촌. 대동 판자촌 그리고 판암동 판자촌보다 더 못살고 가난한 동네 가 바로 우리가 사는 성남동 하꼬방 촌일 거다.

영신   … 예!

상욱아빠 그럼 말이다. 두 번째로 묻는 말인데, 이 성남동 판자촌에서도 가장 어렵게 사는 집이 있다면 누구네 집이라고 생각하니?

상욱엄마 여보 그만해요! 기냥 말을 하지 뭘 그렇게 꾸물럭대며 사설이 길어!

상욱아빠 당신은 가만있어! 남자들끼리 하는 말에 아녀자가 왜 끼어들고 난리야!

영신   …

상욱아빠 왜 말을 안 해? 너는 똑똑하니까 알 거 아니냐! 한번 말해 봐라!

영신   우리 집을 말씀하시는 거예요?

상욱아빠 니가 생각하기에도 그렇게 생각되냐?

영신   … 네!

상욱아빠 (무거운 기분으로) 아는구나! … (잠시 침묵)… 그런데 이놈아! (버럭) 그걸 아는 놈이 잘 사는 애들도 기술 배운다 일을 한다 하면서 자기 집안을 도우려고 공부를 포기하는 마당에 넌 무슨 배짱으로 고등학교를 가겠다고 너네 엄마 가슴에 그렇게 못을 박는 거니? 물론 나도 안다! 니놈이 공부도 잘하고 배움에 대한 욕심이 커서 학교 욕심을 낸다는 것을!… 하지만 학교라는 게 물론 장학금이라는 것도 있겠지만 그 월사금 절반 정도 주는 장학금만 가지고 학교를 다닐 수가 있는 거냐? 더구나 때마다 책 사야지. 교복 사 입어야지 학용품에다 학교에 들어가는 돈이 얼마나 많은데… 그런 큰돈을 지금 아파서 누워있는 니네 엄마가 다 댈 수 있을 거라고 생각하니? 좋아 그것도 그렇다쳐! 그래 어쩌자구 니가 처음 맴 먹은 대로 월사금 싼 공립학교를 가던지 아님 장학금을 준다는 보문고를 가던지 할 것이지 웬 기독교 타령을 하면서 그 남들이 알아주지도 않는 사립학교를 지원해서 돈 땜에 니네 엄마 속을 썩이느냐구? 이 철없는 녀석아! 웅? 한번 니 생각을 말해 보거라!

영신   …

상욱엄마 (상욱아빠에게) 이 이가 정말 뭔 말을 하는 거야? 아 우덜이 대줄 것두 아니면서 왜 영신이헌테 그렇게 나무라는 거야! 야가 당신 자식이라도 되는 거유? 얘 영신아! 그냥 이 양반 말 흘려들어라 당신도 그만하구요. 원 별일 다 보겠네!

상욱아빠 (버럭 고함을 지르며) 그 입 닥치지 못해! 아 같은 동네에 사는 이웃으로서 애한테 이런 훈계도 할 수 있는 거지! 내가 지금 경우 없는 말을 하는 거야?

영신   아저씨!

상욱아빠 그래 말해라! 어디 니 얘기 좀 들어보자!

영신   (눈물이 고이며) 배움이란 때가 있다고 들었어요. 물론 저희 집 형편이 어려운 걸 잘 알지만요 제가 지금처럼 아침저녁으로 신문 돌리고 또 학교에 가서 조금만 더 열심히 노력해서 전액 장학금을 받으면 고등학교는 졸업할 수 있을 것 같아요!

상욱아빠 그럼 니네 엄마는? 니네 엄마 지금 저렇게 아파서 병 치료도 제대로 못하고 누워있는데… 이날 이때껏 너 하나를 위해 희생해왔는데 이제 다시 저 몸으로 일하면서 삼 년 동안 너 뒷바라지 하라구? 이놈아 그건 아니라구 본다!

상욱엄마 상욱아빠! 아 그만 하라니께 그러네! 쟈도 다 속이 있어 그러는 건데 왜 당신이 나서서 이래라 저래라 애한테 윽박지르면서 소릴 지르는 거래! 참말로 이 양반이 미쳤나 정말!

상욱아빠 거! 임자는 좀 가만있으라니까 그러네! 어딜 여자가 남자들끼리 하는 말에 자꾸 끼어드는 거야! 저리 안 나가!

상욱엄마 등에 업힌 아기가 운다.

상욱엄마 어휴 저 성질머리 하구는… (뒤돌아 앉는다)

상욱아빠 (소리를 가라앉히며) 얘 영신아! 그러지 말구 너 차라리 인쇄소 같은데 취직해서 기술 배우면 어떻겠니? 그러면 한 달에 아무리 못 받아도 삼사천 원씩은 받을 거 아니냐? 그러면 그 돈 아껴쓰고 모았다가 니 엄마 병 낫고 몸 괜찮아지면 그때 가서 야간학교든 검정고시든 늦게서라도 공부는 할 수 있는 거 아니냐! 빨리들 돈 벌어서 이 동넬 떠야지 언제까지 남 손가락질 받아가며 이 동네서 살 건데? 내 말 명심하구 한 번 생각해봐라!

상욱엄마 야 영신아 생각하구 자시구 할 것 없다. 니가 하고 싶은 대로 하고 살아! 이 이가 술 취한 갑다.

상욱아빠 (버럭 소리지르며) 이 여편네가 정말 죽고 싶어 환장했어? 앙!

영신 (참았던 울음을 흘리며 벌떡 일어선다) 저 그만 가볼게요…! (방문을 열고 나간다)

상욱아빠 아니 저 녀석이 야! 임마 영신아! 영신! 내 얘기 아직 안 끝났어 임마! 어서 이리 오지 못해?

상욱엄마 영신아 그냥 가그라! (남편에게) 상욱아빠! 나 정말 죽구싶어 환장해서 하는 말인데! 왜 당신이 나서서 남의 집에 콩

놔라 팥 놔라 상관을 하는 거냐고? 애 꺼정 울려 가면서! 쟤가 얼마나 속 깊은 아인데!

강한 음악 구슬프게 울려 퍼진다.

#10. 우영신 교수 집 아파트 서재

창밖을 쳐다보며 생각에 잠겨있다가 안경을 벗고 눈물을 닦는 우교수.

영신교수 (소리) 그날 그렇게 동네 이웃집 아저씨로부터 심한 우려와 책망을 듣게 된 나는 비록 어린 나이이지만 가슴에 큰 상처를 입었던 것 같다. 그래서인가? 평상시 습관처럼 슬픈 마음이 생기거나 화가 치밀어 오를 때 늘 하는 버릇처럼 나는 그 집을 뛰쳐나오자마자 교회를 향해 달려갔지. 그날 따라 얼마나 세찬 눈보라가 몰아치던지 그때도 나는 '하나님께서 지금 내게 이 눈보라를 통해 내 인생의 고난을 깨우치라고 하시는 가보다'라는 생각을 하면서 마구 달려갔던 기억이 난다.

이때 핸드폰 벨소리가 울린다.

영신교수 (핸드폰을 들고) 여보세요? 진석이냐?
유리 (소리) 아버님 저 유린데요! 너무 늦었지요?
영신교수 괜찮다 그런데 너 지금 진석이랑 같이 있는 거니? 이 폰 진석이 거 아냐?

유리 (소리) 맞아요 아버님! 지금 저희는요. 진석 씨 친구들이 저희 약혼 축하해준다고 저녁 같이 하자고 해서 식사하고 2차로 간단하게 맥주 한 잔들 하고 있어요! 그래서 조금 늦을 거 같아서 아버님한테 전활 드리는 거예요!

영신교수 그래 잘했다. 그런데 엄마한테 전활 해주지 나보다는 진석이 엄마가 더 기다릴 텐데.

유리 (소리) 아이 아버님도! 저도 한 잔 했걸랑요. 어머님한테 전화 드렸다가 시집 올 새 며느리가 조신하지 못하다고 혼내실까봐 무서워서 맘 편하신 아버님께 전활 드린 거죠 뭐!

영신교수 그래 알았다. 내 엄마한테 잘 말할 테니까 너무 늦지 않게들 집에 가거라! 진석이 술 많이 취했으면 내가 데리러 갈까?

유리 (소리) 아녜요, 아버님! 여기 진석 씨 친구 중에 교회 다닌다고 술 안 마시는 친구가 있어서 진석 씨를 집으로 데려다 준데요. 그러니 걱정 안 하셔도 돼요. 아버님!

영신교수 그래? 다행이구나! 암튼 너무 늦게까지 있지들 말구 적당할 때 끝네!

유리 (소리) 네. 우리 존경하는 시아버님! 굿 나잇!

핸드폰을 탁자에 내려 놓는다. 그리고 다시 창밖을 응시하는 우 교수.

영신교수 (독백) 신앙도 시대의 문화에 따라 믿는 자세가 다른 걸까? 나는 저렇지 않았는데…! 그래, 내가 젊은 애들을 이해해 줘야지 아니면 꼰대 소릴 듣게 될 거야! 어디까지 생각했었더라? 그렇지. 그렇게 울면서 기도하면서 그 어린 나이에 나는 눈보라 속을 달려 교회로 갔었어! 그런데 그날따라 교회에는 아무도 없었고 또 교회가 어찌나 춥던지. 난로에 불을 피울 연료도 없었고 성냥도 없었어. 그러나 그때 나는 집으로 돌아가기 싫었던 것이 그날 그 시간에 나는 기도가 필요했었거든! 아니다. 그때 나는 하나님으로부터 위로가 필요했기 때문이었을 거야. 암튼 그래서 나는 기도하기로 마음을 먹고는 1층 교회 제단 앞으로 가서 무릎을 꿇었지! 하지만 너무 추웠어. 그러다가 문득 생각난 것이 교회당 입구에 세워둔 구호물자를 담았던 하드보드지로 만든 드럼통이 생각났지. 그래, 그리고 그 옆에는 교회 방석들이 쌓여져 있었던 것이 생각나서 나는 곧 바로 일어나서 그 드럼통에 담겨져 있던 여러 가지 청소도구들을 꺼내고 그 통 안에다 교회 방석들을 집어넣어서 통 바닥에 깔아 넣었어. 그리고는 그 통 안으로 들어가서 다시 나머지 방석들로 내 머리와 등에다 이고 덮었지. 그리고 기도를 시작했는데 여전히 추워서 견딜 수가 없었지만, 그때 나는 그래 지금 나는 기도하러 온 것이다. 이 추위에 내 기도가 밀려나면 안 된다 이렇게 생각을 하고는 그 어린 것이 드럼통 안에서 부르짖기 시작했던 것 같애! 그때 내 기도는 '아버지 하나님. 저 고등학교를 다닐 수 있게 해주세요. 저 정말로 고등학교를 다니게 해주시면 열심히 공부해서 하나님께서 원하시는 대로 또 하라시는 대로 뭐든지 다 할게요' 그런데 그 순간 슬픔이 밀려왔었던 가봐. 그냥 나도 모르게 자꾸 눈물이 나서. 그날 나는 영문도 모르는 슬픔과 고등학교 진학을 희망하는 기도와 함께 눈물이 범벅이 되도록 울면서 기도를 했던 기억이 난다. 아! 그런데 기적이 일어난 거야! 아니 여호와 이레라고 하나님께서 내 인생의 길을 준비해 주신 사건이 일어났지! 하나님이 누구신가? 바로 나의 아버지가 아니신가!

강한 코러스.

#11. 고드름이 주렁주렁 매달린 판잣집 골목

영신, 어깨가 축 쳐진 채 힘없이 골목길을 걸어 들어온다.

#12. 초라한 영신네 집 대문 앞

골목 중간에 대문이라고 할 것도 없이 방문을 열면 곧 바로 방 안이 나오는 문 앞. 그 앞에 학술이 엄마가 몸을 웅크린 채 발을 동동 구르며 그리고 무언가 해바라기씨 같은 씨앗을 연신 먹으며 서 있다. 이때 골목길에 나타난 영신이를 보고 반가워 한다.

학술모	야야, 니 지금 오는 거나! 어딜 그리 싸다니다 오는데?
영신	안녕하세요!
학술모	안녕이고 뭐고 니 퍼뜩 이리로 좀 와 봐라!
영신	예? 왜 그러시는데요?
학술모	일단 니 내캉 느그 집으로 들가자! 춥다. 웬 날씨가 이래 추버진기가? 들가자, 어서! (방문 고리를 잡다가 문득) 아이다. 니 잠깐 추분께 조리 우리 집 쪽으로 가자. 그카고 내 이야

기 먼저 듣고 느그 집으로 들가는 기 좋을 거 같다! 니 엄마 방금맨시로 또 역정 내면 안 되니까는…

영신 무슨 일인데요, 아줌마?

이때 십 방 안쪽에서 길자의 목소리가 들린다.

길자 (소리) 영신이가? 거 밖에 영신이 맞제?

영신 (안에다 대고) 예 엄마! 그런데 잠깐만요, 잠깐만 있다가…

길자 (소리) 밖이 윽수로 추불 낀데 퍼뜩 안 들어오고 뭐하는데…?

영신 엄마 잠깐만!

학술모 (목소리를 죽이며 영신에게) 퍼뜩 니 내 따라 온나! (앞서 간다)

영신 네! (학술모 뒤를 따라 간다)

#13. 골목길 구멍가게

골목길 중간에 있는 허름한 구멍가게. 밖으로 낸 언탄난로 연통으로 김이 모락모락 난다. 그 문을 열고 들어가는 학술모.

#14. 구멍가게 안

학술모 (구멍가게 문을 열고 들어서며) 으그 추버라!

가게할멈 (소리) (방 안에서) 누구여! 창냄이냐?

학술모 낼시더. 학술네

가게할멈 (소리) 뭘 사려고? 나 지금 무릎이 시려 꼼짝 못허니께 필요한 거 있음 가져가! 그라고 난중에 우리창냄이 에미한테 말혀 뭘 가져갔는지!

학술모 아이라예 뭘 살려고 들어온 게 아이고예 내 쪼기 영신이캉 뭐 쫌 할 얘기가 있어가 추버서 들어 온 기라예! 괜않아예!

가게할멈 (소리) 그려? 거 안에도 추불 껀데 추부면 이리로 들어와서 얘기들 혀!

학술모 아이라예 괜않아예! (영신에게) 야, 야! 영신아 니 내하는 말 단디 들어라. 내가 니를 부른 건 다름 아이고 우에 됐나 하믐 내 아까 전에 우리집 사랑채에서 노름하는 사람들 심부름으로 담배를 사러 이리로 지나갈라 카는데 느그 엄마가 저 아래서 지팡이를 잡고 울면서 오는기라.

영신 우리 엄마가요?

학술모 하모! 그캐가 내 놀라 쫓아 내려가가 니네 엄마한테 무슨 일이냐고 안 물었드노? 그랬더니 시상에 그 몸으로 니 댕긴다카는 교횔 댕겨오는 길이라 카데!

영신 엄마가 우리 교횔요? 내가 여지껏 교회에 있었는데…

학술모 안다.

영신 안다고요?

학술모 그래 안다꼬. 니 통 속에 들어가가 울었다며? 아이지 울면서 기도했다며?

영신 아니 그걸 어떻게 아셨데요?

학술모 니 엄마가 그카드라!

영신 엄마가요?

학술모 아까 전에 상욱이 엄마가 느그 집에 왔다 카드라. 그카고 니를 찾았는데 니가 안 보이니까는 느그 엄마한테 상욱이 아부지가 니한테 한 말을 다 얘기해뿔고… 니가 울며 나갔다카데. 그래 니 달래줄라꼬 느그 집에 왔다 카니까는 느그 어메가 이랬단다.

영신 뭐라고 하셨데요?

학술모 어차피 돈 없어가 핵교에 못 보낼끼데 그 동상은 뭐하러 씰데없이 아한테 그런 말을 했노 하고는 니가 분명히 교회 갔을끼라 카면서 느그 엄마가 그 몸으로 느그 교회에 찾아 갔든 모양이드라!

영신 엄마가 교회를요?

학술모 그래! 그칸데 니가 누런 통속에 들어가가 어린 것이 그 추분 데서 울며 기도했다데? 핵교를 댕기게 해달라고 카면서… 그걸 느그 엄마가 다 보았던 기라. (눈물을 훔치며) 내 이래 듣기만 해도 눈물 나는데 느그 엄마 심정은 어떠했겠노! 그래 내캉 느그 집에 들어갔는데 느그 엄마가 낼러 붙잡고 울면서 "왜 하필 나 같은 사람에게 우리 영신이가 태어나 갔고 저 어린 것이 이 눈보라 속에서 울며 기도해야 합니꺼 형님!" 하면서 차라리 죽고 잡다고 통곡하드라카이!

영신 (왈칵) 엄마! (일어나려고 한다)

학술모 (영신이를 붙잡으며) 가만 있거라. 내 야기 마저 듣고…

강한 음악과 함께 화면이 O.L 되면서 우 교수의 모습이 나타난다.

#15. 우영신 교수의 서재

영신교수 (소리) 어머니보다 대여섯 살 위인 학술이 엄마는 그런 엄마와 내가 불쌍했던 모양이다. 학술이 엄마도 경상도 포항이 고향이시다. 그래서 우리 엄마하고는 동향이라면서 자주 형제처럼 지내셨다. 그날 아줌마는 엄마를 달래시고는 담배 한 보루를 동네 구멍가게에서 사가지고 아줌마네 집으로 돌아가서 노름꾼들이 노름을 하는 건넛방으로 들어가셨다고 했다.

다시 화면이 O.L 되면서 학술네 건넛방이 나타난다.

#16. 학술네 건넛방

촉수가 약한 전구의 전등이 매달린 작은 방에 담배 연기가 자욱하고 그 안에서 노름꾼 다섯 명이 화투를 치고 있다. 학술모가 들어온다.

학술모 애고 추버라! 얼어 뒤지겠다그만. 밖이 억수로 춥다 안하나!

노름꾼1 (화투에 열중하며) 담배는 사왔우?

학술모 하모 사가왔지. 저래 추분데도 내 용돈 벌라꼬 안 댕겨 왔드노?

노름꾼1 아리랑 사오라 했는데… 앗싸! 삼자연에 이 뽕!

학술모 자! 내 가가 아리랑 한 보루 사왔으니까는 필요한 사람 말해라! 내 십 원씩만 얹쳐 받을 테니까는!

노름꾼1 난 두 갑이요! 돈은 여기서 가져가고요! 앗싸 또 풍단났다아!

노름꾼2 난 한 갑만… 씨팔 저 양반 오늘 되게 끝발 좋네! 뭐 할 거유? 고유? 스톱이유?

노름꾼1 뭔 소릴 하시나. 무조건 가야지, 고 고지!

학술모 (담배를 건네며) 어휴 이 아제는 노름방에서 노름만 하는데 뭔 복이 많아가 엊저녁부터 이래 돈을 많이 따능교!

노름꾼1 왜! 얼라 낳는 거처럼 배 아퍼유?

학술모 내 돈 잃는 것도 이닌데 배 아프기는!

노름꾼1 아이쿠 이거 미안혀서 어쩌나! 또 고도리네! 응…

노름꾼3 타짜가 따로 없구먼. 자네가 타짜여!

노름꾼1 타짜면 어떻고 조짜면 어떻습니까요. 그냥 판에서 끝발 눈빨이면 족하지요 안 그래요? 아줌마!

학술모 아주 신났구만! 신났어! 이래 돈 벌면 뭐합니꺼! 한 사나흘 지남 또 냅따 도루목일걸!

노름꾼1 (노래 곡조에 맞추듯) 말씀을 가려서 핫쎄요-옹!

학술모 아제요! 이왕 땄다 잃었다 할 바에는 조 아래 학생애한테 좋은 일 한번 하소!

노름꾼1 (노름꾼3에게) 성님! 이제 스토프를 해야 쓰겠네유! 안 그러유?

노름꾼4 젠장! 아니 거 똥 한 장 들어왔어도 면피는 하는 건데 재수가 없을라니까! 내 원 참!

노름꾼1 (담배 한 모금을 들이 마시고 내품으면서) 아줌마 방금 전에 뭐라고 했슈? 조 아래 학생이 뭐유?

학술모 아 조 아래 똑똑하고 억수로 공부 잘하는 이 동네 애가 있는데 말이시더! 근데 그놈아가 고등핵교엔 합격은 했는데도 돈이 없어가 학교를 못 간다 안 합니꺼! 그카니까 지 댕기는 예배당에 가가 이 추분데 그 어린 것이 글쎄 도라무통 속에 들어가서는 지 좀 고등핵교엘 가게 해달라 카면서 울며 기도했다 안 캅니까! 참말로 저런 돈 싹 쓸어가가 공부하겠다는 애한테 주면 얼마나 좋겠노!

노름꾼2 듣고 보니 짠하네! 아, 그럼 형수가 여기 있으면서 저 양반 돈 딸 때마다 개평 뜯어가서 그 학생애한테 주면 되겠네. 저 양반 오늘 끝발이 눈 날리는데…

노름꾼1 그 애 입학금이 얼만데요?

학술모 아 없는집 안데 어데 입학금만 가지고 핵교엘 댕길 수 있습니꺼? 학교엘 들어갈라 카믐 교복도 사 입어야 하고, 또 책도 사야하고, 억수로 들어가는 기 많을텐데 어디 뭐 한 두 푼 가꼬 됩니꺼? 그카니까는 얼라가 저레 그 추분 데서 울고불고 기도한다는데 마 불쌍해 못 보겠다 안 합니꺼!

노름꾼1 (화투에 열중하면서도) 그래 모두 얼만데요?

노름꾼3 오늘 타짜가 적선할라능 게벼! 적선지가필유여경(積善之家 必有餘慶)이라 혔어! 끝발 좋을 때 한번 베풀어봐. 장씨!

노름꾼5 거 뭔소리래유? 뜻을 알아야 깨달음이 올 텐디 지들은 배움이 짧응께 영감님께서 풀어 말씀해 주시잖음 도통 모르겠구먼유!

노름꾼3 선행을 베풀면 그 집안에 경사가 온다는 말여!

노름꾼1 (성큼 돈을 한웅큼 집어 건네며) 모자라믐 저치 말대로 아줌마가 여기 앉아서 우리가 딸 때마다 개평 뜯어가서 채워줘유!

학술모 (와락 반기며) 아! 참말잉교? 참말로 그리해도 괜않아예?

노름꾼1 자! 한판 더 할 꺼요 말 꺼요?

노름꾼4 아 뭔 말이여? 끝장은 봐야제!

노름꾼1 안될 텐데… 내 간밤에 꿈을 엄청 잘 꿨거든요… (패를 돌린다)

음악.

#17. 구멍가게 안

학술모, 몸배 바지주머니에서 누런 봉투를 꺼내 든다.

학술모 그래, 내 이거 가꼬 이래 안 왔드노! 니 어짤끼고, 이 돈 가꼬 핵교에 갈 끼가?

영신 (감격하며) 아줌마! 네! 갈 거예요! 꼭 가고 싶어요!

학술모 (누런 봉투를 건네며) 그럼 그케라! 내 아까 전에 느그 엄마한 테 이 돈을 건네주니까는 노름꾼 돈이 어떤 돈인데 하며 싫다 카드라! 노름판에서 돈 잃가뿔면 다시 되돌려 달라 할낀데 내 그리 큰돈이 어디 있어 되돌려줄 수 있으며 또 입학은 이 돈 가꼬 한다케도 남은 삼년 동안 무슨 수로 공 부를 시킬 수 있겠능교 하며 거절하는데 내사마 속 터져 죽는 줄 알았다카이.

영신 아줌마! 정말로 고맙습니다. 내 커서 이 은혜 절대로 잊지 않을게요!

학술모 은혜는 무슨? 내 돈 주는 것도 아인데…! 암튼 니 공부 열 심히 해라 그케서 부디 성공해가 불쌍한 느그 엄마 한번 호강시켜 줘야 않겠드노?

강한 음악.

#18. 우영신 교수의 서재 안

소파에 앉아 두 손을 모은 채 앉아있는 우 교수. 이어 우 교수의 목소리가 들려온다.

영신교수 (독백) 이 분이 하나님이시다. 비록 가난한 달동네 사람들이고 손가락질 받는 노름꾼들이었지만 저들 양심에 신앙 이상의 동정심을 부여해주셔서 때로 여호와 이레라는 이름으로 하나님은 하나님의 사람들에게 역사하신다. 몇 년 전 나는 옛 생각에 잠겨 이 달동네를 방문한 적이 있었지. 비록 그때 달동네 하꼬방 피난촌의 그 모습은 보이지 않고 현대식 높은 고층아파트가 들어서 있는 풍경에 생소한 느낌이 없진 않았지만 여전히 내 가슴속에는 그때 내 그 어린 시절 그분들의 목소리가 들려오는 것 같아 가슴에 진한 감동이 밀려옴을 느낄 수가 있었다. 참 그 동네 입구에 성남장로교회가 보였다. 내 살던 그 동네에 교회가 세워진 것이다. 얼마나 감사한 일인가! 또 큰 감사를 느낄 수 있었던 것은 마침 그 교회에서 장로직분을 맡고 있는 옛 동네 후배를 만날 수가 있었는데 그 학술이 형네 엄마가 권사님으로 신앙생활을 열심히 하셨고 그 교회를 섬기시다가 오년 전인가 소천하셨다는 이야기를 들을 수가 있었기 때문이다.

'태산을 넘어 험곡에 가도' 웅장한 합창곡으로 울려 퍼진다 합창곡을 배경으로 하여 어릴 때 그 장면들이 흑백사진처럼 스쳐 지나간다. O,L으로서

1. 태산을 넘어 험곡에 가도 빛 가운데로 걸어가면
   주께서 항상 지키시기로 약속한 말씀 변치 않네

하늘의 영광 하늘의 영광 나의 맘속에 차고도 넘쳐
할렐루야를 힘차게 불러 영원히 주를 찬양하리

2. 캄캄한 밤에 다닐지라도 주께서 나의 길 되시고
   나에세 밝은 빛이 되시니 길 잃어버릴 염려 없네
   하늘의 영광 하늘의 영광 나의 맘속에 차고도 넘쳐
   할렐루야를 힘차게 불러 영원히 주를 찬양하리

3. 광명한 그 빛 마음에 받아 찬란한 천국 바라보고
   할렐루야를 힘차게 불러 날마다 빛에 걸어가리
   하늘의 영광 하늘의 영광 나의 맘속에 차고도 넘쳐
   할렐루야를 힘차게 불러 영원히 주를 찬양하리 아멘!

#19. 어두운 겨울산 계곡

칠흑같이 어두운 눈 덮인 야산, 매서운 바람소리와 함께 눈발이 휘날리고 적막감이 흐르는 숲 속, 부엉이 울음소리. 그리고 이어 눈 덮인 수풀 사이로 맹수들의 눈빛인가? 번들거리는 눈빛에 이어 잠잠하던 수풀 속에서 팔 한쪽이 불뚝 치솟아 오른다. 그리고 목장갑을 낀 손바닥을 쫘악 폈다가 오므리기를 두 번 반복, 다시 검지손가락이 한 방향을 가리키자 숲으로만 생각했던 눈 내린 소나무 옆의 숲이 움직이며 소리 없이 서너 명의 그림자가 빠른 움직임으로 이동을 한다. 다시 치솟아 오른쪽 팔뚝과 수신호, 다른 곳에서 역시 수풀더미를 헤치고 움직이는 그림자들. 이어 또 다른 곳에서같은 모양의 그림자들이 여러 팀 소리 없이 빠른 몸놀림으로 숲 속을 가로 지른다.

긴장된 음악이 흐르고 간혹 부엉이 소리와 함께… 이어 자막이 화면 위로 떠오른다.

1968년 1월 17일
20:00 북방한계선 돌입
23:00 남방한계선 돌파

#20. 얼어붙은 임진강

26사단 마크가 달린 국군 야전복을 입고 무장한 그림자들이 납작 엎드린 채 강 건너에서 잡아당기는 로프에 매달린 채 얼어붙은 임진강을 도강한다. 다시 긴장된 음악과 함께 떠오르는 자막.

1968년 1월18일
21:00 임진강 북쪽 1숙영지 출발
22:00 임진강 빙판 위를 걸어서 도강완료

#21. 보위성 정찰 특공부대 사무실

전 장면과 O.L 되면서 요란한 전화 벨소리. 자막.

황해북도 연산군의 제6기지 124군 부대.

이어 탁상 위에 놓인 수화기를 드는 손, 그리고 벌떡 일어서며 떨리는 목소리로 전화를 받는 부대장.

부대장   넷 정찰국장 동지! 124군 부대장 임메다.

정찰국장   (소리) 수행하기요! 과업 수행 일자는 17일 0시 정각.

부대장   넷 알았습메다. 징찰국장 동지.

정찰국장   (소리) 모두 각오는 돼있갔디?

부대장   물론임메다. 모두다 목숨을 내어 놓기로 각오한 전사들임
메다.

정찰국장   (소리) 좋소 시행하기요! (딸깍 전화기가 끊기는 소리)

이어 긴장된 사이렌 소리가 울려 퍼진다.

#22. 다시 도강하는 임진강 풍경

다시 전 장면과 O.L되면서 검은 그림자들의 도강 장면. 더욱 긴장되
는 음악소리.
먼저 도강에 성공한 공작대원들 땅바닥에 바짝 엎드려 PPS-43 기
관단총으로 사방을 경계한다.

#23. 경기도 파주군 법원리 비학산 중턱

30대 초반부터 17세까지의 젊은 장정들 네 사람이 나무를 한 짐 짊
어지고 산 중턱을 내려온다. 그리고 산중 바위 아래 평지에다 나뭇
짐 지게를 내려놓는다.

장남 모두 여기서 좀 쉬었다 내려가자.

막내 큰성! 그럼 여기서 우리 모두 토깽이 잡아가꼬 가면 워떨까?

둘째 너 괴기 먹고 싶어 그러는 거냐?

셋째 저번엔 꿩이더니 이번엔 토깽인겨?

장남 한참 커가는 몸집이니까 괴기가 입맛에 땡기능가 본데 오늘은 안 돼 이놈아!

막내 왜 안 되는데요?

장남 토끼가 얼마나 꾀가 많은데… 벌써 우덜이 이렇게 한꺼번에 요란스러이 낭구를 해갖고 내려왔음 녀석은 절대 안 나타나거든… 그러니까 토깽일 사냥할라믐 며칠 전부터 토깽이 길목에다 철사 줄로 덫을 맹길어갖고 놔뒀어야 하능 거다.

막내 우덜 핵교 댕길 때는 토끼사냥이라고 눈 내린 날에는 핵교 전교생이 한 줄로 서갖고는 꽹가리 쳐대며 산엘 올라감서 잡았는데…

장남 그걸랑 중공군 놈들 매냥 인해전술을 써감서 포위망을 좁혀가며 추격하니까 잡힌 거지 우덜 넷이서는 산토깽이 잡을라면 어림도 없어. 내 집에 가설랑 니 형수한테 얘기해서 닭 한 마리 잡으라헐 테니께! 이따가 모두 우덜 집으로 건너들 와라!

둘째 오늘 우리 막내 덕분에 우리들 입 호강허겄네 그려. 야 막내 넌 좋겄다. 말만 하믐 큰성이 척척 들어주니… 응? 근데 저게 뭐여!

일동 뭐 뭔데?

둘째 저 산등서 허연 거적을 둘러쓰고 모다 우덜한테로 내려오는데!

셋째 (자세히 들여다보다가) 아 저거 노고산 쪽으로 혹한기 훈련가는 군인들이잖여! 근데 쟤들이 왜 저러는 거여? 우덜 보고 오라고 손짓하네 그려.

장남 뭐냐? 아니 우덜 군인이라면서 왜 총부리를 우덜한테 겨누면서 지랄잉겨? (총을 겨누며 다가오며 군인들을 향해 큰소리로) 여보슈! 당신들 뭔데 우덜한테 총을 겨누는 거요? 응? 우린 민간인인데.

무장공비들 여전히 총을 겨누며 다가온다.

장남 아니 사람 말이 말 같잖아서 그러는 거요?

공비1 조용히 하기요 동무!

장남 뭐…? 도…동무?

공비1 산 아래 사는 동리 사람들임메?

장남 (바짝 긴장하며) 그… 그런데… 요! 왜 그러는 거시요?

공비1 동네 이름이 뭐기요?

장남 (더듬거리며) 초… 초리골이요 법원리… 초리골!

공비1 (공비2를 돌아보며) 법원리 초리골? 그거이 어드메야?

공비2 파주군 법원면 법원리 초리골을 말하는 거 갔습네다!

공비1 기럼 우덜이 방향을 맞게시리 오긴 온 기야?

공비2 그렇습메다. 우리가 넘어온 감악산 하구 노고산 중간에 있는 이곳이 비학산인데 이리로 해설라므니 너머로 올라가믐 북한산이 바라보일 겁메다!

공비1 (장남에게) 맞소? 요기가 노고산 뿌리에 있는 비학산이고 산 너머에 북한산이 보이요?

장남	(여전히 떨며) 저… 그럼 파주서 훈련 온 군인들이 아니고 혹시 북에서 온…?
공비1	그렇소. 우덜은 북에서 임무를 띄고 내려온 인민군 선봉대임메!

남은 형제들 와락 놀라며 산 밑으로 도망치려 한다.

공비2	꼼짝 말기요! 만약 한 발짝이라도 움직이면 모다 이 기관총으로 갈기갔어! (다른 공비들에게) 모다 이 동무들이레 잡아 끈으로 나무에다 묶으라우!

공비들 여럿서 네 형제들을 포승줄로 묶는다.

장남	왜… 왜들 이러는 게요? 우덜이 뭘 잘못한 게 있다고…
공비1	용쓰덜 말고 그냥 잠자코 있기요! 동무레 이름이 뭬요?
장남	우… 우가요. 이름은 성제이고.
공비1	그럼 저 동무들이래 모두 한 동리에 사는 동무들임메?
장남	그… 그런데요… 모두 다 지 아우들입니다.
공비1	오, 그래서리 모다 얼굴이 닮았구먼 기래! 그런데 어째 설라무니 함께 이 산중에 모여 있능 겁메까?
장남	보… 보다시피 나… 낭구하려는 겁니다요.
공비1	(권총을 꺼내든다)
장남	왜… 왜 이러는 겁니까?
형제들	서… 성님.

긴장된 음악.

#24. 전장과 같은 비학산 중턱

우 씨네 형제 네 명이 각각 소나무에 묶여있고 공비들 사방에 흩어 앉아 휴식을 취한다.

공비1   어케 됐음메? 아직도 무전이 안 잡힘메?

공비3   워낙이 이곳 지형이 골짜긴데다가 파평산이래 떡하니 가로 막혀서리 전파가 잘 안 통하는 것 같습네다 동지!

공비2   기럼 저 남조선 새끼들이래 어카면 좋갔습네까 대장동지? 지 생각 같아서리 아예 흔적을 없애는 거이 우덜 과업에 이롭지 않갔습네까?

공비1   기렇티! 내 생각도 동무 생각과 같음메 하지만서리.

이때 둘째가 소리를 지른다.

둘째   저… 인민군 선봉대 나리들 아니 동무들! 만세입니다. 만세요!

공비1   저 간나새끼레 와 져라는 기야? (둘째를 향해) 뭐이야? 뭐가 어드레 하기에 만센기야?

둘째   저희는 무조건 만세입니다요. 북에서 그 험산준령을 넘고 매서운 임진강을 건너와 우리 남조선을 해방시키기 위해 불철주야 고생하며 내려오신 북에서 오신 인민군 동지여 러분들을 환영한다는 뜻입니다.

막내   (놀라면서) 성… 둘째 성!

공비1   뭐야?

셋째   저도 만셉니다. 실은 저희 부모님도 본고향이 황해도 해줄니다. 그래서 인민군 동무들이 이렇게 조국해방을 위해 과업을 수행하는 노력에 감사드리면서 저도 만세입니다. 조선 인민군 만세! (큰소리로) 만세!

공비들 모두 어리둥절하며 쳐다본다. 만세소리가 산골짜기로 메아리친다.

공비2 조용하기요! 다른 민간인들이레 이 근동에 있으면 어케 할라고 그럼메! 조용하라우.

갑자기 사방이 무서울 정도로 조용하고 세찬 바람소리만 들린다.

공비1 (공비2에게) 이보라우 상개동무. 이리로 좀 옵세.

공비2, 공비1, 앞으로 다가간다.

공비1 (작은 소리로) 만약에 말이디 저 아새끼들이레 예서 처죽인다면 이 눈 덮인 산 중에다 핏자국을 남기게 될 거인데 그럼 우덜 흔적이래 고스란히 드러날 거이 아임메! 또 땅이레 꽁꽁 얼어개지구 저것들을 파묻는다는 것두 쉽지 않을 테구 말이야.

공비2 기렇티유! 우리 갈 길이래 1분 1초가 촉박한 상황인데 더 지체했다가는 착오가 있을 겁메다.

공비1 (동료 공비들에게) 모다 들우라우야! 어카면 좋갔네? 상부에 보고하구설라무니 지시를 받을라 해두 예선 무전이 불통이야. 이 남조선 청년들이래 어카면 좋갔어?

공비2 대장 동무! 시간이 없으니까니 공평하게끔 거수로 결정하 무 어떻갔습네까?

공비1 거수? 모두 들으라우! 여기 상개동무래 이 남조선 젊은 아 새끼들을 죽이네 살리네 하는 거를 거수해서 결정하자구 하는데 밀이디 우리가 지금 시간이 없어야! 모다 어카면 좋갔네?

공비3 (손을 번쩍들고는) 대장 동지 이카면 어떻갔습네까. 보아하니 저놈들은 모다 시골서 노동하는 농장 노동자 출신인 거 같 은데 대장동지 말씀마따나 죽이게되믐 언 땅을 파서 묻어 야 우딜 흔적을 감출 수 있는데 말입니다. 그칼려면 시간 이 많이 걸리게지구…

공비1 본론만 말하라우! 그카니까니 죽이네 살리네? 그것만 말 하라우. 자, 죽여게지구 땅에 묻고 가자는데 동의하는 동 무들 있음 손들라우!

다섯 명 정도 손을 든다.

공비1 겨우 다섯 명임메? 그라믐 살려게지구 입단속 시켜 돌려 보내자는데 찬성하는 동무레 손들라우.

스무 명 정도 손을 든다.

공비1 그럼 그카자우. 이자들을 기냥 내버러두고 입단속이래 시 키면서 곱게 놔두자야! 누가 아네? 임무완수하고시리 퇴 각하는 길에 저 동무들이레 도움을 받을 수 있을지? 아니 그럽메? 어차피 우리 작전이레 금방 끝날 거이니깐!

공비2　대장 동지레 기렸타면 기린 거지요! 그냥 맘대로 하시라요. 그나저나 더 이상 지체하면 큰일입메다. 시간이 없시요!

공비1　(갑자기 다시 권총을 꺼내들고 나무에 묶인 우 씨 형제들에게 다가간다)

장남　(겁에 질린 채) 왜 왜 이러십니까? 지들은 아무 것도 모르는…

공비1　우리레 이렇게 동무들을 만나게지구 잠시 대면한 것두 말이지 다 좋은 인연이래 만들라구 하늘이 점지하신 수령동무레 은총인 게야! 그러니끼니 약속하기요!

장남　뭐… 뭘 약속하란 말씀입니까?

공비1　동무들 목숨을 살려줄 테니끼니 동무들은 모다 우릴 오늘 못 본 거이디! 절대 못 본 걸로 기억에조차 두지말기요. 약속할 수 있음메?

장남　그럼요. 야… 약속할 수 있습니다요.

공비1　(공비 일행들에게) 가자우! 장비들 챙기고시리 날레 3번 루투로 달려가자우. 어서!

공비2　알갔습메다. 자. 출발!

공비들 신속하게 산등성 쪽을 향해 날라가듯 이동한다.

공비1　(뒤돌아서서 나무에 묶인 우 씨 형제들에게 갱엿과 마른오징어 두어 마리를 던져주며) 받으라우. 이거이 우리 양식이디만 서로 약조하는 의미에서 건네는 정표니까는 먹으라우. 그리고 말이야! 만약에 동무들이레 약속을 어기고시리 경찰이나 군부대에 신고하면 말이디 동무들뿐만 아니라 동무들 가족들 아니디 동무들이레 사는 마을 전체를 몽땅 몰살 시키갔어! 우리네는 기냥 사람이 아니야! 신출귀몰하는 귀신도 우릴 따를 수가 없어! 우리가 더 한 수 위야 알간? 기리구 말이디 대신에 일이 잘 풀리면 난중에 수령동지로부터 큰 포상을 받게 해주갔어! 명심하기요!

장남 네… 네. 그럼요!

공비1, 쏜살같이 공비대 뒤를 따라 달려 올라간다.

둘째 (나무에 묶인 채로) 만세! 인민군 선봉대 만세!
막내 성! 뭐하는 거야! 모두 갔어! 정말 왜 이래. 왜 이러는 거냐구?
둘째 어? 갔다구? 정말 모두 사라졌네! 이게 어떻게 된 거니?
장남 어떻게 되긴 뭐가 어떻게 돼! 우린 아무 것도 못 본 거지!
셋째 (맥이 풀린 듯 쓰러지며) 엄니!

강한 음악.

#25. 북한산 산악지형

무장공비들 마치 하이에나 같이 지칠 줄 모르고 능선을 향해 달려 올라간다.

#26. 또 다른 북한산 능선

둥근 달이 뜬 하늘 아래 능선 위로 달려가는 무장공비들 강한 음악과 함께 자막.

"북한 124군 특수 무장게릴라 공작대"

이어 내레이션이 들려온다.

내레이션 124군 부대! 이들은 북한의 무장간첩 양성소 요원들로서 인간 그 이상의 고된 훈련으로 단련된 북한 특수 게릴라 공비들이다. 이들은 1968년 1월 21일 남한의 박정희 대통령을 암살할 목적으로 남방한계선을 넘어 청와대를 향해 습격을 감행했던 것이다. 그러나 나무꾼 우씨 형제들의 밀고로 사전 방비할 수가 있었고 그들 모두를 추격하여 처단 사살하여 북한공작을 방어했던 사건이다.

#27. TV 김신조 인터뷰 장면

실제 당시 김신조 공비 생존자의 기자 인터뷰 장면이 대한뉴스로 중계된 장면을 보여준다.

TV화면 무장간첩 서울에 (자막)

아나운서 1월 21일 밤 10시경 북한 무장간첩단들이 어둠을 타고 감히 서울까지 와서 난동을 부렸습니다. 일당 31명, 최규식 종로경찰서장은 이들 살인마의 광란을 육탄으로 저지하고 장렬히 산화하였습니다. 급거 출동한 군경수색대는 포위망을 폈으며 분노한 시민들은 간첩색출에 발 벗고 나서 수상한 자를 보면 지체 없이 수사기관에 신고했습니다. 북악산을 기점으로 북한산, 비봉, 노고산 등 북쪽으로 쫓기는 살인배들을 잡기 위해 대간첩 비상작전이 전개되었습니다. 살인귀들의 심장을 찾아 군경의 총부리는 겨누어졌고 영하의 삼경에도 수색 때문에 뉴과 눈은 피경 같이 번쩍였습니다. 쫓기는 적의 무리는 기진맥진했고 하나도 남김없이 잡아야 된다는 우리의 분노는 하늘마저 찌를 듯 했습니다. 밤낮을 잇는 추격전 가운데 무장간첩들은 차례차례 꺼꾸러졌습니다. 여기 저주받은 살인마들의 최후가 있습니다. 침략자 김일성 괴수의 졸개가 돼서 최대한의 주요 인물들과 시설을 공격 파괴할 목적으로 휴전선을 넘어왔던 괴한의 시체가 여기 이렇게 나자빠져 있습니다. 생포된 무장간첩 김신조가 죽은 일당들을 하나하나 확인했습니다. 방첩대 본부에서는 생포된 간첩 김신조의 기자회견이 열렸습니다. 북한괴뢰가 종래와는 달리 무장간첩을 침투시켜 남한의 사회질서를 교란하고 민심을 동요시키는데 혈안이 되었다고 말하는 김신조는 자기와 같은 살인무장간첩 2,400명이 현재 훈련 중이라고 말했습니다. 이어 김신조는 자기가 있던 군대의 조직과 훈련에 관해서.

김신조 "대개 보면 지금 군대 복무 현역 근무하는 군동무들은 말입니다 좀 신체가 좋고 말입니다. 그담에 제한식의 모든 훈련정도라든가 또 기본 가정환경들이 이런 게 좋은 동무들이지 그런 부대입니다. 기본훈련을 보면 특수훈련들인데 유술과 격술이 좀 많았습니다. 유술하고 격술…! 그 담에 권투훈련들이 많았습니다."

아나운서 살인마들의 이 저주받은 현장들, 이것이 바로 우리의 생명을 노리던 무장간첩의 소지품들입니다. 이 노획품 하나마다에 살인과 파괴와 전쟁과 죽음의 그림자가 도사리고 있었던 것입니다. 살인 간첩의 잔당을 쫓는 긴밀한 작전은 지금도 계속되고 있습니다. 18년 전에 저 야만적 6.25를 터트려 동족의 피를 빨아먹고 살인과 악의를 자행했던 침략자 북한괴뢰는 이제 그들 내부의 권력투쟁과 경제적 파탄을 은폐하고 나날이 발전하는 자유대한의 경제성장을 방해하려는 목적으로 침략과 살인의 마수를 계속 뻗히고 있는 것입니다. 그러나 6.25를 잊지 못하는 우리들, 굳게 반공이념으로 뭉쳐져 있는 우리들입니다. 평화스런 이 땅에 살인과 파괴를 일삼는 이들이 단 한치도 발붙이지 못하도록 군경민이 혼연 일체가 되어야 할 것입니다.

음악.

#28. 동네 전파사 앞

전파사 앞. 텔레비전을 통한 뉴스가 끝이 나고 뉴스를 시청하던 동네 사람들이 서로 웅성되는 모습 속에 고등학교 교복을 입은 영신이와 친구 재훈의 모습이 보인다.

동네사람1 정말 큰일날 뻔했구먼 그려! 안 그면 또 한 번 전쟁이 터질 뻔한 거잖여!
동네사람2 그 우 씨라는 형제들 공이 컸어! 그네들이 산에서 내려와서 파출소에다 신고를 안 했으면 어쩔 뻔한 기여! 그라고 그 공비놈들이 40Kg도 넘는 배낭을 메고도 그 험한 북악산을 시간당 10킬로를 달렸다메? 그기 사람잉 기여?

동네사람3 야 참말이지 박 대통령은 하늘이 낸 사람이구먼 그려! 그분 명이 길어서가 아니라 이자 막 새마을운동이다 뭐다 하면서 경제개발 5개년 계획이 성공을 거두어가꼬 우리 대한민국이 개발도상국인가 뭔가로 진입을 하려는 마당에 글씨 만약에 저 공비놈들 손에 죽었어봐 우리나라는 끝장나는 거지, 아 안 그려?

동네사람1 그 김일성이란 놈은 도대체 워떤 화상이 씌었간디 이러는 거여? 아, 육이오를 일으켜가꼬 백만 명이나 넘는 사람들을 죽인 것도 모자라서 이번에 또 이런 짓을 자행혀? 불과 전쟁 끝낸 지 15년도 안 됐구만서도… 에이 독일 히틀러보다도 더 악독한 놈 같으니라구…

동네사람2 근데 서른 명이나 되는 무장공비놈들 몽땅 잡아 죽였다면서 왜 저 생포한 놈은 살려두능겨? 그냥 마저 확 죽이덜 않고! 저 김신조라는 놈도 똑같은 무장공비잖여!

동네사람3 아, 저놈이라도 살려놔야 모든 정보를 캐낼 수가 있는 거잖여. 그래서 지금 북에 있는 김일성이가 어떤 속셈을 가지고 있는지를 다 알아내서 우덜도 미리 대비를 할라치면 저놈을 죽여서는 안 되지! 그리고 죽여도 난중에 저놈한테 단물 다 빨아먹고 그때 사형시켜 죽여도 되는 거잖여!!

재훈 야! 가자 영신아.

영신 그래! 근데 재훈아 너 저 아저씨들 하는 말 들었지. 넌 어떻게 생각하니?

재훈 뭐가? 김신조 살려둔 거?

영신 아니 김신조라는 공비생존자를 일단 살려놓고서 단물 다 빼먹고 사형시켜도 된다는 말! 난 그건 정말 아니라고 생각해!

재훈 그럼 그 공비한테 어떻게 해야 하는데? 공비는 공비잖아!

영신 아니야! 우리 대한민국이 왜 자유민주주의 국가인가를 분명하게 보여줄 필요가 있어! 이북만 하더라도 사회주의 국가니까 유물론 사상으로 생존의 가치가 없어지면 가차 없이 죽이지만 우리는 민주주의잖아! 민주주의의 기본정신은 인간의 생존권을 우선시하는 거 아니니? 그러니까 단물만 빼먹고 죽인다는 건 정말 아니라고 생각해!

재훈 그치만 국민들의 감정도 무시할 순 없잖아! 철저한 반공의식을 강화하려면 저런 무장공비들의 만행이나 간첩행위에 대해서는 관대해서는 안 될 거라고 생각하는데 나는!

영신 나는 저 김신조에게 보다 더 인간의 존엄성을 느끼게 해주고 자유대한의 너그러운 사랑과 자비를 베풀어서 스스로 남북한의 상반된 이념을 깨닫게 해주었으면 좋겠어! 아, 김신조라는 공비에게도 하나님의 은총이 임하시면 얼마나 좋을까! 김일성한테도 말이야!

재훈 너 임마 어디 가서 그런 소릴 했다가는 너도 빨갱이 소릴 들어! 그러니 그 딴말 하지 마! 김신조 저놈이 지금은 우선 지 목숨이 겁나니까 저렇게 고분고분 하는 거지만 속으론 아직꺼정도 새빨간 빨갱일걸!

영신 하지만 저 사람도 하나님께서 보시기에 천하보다도 귀한 생명일 텐데 저 심령에 복음이 들어가서 변화된다면 그건 사형당하는 것보다는 더 낫지 않겠어?

재훈 공산당 놈들은 종교적 사상을 최고의 반역으로 생각한다던데 그런 것이 가능하겠어?

영신 하나님께서 하시는 일에는 능치 못하심이 없다고 하셨잖아! 그러니까…

재훈 그럼 기도해봐! 저놈을 위해서… 그거야말로 기적일 테니까! 그건 그렇고 너 오늘 저녁에 뭐할 거야? 우리 집에 놀러 안 올래?

영신 아니야. 난 지금부터 해야 할 일이 있어! 다음에 갈 테니까 그냥 오늘은 여기서 헤어지자!

재훈 알았어. 그럼 잘 가. 내일 학교서 보자!

영신 그래, 내일 봐! (뒤돌아서며) 아! 하나님 정말 김신조에게 제가 말하는 기적을 베풀어주시면 안 될까요?

음악.

#29. 우영신 교수의 거실

저녁식사 후 우 교수, 진석, 유리, 선혜(우 교수 아내)가 거실에 모여 차를 마시며 대화를 나누고 있다.

영신교수 그 해는 모두다 다시 전쟁이 나는 거 아닌가 하고 무척들 바짝 긴장을 했었지. 그래서 정부에서도 그 무장공비 침투 사건이 있은 후 곧 바로 향토예비군을 창설해서 군대를 제대하고도 45세까지는 매년 분기별로 몇 차례씩 예비군 훈련을 받게 했고 또 고등학생들꺼정 교련과목이라는 것을 만들어서 총검술을 가르치는 등 유사시 전쟁이 터진다 가정했을 때 전투병력으로 가용될 인원들을 대대적으로 양성을 했던 거지. 그러니 뭐 초비상시국 아니었겠니! 그런가 하면 만 19세 이상 전 국민에게 개인 코드번호가 주어진 주민등록증을 발급한 것도 그때부터였어!

유리　그 해 기록을 보니까 광화문 앞에다 이순신 장군 동상을 급하게 설치해 놓았다면서요?

선혜　아니 난데없는 이순신 장군 동상은 또 왜?

유리　박통이 제일 존경하는 인물이 이순신 장군이었잖아요! 낡은 어선 열두 척으로 왜적을 무찔렀던 해전의 기운을 자손들인 우리가 그 정신과 함께 기를 받자는 거였데요.

영신교수　그건 그렇지만 이눔아! 고인이 되신 전직 대통령을 박통이라고 부르면 안 되지! 그분은 그래도 나라 어르신이셨는데 그건 상식 이하의 몰상식인 거야!

유리　어머나 죄송! 실수했어요. 아버님!

진석　그때 그러다보니 초급장교들 양성이 절대 필요하니까 육사 말고 육군3사관학교도 창설했다면서요?

영신교수　어디 육군3사 뿐이겠니. 유사시 지역방어를 위해서 경찰에서도 전투경찰대를 창설했지. 지금은 데모 진압을 위해 활용하고 있지만…

유리　그런데 아버님은 그 소년의 나이인데도 어떻게 그런 생각을 하실 수가 있으셨어요?

영신교수　어떤?

유리　그 무시무시한 김신조라는 무장 공비를 살려두는 것이 마땅하다고 하시면서 그 영혼이 불쌍하다고 하나님께 기도하셨던 거 말이에요. 그때는 온 국민이 그 김신조에 대한 반감이 심했을 텐데…

영신교수 하나님과의 영적 교감이 아니겠니? 그 당시 난 늘 하나님의 뜻을 기대하는 착한 어린 소년이었거든. 그런데 봐라! 실제로 내 친구 말마따나 그 김신조가 예수 믿고 구원받는다는 것은 기적일 거라고 했는데, 그 김신조라는 공비가 그 후에 예수 믿고 구원받아서 지금은 목사님이 되었다지 아마? 하나님의 기적은 말이다 우리의 계산법과는 다른 신묘막측한 데가 있어서 지금도 늘 구하는 자에게 실제로 나타나는 역사인 게야!

유리 또 신기한 건 말이죠 아버님! 아니 그때가 아버님 고등학교 1학년이셨다면서 어떻게 사회주의 유물론 사상을 아셨던 거예요?

영신교수 뭐 알아서 말한 것이겠니! 그냥 공산주의자들은 사람이건 짐승이건 간에 필요에 따라 그 가치로서 계급을 정하고 인간의 존엄성 따위는 아예 무시하는 유물론 사상이 지배적이라는 것을 어디서 귀동냥한 거겠지! 어떠냐? 진석이 너는 사회학을 공부했잖아! 유물론이라는 게 뭔지 우리에게 알아듣게끔 한번 옳게 설명해 봐라!

진석 사실 유물론은요, 헤겔의 변증법에 기초한 것이었는데 19세기 독일에서 진보성향의 지식계급 사람들이 기독교에 대항하기 위해 이용한 이론이었다고 해요.

영신교수 뭐라구! 기독교에 대항하기 위해서?

진석 예! 왜냐하면 당시 돈 많은 지주들이 교회를 등에 업고 민주주의를 가로 막았거든요. 그 대표적인 사람이 포이어 바흐라고 당시 유명한 철학자였는데 그는 유물론 체계를 이용해 당대에 유행하던 관념적 역사관인 신칸트주의나 청년 헤겔학파를 지지했어요. 하지만 변증법적 유물론 자체가 기존의 기계론적이고 형이상학적인 유물론에 대한 통렬한 비판에서 출발했기 때문에, 기존의 물리주의나 환원주의와는 반대되는 이론이어서 서로 충돌이 심했지요.

유리   잠깐 진석 씨! 그렇게 너무 전문적인 설명을 하면 자기 같은 전공자가 아닌 우리들은 이해하기 어려우니까 핵심만 설명해봐! 우리가 듣고자 하는 것은 어떻게 공산주의 사상 속에는 변증법적 유물론이라는 관념이 기초하는가? 이것을 설명해주면 되잖아요! 안 그래요, 아버님?

영신교수   그래, 지금은 가족대화의 시간이니까 그렇게 강의처럼 하지 말고 간단하게 설명해봐라.

진석   그게 그렇게 쉽게 설명할 수 있는 것이 아니라서… 그래요! 좋아요. 그럼 제 설명 중에 이해가 안 되지만 관심 가는 부분이 있으시면 전문 도서를 소개해드릴 테니까 그냥 넘어들 가시고요. 공산주의 이론의 창시자랄 수 있는 마르크스의 변증법적 유물론에 대해서만 간단하게 설명 드릴게요.

선혜   모두들 마실 거 좀 가져다 드릴까? 말들이 많은 사람들이라서 목마를 것 같은데…

진석   엄마, 잠깐! 이거만 간단하게 설명하고서! 유물론이란 개념은 넓은 의미의 스펙트럼을 가지고 있어요. 크게 두 가지로 설명하자면 '존재론적 유물론'이라는 것이 있고 '기계론적 유물론'이라는 것이 있지요. 먼저 '존재론적 유물론'이란 고대 그리스의 '데모크리스토'와 '에피쿠로스'라는 학자는 만물의 근원은 물질뿐이기 때문에 세상에 영혼 같은 것은 없다고 주장했어요. 그리고 '기계론적 유물론'이란 모든 세계가 기계처럼 물리법칙에 의해서 움직인다고 보는 입장을 말하는데 '라 메트리'가 대표적인 기계론적 유물론 학자예요. 하지만 기계론적 유물론자가 반드시 존재론적 유물론자가 아닌 것은 아닙니다. 예컨대 '데카르트'는 물질과 정신이 따로 존재한다는 이원론적 입장을 가지고 있으면서 또 부분적으로는 기계론적 유물론을 말하거든요. 그런데 칼 마르크스는 존재론적 유물론자도 기계론적 유물론자도 아닌 것 같아요. 그 이유는 그가 물질이 관념을 결정한다고 생각했기 때문이죠. 그의 아버지가 목사였고 또 그 자신이 비록 신앙으로부터 탈출한 삶을 살았다 하지만 그 역시 관념 자체의 존재를 부정한 건 아니거든요. 이러한 그의 입장을 변증법적 유물론이라고 하는 겁니다.

영신교수 그럼 어째서 스탈린은 마르크스의 변증법적 유물론을 사회주의에 도입을 하게 된 거지?

진석 그건 간단해요. 물질이 아닌 관념적인 것 즉 학문, 예술, 법, 철학, 종교, 정치 같은 것들을 그들은 생산양식이라고 하는데 생산양식은 또한 생산력과 생산관계를 말하거든요. 스탈린은 자기들의 혁명과업을 성취하기 위해서 노동력이 필요했고 그 노동력이라는 생산력으로써 투쟁적인 혁명을 성사시킬 수가 있었기 때문에 관념을 물질화한 거죠! 예를 들어 생산력과 생산관계를 소라게와 소라 껍데기로 비유할 수가 있는데요. 소라게가 몸집이 커지면 소라게는 기존의 소라 껍데기를 가차 없이 버리고 더 큰 소라 껍데기로 이사를 가는 것과 같아요. 즉 사회의 생산력이 늘어나면 기존의 생산관계 속에서는 그러한 생산력을 유지할 수 없는 상태가 되니까 과감하게 내치고 새로운 생산 관계를 수행하게 됩니다. 이것을 그들은 혁명이라고 하지요. 그런 과정 속에서 관념은 정신이고 물질은 현실이며 힘이다 보니까 스탈린은 모든 관계 속에서 물질적 가치 즉 생산성의 가치를 최우선으로 내세운 것입니다. 다시 말해 그들의 혁명을 위한 수단으로 그 물질적 가치를 강조한 것이지요. 이것이 사회주의 변증법적 유물주의 사상이에요.

영신교수 그래도 어렵다. 하지만 대충 이해하는 바로는 뭐, 내 어릴 적에 친구에게 말한 유물론도 거반 틀린 것은 아니네!

진석 그렇지요. 아버지 곁엔 항상 하나님이 존재하시니까요! 그런데 정말 그 생포된 무장공비였던 김신조가 목사님이 되신 거예요?

유리 (핸드폰을 꺼내 검색하면서) 맞네요. 그 김신조는 전향하여 귀순했고, 현재 서울 신길동 성락교회에서 목회를 하고 있는 목사님이시네요 와, 대박.

영신교수 지금도 생각나는데 그때 내가 그 친구네 집으로 놀러가지 않고 헤어지고 뭐하고 다녔는지 아니?

선혜 재미없는 얘기면 하지 마시고요 우리 그냥 현실적인 얘기나 하시죠? (유리에게) 그래, 너희들 웨딩드레스는 골랐어?

음악.

제 24 부

감사의 조건

#1. 우영신 교수의 연구실

우 교수, 테이블 앞에 서서 수화기를 들고 통화를 한다. 창문 너머로 연산홍, 철쭉꽃이 만개해 있고 그 사이로 젊은 대학생들이 느릿한 걸음으로 오가고 있는 모습이 보인다.

영신교수 수고했어! 먼저 심심한 조의를 표하고…! 그런데 왜 한 사나흘 더 쉬었다 오라니까 벌써 출근을 한 거야? 뭐라구 그랬어? 암튼 알았네. 그럼 오후에 내 방에 잠깐 들렀다가! 알았지? (수화기를 내려놓고 멍하니 창밖을 바라보고 서 있다)

조교 (소리) 공동 연구과제 제출이 얼마 남지 않았습니다. 그런데 아버지 돌아가시기 전에 간병한다고 일주일 넘게 쉬었고 또 상 치르느라고 나흘을 보냈는데 더 이상 쉴 수가 있어야지요. 연구팀 동료 캔디데이트들에게 미안해서.

영신교수 (소리) 그래, 어머님은 어떠신가? 충격이 크셨을 텐데…

조교 (소리) 그렇지도 않아요. 아버님 병고가 워낙 오래돼나서…

속은 어떠신지 모르겠지만 겉으로는 되려 편하신 듯 보였어요!

영신교수 (소리) 그러실 수도 있지! 참 자네 집안도 모두 크리스천인가? 장례식 때 가보니까 교회에서들 많이 문상들 오셨던데…

조교 (소리) 네, 어머니께서는 모태신앙이셨는데 아버지께서는 어머니와 결혼하신 후로 교회에 나가시게 된 것 같습니다. 어릴 때 제 기억으로는 저희 집안에서 종교문제로 갈등이 심했던 것 같아요. 매년 제사 때마다 큰댁 어른들과 아버님이 많이 싸우셨어요! 그런데 교수님! 왜 교회에 다니시는 분들은 초상집에서 부모 시신을 앞에 두고 감사하다는 기도를 하는지 모르겠습니다.

영신교수 (소리) 글쎄… 뭐 여러 가지 의미가 있긴 해도 사람마다…?

#2. 목동 꼬방동네

누구의 지붕인지 구분이 되지 않는 지붕이 다닥다닥 붙은 목동 꼬방동네. 고등학생 영신이가 한 하꼬방 집 마당에 서 있는 모습이 보인다. 그리고 하꼬방집 작은 마루에 술 취한 중년 남자가 술병을 옆에 두고 영신이를 바라보며 주절대고 있다. 영신이 손에는 전도지가 쥐어져 있고…

중년남 (약간 술에 취한 듯) 뭐야, 너 누구야? 무슨 볼일이 있어 온 거야?

영신 저… 그게 아니고요. 저는 저 언덕에 있는 대성고등학교

학생인데요, 아저씨 예수 믿고 구원 받으시라고 전도하러
왔습니다.

중년남 뭐라고, 예수 믿고 뭐 받으라구?

영신 구원 받으시라구요!

중년남 왜 하필 구원이냐? 십원도 아니구!

영신 그런 말씀이 아니구요. 아저씨 교회에 안 나가시면 교회에
나가셔서 예수님을 믿으시면 좋겠다는 말씀입니다.

중년남 뭐가 좋은데? 아니 누가 좋은데… 니가? 아니면 내가?

영신 서로 다 좋은 거지요. 아저씨는 구원을 받으실 수 있으니까
좋으신 거고, 저는 아저씨를 전도했으니까 좋은 거구요!

중년남 글쎄, 이눔아. 난 내한테 구원이든 십 원이든 돈을 얻을 수
있으니까 좋다마는 넌 좋을 게 뭐 있느냐는 거야? 내 말은!

영신 아니, 제 말씀은 그게 아니구요!

중년남 너 어른이 말하는데 자꾸 어른 말을 끊고서 말 새치기할
거야?

영신 아닙니다.

중년남 그럼 짜샤 어른이 하는 말에 다른 토를 달지 말고 묻는 말
에 명확한 대답을 해보라는 거야, 짜샤.

영신 네, 알겠습니다. 잘못했습니다!

중년남 잘못했어? 그럼 말해봐라. 내가 교횔 나가면 너한테는 무
슨 이익이 생겨서 좋으냐 이 말이야! 나한테는 구원이라
는 째째한 돈이라도 생겨난다고 하니까 암튼 좋은 거라지
만! 넌 교회에서 뭐라도 받아 처먹는 어떤 수당 같은 거라
도 있는 거냐? 그래서 너한테도 좋은 거라 이 말이야?

영신 (잠시 침묵하다가) 제가 드리는 말씀은요! 돈을 말하는 것이
아니구요. 죄 사함을 받아서 천국에 갈 수 있는 자격을 말

하는 겁니다. 그것을 기독교에서는 구원을 받는다고 하거든요!

중년남 아하, 그러니까 지금 네놈은 내한테 돈을 준다는 것이 아니고 니네 종교를 설법하는 거로구먼.

영신 네! 아니, 설법이라구요? 아니 그게 아니구요, 네… 맞아요!

중년남 에끼 이눔아! 너 저기 저 똥통학교 깡패들이나 다니는 대성인지 뭔지 하는 학교에 다니는 학생이라면서? 그런데 이놈아 학생이면 학생답게 공부나 할 내기지 뭐할려구 남의 집을 기웃거리며 땡중처럼 구원인지 뭔지 돈을 미끼삼아 설법을 하러 다니는 거냐? 너 쪼만한 녀석이 벌써부터 뭐에 씌인 거냐? 아니면 꼬인 거냐? 썩 내 앞에서 꺼지거라 이눔아!

영신 그게 아니라니까요!

중년남 요놈이 아까부터 자꾸 말끝마다 그게 아니라구요 그게 아니라니까요 하믐서 자꾸 어른 말을 새끼 꼬듯 꼬네…! 너 오늘 임자 만나볼 꺼여?

영신 아, 글쎄 그런 게 아니라니까요!

중년남 또 그게 아니라네! 짜샤 나도 안다 알어 임마! 내 이 나이 먹도록 니놈이 말하는 구원이 뭔 말이며 또 교회에 다니면서 예수 믿고 죄 사함을 받으라는 것이 뭔 말인지 모를 것 같으냐?

영신 아저씨, 잘 아시네요!

중년남 하, 이 노모새끼 땜에 술이 확 깨네 그려! 좋다. 그럼 말여, 너 내가 하는 말에 확실하게 답을 해봐라! 알겠냐?

영신 뭔데요?

중년남 어째서 너같이 교회 다니는 놈들은 자기 부모 제사도 지낼 줄 모르고 아니지 숫제 안 지내지! 그리고 또 전에 어디서 보니까 주지목산가 뭔가 하는 놈이 남의 초상집에 와설랑 죽은 그 댁 부모 시신 앞에서 기도를 하는데, 첫 마디가 하나님 아버지 감사합니다라고 하데. 이런 싸가지하고는⋯ 그거이 주지목사가 한 말이냐? 그게 죽어 성불된 시신을 앞에 두고 할 말인겨? 너 어디 대답해 보거라! 왜 죽은 부모 시신 앞에서 감사한지를⋯

음악.

#3. 우영신 교수의 연구실

영신교수 (창밖의 활짝 핀 연산홍을 바라보며 깊은 생각에 잠기듯) 왜? 죽은 부모 시신 앞에서 감사한지를⋯ 왜? 부모 시신을 앞에 두고 감사하다는 기도를 하는지 모르겠습니다.(에코)⋯ 그때 나는 눈 오는 추운 겨울 날 교회 드럼통 속에서 울부짖으며 기도하던 내 바람을 기적같이 이루어주신 하나님 아버지 은혜에 감사하여 나 혼자서 이런 약속을 하나님께 드렸지! 새벽마다 신문배달을 마치고 가장 먼저 교회로 가서 기도를 드리고 난 후 교회 입구에 놓인 〈박군의 마음〉이라는 전도지를 삼십 장씩 가지고 가서 학교 끝나고 귀가하는 중에 학교 앞 목동에서부터 우리 집이 있는 성남동까지 매일 열 가호 이상씩 집을 방문하여 축호전도를 해야겠다고 말이야. 그것이 그때 그 어린 마음에는 하나님의 은혜를 보답하는 길이라고 생각을 했던 거야. 그런데 그 처음 축호전도로 들어간 집에서 왜? 죽은 부모 시신 앞에서 감사한지를… 말하라는 그 술 취한 아저씨의 질문에 어린 나로서는 명쾌한 답변을 할 수가 없었어. 그래서 그 주일날 나는 평소 나를 사랑해주시던 강 전도사님에게 찾아가서 그 술 취한 아저씨가 내게 물은 그 질문을 어떻게 설명해야 하는지를 물어보았지!

음악.

#4. 교회 사무실

연통 난로 위에 올려놓은 큼지막한 노란 주전자에 물이 끓고 있다. 창문 밖으로 보이는 교회 옆집 처마지붕에서 빗물이 떨어진다. 난로 앞에서 사기컵에 담긴 보리차를 두 손으로 감싸쥐고 의자에 앉아있는 고등학생 영신, 그리고 맞은편 책상에 앉아 전화를 받고 있는 강 전도사(진희).

진희   (전화) 집사님. 그래 어떻게 결정하셨는데요? 뭐라구요! 싸워요? 누가요… 설마 홍철이가요? 에이 그러면 안 되는데… 아무리 믿지 않는 동서가 막말을 한다고 해도 우린 교회에 다니는 신자로서 무조건 참아야 해요. 그러믄요. 우선은 덕이 안 되잖아요. 홍철이한테 잘 타일러 주세요. 저도 주일날 교회에 오면 홍철이한테 잘 설득해볼 테니까요. 네? 물론 안 되지요. 그냥 외면하시거나 피하지만 마시고 제삿날 꼭 큰댁으로 가서서 일손을 도우세요. 그리고 제사상 앞에서 절대 절하지는 마시고 차분하게 왜 우리는 신앙인으로서 제사에 참여할 수 없는지를 잘 말씀드리세요. 그리고 아마 모르긴 몰라도 집사님 큰댁에서도 꼭 제사 때문만은 아닐 거 같아요. 그렇지요! 그럴 거예요. 암튼 묵은 감정 다 털어내시고 무조건 용서를 구하시면서 화해를 하시는 것이 좋을 듯싶네요. 네… 속상하시겠지만 어떡해요. 옳고 그름을 따지기에 앞서서 믿음의 본을 보여주는 것이 우리의 본분인 걸요. 네 그럼 집사님 힘내시고요. 꼭 승리하시길 기도할게요. 네 집사님 그럼 끊습니다. (영신에게) 미안하다 영신아! 너무 오래 통화했지? 금 집사님네…

영신   문방구점 하시는 홍철이 형네요?

진희   그래 집안 제사 문제 때문에 어려움이 많은가봐! 암튼 그건 그렇고 그래 그 술에 취하신 영감님이 무어라 했다고? 왜? 기독교인들은 죽은 자기 부모 시신 앞에서 감사기도를 하느냐고?

영신   네!

진희   그래 너는 뭐라고 대답을 했니?

영신   글쎄 뭐라고 딱히 말해야 좋을지 모르겠더라구요. 처음엔 에이 그럴 리가 있느냐고 할까 하다가 전에 저도 어디선가 그런 기도를 들은 적이 있었거든요. 그래서 그때 저도 이상하게 생각한 적이 있었기 때문에 어떡해요 그냥 솔직히 말하는 것이 좋을 듯싶어서 그 아저씨한테 저는 아직 어리고 많이 배우질 못해서 말씀드리기가 어려우니까 다음에 그 이치를 알아와서 말씀드리면 안 될까요? 하구선 바로 나왔지요! 정말 쪽팔리더라구요!

진희   호호호! 쪽이 팔려?

영신   네! 얼굴이 화끈거리고 또… 부끄러워서 도망치다시피 하고 나왔어요!

진희   와! 그래도 영신이 대단한데! 그리고 어떻게 축호전도를 할 생각을 했을까?

영신   축호전도가 뭔데요?

진희   네가 하고 다니는 전도. 집집마다 다니면서 전도하는 거 말야!

영신   네… 하나님 은혜가 너무 감사하잖아요! 어른들 노름하시던 곳에서 동정 받아 그분들을 통해서 제가 학교에 입학할 수 있었다는 것이 너무 감사해서 아버지 하나님의 은혜를 갚아야겠다는 생각을 했던 거죠! 제가 고등학교를 졸업할 때까지 매일 하루 열 집씩을 들려서 전도를 하면 학교 앞에서 저희 동네까지 모두 전도를 할 수 있을 거라고 생각을 했던 거예요!

진희   암튼 넌 정말 대단하다. 어린 나이에 벌써 하나님 은혜를 깨닫고 그 은혜를 갚아야 한다고 결심을 했다는 것이…

잔잔한 음악.

#5. 시골 자그마한 예배당

매미소리 울려 퍼지고 녹음 진 숲 속에 둘러싸인 예배당 안에서 풍금소리에 맞춘 아이들의 노랫소리가 창문 너머로 들려온다.

아이들의 노래   흰구름 뭉게뭉게 피는 하늘에 아침해 명랑하게 솟아오

른다

손에 손 마주잡은 우리 어린이 발걸음 가벼웁게 찾아 가는 길

즐거운 여름학교 하나님의 집 아-아 진리의 성경말씀 배우러 가자

매아미 매암 매암 숲에서 울고… (노래 F.O)

#6. 예배당 안

1950년대 말 그 시절, 시골 어린아이들이 옹기종기 모여 앉아 진희 (강 전도사)가 치는 풍금 반주에 맞추어 노래를 부른다. 서로 장난을 치면서.

진희   참말로 잘 불렀어요. (풍금에서 일어나 나오며) 오늘부터 무슨 날이지요?

아이들   여름성경학교요!

진희   네 그래요. 여름성경학교 시작하는 날이에요! 학교에서는 지난주에 방학을 했고 우리 예배당에서는 아주 재밌고 즐거운 여름성경학곤대요. 어린이 여러분, 기뻐요? 안 기뻐요?

아이들   (다같이) 기뻐요!

진희   정말 즐겁지요?

아이들   (다같이) 네!

진희   선생님도 아주 즐겁고 기뻐요. 이번 우리 예배당에서 시작

하는 여름성경학교에서는요… 재밌는 율동과 새 노래 배우기, 또 즐거운 오락시간이 있구요. 그리고 성경이야기 그림과 융판에다 그림을 부쳐서 이야기 해주는 세계 명작 동화시간이 있어요. 그뿐 아니라 매일 밤에는요 재밌고 감동적인 영화 보는 시간도 마련했어요. 어때요? 여러분!

아이들   (다같이 손뼉을 치면서) 와! 신난다.

진희   그럼 이 시간에는요 김호진 선생님께서 나오셔서 어린이 여러분들이 아주 좋아하는 세계명작 동화를 융판에다 그림을 붙여가면서 아주 재밌게 들려주실 거예요! 이번 여름성경학교 시간에 아마 제일 재미있는 프로그램 중에 하나일 거예요! 자, 선생님 나오실 때 다 같이 박수!

아이들   와! (환호하며 박수를 친다)

#7. 예배당 앞마당

빡빡머리, 단발머리, 찢어진 넌닝구에 검정색 무명바지, 빛바랜 무늬셔츠에 무명치마 그리고 검정고무신 등 개구쟁이 남녀아이들이 성경학교를 끝내고 우르르 몰려나온다. 이때 아이들의 뒤를 따라 진희와 고등학생쯤 보이는 호진 학생이 나온다.

진희   (아이들을 향해 소리친다) 그만해. 그러다 다쳐! 오늘 저녁 예배당에 몇 시까지 와야 한다고?

아이들   일곱 시요!

진희   저녁밥은 꼭 먹고 와야 해. 영화 끝나면 밤 아홉 시쯤 될 테니까! 그리고 밭일 하기 싫다고 집에 안 가고 예배당에만 있으면 부모님들이 싫어하셔! 모두 알았지? 예배당은 여섯 시 넘어서 문을 열 거야!

아이들 예!

아이1 선생님 오늘 저녁에 할머니랑 같이 와도 돼요? 우리 할머니도 영화 보고 싶데요!

진희 그럼! 오늘 밤에 볼 영화는 아주 재밌으니까 너희들만 말고 누구라도 와서 보시라고 해! 그런데 술 드시고 오시면 안 된다고 해! 알았지?

아이들 예!

이때 예배당 옆 나무그늘에서 진희의 남동생 진수가 서 있다.

진희 진수야 여긴 웬일이야?

진수 예배당은 다 끝난 거야?

진희 응. 청소하고 뒷정리만 하면 되는데 왜? 집에 무슨 일 있어?

진수 엄마가 읍내에 볼 일 있다고 빨랑 누나를 데리고 오라고 해서…!

진희 엄마가?

호진학생 강 선생님! 예배당 청소랑 뒷정리는 제가 할 테니까 얼릉 가보세요!

진수 고맙다 호진아!

진희 호진선생 그럼 부탁해! 고마워. (진수에게) 무슨 일인데 그래?

진수 몰라! 빨랑 가봐!

#8. 읍내다방

'단장의 미아리 고개' 가요가 지직대는 다방 한 구석에 진희와 어머니 그리고 맞은 편에 20대 후반의 성진이와 성진 모가 마주 앉아있다.

진희모   아이구 멀리서 오시느라 고생 많으셨겠네유? 차라리 바깥 양반하고 지들이 그 짝(쪽)으로 갈 걸 그랬나 봐유!

성진모   (진희를 연신 쳐다보면서) 괜찮아유! 멀기는요 아 내 집에 새 식구를 들이는 일인데 이 정도 수고는 해야 안겄시유 호 호호!

진희모   짜치 옷감 팔러 다니는 인천댁한테서 들은 그대로구면유. 아드님 인물이 아주 훤한 게 귀티가 나는구먼유. 키도 훤 칠하구유!

성진모   호호호! 말씀만이라도 고맙네유. 그리 봐주시니… 하기사 인물하면 우덜 동네 인근에서는 모두 야를 최무룡이라고 들 하드만유 호호호! 댁의 따님도 아주 얌전해보이고 선 생님이라고 하더만 선생님 테가 나누만유!

진희   (화들짝 어머니를 쳐다본다)

성진모   (진희에게) 그래 샥씨는 어느 핵교 선생님인감? 국민핵교? 아님 중핵교?

진희모   (약간 당황하며) 인천댁이 그러던감유?… 저 야는 그런 학교 가 아니구유 주일핵교라고 즈그 동네에 있는 쬐그만…

성진모   (말을 가로채며) 호호호! 그럼 저 뭐시냐!… 상록수에 나오는 그런 야학 같은 농촌핵굔가 보네!

진희모   (자리에서 일어나며) 저 그나저나 예까지 오실라면 일찍 걸음 을 하시느라 요기도 제대로 못하셨을 텐데 우리는 조기 앞에 있는 중화루라고 짜장면을 아주 맛있게 하는 집이 있는 디 그리로 가서서 우리끼리 먼저 요기나 하심 어떨까유? 이 사람들은 자기네끼리 말 좀 나누다가 쟈가 그 중국집을 아니게 그리로 같이 오라고들 하구요!

성진모 짜장면이라구유? 호호 그런까유 그럼! (성진에게) 너 아직꺼정 배는 안 고프제? 허기사 저렇게 예쁜 선생님 샥씨랑 맞선 보는데 배고플 리가 있겠어! 호호 그럼 일날까유? (진희가 일어서고 두 여인들 다방 밖으로 나간다)

진희와 성진. 잠시 침묵.

성진 죄송합니다. 저희 어머니가 조금 수다스런 편이라서…

진희 아니에요.

성진 그런데 방금 전에 말씀하신 학교가 어느 학교라고 하셨지유? 주일학교라 했남유? 그럼 그 학교는 사립인가유 아님 공립인가유?

진희 (얼굴이 빨개지며) 저… 그런 학교가 아니구요 예배당에서 아이들을 가르치는…

성진 (와락 놀라며) 뭐라구유? 예배당이라구유? 그라면 거 예수 믿는…?

진희 네 그런데 왜 그리 놀라시는 건데유?

성진 아… 아닙니다! (잠시 머뭇하다가) 저… 예배당에 다니는 사람들은 자기 집안 조상들에게 제사를 안 지낸다고 하던데 그것이 사실입니까?

진희 (고개를 들고 성진을 바라보다가) 아니에요. 제사는 드리지요. 하지만 제사 드리는 방식이 좀 달라요. 일반 가정에서 드리는 유교적인 제사방법이 아니구요. 추도식이라고 해서 음식은 만들어서 가족들끼리 예배를 드리고 나서 나누어서 먹지만 음식상을 앞에 두고 절을 하거나 향불을 피우지는 않아요.

성진 (약간 심각한 표정으로) 지들 집은 종가집이라서 5대조 조상들 제사는 물론이고 지금도 예전처럼 부모 돌아가시면 시묘살이꺼정 하는 집안이라서… 저의 아버지도 그러셨거든유 저희 조부께서 돌아가셨을 때…

진희 (깜짝 놀라 성진을 바라본다) 네에?

음악.

#9. 진희네 집 마당

밤늦은 시간 매미소리 들리고 마당 한가운데 모닥불을 피운 채 진수와 아버지가 평상에 앉아 부채질을 하며 모기를 쫓고 있다. 이때 부엌에서 진수모 옥수수를 한 바가지 들고 다가온다.

진희부 (진희 모에게) 그래 임자가 보기에 그 선본 남자 놈 인상이 어뗘?

진희모 아, 인물이야 훤한 게 그네들 사는 동리에서는 모다 최무룡이라고 부른다니까 좋지요. 허우대도 멀쩡한 기 기생오라비처럼 생겼드만유. 또 사는 것도 그쪽 읍내서 자전거포를 한다나 어쩐다나 제법 사는 모양 같은디…

진희부 뭐여? 자전거포! 아니 그럼 기름밥 먹는 놈이잖여?

진희모　아니래유. 내도 첨엔 그런 건가 했드만 그런 자전거 고치는 데가 아니구 신식 자전거를 갖다 파는… 거 뭐시냐 그려 자전거 상회라고 합디다. 파는 자전거가 수백 대가 넘고!

진수　그럼 엄청 부잔데…!

진희부　그려? 그럼 뭐 더 두고 볼 것도 없구먼 그려! 진희년 나이도 있고 허니 그 댁에서 좋다고만 허면 어서 서둘러 혼삿날을 잡아야지! 참 신랑 될 놈 핵교는 어디꺼정 다녔데?

진희모　뭐 오년제 중핵굔가 뭔가 하는 델 다녔다는데 지가 공부에 취미가 없대서 대학꺼정은 안 간 모양입디다. 그거면 됐잖유?

진희부　우덜한테는 딱 맞는 신랑감이구먼 그려. 신랑놈이 더 많이 배웠대두 밖에서나 써먹지 안에서는 크게 도움이 안 되는 게 학벌인겨! 그라구 많이 배움 우덜 애는 중졸이니께 어디 놈이 쳐다나 보겠어? 잘된 일이구먼. 그럼 더 생각하구 자시구 할 것 없이 그 인천댁한테 기별혀서 날 잡아 오라구 혀봐! 아닌가? 날일랑 남자 사돈들끼리 만나 정해야 허는 건가? 내 낼 식전에 찬이네 집에 가서 물어봐야 쓰겠다!

진수　아버지! 누나 의견도 안 물어보시고 그렇게 막 밀어붙이면 어떡해유! 요즘 시대는 아버지 어머니 때와 달라서 양가 집안에서 아무리 좋다고 해도 당사자들끼리 맘에 없으면 혼인이 성사되지 않는 시대라든데…

진수부　인석아 니 누나도 마다할 이유가 없는 자리잖여! 인물 좋겄다. 집안 탄탄하겄다. 더구나 오년제라니까 고등핵교는 나온 거니께 학벌도 그만 하면 됐고 뭐가 문제여? 허기사 우덜 때는 첫날밤에 신랑신부가 첫대면을 했으니께…! 나도 니 엄마랑 그랬어! 인석아! 허허허 세상 참!

이때 진희가 들어온다.

진희모 진희냐? 왜 이렇게 늦은겨? 거 예배당에도 일찍 일찍 댕기면 어디가 덧나냐?

진희 엄마도! 여름성경학교라고 했잖어요.

진희부 밥은 먹고 댕기는 겨?

진희 예! 예배당서 집사님들이랑 모두 같이 먹었어유!

진희부 그럼 땀나니께 얼릉 뒤꼍에 가서 물 좀 끼얹고 이리로 좀 와! 너 오늘 선봤다며? 이북서 사는 총각놈하고…!

진수 (놀라며) 네에? 이북이요?

진희부 북쪽 이북 말고 사는 동네 이름이 이북이여! 태안군 이북면!

음악.

#10. 교회 사무실

창 밖에 장대 같은 봄 비가 주룩주룩 내린다. 영신이와 강 전도사, 난로가 앞에서 보리차를 마시며 이야기를 나눈다.

영신 전도사님 그래서 그분하고 결혼을 하신 거예요?

진희 응! (일어나 창문 쪽으로 다가 가서 물끄러미 창 밖을 바라보다가) 그 때까지만 해도 내 인생은 참 화목했었거든. 아버지 어머니 내 남동생 이렇게 네 식구가 아주 넉넉하지는 않았지만 굶는 일은 없을 정도로 시골이지만 그런대로 잘 살았어!… 그런데 그 이북이라는 동네로 시집을 가서는…

영신 어떻게 전도사님 같이 신앙이 좋으신 분이 5대조 조상의 제사를 모신다는 그런 종가 댁으로 시집을 가실 생각을 하셨어요?

진희 그것이 잘못된 거지! 그때 내 판단으로는 그 집으로 시집을 가는 것이 내 친정 부모님께 효도하는 일이라고 생각을 했고 또 그런 집안을 내가 전도를 해서 예수 믿게 한다면 하나님께 얼마나 큰 영광일까 하는 생각에서 내 신앙을 스스로 시험해본 거지! 무모한 결단이었지만 말이야!

영신 그래서 어떻게 됐는데요?

진희 (잠시 침묵하며 한참을 창밖을 쳐다보다가) 말도 마라! 그것은 고난이었어! 정말 엄청난 시련이 내게 다가온 거야! 남들은 그것을 독한 시집살이라고 했지만 아니야! 시집살이하고 골고다 언덕길을 오르는 십자가의 길은 너무나 다른 거야! 처음엔 아무 것도 모르고 주일날 교회에 간다고 했다가 시어머니한테 호되게 혼이 났고 또 얼마 안 있어서 다시 조상들 제사를 거부했다가 시아버지한테 미친년 취급을 받으며 거의 반 쫓겨나다시피 내팽개쳐졌는데 그것이 미움의 도화선이 되갔고 그 집안 전체가 들고 일어나서 나를 왕따 시키면서 괴롭혔어! 나를 광 속에 가두어 놓고 몇 날 며칠을 굶기질 않나 허구한 날 무당들을 시켜서 내 몸 속에 있는 잡귀들을 몰아내야 한다고 인두불로 발바닥을 지지고 회초리로 온 몸을 때리는데 정말이지 이래 사는 것보단 죽는 것이 낫겠다 싶을 때가 한두 번이 아니었다니

까! (눈물을 흘리며 다시 창밖을 내다본다)

영신 　전도사님!

진희 　(눈물을 멈추고는) 미안하다 영신아! 갑자기 그때 그 서럽던
　　　생각이 나서 그만! 너무 내 얘기가 우울하지, 그만할까?

영신 　전 괜찮아요! 전도사님이 어떠신지…

진희 　그래 하던 이야기니까 마저 하마! (잠시 침묵하다가 긴 한숨을
　　　내쉬며) 옛날 우리나라 풍습은 왜 그렇게 모질고 부질없었
　　　는지 몰라. 사람과 사람이 만나 한평생을 해로하는 결혼인
　　　데 어떻게 생판 모르는 사람을 만나 사랑이라는 감정도 없
　　　이 그저 부모님들이 정해주신 대로 만나서 가정을 이루어
　　　야 했는지? 난 말이야! 처음 그 사람을 만났을 때부터 최
　　　무룡이니 부잣집이니 하는 말이 그다지 좋게 들리지 않았
　　　어! 나는 그때도 속으로 기도하면서 "주님 차라리 저 인물
　　　만 못하고 저보다 형편이 어려운 집안이라도 좋으니 제가
　　　사랑할 수 있는 사람을 만나게 해주세요!"라고 기도했어!
　　　그리고 또 "제가 평생 살아야할 그 집에서는 찬송과 기도
　　　소리가 끊이지 않게 해주세요"라고 기도를 했지! 그런
　　　데…

영신 　그런데 왜 하나님은 그런 전도사님의 기도를 안 들어 주셨
　　　을까요?

진희 　모르지! 처음에는 이 혼사에 분명한 하나님의 뜻이 계실
　　　거라고만 생각했어. 그래서 그래! 순종하자 이것이 하나
　　　님께서 내게 정해주신 길이라면 가야지 하고는 별다른 내
　　　색도 없이 부모님들께서 진행하시는 대로 따라만 간 거지.
　　　그런데 이건 시집살이가 아닌 거야 십자가의 길이지! 나
　　　는 너무나 힘들고 괴로워서 언제부터 그런 생각이 들었는

지 모르지만 하나님이 정말 원망스럽더라. 그래서 처음엔 원망하는 기도로 울부짖기도 했지만 나중엔 아예 기도하는 것조차 멈추고 말았어! 오기로… 아니 큰 시험에 빠졌던 거지!

영신   그래서요?

진희   아, 정말 산 너머 산이라더니 너무나 끔찍한 일들이 연거푸 내게 몰려오는데 그냥 죽고 싶더라니까!

음악.

#11. 진희네 시댁 본가

사흘장이 서는 장터에서 조금 떨어져 있는 신작로 가에 있는 '삼천리 자전거 상회' 점포 안팎으로 신형자전거들이 꽉 들어 차있고 상점 옆에 붙은 대문 안쪽에 살림하는 본채가 있는데 마당이 널찍하니 누가 보아도 시골 면소재지에서는 꽤나 잘 사는 집이다.
이때 자전거 상회에서 심부름하며 일하는 열댓 살 소년 아이가 중절모를 쓰고 왕진가방을 든 동네 의원을 안채로 안내한다.

#12. 본채 안방

성진 부와 송 의원이 얼굴을 마주 대한 채 심상치 않은 대화를 나누고 있다.

성진부 뭐시여? 갸가 어떤 상태라고?

송의원 아 진즉 치료를 받게 했어야지, 이 사람아! 몸 상태가 말이 아니더구먼! 게다가 확실치는 않지만 약간 돌림병 증세도 있는 것 같고… 모다 조심하는 게 좋을 듯 싶네!

성진부 뭐… 뭐라고 돌림병?

송의원 돌림병 아니구서야 온몸이 그렇게 벌겋게 발진이 나겄어? 새파랗게 젊은 새댁이 팔순 노인 매냥 힘아리도 없이 자기 손으로 밥숟가락조차 들지 못하든데…

이때 방문이 열리고 성진 모가 술상을 들고 들어오며 한 마디 한다.

성진모 다 지년 팔자지 뭐 달리 할 말이 있간유? 아 애시당초 예쁜 구석이 있어야 말이지유! 그래 갓 시집온 년이 감히 어디다 대구 즈그 시애비한테 저 주일이라서 예배당엘 다녀오겠어요! 하, 참 당돌하기 이를 데 없드만유… 그라더니 지 방으로 쪼르르 달려가 처박혀갖꼬 울고불고 하더만 아 글쎄 고것이 기어이 우리 몰래 동네 교회지 예배당인지를 다녀오더라니까요! 내 참 그게 배웠다는 풍신이 할 짓인 감유?

송의원 자네도 이쟈 그만 혀! 거 술상 내왔으면 술이나 먹게 놔두잖고. 뭔 말이 그리도 많어 많긴!

성진모 오라버니도 그리 말씀하시면 안 되지유. 오라버니 동상이 얼마나 속이 터짐 이라것시유! 근데 밖에서 듣자하니 고년이 뭐가 어떻다구요?

송의원 몸 상태가 말이 아니라 혔다! 아무리 며느리가 밉다 혀두 그렇지 그리 모질게 체벌을 허면 쓰냐?

성진모 뭐… 뭐라구요? 오라버니 하시던 말씀 계속혀봐유. 갸 몸 상태가 어떻다구유?

송의원 잘 알면서 묻긴 뭘 물어? 얼마나 굶겼길래 애가 영양실조이고 또 몸은 또 왜 저리 됐어? 온 몸이 터지고 째지고 옛날 왜놈 순사들이 고문헌 것 같더라!

성진부 처남. 저 사람이 그런 게 아니여!! 무당 것들이 갸 몸속에 꿈들대는 예수귀신인가 뭔가를 쫓가낸다고 그리 헌 거여!

송의원 에이 무식한 사람들 같으니라구…! 아, 그럼 준태 자네라도 좀 말렸어야지! 저리 놔났다가 행여 뭔일이라도 생기면 워쩔 건데 며느리 미워 혹독한 시집살이 시키다 죽였다고 동네방네 소문 안 나겠어?

성진부 그럼 저 뭐시냐 갸를 퇴원시키지 말구 말이지 처남 병원서 계속 있게 허믄 어떻겠나? 그래 병 놔꿔잫꼬 우덜이 델고 갈 테니께!

송의원 그러다가 우리 병원서 조카 며눌애가 죽기라도 한다면 그 책임은 누가 질 건데?

성진모 아니 그럴 정도예유 오라버니?

송의원 암튼 그런 줄이나 알구 말여 앞으로라도 성심껏 잘혀! 잘못하면 큰일나! 그나저나 성진이 이놈은 요새 집에는 붙어 있능겨? 소문 듣자니께 고놈 노름방엘 드나든다던데…

성진모 모다 며느리 고년 때문에 사단이 난 거지 뭐래유! 아 저만 집안에 풍파 일으키지만 않았어도 아적은 신혼인께 깨 쏟아질 나이잖유. 그런데 노름방에나 나다닌다믐 고것이 누구 책임이것시유!

송의원 (잠시 침묵하다가) 이봐 준태! 아니 처남! 내 생각인데 말여 자네 며눌애 차라리 한동안 즈그 친정집에 가 있으라고 하면 워떻겄나?

성진부모 뭐… 뭐라고 즈그 친정집에?

송의원 그래야 이 담에 혹시라도 너네 책임질 일 없지 않을까 싶어서 하는 말여!

음악.

#13. 택시 안

달리는 택시 안에 힘겹게 기대 누워 차창 밖을 쳐다보는 진희. 야윈 얼굴에 눈물이 그득 고여 있다. 차창 밖의 농촌 풍경이 지나간다.

#14. 진희네 집 앞마당

택시가 주차되어 있고 진희 모와 진수가 택시 안에서 진희를 꺼내어 부축하고 집안으로 들어선다. 동네 사람들과 꼬맹이들이 구경 삼아 택시 주위에 둘러서 있다. 택시가 시동을 건다.

#15. 집 안방

진희 부, 화를 참지 못하고 술상 앞에 앉아 있다. 그리고 연거퍼 술잔을 기울인다.
밖에서 진희 모 울부짖는 소리가 들린다.

진희모	(소리) 아이고 이게 글씨 뭔 사단이냐! 진희야! 얘! 진희야, 정신 좀 차려 얼릉! 정신 좀 차려보라니께. 얘 진희야! 영감, 아 영감! 진수 아부지, 빨랑 나와 봐유. 우리 진희가 왔시유, 진희가!

#16. 진희네 집 마루

진희 부, 방문을 벌컥 열어젖히고 안에서 고함을 지른다.

진희부	아, 출가외인된 년을 뭐 할려구 델고 들어오는 거여! 어서 저년을 택시에 태워갔구 도로 돌려보내지 못혀!
진희모	아니 저 양반이 지금 미쳤나, 뭔 소릴 하는 거래유? (버럭) 아, 자기 딸년이 다 죽어가는 몸뚱이를 가지고 제 집을 찾아왔는데 시방 뭔 소리를 하는 거래유!
진희부	제 집이라니! 아니 제 집이라니? 왜 여기가 저년 집이여, 출가외인이란 말도 모르능기여? 어여 당장 내보내! 어서 저 택시에 태워갔고는 당장 지 집으로 돌려보내라구.
진수	(버럭) 아버지! 지금 왜 이래유! 지금 뭔 말씀을 하는 거래유! 지금 누나 이 꼴을 보시고두 그런 말씀이 나오능 거유?
진희부	에이 나쁜 놈오 새끼들 같으니라구! (마루에서 내려와 대문 밖에 모여든 동리사람들에게 역정을 낸다) 아! 모다 꺼지지들 못혀! 아. 모다 썩 꺼지란 말여!
진수	(뒤를 돌아보며) 아버지! 아버지!
진희모	(울부짖으며) 아이구 어메요! 시상에 이게 다 뭔 사단이다냐? 이게 다 뭔 꼬라진거 글쎄! 야! 야 아가 진희야 정신 차려

이놈오 지지배야! 응? 진희야.

진수   누나! 누나 정신 좀 차리라고! 왜 이러는 거여?

진희모   안되겠다. 진수 니놈이 누날 번쩍 안고서 방안으로 델구 들어가는 게 낫겠다. 어여!

진수, 지쳐 의식이 없는 진희를 들어 안고서 방 안으로 들어간다.

#17. 교회 사무실

여전히 창밖으로 봄비가 주룩주룩 내리는 가운데 강 전도사와 영신이가 이야기를 나누고 있다.

영신   정말 나쁜 사람들이네요! 어떻게 그럴 수가 있어요?

진희   그러게 말이다! 지금도 그때 일을 생각하면 치가 떨려! 아무리 그 사람들을 용서했다고는 하지만 신앙인이기에 앞서 나도 인간이다 보니 정말이지 그 나쁜 기억들을 잊어버릴 수가 없는 거야!

영신   그래 그 다음에는 어찌 됐는데요? 전도사님네 집에서는 그냥 가만히 있었어요?

진희   … (침묵하다가) 그때 실은 가만히 있었어야 했어! 그러면 거기서 그만 내 신세가 더 복잡해지지는 않았을 텐데… 그만! (갑자기 설움이 북받쳐 올라 흐느끼면서) 내 동생 진수가 젊은 혈기를 참지 못하구설랑… 흑흑.

#18. 삼천리 자전거 상회 안

상점 안에서 열댓 살쯤 보이는 소년과 허리가 구부정한 삼십대 구 씨가 라면을 끓여먹고 있다.

구씨   야! 요것이 뭐라구? 삼양라면? 참 맛이 희한하네 그려!

소년   지도 첨에는 우리 국수같덜 않구설랑 기냥 니끼하고 국물 에 기름끼가 둥둥 떠있어 가꼬 비우 상혀서 못 먹겄드면 유. 근데 국민핵교 동창놈들이랑 사랑방서 찌구땡 하며…

이때 진수가 잔뜩 화가 난 채 상점 문을 확 열고 들어온다.

구씨   누구래유? 지금 장사 안허는데…?

진수   (소년에게 버럭) 야! 꼬맹이 너 여기 사장 어디 갔어? 어디 갔 냐구?

소년   아 누신데 날더러 꼬맹이래유?

진수   너 죽을래? 까불지말구 어서 여기 사장놈 새끼 어딨는지 말해봐! 어서!

구씨   왜 이러는 거유? 아 뭔일인데 밑도 끝도 없이 남의 영업집 에 와설랑 사장을 찾는 거래유? 그것도 사장놈 새끼라 하 믐서…?

진수   (진열되어 있는 자전거를 발로 확 밀어 넘어뜨리면서 고함을 지른다) 정말 모두 죽고 싶어서 환장들 했냐? 죽어들 볼켜! (뒷주머 니에서 식칼을 꺼내든다)

갑자기 구씨와 소년 벌떡 일어나 뒤로 물러선다.

구씨 (덜덜 떨며) 지… 진정하세유. 왜 왜 이러유? 누… 누구, 아
니 사장놈 새끼라면 저… 큰 사장님이유? 아님 작은 사
장님이유?

진수 (악에 받친 듯) 큰 사장놈이든 작은 사장놈이든 그 새끼들 어
딨냐구 이 새끼야!

구씨 제… 제발 진정하시구유! 큰 사장놈은 저기 안채에 있을
거구… 작은 사장놈은… (힐끗 소년을 바라본다)

소년 (구씨를 쳐다보며 고개를 흔든다)

진수 (칼을 소년에게 겨누며) 어서 말 못혀? 너 꼬맹이! 나 지금 암
것두 눈에 뵈는 거시 없어 그러는디 너 말 안 하면 너두
확! 죽여버린다! 그러니까 빨랑 말하란 말야, 이 새끼야!

소년 (덜덜 떨며) 저… 내… 냄비집에 있시유! 작은 사장놈… 아니
작은 사장님요!

진수 뭐? 냄비집? 양은솥 파는 델 말하는 기여? 아님, 거기가 뭐
하는 덴데? 어서 말 못해?

구씨 (갑자기 태도를 바꾸면서) 아 시벌! 냄비집이 냄비집이지 뭔 양
은솥이여! 미국서 왔남…?

진수 뭐여? 너 시방 뭐라 한 기여?

구씨 (당당하게) 이봐! 말 좀 올리지! 내 보기엔 내보다 한참 어
린 거 같은데 그럼 쓰겄냐? 사장놈들한테 뭔 서운한 거시
있는 거 같은디 그건 우덜도 마찬가지여야! 맴보가 드러
운 놈들잉께! 그런데 지금 야 하고 나한테는 자네가 칼부
림할 아무런 이유가 없는 거 같은디 거 말로 하면 안 되겠
냐? (라면 냄비를 옮기며) 아, 다 불어 터져버렸네 그려! 이게
얼마짜리 국순데…

진수 그러니께 당신들 말고 그 작은 사장인가 뭔가 하는 놈이

있는 냄비집이 어딘지 말해보란 말여!

구씨 (소년에게) 야야! 저 사람 델구 나가서 그 냄비집에 데려다 주고 와라! 지금쯤 화투짝에 미쳐 갖구설랑 열 좆나게 올리고 있을 테니께! 내 그동안 이거 데펴놓고 있을 꺼니께!

소년 겁먹은 채 앞으로 나온다.

진수 고맙소! (소년과 함께 나간다)

구씨 (넘어진 자전거들을 일으켜 세우면서 궁시렁댄다) 아 씨벌! 자전거에 기스 많이 났겄네 그려! 뭐 저런 거지같은 놈이 다 있어? (갑자기) 그려 맞다! 저놈 그 불쌍한 새댁아씨 동생놈 아녀? 그러네! 이거 난리 났구먼 난리 났어!

음악.

#19. 색주집 안방

노름꾼들 다섯 명이 화투를 치고 있다. 오야인 장 씨가 패 1장을 내려놓고, 3장을 뒤집어 놓는다.

장씨 모다 들었어? 조봉암이가 김일성이랑 내통을 하고설랑 남한 정부를 전복시킬 양으로 엄청난 정치자금을 받았다느만.

김씨 거 이승만이가 진보당 때려잡을라고… 내는 1이여! 조작한 거 아니여?

공씨 내는 3. 그럴 수도 있지라. 조봉암이가 216만 표를 얻었응께 이승만이가 엄청나게 쫄았을 거 아녀, 이승만의 500만 표 절반이나 됐응께 아, 안 그러겄서?

성진 시부럴 난 2여! 이승만이고 조봉암이고 난 이자는 그딴 것들 귀에 들어오질 않능구먼. 장 씨! 어여 패나 돌려! 가게 날아갈 판국인디 지금 나라 걱정할 때여!

장씨 어여 판돈부터 걸어야! 자 내부터. (삼만 환 지폐를 내민다)

김씨 초장부텀 삼만 환이라! 큰판 키우자 이 말이지? 좋아 어디 해보자이! 받고 2만환 얹어서 여기 5만 환!

공씨 오메메! 낼랑은 조봉암한테서 삥땅 쳐 가져온 7만 환일세!

성진 (약간 떨리는 손으로) 하! 모다 좆주머니 두둑하다 이 말이렸다. 좋지 나두 받고 옛다 십만 환이다.

장씨 오늘 끗발 좆 되면 난중에 이자 겁나게 올려 불 텐께. 거 초장부터 힘 쓰덜 말고 힘들 좀 빼라잉!

성진 덕담 말고 어서 모다 까봐! 시펄… 죽기 살기니께!

모두 자기 패를 까보인다.

김씨 좆까구 1 1 4 5 9 - 145 짓고 망통 공가 네놈은 뭐여?

공씨 씨부럴 내도 3 3 7 8 9 - 389 짓고 망통? 에잇 뭐야, 초장부터 재수 떼가리 없이.

장씨 하이고 부처님 조상님 증말 오랜만이구나. 나는 2 4 4 6 6 - 244 짓고 6땡 카! 이거 정말! 모다 괜찮겄어?

성진 거 손목아지들 뿌러질지도 모르니께 모두 스토푸들 하거라…! 5 7 8 10 10 - 578 짓고 장땡이로다 으랏랏차! (두 주먹을 높이 들어보이고는 판돈을 쓸어 간다)

김씨,공씨 뭐야, 첫 개시부터 옴붙어 뼈렀네!

이때 방문을 부수다시피 열어제끼며 진수가 신발을 신은 채 방으로 들어온다. 일동 모두 다 놀란다.

진수 (두리번거리다가 성진에게 달려들어 멱살을 움켜잡는다) 너 이 개놈 오쎄끼 이리 나와! 안 나와?

성진 뭐… 뭐여? 이놈새끼 너 누구여? 아니 너 진수 처남 아녀? 가… 가만 있어봐라. 이 손 좀 놔! 이것부텀 좀 챙기고. (앞에 놓인 판돈을 움켜 담는다)

진수 (부엌칼 손잡이로 머리를 내리 찍으며) 이런 금수만도 못한 새끼! 너 오늘 나한테 좀 죽어봐라 이 개새끼야!

성진 (한 손으로 머리를 쥐고 다른 손으로 돈을 움켜쥐면서) 너… 이놈. 매형한테 이게 무슨 짓이여. 아이고 머리야 어메 피, 피, 아녀? 이런 나쁜 새끼! (돈을 주머니에 쑤셔넣으며 일어선다)

진수 (성진이를 문으로 끌고 나가며) 매형? 이 개놈오 새끼가 뭐 매형이라고? 나와 이 개새끼야. 너 오늘 내 손에 죽어봐라. 이 좆같은 새끼야!

성진 너 이 손을 놓질 못혀! (다른 노름꾼들을 향해) 모다 내… 내 돈 내 돈을 건들지 말고 그대로 있어! 알겠냐? 진수… 이 이놈아 너 시방 왜 그러능겨? 응? 아이구 목이야!

#20. 색주집 앞 거리

진수, 성진이를 내동댕이치고 손에 쥔 부엌칼을 내민다. 성진, 자지러지게 소리 지른다.

성진 아이구, 이놈이 사람 죽이네! 너 진수 이놈 아니 처남 이놈 너 왜 이러는겨? 앙!

진수 뭐라구 이 새끼야? 그래 우리 누날 그렇게 구박혀서 다 죽게 해놓구설랑 병들어 죽게 되니께 일언반구도 없이 친정집으로 내 쫓아버리는 네놈 집구석이 그래 사람 놈들이더냐? 다 죽여 버리겠어! 어차피 니놈 집구석일랑 끝장 났으니께 다 죽여 버리겠어!

성진 (내동댕이진 채 쓰러져서) 뭐라구? 야 이놈아, 애시당초 니 누나년이 뭔짓거릴 혀서 그리됐는지 몰라 그러는겨? 그만하길 다행인줄 알어 이 새끼야! 얻다대구설랑!

진수 (분노에 치를 떨며) 야! 이 개새끼야. (달려들어 칼로 내리찌른다)

성진 (옆으로 피하며) 사… 살려줘! 그… 그만 하라고. 그래! 내 내가 잘못했다 처남!

진수 야! 이 나쁜 놈아. (다시 칼로 성진이 허벅지를 찌른다)

성진 아이고 어머니 아버지 나 죽소! 아이고 나 죽네.

이때 노름꾼들과 소년이 진수에게 달려들어 손에 쥔 칼을 빼앗고 허리를 휘어잡고 같이 쓰러진다. 이때 성진 부와 성진 모 소리를 지르며 달려온다. 지나가는 행인들이 몰려든다.

성진모 동네 사람들이여 모다 빨랑들 나오소! 이 강도 같은 놈이 우리 아들을 죽이네 그려! 동네 사람들이여 빨랑들 나와봐유! 아이고 우리 아들 죽네 그려 성진아! 성진아!

이때 호각을 불며 순경 두 명이 구씨와 함께 뛰어오고 진수 바닥에 드러누워 소리 내어 운다.

성진 아이고 나 죽네 나 죽어! 빨랑들 나 좀 살려주랑께!

강한 음악.

#21. 경찰서 구치소

구치소 철장 안에서 분노로 떨면서 웅크리고 앉아 있는 진수, 그리고 철장 밖에서 말을 건네는 진희 부, 뒤쪽 책상에 감시하는 경찰관.

진희부 아이고 이 부질없는 놈아! 어쩨 그리 생각이 없능겨! 너 그러고도 공무원시험을 칠 수가 있을 거 같냐?

진수 그만 가셔유 아버지! 제발 나 혼자 좀 있게 그만 가시라니까요!

진희부 (버럭) 내가 가긴 어딜 가 이 망할놈오 새끼야! 그래 배웠다는 놈이 이 지경으로 사단을 내? 잘 헌다. 이렇게 집안 말어 처먹으니 좋디? 좋아?

진수 집안 말아먹긴 누가 집안 말아먹는다고 그래요? 그놈 집 구석이 누나한테 한 짓을 생각하면 지금도 분이 안 풀리구만…!

진희부 야 이놈아, 아직도 머리가 안 돌아가드냐? 지금 저놈 집구석에서 널 살인죄로 고소를 했어! 이눔아, 살인죄로!

진수 고소를 하든 말든 맘대로 하라구들 해요! 지놈들이 한 짓은 하늘이 알구 땅이 아는께!

진희부 이눔아, 지금 니눔이 그런 심통 부릴 때가 아녀 이눔아! 저 놈오 집구석에서 우덜한테 어찌 했는지나 아냐? 우덜한테 뭔 변호산지 뭔지한테 시켜가꼬 내용증명을 보내 왔는 디 말여, 네가 그 난리치는 바람에 잃어버린 지 돈이 자그 만치 팔십만 환이나 되고 니가 자전거방에서 부셔버린 자 전거가 스물두 대나 돼서 그 돈이 오십팔만 환, 그리고 지 육개월치 병원 입원치료비 이백만 환을 더해 그 나쁜 놈이 글쎄 즈그 부모들 놀래 생긴 병 치료비꺼정 몽땅 다 달라 는데 모두 합쳐서 자그만치 오백만 환이 넘는 돈을 배상해 달라는 거여! 저 썩을 놈이! 안 그러면 널 살인죄 고소를 취하할 생각이 눈꼽만치도 없다는디 어쩔 꺼냐 이눔아! 워디 그뿐인 줄 알어. 아는 사람 시켜서 스산경찰서에 있 는 높은 분한테 물어보니께 청구한 돈 배상으로 합의를 해 줘도 칼로 상해한 죄가 남아 있어 형사상 입건될 수도 있 으니께 빨랑 변호살 사가꼬 준비하라고 하는데 그 돈이 또 오십만 환잉겨! 이자 워쩔꺼냐? 우리 논떼기 밭떼기 몽땅 팔아도 그런 돈이 안 나와 이눔아! 그러니 워쩔 꺼냐고!

진수 (몸을 부르르 떨면서) 이런 나쁜 놈오 개새끼 아예 죽여버릴 꺼야!

이때 책상에 앉아있던 경찰관이 일어나 구치소 철장을 방망이로 두 들겨 댄다.

경찰관 말 조심혀 이 사람아! 아무리 빈 말이라 혀도 남 죽여버린 다고 하는 말은 다 기록혀야 혀! (진희 부에게) 아저씨도 이자 그만 가시야겠네요! 면회시간 다 됐구먼유!

진수　아버지! 아버지. (울부짖는다)

음악.

#22. 교회 사무실

강 전도사와 영신이.

영신　정말 나쁜 사람들이네요! 세상에 그럴 수가 있어요! 그래 그 뒤로 어떻게 되었나요?

진희　(긴 한숨 뒤 글썽이며) 아까 말한 대로 산 너머 산이었지!

영신　아니 산 너머 산이라니요?

진희　예나 지금이나 부모들이란 자식들한테 꺼뻑 죽는 존재 아니니! 자식이 뭐라고 합의 안 해주면 살인죄로 십년 이십년 콩밥 먹는다는 공갈협박에 넘어가 그만 집안의 재산 몽땅 팔아서 합의금으로 내놓고는 속병이 도져 우리 아버님 그렇게 그 해 돌아가시고 우리 동생마저 다시 그 집에 복수한다고 불을 질렀다가 경찰에 붙잡혀서 방화죄로 징역을 받아 재작년까지 이곳 대전교도소에 수감되어 있었어!

영신　오, 말도 안 돼요! 어떻게 그런…?

진희　그래서 정말 그때는 울기도 많이 울었고 또 하나님 원망도 엄청 많이 했어! 어떻게 믿는 자로서 주일성수를 하겠다고 나선 나를 또 어떻게 믿는 자로서 제사를 거부해야만 했던 나에게 그게 무슨 죄라고 이런 시련과 고통을 주시는 걸까? 하고 수십 년을 믿어왔던 내 신앙을 송두리째 잃어 버리고 방황하기 시작을 했지. 오 하나님! (두 손으로 얼굴을 가리고 오열한다)

영신 　전도사님… 그만요!

진희 　(손으로 눈물을 닦고 머리를 매만지며) 미안하다 영신아! 오늘 따라 왜 이렇게 감정 조절이 잘 안 되는지 모르겠구나!

영신 　아니에요. 괜찮아요 전도사님! (주전자에서 물을 따라 건네며) 전도사님, 물 한잔 드세요. 뜨거우니까 천천히 드세요!

진희 　고맙다. (천천히 물을 몇 모금 마신다) 영신아 어쩜 너는 아직 어린 학생인데 그렇게 사려가 깊은 거니? 영신아! 지금까진 너무 내 이야기가 어두웠지? 이제부턴 그렇지 않을 거야!

영신 　네! 그렇게 해주세요!

진희 　한 날은 누가 날 찾아왔더구나. 오랜 후에 일이야! 아 참 내가 그 이야길 안했구나. 나는 그때 혼자 몸으로 서산 어느 곡물상회서 경리로 일하면서 어머니 모시고 단칸방에서 살고 있었어! 몸도 많이 회복되었고 가슴에 담긴 아픔도 신앙이 아닌 그저 운명이려니 생각하면서 스스로 많이 가라앉히고 그냥 그렇게 살고 있었지. 그런데 그날 날 찾아온 사람은 다름 아닌 남편이었던 바로 그 사람이었어!

영신 　뭐라구요? 전도사님 남편이었다구요? 그 나쁜 사람 말이에요?

진희 　그래! 바로 그 사람! 그 사람이 날 찾아온 거야! 그런데 그때 난 어떤 분노보다도 그 사람 행색이 너무나 초라해서 화보다는 약간의 동정심이 생기는 거 있지? 물론 마음으론 때려죽이고 싶었지만 말이야. 참 이상하지? 그 사람 모습이 전에 나처럼 병색이 완연한 게 곧 쓰러질 것만 같았다니까…!

#23. 농협 곡물창고 뒤편

행색이 남루한 성진과 진희가 마주 서 있다.

성진　내가 누군지 알아보겠소? 미… 미안하오. 이런 꼴을 해가
지구 지금서 나타나서!

진희　(한참을 쳐다보다가) 그래 무슨 일로 찾아왔어요! 이제 우리
서로 남인 건 알지요?

성진　미… 미안하오. 그… 그냥 당신이 사… 살아있나 그냥 보
고 싶어서…

진희　참, 어이가 없네요! 살아있나 그냥 보고 싶어서라구요?

성진　그렇소! 염치없는 일이긴 하지만 몇 년 세월이 지나고 보
니 내가 당신한테 정말 못된 짓 많이 한 나쁜 놈이라는 것
을 깨달을 수 있었고… 또 당신을…

진희　(버럭) 그런 쓸데없는 말 듣고 싶지 않으니 그만 썩 가버려
요! 이제 우린 아무런 상관도 없는 사람이니깐! 빨랑 가라
고요!

성진　여보! 제발 그렇게 소리치지 말아요!

진희　아니 누구 보고 여보라 하는 겁니까? (신경질적으로 소리치며)
어서 썩 가지 못해요!

성진　제발 부탁하는데 소리 지르지 마시요! 난 지금 몹쓸 병에
걸린 환자라서 그렇게 소리치면 심장에 자극을 받아 쓰러
질 수도 있으니까 제발!

| 진희 | 뭐라구요?… 좋아요. 그럼 내 소리 지르지 않을 테니까 그냥 내 앞에서 썩 가 버려요! (홱 돌아서며) 나 지금 일하다 나와서 바빠 다시 가야 해요! |

진희 　뭐라구요?… 좋아요. 그럼 내 소리 지르지 않을 테니까 그냥 내 앞에서 썩 가 버려요! (홱 돌아서며) 나 지금 일하다 나와서 바빠 다시 가야 해요!

성진 　(봉투 한 장을 내 보이며) 갈 때 가더라도 이거나 받아가지고 가시구려.

진희 　(다시 돌아서서 봉투를 바라보며) 그게 뭡니까?

성진 　집에 돌아가서 꺼내보시오. 그럼.

음악.

#24. 진희네 시댁 본가

반쯤 열려있는 대문 옆에 '삼천리 자전거 상회' 낡은 간판이 반쯤 떨어져 나가 너덜거린 채 붙어있고 점포는 텅 비어있다. 진희, 대문을 열고 안채 마당으로 들어선다. 쓰레기들이 여기저기 어지러이 널려있고 휑한 고택 같은 을씨년스런 풍경 속에 서너 살 쯤 보이는 남자 아이(송강)가 대청마루에서 울고 앉아있다. 이때 안방 문이 덜컥 열리며 늙어 휑한 성진 모가 헉헉거리며 기어 나온다. 진희 놀라 움찔 뒷걸음친다.

성진모 　(송강이한테) 시끄럽게 울덜 말고 어여 무… 물 좀 물 좀 가져와 어서.

송강 　(어린아이, 더욱 자지러지게 운다)

성진모 　못돼 처먹은 놈… (진희를 본 듯) 거 이봐유! 누군진 모르지만 무… 물 좀 떠다 주구려. 내 다리에 힘이 없어설랑 일나질 못혀 그러유 긍께 좀…!

진희 부엌으로 들어가서 사기그릇에 물을 담아 내온다. 그리고 성진 모에게 물을 건넨다. 성진 모 물사발을 받아 들고 방문을 닫으려다가 소리친다.

성진모   (어린 송강이를 향해) 그만 울지 못혀! 오라질! 어여 퍼뜩 느그 에미한테루나 찾아가! 어여!

송강   (어린아이, 더욱 소리쳐 운다)

성진모   (진희에게) 누댁 아줌씬지는 모르나 고… 고맙네유. 그라고 우리 아들놈 좀 찾아 제발 집으로 오라구 해줘유! 지 애비 에미 이래 죽어가는 줄도 모르고 코빼기 한번 내보이지 않는 불효막심한 놈이지만서두… (문을 닫고는 갑자기 소리친다) 왜 이러유 응? 왜 그냐구유! 옴메 죽는 겨유 아이고 누구 없소? (다시 문을 열어젖히며) 사… 사람 죽네유! 누구 좀 보시오. 여기 사람 죽는당께유!

송강   (어린아이, 더욱 소리쳐 운다)

성진모   (소리) 여기 우리 영감 죽는가 봐유! 누… 누구 없소? 이봐유. 정신차리란께유! 성진 아버지유! (절규)

음악.

#25. 본채 안방

성진 부, 미동도 않고 누워있고 방바닥에 피를 토한 듯 피 묻은 수

건과 함께 양귀비 잎사귀들이 널브러져 있다. 송 의원 머리맡에 앉아있고 성진 모 넋 나간 듯 방구석에 쪼그리고 앉아 떨고 있다. 그리고 진희, 잠든 송강이를 안고 한쪽 편에 앉아있다.

송의원　아니 이 방바닥에 너브러져 있는 것들이 다 뭐시여? 양귀비 잎사귀들 아녀? 미쳤군 미쳤어! 이것이 뭔 약이 된다구 서리… (문득 진희를 쳐다보구는) 저… 근데 색씨가 참말로 전에 스산 부석면서 우리 성진이 놈한테 시집을 왔던 바로 그 조카며느리란 말인가?… 미안허네! 인겁을 쓰고설랑 그리하면 안 되는디… 미안혀! 이것 좀 보게! 자네한테 그렇게 못된 짓을 해쌌터니만 결국은 이 집안 꼴이 이렇게 되었구먼 그려. 하늘이나 땅이나 사람이 사람 도리를 다하지 못하면 모다 이 꼴이 되는 거여. 나도 이 집구석의 자네 시에미 오라비 되는 사람으로서 면목이 없구먼! 근데 여긴 또 뭔 볼일이 있다고 이렇게 찾아와 설랑 이리 선행을 베푸는겨?

이때 밖에서 인기척이 들리더니 성진이가 방문을 열고 들어선다. 그리고 진희를 보고 흠칫 놀란다. 그러더니 다시 방안을 휘 둘러보고는 벽에 등을 기대고 늘어지듯 앉는다.

성진　오삼춘 오셨시유! 뭔 일이래유 또…?

송의원　뭔일이 뭔일이라니! 이 못돼 처먹은 놈아. 보고도 모르겄냐? 니 애비 피 토하고 쓰러졌다가 지금 수면제 맞고 잠들었다. 아무리 성치 않은 몸이라지만 그래 죽어가는 지 부모 놔두고설랑 어딜 그리 싸돌아다니는 기여? 지금도 노름방에 드나드는 게냐?

성진 지 형편에 노름방은 뭔 노름방을… 기냥 가슴이 답답혀가 꼬 바닷가에 앉아있다가 왔구먼유!

송의원 지금 보니께 니 어미도 정신이 온전치가 못혀! 실성한 사람 같어! 그라고 니 전에 색씨가 워째 여꺼정 와 있능기여? 오늘 니 색씨 아녔음 느그 아비랑 어미 큰 일 치룰 뻔 했어 이눔아!

성진 (고개를 떨구며) 뭐하러 예꺼정 왔소! 내 하도 속마음이 언짢고 양심 괴로워서 그날 당신한테 간 거였는데 이리 쉽게 올 줄 몰랐소.

송의원 뭐여? 니놈이 쟈한테 찾아 갔었다구? 뭐하러? 그래도 양심은 있었던 게냐?

성진 모르겄시유! 왜 그날따라 내 발걸음이 그리로 향했는지…

송의원 그래도 조강지처라고 생각은 했던가보네. 이런 고양놈 같으니라구! (자리에 일어서면서) 니네 아빈 임시루 수면주사를 놓았으니까 낼 아침까지는 깨어나진 않을 거구, 니에민 또 뭔 지랄을 할지두 모르니까 발작나기 전에 우선 저 약부터 먹여라. 그라구 이눔아. 이런 양귀비 잎사귄 약이 되능 게 아녀! 속에다 독 집어 처넣는 거나 다름 없능겨! 어서 싸게 이런 것들 다 걷어치우고 다신 가져 오덜 마라! 알았냐? 그러구 너 내가 먹으라고 보낸 약은 먹고 있는 거여?

성진 오삼춘이 주신 약이 없음 지는 이래 거동도 못혀유. 잘 먹고 있어유!

송의원 (진희에게) 자네는 뭔 말도 없으니 내 어떤 연유로 여기 왔는지는 모르겠지만 이 집안 꼴이 지금 자네가 보는 그대루여! 그라고 지금 자네가 안고 있는 그 아인 저놈이 색주집에서 낳아 댈고 온 아인가본데 쟤 에미는 니 시에미가 이집구석에 발도 들여놓지 못하게 해서 쫓겨난 뒤로 연락두절인 거 본께 다신 안 올란가 보다. 술집 기집년들이 다 그런 거지 뭐 별 수 있겠냐! 그 아는 잘 멕이지도 못하는 거 같은데 그리 불쌍한 놈잉께 며늘애기 니가 이왕 온정을 베풀라고 온 것이라면 이 집구석하고 저 아꺼정 좀 거두어 줬으면 한다. 염치없는 말이라는 건 내 잘 알지만⋯ 그럼 난 간다. 내일 오전에 다시 오마! (방문을 열고 나간다)

성진   오삼춘! 내 기운이 없어 일어나지 않을 꺼구만유! 기냥 살펴 가세유!

송의원   (소리) 어휴 워쩌다 만석꾼 집안이 이리 됐누⋯?

방안에 침묵이 감돈다. 진희. 아무런 대꾸도 않은 채 멍하니 시선을 방 천정으로 향하고 눈물을 흘린다.

진희   (독백) 모르겠시유! 지가 왜 이리로 왔는지 왜 이런 사람들을 위해 예 앉아 있는지를유! 어머니. (고개를 파묻고 흐느껴 운다)

강한 음악.

#26. 교회 사무실

진희   ⋯

영신 전도사님 참 훌륭하시네요. 나 같으면 그냥…

진희 그니가 내한테 찾아와서 주고 간 봉투에 이런 편지와 함께 뭔 서류가 들어 있었어! 여보! 이건 우리 집 호적등본이요! 그리고 다른 한 장은 겨우 숨겨두었던 우리가 살고 있는 집문서요… 그리고 당신은 이제 우리와는 아무런 상관이 없는 사이라고 말하겠지만 아직은 그렇지가 않소. 이 호적을 보면 알게요. 당신은 엄연히 내 내자로 입적해있고 지워지지 않았소. 그러니까 당신은 여전히 우리 가씨 집안 사람이고 내 아내인 게요! 또 여기 대부분의 전답은 이미 다 팔아 없앴지만 종가 댁이라고 아버지께서 숨겨두신 집문서가 있기에 그걸 가지고 왔소. 당신이 우리 종갓집 며느리니까 간수해줘야 하덜 않겠소! 그리고 나를 아니 우리 집안을 용서해달라는 말은 하지 않으리다. 우리도 우리가 저지른 잘못을 모두 아니까… 그러니 우릴 절대로 용서하지 마시요!… (흐느낀다)

영신 아 그래도 그분 양심은 살아있었던가 보네요!

진희 (잠시 울다가) 아니야! 그건 그니의 양심이 아니었어!

영신 양심이 아니라구요? 그럼 뭔데요?

진희 아마도 내 생각에는 하나님께서 본래 약속하셨던 내 신앙의 회복을 위한 조치로서 그에게 그런 마음을 임시로 주셨던 거라고 생각해.

영신 신앙의 회복을 위한 조치라니요? 그게 무슨 말씀이에요?

진희 나도 처음에는 몰랐어. 너처럼 그 사람이 죽을 때가 다 되어서 일말의 양심을 가지고 아님 의지할 데가 없으니까 나한테 찾아온 것이 아닐까 생각했었는데 어느 순간에 아 사람들은 모든 상황을 운명이라 생각하면서 인정하기도 하고 거부하기도 하지만 실상은 이 모든 것들이 다 하나님의 주관 하에 나타나는 그분의 계획하심이로구나 하는 깨달음을 얻게 된 거지…

영신 전도사님 저는 아직 어려서 그런지 그 말씀이 잘 이해되질 않는 걸요?

진희 그럼 내 얘길 마저 들어보고 생각해봐!

#27. 허물어져 가는 고택

천둥번개가 치고 갑자기 어둑해진 텅 빈 을씨년스런 고택 마당으로 굵은 빗방울이 떨어진다. 진희, 부엌에서 쫓아 나와 마당 빨랫줄에 널려있는 이불 호청을 거두어 들어간다. 이어 카메라는 안방에 누워 있는 성진 부와 그 옆에 누워있는 성진 모 또 벽에 기댄 채 멍하니 허공을 응시하다가 기침을 심하게 하는 성진을 비추고 다시 카메라 페이닝하여 건넛방으로 건너가서 역시 누워 기침하는 진희 친정어머니와 혼자서 고구마를 먹고 있는 어린 송강의 모습을 비춘다. 이 장면을 비출 때 진희의 대사가 흘러나온다. 그리고 그 외에도 대사에 따른 장면 장면들이 추가 영상으로 내용에 맞게 비추인다.

진희 (대사) 산 너머 산으로 끝난 줄 알았더니 산 넘고 나니 또다시 커다란 강이 가로막혀있더란 말처럼 그때 내 인생이 꼭 그랬지! 다 쓰러질 듯 휘청거리며 걸어가는 그 사람의 쓸쓸한 뒷모습이 채 머릿속에서 지워지지 않았을 때 그 편지를 받고 보니 그냥 눈물이 나는 거야! 그리고는 나도 모르는 사이에 그냥 그 사람이 간 길을 뒤쫓아서 다시 시댁으로 달려갔던 모양이지! 가보니 아까 말한 것처럼 시아버지는 피를 토하고 쓰러져 있지. 시어머니 실성해서 괴상한 소리를 내며 울지. 또 한쪽 구석에선 듣도 보도 못한 어린아이가 배고프다고 울지! 정말 처음엔 아 그렇게들 못되게 살더니만 이 집에 하나님이 벌을 내리신 모양이구나 생각하고는 그냥 크게 웃을 뻔했어! 그리고는 뒤도 안 돌아보고 그 집에서 도망 나오려고 했지. 그런데 그때 갑자기 내 마음에 어떤 한 음성이 들려오는 거야! "지금이다! 지금이다!" 하고 말이야. 그래서 나는 "네? 뭐라구요, 지금이라니요?" 하고 마치 옆에 있는 사람에게 말하듯이 물었어! 그랬더니 다시 내 물음에 답하는 것처럼 "지금이다! 내가 이 집으로 너를 보낼 때 네가 마음속으로 내게 약속했던 이 집안을 살리고 이 집안에 찬송과 기도소리가 끊이지 않는 집안으로 만들겠다고 했던 그 약속을 이룰 그때가 바로 지금이다!" 하시는 거야! 그래서 나는 그 자리에서 걸음을 멈추고는 하늘을 향해 혼잣말로 중얼댔지 "주님, 꼭 그래야 하나요? 지금이라니요! 지금이라니요?" 그런데 계속해서 내 귀에선지 아니면 내 마음속에서인지 암튼 계속해서 똑같은 음성으로 "그래 지금이다! 지금이다!" 하는 소리가 들려오는 거야!… 아, 정말! (사이) 말도 마라! 그 음성에 이끌려서 나는 다시 병든 시부모와 남편 그리고 친정어머니까지 무려 네 명의 병든 환자를 돌보며 아무 것도 없는 쓰러져 망조 들린 것 같은 집안에서 어린아이까지 키워가며 다시 십자가의 길을 걷게 된 거지!

영신   (소리) 아!… 그래서요?

진희   (소리) 그래서는 뭐가 그래서야! 그때부터 나는 다시 하나님께서 내게 회복시켜주신 그 믿음의 힘을 가지고 온 힘을 다해 네 분 어르신 환자들과 어린 우리 송강이를 키우며 열심히 살았지. 물론 매일 같이 시부모님 손을 잡고 기도도 하고 찬송도 불러드리고 하나님 말씀을 크게 읽어 드리면서 말이야! 그랬더니 처음엔 여전히 나를 무시하며 손가락질 하던 문중 사람들이 난중에는 하나 둘씩 찾아와서는 나에게 고맙다고 했고 또 동네사람들도 다 나를 칭찬하면서 많이 도와주곤 했어!

영신   (소리) 전도사님 남편 분은요?

진희   (소리) 그 사람도 완전히 새사람이 되어서 비록 목발을 짚고 휘청거리는 걸음이었지만 나와 함께 교회를 다니게 되었지. 그리고 교회에서도 이런 우리의 형편을 아시고는 내가 일하러 나가느라 집을 비울 때면 자주 목사님과 성도님들이 심방을 오셔서는 예배를 드려주시고 맛있는 것도 해오시고 집안일도 보살펴주시니까 우리 시부모님과 친정어머니께서도 얼마나 좋아하셨는지 몰라. 그래서 어른들 모두 아니 집안 식구들 모두 다 예수님을 영접하였고 비록 생활은 좀 어려웠지만 집안이 천국이 되었지. 천국은 말이다 꼭 저 세상에 가서 선물로 받는 아름답고 찬란한 곳에서의 영생만이 아니라 이 세상에서도 미움과 불평과 근심이 없고 사랑과 기쁨과 감사로서 평안이 있는 곳이면 어디든지 그곳이 바로 천국이 된다는 것을 나는 그때 깨달았지!

영신   (소리) 아, 그래서 아까 전도사님 말씀 가운데 남편 분이 찾아오신 것이 양심만이 아닌 하나님께서 전도사님의 신앙을 회복시키시기 위한 조치라고 하신 거였군요?

진희   (소리) 그래. 하나님께서 우리 집안을 살려주시기 위해 만들어주신 상황이었던 거야. 하나님의 섭리라고 말할 수가 있지. 그러니까 성경말씀에 범사에 감사하라는 말씀은 어떤 상황이든지 그것이 불행이나 행복처럼 보여도 세상사람들이 말하는 운명이 아니라 다 하나님의 뜻이기 때문에 결과로는 축복이 되니까 항상 믿음으로 감사하라는 뜻이지!

은은한 찬송 소리 가늘게 들려온다.

#28. 교회 사무실

28씬 끝 장면과 O.L되면서 영신이와 진희의 모습이 보인다.

진희 우리가 왜 이 이야길 시작하게 된 거지? 그렇지 영신이 니가 축호전도하다가 어떤 아저씨가 왜? 죽은 부모 시신 앞에서 감사 기도를 하는지 모르겠다고 해서 시작한 말이지? 부모님 돌아가신 영전 앞에서도 아마 그런 뜻으로 감사한 것이 아닐까?

영신 네!

진희 지금까지 했던 내 가정사 이야기와 연결해보면 말이야, 그때 그 어르신들이 한 해에 걸쳐 아니 어느 해에는 일년에 두 번씩 그렇게 네 분이 다 돌아가시게 되었어!

영신 전도사님 남편도요?

진희 (고개를 끄덕이며) 그래! 그분도… 그런데 나도 그 어르신들 돌아가실 때에 울면서 감사기도를 드렸었지! 왜냐하면 생각해봐! 전혀 믿지 않으셨던 그 시부모님과 친정어머니께서 또 내 남편이 믿음 없이 그냥 돌아가셨다면 천국에 소망을 두고 살아가는 우리들 마음이 어떻겠니? 다행히도 우리 어르신들은 모두 다 뒤늦게나마 예수님을 영접하셨으니까 돌아가실 때 우리 남겨있는 자손들은 아 우리 부모님께서 저 좋은 하늘나라 천국으로 가셨구나 생각하게 되니 얼마나 감사한 마음이겠니! 그래서 그런 의미로 감사기도를 드리는 것이지! 인간적으로만 생각한다면 어느 자식이 부모님 영전 앞에서 감사하겠니? 그러니까 영신이가 그런 의미에서 감사기도를 드리는 것이라는 것을 그 아저씨께 꼭 말씀드려라!

영신   네 전도사님 오늘 귀한 말씀 잘 들었습니다. 그런데 참 전도사님! 그 송강이라는 아이는 어떻게 되었어요? 그 낳은 친모가 데리고 갔나요?

진희   어딜? 그 아이는 이제 내 목숨 같은 내 아들인데! 지금 중학교 1학년으로 지 외삼촌하고 서울서 살고 있어! 한달에 한번씩 대전에 내려오지만 너무나 보고 싶어서 우리 송강이 생각만 하면 자꾸 바보처럼 눈물이 나!

영신   외삼촌이라 하면? 전도사님 남동생 진수라는 분 말씀이에요?

진희   그래! 교도소에서 복역하는 중에 전기기술자격증을 땄는데 지금 서울서 자그마한 전기상회를 직접 차려 운영하고 있어. 제법 생활은 되는가봐! 그래서 송강이는 지가 서울서 공부시키겠다고 지난 겨울에 데리고 갔는데 어찌나 애를 끔찍하게 생각하는지 남들은 송강이가 걔 아들인 줄 안다니까… 그나저나 내 동생도 좋은 여자 만나 가정을 꾸려야 할 텐데…

음악.

#29. 서재에서

우영신 교수, 문득 일어나 책장 끝에 꽂혀있는 낡은 노트 하나를 꺼내들고 책상 앞에 앉는다. 책상에 놓인 굵직한 검정테 안경을 집어들고 쓰면서 1968년 추억의 일기장이라고 쓰인 빛바랜 파란 낡은 일기장을 조심스럽게 펼친다. 그리고 몇 장을 넘긴다. 볼펜으로 눌러 쓴 듯한 일기장에 '그리움'이라는 시가 적혀있다. 묵묵히 그 일기장을 바라보는 우영신 교수. #31 씬과 O.L

#30. 책상 앞에서

고등학생 영신이가 책상 앞에 앉아 시상을 떠올리며 시를 쓰고 있다. 조용한 음악과 함께 시가 낭송된다.

그리움
초겨울 문턱에서
빛바랜 햇살 등지고
외로움에 흐느끼듯
우리의 가슴을
울리는 바람
때문인가요

누군가를 그리워하는
아쉬움에
목 메이는 아픔을
느끼게 하는
낮아진 잿빛하늘
때문인가요

그냥
말없이 홀로이기를
원하는 마음으로
낙엽 나부끼는
거리를
걷게 하는 풍경
때문인가요

그리워하는
목마름에
지쳐 떨쳐진 시선은
내 눈물
한 방울에 비추어진
사랑입니다.

다시 # 33번 씬과 O.L

#31. 서재에서

우영신 교수 일기장을 들여다보며 빙그레 미소를 진다. 이때 아내 선혜가 물잔을 쟁반에 담아 들어온다.

영신교수 아니 아직 안 잤어? 시간이 몇 신데…

선혜 그러는 당신은요! 벌써 새벽 2시야. 맨날 이렇게 늦게까지 안 주무시다가 또 새벽기도회에 가고 그렇게 쪽잠 자도 건강에 이상 없는 것이 정말 신기하단 말이야! 하나님 은헨가?

영신교수 하나님 은헨가가 뭐야, 하나님 은혜지. 그리고 뭐 하루 이틀이야? 내 야행성이…

선혜 그런 것이 뭐 자랑이라고 암튼 12시 전에는 주무셔야 해요. 당신 나이 생각해서라도.

영신교수 근데 말이야! 당신 이 시 한번 읽어봐! 내가 고등학교 1학년 때 썼던 시인데… 지금 읽어도 그때 그 감정이 살아나는 것이 신통하단 말야! 내가 한번 읽어볼까?

선혜 됐어요. 그냥 이리 줘봐요 내가 직접 읽어보게…

영신교수 (자리에서 일어나며) 이리로 와 앉아서 읽어봐! 일기장이 낡아서 찢어지면 안 돼!

선혜 (자리에 와 앉으며) 당신 돋보기안경 이리 줘봐요! (안경을 건네받고 조용히 시를 읽는다) 어마! 정말 이 시가 당신 고등학생 때 지은 시가 맞아요?

영신교수 그럼! 1968년이니까 내가 고등학교 1학년 때 쓴 시지! 어때? 시에 전류 흐르듯 감성이 느껴져?

선혜 정말 대단한데…! 그런데 누구에 대한 그리움인데 이렇듯 절절해요?

영신교수 응, 내 고등학교 때 강 전도사님이라는 이모님 같으신 분이 교회에 계셨는데 그분의 간증을 듣고는 아마 그 밤에 썼던 거 같애! 그분의 자기 아들에 대한 그리움이 마치 내 그리움처럼 느껴졌었거든. 아! 벌써 50년 전 이야기야!

선혜 당신 그때도 시를 썼었네… 문학소년 우영신! 멋있다. 암튼 그건 그렇고 어서 들어가 자요! (하품을 하며) 벌써 두시 반이야.

서정적인 음악.

제 25 부

미국에서 오신 손님

#1. 대성고등학교 운동장

대성고등학교 전교생들이 운동장에 줄지어 서 있다. 이때 검정색 승용차 한 대가 학교 정문을 통해 들어온다. 그리고 학생들이 줄지어서 있는 운동장 한 귀퉁이로 다가와 멈춘다. 이때 대성고 브라스밴드부 학생들이 환영 연주를 한다. 전교생들이 환영의 박수를 친다.

#2. 승용차

승용차에서 내리는 미국인 노부부와 50대 후반의 학교장.

#3. 학생 브라스밴드부

트롬본과 트럼펫, 대북과 클라리넷 등으로 음악 교사의 지휘 하에 환영연주를 하는 밴드부 모습.

#4. 운동장 단상 위

미국인 노부부 선교사들이 남자 교사의 부축을 받으며 단상 위로
오르고 뒤따라 교장선생님이 오른다. 그들이 단상에 올라서면 밴드
부 연주가 멈춘다. 이어 단 아래서 부장선생님으로 보이는 중년남
자. 6, 70년대식 유선 마이크로 사회를 본다.

부장교사 학생들 전체 차렷!

전체 학생들 부장교사의 구령에 맞추어 마치 군대에서처럼 차렷 부
동자세를 취한다.

부장교사 학생들 단상을 향해 교장선생님께 경례!

전체 학생들 부장교사의 구령에 맞추어 단상을 향해 거수경례를 한
다. 교장선생님 역시 거수경례로 답한다.

부장교사 바로!

전체 학생들 부장교사의 구령에 맞추어 손을 내린다. 그리고 술렁인다.

학교장 (마이크에 대고) 자자! 모두 조용히! 에 오늘 우리 학교에 저
멀리 미국으로부터 아주 귀한 손님들이 오셨습니다. 이분

들은 지금까지 우리 학교를 방문해주신 어떤 손님들보다도 귀하신 손님으로 우리 대성학교를 지원해주시려고 미국 해외선교본부로부터 오신 분들입니다.

#5. 운동장에 선 학생들

운동장에서 단상을 향해 쳐다보고 있는 학생들 사이에서 궁시렁거리는 남학생들.

두환 뭐여 시팔! 학교 끝나고 빨리 태권도장엘 가야 하는데 올라면 좀 빨랑 올 것이지 수업 다 끝나고 나니까 와설랑 또 뭔 소릴 지껄이려구…!

영두 조용히 해 임마! 빠큐한테 걸리면 그나마 집에도 못가 새끼야!

두환 빠큐 아까 지나갔잖아 임마! 조까구 언제 끝날라구 저러는 거여? 아 시팔 오늘 승단심사 보는 날인데…

배선생 (두환 뒤에서) 빠큐 다시 왔다. 이 상노모 자슥아!

두환 (얼어붙은 표정으로) 어… 어? 언제 오셨어요…?

아이들 (끼득거린다)

두환 (혼잣말로) 아 시팔! 좆됐네…

배선생 뭐? 시팔…! 구구단 외냐? 너 이거 끝나고 나 좀 보자잉! 운동장 체육실로 좀 오니라잉. 빠큐가 너 올 때꺼정 거기서 기다릴 텡게!

아이들 (왁자지껄 웃음소리)

#6. 운동장 단상 위

단상 아래 좌우에는 선생님들이 한 줄로 서 있고 꽃다발을 든 중고
등학생 두 명이 단 아래에 서 있다.

학교장 (마이크를 대고) 어이 거기! 왜 그렇게 소란한 기야? 몇 학년
이야? 배 선생 거기 조용히 좀 시키지 못해요? 자! 다시 한
번 제군들에게 말하는데 오늘 아주 특별한 귀한 손님들이
오셨으니까는 모두 두 분 손님께 먼저 환영의 박수를 보냅
시다. 자 박수! (손뼉을 친다)

전교 학생들과 선생님들 모두 박수를 친다.

학교장 (단 아래 서 있는 여교사에게) 그럼 김진애 선생님 올라오셔서
영어 통역 좀 부탁해요! (김진애 교사 단 위로 올라온다) 아니, 참
잠깐! (사회를 보는 부장교사에게) 환영의 꽃다발 준비 했디요?
아, 그래! 준비했으면 그거 먼저 드리고나서 인사 말씀을
들읍시다. (선교사에게) 쏘리… 쏘리! 자 나우 웰컴 꽃 아니
웰컴 후라워! 쏘리 쏘리! (연신 인사를 하며 단상 아래로 내려간다)

부장교사 그럼 오늘 우리학교를 방문해주신 선교사님 두 분께 꽃다
발 증정식이 있겠습니다. (꽃을 든 학생들에게) 어서 올라가서
꽃다발을 드려! 빨랑!

두 학생 단상 위로 올라가서 미국 선교사 부부에게 인사를 하고 꽃
다발을 건넨다. 다시 모두 박수를 친다. 선교사 부부 꽃다발을 건넨
두 학생을 각각 포옹하고 볼에 입을 맞춘다. 학생들 와! 와! 하며 소

리를 친다. 두 학생 모두 얼굴을 붉히며 손으로 볼을 닦으면서 단에
서 내려온다.

Mrs. 탐슨 　Thank you so much everybody! (서툰 한국말로) 안⋯ 뇽
　　　　하⋯ 세요. 우리⋯ 는 미국에서 온 탐슨 선교사 부부입니
　　　　다. (모두 서툰 한국말에 박수를 보낸다) We are from United
　　　　States of America! I'm glad meet to you!

김진애교사 　(통역) 감사합니다 여러분! 우리는 미국에서 온 탐슨 선교사
　　　　부부입니다. 이렇게 여러분들을 만나게 되어 반갑습니다.

이때 단 아래 학생들 중에 한 학생이 큰소리로 OK! 하며 장난스럽
게 소리치자 학생들 모두 박장대소한다.

Mrs. 탐슨 　Oh! Thank you! (한국어로) 감⋯ 사합⋯ 니다. Ok! We
　　　　come to hear Daesung christian school foundation,
　　　　because we want give you special gift. It's good
　　　　news.

김진애교사 　우리는 여러분에게 아주 특별한 좋은 소식을 전해주기 위
　　　　해 이곳 학교법인 대성학원에 왔습니다.

Mrs. 탐슨 　This good news same so beautiful Korea country.
　　　　It's only from God!

김진애교사 　이 소식은 한국의 아름다운 가을 풍경과 같이 매우 아름다
　　　　운 소식으로서 이것은 하나님으로부터 여러분들에게 꼭
　　　　전해주라고 보내오신 메시지입니다.

Mrs. 탐슨 　Have faithing God!

김진애교사 　Have faithing God! 하나님을 믿으십시오.

Mrs. 탐슨 If you have this gospel in your heart, you can have blessing from God. Follow me Have faithing God!

김진애교사 여러분이 만약 이 복음을 마음속에 받아들이게 된다면 여러분은 하나님으로부터 축복을 받을 수가 있습니다. 나를 따라 해보세요! Have faithing God! 하나님을 믿으십시오.

일동 해브 페이싱 가드!

Mrs. 탐슨 Good! again follow me, Have faithing God!

김진애교사 좋아요! 다시 한번 해봅시다. 해브 페이싱 가드!

일동 해브 페이싱 가드!

강한 음악.

#7. 대학 캠퍼스

가을 단풍으로 화사한 캠퍼스 정원을 걸어내려 오면서 우영신 교수 생각에 잠겨있다.

영신교수 (독백) 그날이 내가 탐슨 선교사님을 처음 뵙게 된 날이었다. 사람의 인연이란 참 오묘한 것이 우연찮은 곳에서의 짧은 만남으로 시작되는 인연이 보다 넓게 또는 길거나 깊게 진행될 경우에는 반드시 어떤 징조로서 신비한 현상을 체험하게 된다고 하는데, 그날 나는 그러한 신비한 현상을 체험했다. 팔백 명이나 되는 중고등학생들이 모두 같은 시간 같은 장소에서 그 분을 뵙게 되었는데 어떻게 그들은 모두 크로노스의 평범한 일상적인 시간 속에 만나 스쳐 지나가는 인연이었고 어떻게 나는 특별한 카이로스의 시간이 되었던 것일까? 나는 그 미국 할머니 에블린 탐슨 선교사님이 외치던 첫 말씀 Have faithing God!가 낡은 마이크 소리로 운동장에 울려 퍼실 때 내 몸이 허공중에 부웅하고 떠가는 듯한 마치 유체이탈 같은 환상을 경험했다. 어떻게 그런 경험이 있을 수 있었는지 모른다.

#8. 대학 강의실

계단식 강의실에 연영과 학생들이 앉아있고 우영신 교수가 강의를 하고 있다.

영신교수 이번에 3학년 연극전공 팀은 셰익스피어 작품을 골랐다며?

학생들 네!

영신교수 그래 작품은 뭘로 골랐나?

정수 〈한여름 밤의 꿈〉으로 의견을 모았습니다.

영신교수 오, 그래! 정말 좋은 작품이지. 그럼 정수 자네가 연출을 맡기로 했어?

정수 네, 그렇습니다.

영신교수 이 작품 만만치 않은 작품인데 잘 만들어낼 자신 있어?

정수 자신보다는 도전해 보려구요! 장래 연출가가 제 꿈이어서 자의반 타의반 연출을 맡긴 했지만 몇 번을 읽어보아도 인물관계 설정이라든가 캐릭터 구상이 혼돈스러워서 실은 겁이 납니다. 교수님께서 많은 조언을 해주셨으면 합니다.

영신교수 그럼 다른 친구들은 각자 스텝 구성에 합의를 본 거야? 출연캐스팅까지?

정수 스텝 구성은 일단 자원자로 해서 대략적인 합의를 보았지만 출연자 선정은 먼저 작품을 좀 더 공부한 후에 대본읽기를 몇 차례 해서 약식이지만 저희들끼리 오디션과정을 통해 선정하려구요.

영신교수 그래! 암튼 모두 열심히 해서 너희 선배들 못지않게 좋은 작품을 만들어봐!

연희 저 그런데 교수님! 셰익스피어 작품에 있어서 저희가 가장 먼저 알아야 할 것이 있다면 무엇이 있을까요?

영신교수 글쎄…? 우선 말이다. 그 질문에 앞서 나는 이렇게 너희들한테 제안하고 싶다. 너희들이 훌륭한 공연을 하는 것도 중요하겠지만 먼저 셰익스피어가 누구인가를 함께 연구해보는 것이 더 중요할 거라고 말야! 그럼 연희가 질문한 답이 나올 거야!

정수 교수님! 사실 엊저녁에 저희들끼리 스터디그룹으로 토론을 해봤거든요! 모두들 셰익스피어 작품은 여러 번 읽어봤지만 막상 공연하려고 하니까 지금 연희가 말한 것처럼 어떤 맥락에서 그의 작품을 풀어가야 하는 건지 너무나 막막하더라구요.

영신교수 그래? 그럼 힌트 하나 주지! 일본의 가와이 쇼이치로라는 셰익스피어 전문학자는 이렇게 말했어. "우리가 새로운 세계를 만들어내기 위해서 가장 필요한 것이 있다면 그건 상상력이다. 그런데 셰익스피어는 그의 대사를 통해서 항상 극적인 상상력을 내뿜고 있다"고 말야. 그러니까 셰익스피어 대사 중에서 표현되는 상상력은 무엇일까를 먼저 살펴보는 것이 중요할 거야! 또 셰익스피어는 사람들의 삶의 유형에는 행동하기 전에 사고하는 햄릿형이 있고 사고하기 전에 행동하는 맥베스형이 있는데 햄릿은 지나치게 생각하는 나머지 행동에 이르지 못했고 반대로 맥베스는 생각하기 전에 행동을 하므로 늘 후회했다는 거야. 극중 인물들의 캐릭터를 이런 유형으로 먼저 살펴보는 것도 중요할 거야. 여러분은 어떤 유형이지?

종식   그거야 상황에 따라서 조금씩 다르지 않을까요?

영신교수   그렇지. 셰익스피어 역시도 인간은 항상 상황에 따라 마음을 바꾸는 모순되는 존재라고 했으니까. 그러면서도 "우리가 살아가는 데 가장 필요한 것은 무엇일까"를 늘 대사 속에서 묻곤 했는데 그것은 과거의 일로 힘들어하지 말고 미래를 내다보며 살라는 당시 르네상스적인 보편적 사고 때문이었지.

정수   그러니까 그 보편적인 당시 사고력이 상상력으로 전개되는 건가요?

영신교수   그럴 수도 있지만 여기에서 자유의지라는 개인적 선택이 나타나지! 가와이 쇼이치로는 그렇게 본 거야! 실제로 셰익스피어가 살던 시대는 천문학에 따른 점성술이 유행했어. 신플라톤주의 영향으로 소우주로 간주되는 인간은 대우주의 움직임과 호응한다는 이유로서 동시에 인간의 '자유의지'라는 발상이 등장하면서 인간은 우주에 지배당하지 않고 스스로 자기 의지로서 자신을 바꿀 수 있는 존재라 여기게 되었던 거지. 그러니까 쉽게 말하면 모두의 운명은 자기 스스로가 만들어 가는 거지. 누가 조종하는 것이 아니라는 거야! 그 당시는 인간의 모습을 좁게

규정하는 중세적 세계관에서 인간이 자유롭게 날개를 펼칠 수 있는 르네상스적 세계관으로 바뀐 시대였으니까! 그 자유로운 날갯짓이 정수가 말한 대로 상상력이 될 수도 있는 거지.

정수 상상력과 자유의지? 그러니까 상상력은 필요하되 그 선택은 자유의지에 따른다는 말씀인가요?

영신교수 그렇지! 또 한 가지 너희가 알아야 할 것은 〈한 여름 밤의 꿈〉이라는 작품 속에 나타나는 사회적 계층 간의 구분을 늘상 염두에 두고 캐릭터 연구를 해야 할 거야!

학생들 계층 간의 구분이라니요?

영신교수 좀 더 자세한 것은 여러분들이 연구해보고 내가 간단히 설명을 해준다면 〈한여름 밤의 꿈〉에는 여러 계층의 다양한 인물군을 이루고 있는데 신분상 가장 밑바닥에 있는 노동자 계급의 아테네 직공이 있고, 그 다음에는 아테네의 귀족 인물들이 있어! 그런가 하면 다시 그 위로 왕과 같은 최상위 지배 계층이 있지. 그리고 그것이 끝이 아니야! 더 위로 가장 높은 계층이랄 수 있는 초자연적인 존재로서 요정들이 있다. 이러한 다양한 인물군은 판타지의 세계를 더욱 역동적으로 만드는 데 절대적인 기여를 하고 있다는 사실을 염두에 두어야 해! 형이상학적인 것과 형이하학적인 시공간의 교차가 이 계층 속에서 이루어지며 극의 재미를 더하고 있는 작품이거든!

연희 정말 그러네요.

영신교수 그리고 마지막으로 이 작품을 연구할 때에 꼭 명심해야 할 것은 방금 이야기한 시공간적 개념인데 1막 2장에서 드미트리우스의 변심을 겪은 헬레나가 사랑의 아픔을 느끼는 현실적인 시간이 있는가 하면 사랑의 묘약을 먹고 마법에 걸려 실제 연인 허미아를 버려두고 헬레나를 뒤쫓으며 구애를 하는 라이샌더의 몽환적인 시간이 있다는 거야! 즉 초월성을 강조한 몽환적인 상황과 사랑의 기쁨과 고통을 느끼는 현실적 상황이 있는데 이것은 각각 고대 그리스에서 말하는 카이로스의 시간과 크로노스 시간적 개념으로 구분해서 그 의미를 살펴보면 더 이해하기가 쉬울 거야!

종식   교수님! 그럼 현실과 가상, 현재와 미래와 같은 시공간의 이분법으로 구분해서 생각해보라는 말씀인가요?

영신교수 꼭 그런 것만이 아니고 현상적 의미로서 생각해 보라는 거야!

학생들 이해가 잘 안되는데요?

영신교수 (문득) 그럼 말이다. 내가 직접 고등학생 때 겪은 경험담을 한번 이야기해 줄까?

음악.

#9. 대성고등학교 운동장

우영신 교수의 강의 목소리가 들리며 영상은 고등학교 시절의 운동장 광경을 비춘다.

영신교수 (독백) 운동장에는 모두 팔백 명의 학생들이 서서 미국에서 오신 노부부 선교사님이 외치시는 말씀 Have faithing God!가 낡은 마이크 소리로 운동장에 울려 퍼질 때 모두

지겨워하면서 몸을 비틀고 웅성대고 있었어. 그런데 난 이
상하게도 그날 그 순간에 내 몸이 허공중에 부웅하고 떠
가는 듯한 유체이탈 같은 환상에 빠져들면서 내 몸과 귀가
마음과 함께 그 단상 바로 위에 있는 거야! 너무 신기하지
않아? 그리고 나도 모르게 막 울었던 것 같아. 그리고 나서
문득 정신을 차리고 보니 나는 여전히 내가 서 있던 자리
에 선 채 실제로 울고 있었던 거야. 이건 팩트야! 절대 꾸
며 하는 말이 아니야. 언젠가는 기억은 잘 나질 않지만 그
때 나는 크로노스가 아닌 카이로스의 시간 속에서 내 영혼
의 존재가 초월적인 경험을 하게 된 거지. 그것에 대한 또
다른 확실한 증거가 있었어!

#10. 정동 장로교회

우 교수의 설명에 따른 영상, 어두운 여름밤 고등학생 영신이가 교
회 문을 열고 들어선다.

영신교수 (독백) 한 50년 전에 그러니까 내가 고등학교 1학년… 쯤이
었을 거야. 내가 다니던 교회에 어떤 내부적인 시험이 있
어서 많은 교인들이 다른 교회로 옮겨 가면서 교회는 목
사님 가족하고 미나리 할매라고 불렀던 권사님 한 분과 우
리 어머니, 그리고 나만 남게 된 적이 있었어! 암튼 그때
교회에서의 내 역할은 비록 어린 나이였지만 교회를 지키
는 일을 맡아서 교회 열쇠를 가지고 문단속 하는 일과 또
청소하는 일까지 모두 맡고 있었으니까. 그러다보니 학교

에 가거나 신문배달을 하는 일 이 외에는 집이 아닌 교회에서 거의 생활을 하게 되었지. 그런데 어느 여름날이었을 거야! 그날도 저녁신문을 배달하고 나서 교회에서 자려고 교회에 갔었는데 이상하게도 교회 문에 들어서는 순간 뭐랄까? 약간 무서운 생가이 드는 거야! 그래서 그때만 해도 키가 완전히 성장한 상태가 아니라서 1층 현관문 위쪽 잠금장치까지 키가 닿지 않아 의자를 가지고 와 올라서서 위쪽 잠금장치의 문을 잠그고 또 내려서서 아래 잠금장치로 문을 모두 잠궜지. 그리고 이층 본당으로 올라갔어! 그런데 교회 구조가 2층으로 올라가는 천정이 교회 종탑과 연결되어 있어서 계단을 내딛는 발소리가 공명처럼 퉁퉁 하고 울렸거든! 그날도 그 공명소리를 느끼면서 이층으로 올라갔는데 2층에 올라가서도 본당 입구에 있는 문을 꼭 닫고 문을 잠그고 본당 안으로 들어간 거야!

#11. 교회 2층 본당 안

2층 본당으로 들어서서 교회 강대상을 앞에 두고 바닥에 방석을 깔고 앉아 기도를 시작하는 영신.

영신교수 (독백) 그때 무슨 기도를 어떻게 했는지는 기억에 없지만 암튼 열심히 기도를 하고 있었는데 순간 또다시 무서운 느낌이 드는 거야! 그러더니 갑자기 내 등 뒤쪽에 있던 이층 본당문이 "꽉"하고 큰 소리를 내며 열렸어! 얼마나 놀랬겠니! 처음엔 바람에 열렸나 했지만 너무 무서워서 그냥 눈도

뜨지 못하고 덜덜 떨면서도 생각을 해보았지. '이상하다 분명히 내가 1층 현관문 모두를 잠궜는데…! 그리고 만약에 누구라도 이층 계단으로 올라왔다면 퉁퉁 하는 소리가 들렸을 텐데 아무 소리도 들리지 않았잖아? 그러면 2층 현관 밖으로 창문이 열려 있어서 그리로 바람이 불어와 문이 열린 걸까?' 하지만 더 떨리는 거 있지! 그런 생각을 하고 있는데, 아! 이게 또 무슨 일이야. 글쎄, 내 뒤쪽으로 어떤 발자국 소리가 처벅처벅 들리면서 내 쪽으로 다가오는 거야! 와 정말 죽을 것 같데! 그래서 그때는 너무 무서워서 "아버지 저를 도와주세요! 교회에 아무도 올 사람이 없잖아요!" 하며 막 소리치며 기도를 했어! 물론 눈을 꼭 감은 채 두 손을 꽉 쥐고 덜덜 떨면서 말이야! 그런데 그 발소리가 내 기도하는 곳에 이르더니 갑자기 내 얼굴을 요렇게 하며 확 쳐다보는 거야! 나는 악! 하고 소리를 쳤지! 그런데 그 순간 이런 생각이 스쳐가는 거야!! '그래, 귀신이 있다면 하나님도 계시잖아. 그런데 뭘 무서워하는 거니! 지금 네가 무서워 쓰러지면 네가 마귀한테 지는 거야!' 그러자 나에게 어떤 용기가 생기면서 두려움이 없어지고 막 큰소리로 기도를 하게 되었지! 그랬더니 나를 쳐다보던 그것이 이번에는 다시 내가 앉고 있던 방석을 쓰윽 잡아당기면서 뒤로 빙그르 돌려 놓는 거야! 나는 다시 소리를 쳤어! "사탄아! 물러가라. 하나님께서 지금 나를 도우신다. 물러가라!" 하고 말이야. 그랬더니 이것이 내 옆자리에 슬그머니 앉는 거야! 야, 정말 무섭고 떨리고… 그래서 그때부터 나는 더 큰소리로 하나님! 예수님을 찾으며 막 기도를 했지! 그러다가 얼마가 지났을까? 문득 교회 옆집에서 그 집 형제들이 싸우는 소리가 들렸고 내 느낌으로도 앞이 환해진 것이 '아! 날이 밝았구나' 하는 것을 느낄 수가 있었어! 그런데 무서워서 눈을 뜰 수가 있어야지! 그래서 다시 주기도문을 외우고 사도신경을 외우면서 이것이 끝나면 눈을 떠야지 생각했지만 여전히 눈을 뜰 수가 없었어! 그러다가 그 당시 찬송가 128장이 "갈보리산 위에 십자가 섰으니 주가 보혈을 흘림일세…" 하는 찬송이 있었는데 그 찬송을 다시 막 불렀지. 그러다가 어느 순간에 눈을 탁 하고 뜨게 되었는데… 참 이상하지? 정말로 내가 분명 강대상을 향해 기도하고 있었는데 실제로 내 몸이 돌려져서 2층 본당 출입문을 향해 있었고 주변을 둘러보니 아무도 없었어! 더 신기한 것은 2층 본당 문뿐만 아니라 2층 창문도 아래층 현관문도 모두 안으로 잠겨져 있었고 아래층으로 계단을 내려갈 때 역시나 통통 하며 공명이 울렸던 거야! 뭐라고? 영화 〈엑소시스트〉 얘기 아니냐구? 아니 이건 내가 직접 겪은 팩트라니까!

음악.

#12. 교장실 앞

영신이를 포함한 기혁, 이철, 재훈, 준수 다섯 명의 기독학생회 임원들이 교장실 앞 복도에서 서성대고 있다.

기혁 (준수에게) 형! 무슨 일이에요?
준수 모르지… 무슨 일이지? 영신이 넌 알아?

영신	아뇨. 형도 모르는데 내가 어떻게… (이철에게) 넌?
이철	나도 몰라!

이때 교장실 문이 열리며 최부영 교목님이 나온다.

최교목	모두 모였니? 잠깐만 복장을 좀 반듯하게 하고 어서 교장 실로 들어가자!

학생들 교장실 안으로 들어간다.

#13. 교장실

평범한 교장실 안, 책장에 가득 찬 트로피와 벽쪽에 세워둔 교기와 우승기들. 그리고 책상 뒤 벽면 위에는 태극기와 박정희 대통령 사진이 걸려있다. 학생들이 교장실로 들어서자 책상에 앉아있던 교장 선생님이 일어서며 학생들을 친절하게 맞이한다.

학교장	어서들 오라우! 지금 7교시 끝나구 청소시간이디? 자, 모 두들 여기 앉으라야!
학생들	(학교장의 심한 이북사투리에 약간 놀란듯 머뭇거리며 서 있다)
최교목	자, 모두 어려워하지 말고 어서들 저리로 가 앉거라!

학생들 약간 긴장하며 자리에 앉는다.

학교장	와 그러네? 내래 이북사투리를 쓰니끼니 놀라 그러네? 내

래 공적인 자리선 표준말을 쓰려고 노력하디만 말이디 사적인 자리선 기냥 이 말투가 편해서 기러니끼니 이해들 하라우야! (최 교목에게) 목사님! 이 학생들이래 선생님들이 추천한 종교부 임원들이 맞디요?

최교목 예, 그렇습니다. 모다 열심히 신앙생활을 잘하는 모범적인 학생들입니다.

학교장 가만있어 보자. 기혁이 너는 우리 대동교회에 다니는 이 권사님 아들이니끼니 내가 잘 알고, (영신을 가리키며) 너는 지난 번 충남대 학생백일장 대회에서 상을 받아온 아가 아니니? 맞디? 이름이 뭐이가?

영신 우… 영신입니다.

학교장 기래 우영신이디… 기억이 난다. 그리고 (준수에게) 네 이름은 뭐이가 2학년이네?

준수 아닙니다. 3학년 2반 박준수입니다.

최교목 교장선생님! 이 학생만 3학년이고 나머지 학생들은 모다 2학년들입니다.

학교장 기렇구만? 내 보기에도 모다 인상들도 좋구 말이디. 믿는 학생들이라서 그런지 모다 단정하니 좋구만요! (학생들에게) 내래 오늘 너희를 부른 이유는 말이디 너희 며칠 전에 운동장서 우리래 환영식을 가졌던 미국서 오신 나이 드신 선교사님들 기억들 나디?

학생들 네!

학교장 그분들은 말이디. 그때도 내가 말했디만 우리 학교 입장에서 볼 때 아주 귀한 손님들이야! 앞으로 그분들은 우리 학교를 중심해서 한국서 청소년 선교활동을 하실 분들인데 그날 나한테 부탁하기를 우리 학교 학생들 가운데 장차 큰 인물로 키우고 싶은 학생들이 있으면 자기네가 미국으로 유학을 보내서 장학금을 대주면서 공부를 시키고 싶으니 끼니 추천해 달라고 하는 거이야! 학비는 물론이고 생활비 일체를 책임지겠다고 하면서 말이디! 그분은 미국 교단 선교본부서리 꽤 높은 분이니끼니 확실하게 책임을 지실 분이디! 그리고 여기 한국서 1,2년 정도 머무는 동안에 그런 대상의 학생들에게 영어를 가르쳐주고 싶다 했어! 기래가꾸 설라무네 내래 최 목사님을 통해 1차로 선발한 너희를 부른 기야! 어드래? 관심들 있네?

학생들 (서로들 눈치를 보다가) 네!

학교장 (최 교목에게) 기럼 목사님께서 이 학생들에게 다음 설명을 해주시라요

최교목 네. (학생들에게) 그래서 교장선생님께서는 첫째로 신앙이 반듯하고 심성이 바르며 영어공부에 열심을 다 할 수 있는 성실한 학생들을 선발하라고 하셔서 선생님들의 의견을 물어 내 1차로 너희를 특별히 뽑아 이곳으로 부르게 된 거야! 그래서 만약 너희들이 원한다면 너희는 앞으로 얼마가 될런지는 모르겠지만 선교사님이 우리 한국에 계시는 동안에는 매주 2-3회씩 선교사님 댁으로 가서 영어를 배우게 하려고 하는데 어때 한 번 해보지 않을래?

학교장 기런데 말이디, 만약에 너희 중에 공부에 게으르고 까불고 놀러 다니는 것 같은 놈들이 있으면 말이디 내래 당장에 그만두게 하고 다른 학생으로 대체할 테니끼니 그리 알고 시리 모다 정신 바짝 차리라우야! 알간!

음악.

#14. 대학강의실

영신교수 그런데 말이지 교장실에 갔었던 바로 그날 밤에 나는 아주 생생한 꿈을 꾸게 되었는데 내가 유학생이 되어서 비행기를 타고 미국으로 가게 되었고 또 미국서 공부를 하고 박사학위를 따서 한국으로 돌아오는 그 전 과정을 꿈을 꾸었던 거야! 그리고 덧붙여서 그 노선교사 부부가 마치 나의 친할아버지 할머니인양 내가 함께 모시며 사는 꿈도 꾸었지! 그런데 이런 꿈이야기를 내가 왜 하느냐 하면 아주 아주 아주 신기한 일이 내게 일어난 거야. 사람들은 내가 체험한 이 이야기를 하면 데쟈뷰라고 일축하는데 아니야. 내게는 정말 신비한 역사였어! 바로 실제로 얼마 후 나는 그 미국 선교사 할아버지 할머니가 사시는 집으로 이사를 해서 그분들을 한 집에서 모시며 살게 되었고, 또 그로부터 오랜 후에 내가 미국으로 유학을 떠났을 때 내가 탔던 비행기 안 풍경부터 시작해서 내가 다니던 대학의 전경, 내가 만났던 대학교수님들 심지어는 내가 살던 미국의 집 모양까지 모두가 다 내가 그날 밤에 꿈꾸었던 모든 풍경과 상황과 시공간 일체가 다 일치했다는 거야! 어때 너희들 지금 내가 하는 말을 믿을 수가 있겠어?

연희 교수님, 그거야 말로 데쟈뷰 현상인데요?

영신교수 글쎄 아니라니까! 데쟈뷰가 아닌 마치 내 스스로 카이로스 시간과 공간 속에서 그 수많은 시간을 오간 나의 신비한 체험이 분명했다니깐!

종식 교수님 그것을 우리에게 어떻게 증명해 보이실 수 있는데요?

영신교수 못하지! 하지만 자네들이 이런 내 말을 믿어주기 만을 바랄 뿐이지. 그렇지만 나는 내 경험 내 시공간 속에서 체험한 일이니까 나만은 확실히 믿을 수가 있는 거야! (화이트보드에다 καιρός라는 글씨를 쓰면서) 그리스어에서는 '때, 시각'을 나타내는 말로 카이로스와 (다시 χρόνος 글씨를 쓰면서) 일상적인 '시간'을 가리키는 크로노스가 있는데 '카이로스 시간'은 인간이 주도할 수 없는 초월적인 시간을 말하고, '크로노스 시간'은 과거부터 미래로 일정 속도·일정 방향으로 기계적으로 흐르는 연속성 있는 시간을 뜻하거든! 그런데 나의 기독교적인 표현으로 재해석해 본다면 이것이 맞는 설명일진 몰라도 카이로스의 시간은 "초자연적인 하나님의 시간"을 말하고 크로노스의 시간은 "자연의 법칙에 따르는 사람의 시간"을 말한다고 할 수가 있지! 하지만 사람이라는 본체는 육체만 있는 것이 아니고 생각할 수 있는 정신과 영혼이라는 것이 함께 공존해 있는 것이기 때문에 우리는 어쩔 수 없이 카이로스와 크로노스의 시간과 공간을 오가는 존재라는 것을 부인해서는 안 될 거야. 그렇기 때문에 나의 카이로스적 시공간의 체험을 여러분들은 믿지 못한다고 일축해서는 안 되지. 바로 〈한 여름 밤의 꿈〉에서도 이런 시공간의 개념을 이해하면서 논리적인 표현을 연출하지 않으면 그저 배우들의 유희적인 몸놀림의 모양만을 보여주는 작품이 될 것이기 때문에 작품이 가벼워질 것이야! 오늘 강의는 여기서 끝.

음악.

#15. 우영신 교수의 서재

창밖으로 가을비가 쏟아진다. 우두커니 창밖을 내다보며 생각에 잠겨 있는 우영신 교수. 어머니 길자의 목소리가 들려온다.

길자 (소리) 니 지금 그게 무신 말이고? 미국 선교사님이 니한테 뭐라 했다꼬? 니캉 내를 자기네 하고 같이 살자 했다고? 와? 니가 그분들한테 뭔 말을 했기에 그 높은 양반들이 그리 말했는데? 말도 안 통하는 그런 미국사람들 하고 같이 산다는 게 그기 어디 쉬운 일이고? 그카고 엄마가 몸이라도 괘안타면 까짓 식모살이 한다 생각하고 그 집 일 거두며 살 수도 있겠지만 니도 알다시피 내 이래 몸이 성치도 않은데 그 사람들하고 우에 같이 살 수가 있겠노? 엄마는 기냥 니캉내캉 이래 살면 좋겠다. 지금 우리가 이레 힘들게 살고는 있지만서도 하나님이 니를 지켜주시는 걸로 봐서는 니를 고등핵교까지는 졸업시켜주시지 않겠드노?

영신 (소리) 엄마 왜 그렇게만 생각해요? 이 모든 상황이 하나님께서 우리에게 주시는 기회라는 생각은 안 해봤어요? 그 선교사님 할아버지 할머니는 낯선 외국 땅에서 두 분이서만 사신다는 것이 무섭기도 하고 쓸쓸하기도 하시니까 우리하고 같이 사시자는 거야! 무엇보다도 나를 좋게 보셨는가봐! 그러니까 우리도 새로운 부모님 만나 모시고 산다는 생각으로 같이 살면 되잖아요?

빗소리와 함께 어릴 적 친구들의 모습이 영상에 비추며 영신의 독백이 이어진다.

영신교수 (독백) 나는 교장선생님과 최 목사님의 추천을 받아 1차 미국 유학생 선발을 위한 목적으로 미국 선교사님 댁을 드나들며 영어회화 공부를 시작하게 되었다. 그리고 한 몇 개월이 지났을 때 쯤 그때 함께 영어 공부를 했던 기독학생회 임원들 가운데 세 명이 중도에 포기를 했다. 우리 가운데 가장 영어를 잘했던 준수형은 대입시를 목전에 두고 있었기 때문에 집안의 반대로 포기를 했고, 친구 철이는 감리교 목사님의 아들로 장차 감리교단에서의 목회를 위해 일을 하려면 감신대로 가야 한다면서 교단적 이유로 그만두었고, 기혁이는 자기가 출석하던 교회에서 고등부 학생회장이었던 그가 학생회 활동과 특히 성령충만을 사모하여 부흥회에 심취해서 영어공부를 포기했던 것이다. 이로서 결국 재훈이와 나만 남게 되었는데, 하루는 오늘 같이 창밖으로 비가 쏟아지던 어느 날, 선교사님의 통역을 맡아 우리의 영어 공부를 도와주시던 김진애 선생님께서 나를 부르셨다.

회상 장면 서서히 F.O

#16. 선교사 사택 사무실

창밖으로 비가 쏟아지고 영어공부를 위해 준비한 기다란 테이블과 의자가 놓인 선교사 사택 서재. 김진애 선생님과 영신이가 테이블을 마주하고 앉아있다.

김선생 영신아! 네가 어떻게 생각할지 모르겠지만 어제 탐슨 선교사님께서 내게 너에 대해 많은 것을 물어보시더라. 아마 어떤 꿈을 꾸셨던가 봐!

영신 꿈이라구요? 어떤 꿈이셨는데요?

김선생 글쎄다. 꿈에 대해선 그 내용을 밀씀 안하셨어! 단지 너에 대해 알고 싶으셨던가 본데 사실 나도 너에 대해서 잘 알지 못하잖니! 물론 네가 우리 학교 학생이고 예술에 대한 재능이 많고 신앙심 깊고 공부 잘하는 착한 학생이라는 것 외에는 말이야! 그런데 선교사님께서는 너의 가족이 어떠한지? 또 너의 집안 형편이 어떠한지? 그리고 네가 어떤 꿈을 가지고 있는지 등등에 대해서 물으셨어! 아마 재훈이를 통해 네가 공부를 끝내자마자 급히 나가는 이유가 신문배달을 하러가기 때문이라는 것 정도만 들으셨던 것 같애. 그래서 나도 너네 담임선생님한테도 물어보았더니 어머니하고 단둘이 사는 생활이 좀 어려운 학생이라는 말씀만 하시지 잘 모르시더라. 그래서 그 상황까지만 말씀드렸더니 너에 대해서 좀 더 자세한 것을 알아보라고 하셔서 이렇게 남으라고 했던 거야! 혹 실례가 되지 않는다면 내게 말해 줄 수 있겠니?

영신 …

김선생 괜찮아 말하기 어렵거나 곤란하면 이야기 하지 않아도 돼!

영신 아닙니다. 선교사님께서 궁금하시다고 하니까 간단하게 말씀드릴게요! 실은 전 담임선생님께서 말씀하신 것처럼 어머니와 단둘이 살고 있어요. 한국전쟁 때 아버지와 헤어지신 어머니께서는 태중에 있던 저를 피난길에서 낳으셨고 그 뒤 고향을 떠나와서 이날 이때까지 대전에서 고생하시면서 절 키워 오셨어요.

김선생　그럼 넌 유복자였던 거니?

영신　그런 셈이지요! 하지만 유복자라는 것이 불편하지는 않아
요. 저는 어렸을 때부터 하나님이 우리 아버지라고만 생각
했어요. 그리고 실제로 하나님께서는 여호와 이레로서 제
아버지 역할을 해주셨거든요

김선생　어머나 세상에! 기특도 해라! 그래서?

영신　사실 집안 형편으로 봐선 제가 이렇게 학교에 다닐 수가
없어요. 그럴만한 여유가 없거든요. 말씀드렸듯이 하나님
의 은혜로 여러 사람들의 손길을 통해서 이렇게 간신히 학
교에 다니게 되었으니까요. 또 학교가 끝나면 아르바이트
를 하고 있는데… 에잇 그런 거는 뭐! 암튼 정말로 하나님
의 도우심이 없으면 살아가기 힘든 형편이에요. 그래도 전
크게 염려하지 않아요. 하나님이 저의 아버지이심을 지금
도 확신하며 살아가고 있으니까요!

김선생　그런데도 어쩜 그리도 밝고 쾌활한 거니? 난 처음에 너를
봤을 때 부유한 집 아들인가 했다. 세상에 얼굴에 그늘 같
은 것이 전혀 없어! 하기사 너희 아버지가 부자인 하나님
이시까. (가벼운 웃음)

밝은 음악.

#17. 선교사 사택 거실

새소리가 지저귀는 밝게 개인 창 밖 풍경. 선교사 거실에는 노부부
선교사와 김진애 선생님 그리고 영신이가 거실 소파에 둘러앉아 이

야기를 나누고 있다.

Mrs. 탐슨   영신! 나는 네가 몹시도 자랑스럽구나! 너의 얼굴은 항상 웃음으로 가득 차 있어서 너는 사람들에게 늘 평안을 주고 있지! Miss 김을 통해 들은 바로는 너는 어린 나이에 많은 고난을 체험하며 살아왔더구나. 그런데도 너의 얼굴은 이렇게 밝고 환하다니 이것은 하나님께서 너에게 주신 선물이야! 영신, 지금 너는 어떤 꿈을 가지고 있는지 내게 말해 줄 수가 있겠니? 어린 손자가 할머니에게 말을 하듯이 평안한 마음으로 말이야!

영신   (김 선생님에게) 선생님! 저 아직은 제가 영어로 답변드릴 만큼 영어를 잘하지 못하니까 선생님께서 대신 통역을 해주겠어요? 부탁드려요 선생님!

김선생   아니야! 한번 용기내서 니가 직접 영어로 말씀드려봐! 모르는 단어가 있으면 내가 도와 줄 테니까!

Mrs. 탐슨   Ok! 한번 해봐!

영신   (약간 떨리는 음성으로 얼굴을 붉히며) Now I don't know! what's my dream. From long ago I have two dreams. First one, is 목사님! second dream is movie director! Because I want help many people. 응 그러니까 poor people!

Mrs. 탐슨   으흠! good! Ok! I understand. Go ahead!

영신   목사님이 되면 spirit poor people에게 strong power holy spirit로 심령에 위로와 힘을 주어 믿음으로 바르게 살게 해주는 일을 하고 싶구요. 또 movie director가 되어 좋은 기독교 영화를 만들어서 미디어 사역자로서 선교를 하고 싶어요. 지금까지 이런 두 가지 꿈을 꾸어 왔는데 지금은 잘 모르겠어요. 지금은 학교에 계속 다닐 수 있었으면 좋겠고 그래서 열심히 공부를 잘했으면 좋겠어요. It's my dream now!

Mrs. 탐슨 Ok! 영신! 너는 하나님이 너희 아버지이심을 지금도 확실히 믿고 있지?

영신 Yes I do! my father is my God! I believe that!

Mrs. 탐슨 Good! 그러면 말이다. 너의 아버지이신 하나님께서는 너에 대하여 어떤 꿈을 가지고 계실까? 생각해본 적 있니?

영신 아니요! 꿈은 제가 가지는 것인데 왜 제 꿈을 하나님께서 가지고 계시는 건데요? 잘 모르겠어요!

Mrs. 탐슨 영신! 너는 하나님께 너의 모든 것을 다 드린다는 서약을 해 본 일이 있니? 아니면 찬송을 통해서라도…

영신 그럼요! 그런 기도는 매일 드려요! 나의 하나님이시니까요! 나의 시간 나의 물질 나의 인생 전부를 하나님께 드린다고요!

Mrs. 탐슨 그럼 너의 꿈은? 그것도 하나님께 다 드려야 하는 거 아닐까?

영신 Ok!! I understand! I will give my dream to God!

Mrs. 탐슨 그렇지. 그것이 우리 믿음의 성도들이 해야 할 예배이고 제사이지! 그리고 그 꿈은 하나님께서 다시 너를 위해서 잘 정돈하셔서 네 생각과 마음에 도로 넣어주실 거야! 그러면 너는 하나님께서 도로 너에게 주신 그 꿈을 잘 받들어 성실하게 그 꿈이 이루어질 수 있도록 노력을 해야 하는데 그것을 가리켜 하나님의 뜻을 이루어 성취하는 복 있는 사람이라고 하는 거지!

영신   아멘! 그것을 제가 잘 몰랐네요. 그래서 주기도문에 보면 뜻이 하늘에서 이루어진 것 같이 땅에서도 이루어지이다! 라고 하는 기도가 나오는 거군요!

Mrs. 탐슨   Good! Hallelujah! Let's praying together!

음악.

#18. 선교사 사택 거실

노 선교사님 부부와 김 선생님 그리고 영신이가 함께 기도하는 광경.

영신교수   (독백) 그때 나는 우리 모두의 꾸는 꿈도 다 하나님의 뜻과 일치되어 하나님께서 정제해주신 꿈을 우리 가슴에 두고 그것을 하나님의 뜻으로 받아들여 우리 각자의 인생 길 위에서 삶의 목표로 실행에 옮겨야 한다는 것을 새삼 깨닫게 된 것이다. 그런 가르침을 주신 Mrs. 탐슨 선교사님께서는 나의 꿈이 성취되기를 기도해주신 후에 아주 놀라운 제안을 나에게 해주신 것이다.

음악.

Mrs. 탐슨   영신! 하나님께서 네게 원하시는 올바른 꿈을 위해 나도 기도를 계속할 것을 약속하마! 그리고 이제부터 내가 너에게 하는 제안을 잘 듣고 마음에 결정을 해주길 바란다. 사실 이 제안은 며칠 전에 꿈속에서 하나님께서 너의 모습을 보여주시면서 너를 도우라는 명령을 내게 주셨기 때문에 며칠 동안 기도하면서 결정한 제안이란다.

영신   …

Mrs. 탐슨 영신! 나는 네가 네 어머니와 함께 이곳으로 와서 우리와 함께 살기를 원한다. 네가 건강이 좋지 않은 어머니를 모시고 살면서 학교에 다니고 또 방과 후에 아르바이트를 하며 생활한다는 이야기를 들었을 때 너에 대한 동정이 아닌 너에게 투자하고 싶은 마음이 생겼다. 아니 이 마음은 하나님께서 내게 주신 마음이라고 생각한단다.

영신   네? 투자라니요?

Mrs. 탐슨 나의 표현이 너의 한국적인 정서에 맞는 말인지는 잘 모르겠지만 그래! 너에 대한 투자! 다시 말해서 장차 너를 미래 사회에 훌륭한 지도자로 만들기 위해서 가장 어려운 환경 속에 처해있는 지금의 너를 돕는다는 뜻이야. 무슨 말인지 이해할 수 있겠니?

영신   아니 아직 잘 모르겠어요! 말씀하시는 내용은 잘 알겠지만 너무나 갑작스러운 말씀이고 또 제 미래를 위한 투자라니요?

Mrs. 탐슨 며칠 전 나는 꿈속에서 너를 보았단다. 찬바람이 몹시 불어오는 추운 겨울날 너는 빵집 앞에서 몹시 배고픈 표정으로 빵을 사먹을까 말까 망설이며 서 있더라. 아마도 빵을 사먹고 싶었지만 돈이 부족했던 모양이야. 그래서 나는 비록 꿈속이었지만 소리쳤지. "영신아, 돈 걱정하지 말고 어서 사 먹어. 내가 도와줄게!"하고 말이야! 그랬더니 네가 결심을 한 듯 바지 주머니에서 동전 서너 개를 꺼내더니 그 빵을 사는 거야! 나는 "그래 잘했어! 어서 그 빵을 먹어! 너 지금 무척 배고프잖아. 어서 먹으라니까!" 나는 또 네가 들리지 않는 내 목소리로 소리를 쳤지!

영신　Yes!

Mrs. 탐슨　그런데 너는 그 빵을 먹지 않고 종이에 싸서 다시 주머니에 넣는 거야! 그리고 다시 배고픈 걸음으로 찬바람을 헤치고 걷는데 어느 길모퉁이 골목 입구에서 가마니를 둘러쓰고 기침을 하는 노인을 발견하고는 역시 빵을 살 때처럼 망설이다가 결국 그 노인 앞으로 다가가더니 그 빵을 건네주었어! (아름다운 음악)

영신　Yes!

Mrs. 탐슨　그런데 말이다. 네가 다시 저만치 걸어가고 있는데 빵을 건네받은 그 거지 노인이 훌훌 자리를 털고 일어서더니 걸어가고 있는 너를 바라보면서 빙그레 웃고 있는 거야! 나도 이상하다 생각하고 있었는데 그 노인께서 갑자기 나를 향해 소리를 쳤어! "Mrs. 탐슨! 이리 와보세요" 하고 말이야. 나는 마치 자석에 끌려가는 쇠붙이처럼 그 노인 앞으로 다가갔지. 그랬더니 그 거지 노인이 내게 이만한 크기의 가방을 건네주면서 얼른 가서 저 소년에게 갖다 주라고 하시는 거야! 그래서 내가 물었지. 이 가방은 무슨 가방이냐고 그랬더니 장차 저 소년이 살아갈 때에 필요한 것들이라고 했어! 그리고는 그 거지 노인이 뒤편 골목길로 사라졌고 나 역시 잠에서 깨어났지!

김선생　어머나 세상에! (통역을 한다)

Mrs. 탐슨　영신! 이 꿈은 분명 하나님께서 너의 진실된 모양을 보시고 너에게 예비하신 축복을 주시는 거라는 것을 이해할 수 있겠니?

영신 (잠시 침묵) 저… 그런데 선교사님께서 말씀해주신 꿈 이야기 실제로 제가 언제 간증으로 이야기 한 적이 있었나요?

김선생 그게 무슨 말이니! 간증이라니?

영신 저… 사실은 지난 겨울에 실제로 그런 일이 있었거든요! 제가 신문배달을 하고 집으로 돌아오는데 너무나 추웠어요. 그리고 배가 몹시 고팠었는데 포장마차에서 호떡을 팔고 있더라구요. 그래서 다음 날 학교에 갈 버스 차비뿐이 없어서 호떡을 사 먹을까 말까 망설이다가 너무 배가 고파서 그냥 호떡 한 개를 샀어요. 그래서 막 먹으려고 했는데 골목길 앞에 어떤 노인 한 분이 가마니를 몸에 걸치고 떨고 있더라구요. 순간 저는 이런 생각을 했어요. 아! 만약에 저 거지 노인이 6.25때 헤어진 우리 아버지라면! 아님 만약에 내가 늙어서 저런 거지 노인이 된다면 하는 생각을 말이에요. 그래서 저도 모르게 그 노인 할아버지한테로 가서 그 호떡을 건네 드렸어요. 그런데 어떻게 선교사님께서 그와 똑같은 꿈을 꾸셨는지? (눈물을 글썽인다)

김선생 어머나 세상에 그런 일이 있었구나! 어쩜 네가 오른손이 한 일을 왼손조차 모르게 했던 그 숨겨진 선행을 하나님께서 보시고 선교사님 꿈을 통해 밝혀주셨구나! 할렐루야! 장하다. 영신아!

Mrs. 탐슨 미스 김! 무슨 일이에요?

김선생 (영어로) Mrs. 탐슨! 당신이 꾸었던 꿈 이야기, 실제로 지난 겨울에 여기 영신이가 했던 이야기랍니다. 그가 신문배달을 하고 집으로 돌아오는데 너무나 춥고 배가 고파서 포장마차에서 호떡이라는 빵을 하나 샀다는군요. 다음 날 학교에 갈 버스 차비뿐이 없어서 호떡을 사 먹을까 말까 망설

이다가 말이에요. 그런데 그것을 막 먹으려고 했는데 골목
길 앞에 당신이 꿈에서 본 그대로 거지 노인이 가마니로
몸을 걸치고 떨고 있더래요. 그래서 영신이가 순간 어쩌면
저 거지 노인이 6.25 때 헤어진 자기 아버지라면! 아님 만
약에 나도 늙어서 저런 거지 노인이 된다면 하는 생각이
들어서 불쌍한 마음으로 그 거지 노인에게 그 호떡을 건
네주었다고 하네요! 어쩜 이런 일이 있을 수 있을까요? 오
놀라우신 하나님! (두 손을 들고 하나님을 찬양하며 눈물을 흘린다)

Mrs. 탐슨　(옆에 있는 자기 남편 Mr. 탐슨에게) 허니! 당신도 들으셨지요?
오 어찌 이럴 수가! (두 손을 높이 들고 감격해 한다) Praise the
Lord Hallelujah!

#19. 우영신 교수의 서재

우영신 교수 서재, 노 선교사님 부부와 김 선생님 그리고 영신이가
함께 기도하는 광경이 O.L

영신교수　(독백) 이런 기적과도 같은 놀라운 하나님의 은혜로서 어머
니와 나는 선교사님 댁에서 함께 살게 되었다. 참, 감사하
신 하나님 그때부터 나는 학비에 대한 걱정, 먹고 사는 걱
정 등에서 벗어나 야베스의 기도처럼 주께서 내게 복에 복
을 더하사 나의 지경을 넓혀주시고 주의 손으로 나를 도우
사 환난에서 벗어나 근심이 없게 하소서 하는 그 기도를
하나님께서 들어 허락하셨던 것이다. 후일에 들은 이야기
로 탐슨 선교사님은 내가 그때까지 다녔던 교회의 감독으

로 계셨던 마원이라는 미국선교사를 통해서도 나에 대해 알아 보셨고 그분으로부터 나에 대한 칭찬을 들으셨다고 한다. 아! 이 모든 것은 하나님께서 내려주신 큰 축복이셨다. 하나님께서는 가난한 과부와 고아를 돌보시며 그들의 피난처가 되시는 분이심을 나는 확실히 깨달아 알게 되었던 것이다. 할렐루야!

강한 음악.

#20. 대동장로교회 본당예배실

학교법인 대성학원 내 소속된 대성중, 대성고, 대성여중, 대성여상 학생들이 교회 안에 가득 차 있고 대성고 브라스 밴드부들이 성가대석에 앉아 연주 연습을 하고 있다.

영신교수 (독백) 학교법인 대성학원은 6.25 한국 전쟁 때 이북에서 피란 내려오신 안기석 장로님과 김신옥 목사님 두 부부께서 피란민 자녀들을 위해 세우신 학교였다. 대전에서 최초로 세운 기독교 사립중고등학교로서 여기에서 공부하는 모든 학생들은 의무적으로 기독교 행사에 참여해야 하며 특히 주일날 오후에는 동구 대동지역에 위치하고 있는 대동장로교회를 빌려서 학생교회라는 이름으로 예배를 드리게 된다. 특이한 것은 이 학생교회에서는 예배 중 설교와 축도를 제외하고는 사회, 대표기도, 성가대, 헌금위원, 봉사위원 등 일체를 학생들이 담당하였고 주보제작도 학생들이 편집하고 인쇄까지 하게 했다. 이름 그대로 "학생교회(The Student Church)"이다. 이는 학교장이시고 설립자이신 안기석 장로님께서 대성학원의 학생들이 장차 사회로 나가 성인이 되어 각 교회를 섬기게 될 때 출석교회의 훌륭한 청지기가 되게 하기 위한 일련의 청지기 훈련을 목표로 하셨던 것이다. 물론 이 모든 섬김훈련은 대부분 신앙이 있는 기독학생들이 담당했지만 성가대의 경우에는 각 학년 학급단위로 돌려가면서 성가를 담당했기 때문에 재밌는 에피소드가 많다. 학교법인 대성학원에는 당시 모두 6개 중고등학교가 있었는데 각 학교마다 음악교사들이 이 성가지도를 담당했다. 거의 1년에 한번 정도 성가대에 서게 되는데 대부분의 학생들이 비기독교 신자이거나 교회는 다녀도 억지로 부모의 손에 끌려와 예배에 참석하는 학생들이 대부분이었다. 이런 그들이 의무적으로 서야하는 성가대로서 연습과정에서의 혹독한(?) 훈련과 학급 간 또는 학교 간의 경쟁심리로 인해 담임 선생님들의 성화에 열받아 반항하는 아이들도 더러 있었지만 일단 주일에 학생교회에서 성가복을 입고 성가를 하고난 다음에는 거의 대부분의 학생들이 경건해지고 나름의 신앙적 체험 등이 따르는 간증을 하는 경우가 많았다.

음악.

#21. 대성고등학교 교장실

대성고 교장실 소파에 노인이 되신 안기석 장로, 학생교회 지도교사였던 최부영 목사, 이한덕 교장, 엄문용 장로 그리고 선교사 통역을 담당했던 김진애 선생, 또 우영신 교수와 그의 친구인 이철 목사가 함께 앉아 좌담을 나누고 있다.

이교장　모두 평안 하시지요? 오늘 이렇게 한 자리에 모신 것은 다름 아니고 우리 학교법인 대성학원 40주년을 앞두고 학원사 편찬을 기획하던 중에 여기 설립자이신 안 장로님께서 가장 신앙교육 활동에 역점을 두셨던 학생교회에 대해 알고파서 당시 함께하셨던 여러분들을 모시게 된 것입니다. 녹취를 위해 녹음기는 틀어 놓았지만 당시 고등학생이었던 우영신 교수께서 필기도 해주면 좋겠네요!

영신교수　네 알겠습니다.

안교장　(김 선생에게) 김진애 선생님께서는 조만간 미국으로 가시디요? 일가친척이 있는 것도 아인데 거 외롭게시리 뭐하러 갑네까? 가서 사업하는 것도 아닐 텐데 기냥 우리랑 예서 이렇게들 모여 살디요.

김선생　(약간 부끄러워하며) 그렇잖아도 많이 생각도 해보았고 지금까지도 기도하고 있습니다만 실은 공부를 더 하고 싶어서요…

안교장　공부요? 기럼 유학가시는 겁네까? 아니 무슨 공부를 하실려구…?

김선생　시… 신학을 공부하고 싶어서요.

이교장　그래요? 아니 신학이라면 예서도 할 수 있잖습니까? 총신도 있고 장신도 있고 아니면 연세대 신학과도 있는데…

김선생 네. 저도 그동안 그 여러 곳을 다 살펴보았는데요. 미국으로 결정한 이유는요, 아직 한국에는 오순절신학이라는 분야가 활성화 되어있지 않더라구요. 그래서 미국 우리 휘스퀘어교단 본부에서 운영하는 신학대학을 가보려구요

안교장 기렇습네까? 아니 그 연세에 목회하실 것두 아니실 텐데…? 아니디 기럼 목회하실 겁네까?

김선생 아니에요 장로님! 나이 육십 다 돼서 목회는 무슨 목회예요! 그냥 그동안 성령체험에 대해서 확신은 있지만 그것이 신학적으로 어떻게 정리되어 있는지 궁금하기도 하고 또 앞으로 이 오순절 성령운동이 어떻게 확산되어 이 사회에 어떤 영향을 미칠까 하는 것에 대한 관심이 많아서 그 분야를 공부해보려구요.

안교장 암튼 대단합네다. 거 가시기 전에 내 여기 계신 분들 모다 일간 집으로 한 번 초청할 테니 김 선생님 송별 겸해서 함께 식사 한 번 하시디요! 그나저나 거 탐슨 선교사님이래 평안하십네까? (영신에게) 영신이 자네가 알 거 아니네? 언제 그분을 만나뵙다 했디?

영신교수 네, 작년에 선교합창단 아이들 인솔하고 L.A에 갔을 때 잠깐 선교사님 댁에 들렸었습니다. 할아버지 선교사님은 돌아가셨고 할머니 선교사님만 은퇴하시고 혼자 살고 계시는데 여전히 건강하시고 지금도 가끔씩 기도 받으러 오시는 분들 있으면 기도를 해주시는데 쩌렁쩌렁하십니다. 필리핀 양딸이 근처에 살고 계신데 자주 들리셔서 돌봐주시는 것 같더군요.

안교장 다행이구만 기래! 암튼 우리 대성학원은 그 탐슨 선교사

님 은헬 잊어서는 안 될 거야! 우리 김 목사가 미국에서 말이디 본부 총회장 (영신에게) 그분 이름이 뭐이디?

영신교수 랄프 맥퍼슨 박사이십니다.

안교장 기렇티. 그 본부 총회장한테 말이디. 동남아시아 선교를 위해서는 베트남을 위시해서 대부분의 아시아 국가들이 미국과의 관계가 썩 좋은 것이 아니니 끼니 당신네들이 직접 나서딜 말고 우리 한국의 청소년들을 영적으로 잘 양육해서리 그들을 선교사로 대신 보내는 것이 훨씬 더 효과적일 거라고 했다는 기야! 참 내! 내 마누라디만 우리 김 목사래 정말 대단한 여장부이디! 기랬더니 그러면 자기네들이 무얼 해주면 좋겠느냐고 하드라는 기야! 그때 김 목사가 얼른 우리 한국 대전에다가 청소년 선교센타와 신학대학을 세워서리 평소 영적으로 훈련받고 있는 우리 대성학원 학생들을 키워설라무니 아시아 선교사로 내보내면 좋겠다구 했다는 기야.

이교장 우리 김 목사님 정말 배포가 보통 크신 게 아닙니다. 그 자리서 바로 승낙을 받았다면서요?

안교장 아니 내 말을 더 들어보라우! 우리 김 목사가 그 정도가 아니디. 그 총회장한테 말이디 (영신에게) 이름이 뭐이라 했디? 내 아무리 들어도 못 외우갔서야!

영신교수 랄프 맥퍼슨 박사이십니다.

안교장 기래 그 랄프한테 말이디 뭐이라 했는디 아네? 우리 한국 대전에는 지금 우리가 키우고 있는 학생들이 모두 8천 명이나 있고 그들을 밤낮없이 선교의 비전을 갖도록 키우고 있시오. 그리고 우리가 모든 경비를 함께 부담할 테니끼니 선교센타와 한국본부 교회 그리고 신학대학을 지을 수 있도록 당신네들이 도와주셔야 합네다 했다는 기야! 기리고 또 세계 최고 가는 훌륭한 선교사들과 신학대학 교수들을 우리한테 보내주어서 동남아시아 선교를 반드시 성사시킬 수 있도록 해 줘야 한다고 당당하게 요구를 한 거이디!

최목사 그래서 오신 분이 탐슨 선교사 부부셨고요!

안교장 기맀티! 그런데 말이다. 그 모든 걸 생략하고시리 선교사에 관한 이야길 하믄 말이야. 갑자기 그 총회장이 이야기를 하다말고 자기네 교단 본부 임원들을 소집하더라는 기야. 그리고는 당신이 요구하는 이 문제를 가지고 우덜이 잠깐 기도하고 오겠다고 하면시리 우리 김 목사만 사무실에 남겨두고설랑 자기네들끼리 옆방으로 들어갔다는 기야. 기래 가지구설랑 우리 김 목사는 우두커니 그 사무실에서 혼자 서서 기다리는데 한참을 기다렸더니 그 본부 임원들이 나오고 그 총회장이 김 목사에게 말하기를 하나님께서 당신이 우리에게 요구하는 그 모든 것이 다 하나님의 뜻이니 하나도 빼놓지 않고 당신의 요청을 다 받아들이기로 했다고 말했다는 거이야!

일동 (박수를 치며 할렐루야를 외친다)

안교장 기러면서 덧붙여 하는 말이 Mrs. 안이 요구한 대로 선교사 역시 우리 교단에서 활동하고 있는 선교사들 중에 가장 존경을 받고 있는 훌륭한 선교사 부부를 보내주려고 하는데 그분은 현재 필리핀 민다나오 섬에서 선교활동을 하고 있는 70대 노 선교사라고 했다는 거야! 그리구설랑 우리 김 목사가 밤중에 국제전화로 내게 이 모든 말을 다 전해줬는데 내가 김 목사한테 한 첫 마디가 뭔 줄 압네까? "아니 송장 치룰 일 있소? 7-80이 넘은 고령의 선교사를 받게? 당신 무조건 30-40대 젊은 선교사를 보내달라고 다시 요청하시요! 아니디 40대도 많아! 기양이면 2-30대 선교사면 좋겠다고 하시오"했디.

일동 (모두 다 웃는다)

안교장 기런데 우리 김 목사가 이러는 기야! "당신 아직도 멀었소. 하나님의 눈으로 그들을 봐야지. 어찌 사람의 눈으로 보려고 하오" 내 참! 그래설라므니 당신이 다 알아서 하시오 하고 확 전활 끊잖았갔어! 기리구 얼마 후에 정말로 그 노 선교사들이 김포공황에 내려 만났더니 와! 이건 정말 아닌 거야! 남자 선교사는 80이 넘은 상노인이구 여자 선교사는 70이 가까운 60대 중반인데 허리는 구부정하디 걸음걸이는 더디지! 아니 이런 몸을 게디구 어떻게 선교를 하겠다ㅓ! 내 실상 체면상 말은 안 했디만서두 속은 부글부글 끓는 거이 막 속이 상하디 않았갔네?

일동 (다시 웃음)

안교장 기런데 말이디! 이 두 노인네가 그 먼 거리를 비행하고 왔는데도 지치지도 않는지 계속해서 김포서 대전까지 오는 동안에 뭐라고 쏼라쏼라 내게 말을 걸어오는 기야. 여기 김 선생이 그때 같은 차로 왔으니끼니 알 꺼 아이가! 그때 뭐라 말했지, 내 오래 되놔서 다 이자 버렸어야!

김선생 (웃으며) 저도 기억이 나요! 저도 교장선생님과 같은 생각이었는데 두 노인께서 지치지도 않으신지 대한민국의 사정은 어떤가? 한국의 청소년들은 몇 십만 명이나 되느냐? 대성학원에서는 불신자 학생들 중에 졸업할 때 몇 %나 예수를 믿고 영접해 나가느냐 등등 정말 오시는 내내 많은 질문들을 하셨었어요.

안교장 기런데 여기 모든 분들이 다 알지 않네! 참 대단한 분들이었지! 30-40대도 그리 못하고 20대도 따르지 못할 열정과 끈기로서 와! 내 아적까지 성령이니 방언이니 하는 거에 확신은 없지만서두 그 두 노인 선교사님들이 하는 선교사역을 보면서 말이디 정말 눈물 많이 흘렸디! 정말 감동이었으니 끼니!

엄장로 그분들이 이곳에 오시기 전에 계셨던 곳이 필리핀 민다나오 섬이었는데요. 그곳은 아시다시피 IS라고 극단주의 무장세력 '이슬람국가'를 추종하는 반군들이 설쳐대면서 테러와 학살을 자행하는 곳이잖아요? 그 탐슨 선교사 부부께서는 자원하여 그 위험한 곳인 민다나오 섬으로 들어가셔서 선교활동을 하셨는데 후에 그분이 저희에게 하신 말씀이 요즘 회자되는 "선교는 복음을 앞세우고 가는 것이 아니라 사랑을 품고 가야하는 길"이라고 하시더라구요. 그래서 주일에는 그 무서운 IS반군들조차 교회로 자진해서 와서는 음식을 나누어 먹으면서 선교사님을 존경했다고 했어요. 그래서 선교사님께서 IS반군들에게 절대로 민간인들 학살을 하지 말라고 하면 그들은 그대로 순종하면서 군인들끼리는 몰라도 민다나오 섬 주민들한테는 해코지를 하지 않았다더군요.

최목사 여기서도 마찬가지였어요. 복음은 가르치는 것이 아니라 실천하는 것이라 하시면서 매주 어려운 지역을 방문하시면서 몸소 사랑실천 운동을 보여주셨어요. 나이 팔십 연세에 그렇게 부지런하실 수가 없었지요. 주일에는 오전에 가정예배를 시작으로 사택에서 최초로 휘스퀘어 복음교회를 개척하셨고 오후에는 학생교회에 오셔서 설교를 하셨지요. 또 화요일에는 우리 대성학원 학교들을 순방하시면서 교직원 예배와 학생예배를 인도하셨고 목금토요일에는 여기 우 교수와 이철 목사님이 학생일 때 같은 기독학생들을 사택으로 오게 해서 영어교육과 더불어 성경공부를 인도하셨으니까요. 우영신 선생도 탐슨 선교사님에 대해 한번 말해봐요! 친 손자처럼 선교사님의 사랑도 많이 받고 한 3년간 모시고 살았지?

영신교수 네! 그분들을 생각하면 자꾸 눈물이 나려고 해서… 용서하세요. 한 번은 이런 일이 있었어요. 아시는 분도 계시겠지만 저의 어머니께서는 건강이 별로 좋지 않으셨어요. 그렇지만 어머니께서는 매일 같이 선교사 사택 안을 청소도 하시고 식사도 거드시면서 일을 도우셨는데 하루는 제가 여기 있는 이철 목사를 포함해서 기독학생회 친구끼리 진잠에 있는 영주기도원으로 가서 철야집회를 하러갔다가 다음 날 아침 집에 들르지 않고 곧바로 학교에 갔었거든요. 그런데 제가 없는 동안에 어머님께서 심하게 아프셨었던가 봐요. 집에 와보니 탐슨 선교사님께서 전날 밤부터 밤을 꼬박 새워 가시면서 이틀 동안이나 어머니 병간호를 하고 계시더라구요.

김선생 맞아요. 외모는 서양 사람이지만 생각은 마치 동양 사람처럼 늘 나누고 베풀고 사람 차별 안 하시면서 한 사람 한 사람에게 정성을 다하시는 것이 한국 사람도 그런 한국 사람이 없었다니까요! 선교사님은 여기 우 선생 어머니를 친딸처럼 생각하시고 늘상 돕고 싶어 하셨어요. 우 선생 어머니 이름이 길자였지? 매일 같이 길자 길자 하시며 찾으시던 생각이 나는데 나중에 말씀하시더라구요. 남편 되시는 탐슨 선교사님과 자기 나이가 열아홉 살 차이가 나는데 실은 1차 대전 중에 남편의 부인과 딸이 독일군 손에 죽었대요. 그리고 자기는 전쟁 후에 이 멋진 홀아비 남성을 사랑하게 되어 처녀 결혼을 했는데 그만 그들이 낳은 딸도 두 살 때쯤 해서 전염병으로 죽었다는 기예요. 그런데 알고 보니 신기하게도 우 선생 어머니가 할아버지 선교사님의 옛 딸과 출생연도가 같았다지 뭐예요. 우리말로 말하면 이것도 인연이구나 싶으셨던지 선교사님 부부는 길자 씨를 친딸처럼 여기셨어요!

이철목사 그 당시 우리 기독학생회는 정말 대단했어요. 선교사님의 특별하신 사랑과 영적 파워에 이끌려 매일 같이 열서너 명씩 몰려다녔는데, 목금토요일에는 선교사님한테 영어특별 과외로 모였고 주일에는 선교사님 사택 마당에서 동네 어린아이들을 모아다가 주일학교로 아이들을 가르쳤고 일주일에 이틀 정도는 밤에 아까 우 교수가 말한 것처럼 진잠의 영주기도원이나 대동장로교회에 가서 철야기도회를 했어요. 특히 학생교회를 위해 정말 신나게 일들을 했는데, 그때 우리 모두가 비록 어린 학생들이었지만 사는 게 복되구나 하는 생각들을 했으니까요! 그러면서도 틈틈이 학교 옥상 끝에 있던 기도실에서 열심히 공부도 했지요. 그 결과 우리 때 예비고사 제도가 생겨나서 예비고사에 합격을 해야만 대학 본고사를 치룰 수가 있었는데 우리 동기들 가운데에서는 일곱 명 모두가 예비고사에 합격을 했으니까요. 영혼이 잘되면 범사에 잘된다고 많은 학생들이 우리를 시기도 했지만 부러워들 했으니까요.

영신교수 제 개인적으로는 선교사님에 대한 기억 중 하나가 십자군

캠프였습니다. 학생교회 출신들이 지금도 기억하고 있는 특별한 캠프였으니까요

잔잔한 음악.

#22. 성남중학교 옛 건물

주변에 산이 둘러져있는 자그마한 시골 중학교. 시골버스가 달리는 도로로부터 약간 높은 언덕 위에 세워져 있다. 운동장 앞으로 바라보이는 넓은 평야 그리고 그 끝에는 금강이 보인다.

#23. 성남중학교 운동장

낡은 수학여행용 전세버스 네 대가 미루나무 가로수가 바람에 흔들리는 울퉁불퉁한 시골도로를 달려와 학교가 있는 언덕을 올라 시골 학교 운동장으로 가서 정차를 한다.

#24. 버스에서 내리는 학생들

교복이 아닌 평상복으로 갈아입고 밀짚모자를 쓴 대부분의 남녀 학생들이 배낭, 가방, 보따리 등 뒤섞인 짐들을 가지고 버스에서 내린다.

남중1　와 여기가 어디야? 여기가 성남중학교라는 데야?

남중2 (주변을 둘러보며) 애개개! 학교가 왜 저리 쪼만한 기여? 코딱 지만 하네!

남중3 니 코딱지가 저렇게 크냐?

남고1 여기서 삼일 동안 먹고 자고 하는 거여?

남고2 야! 말뚱! 그런데 캠프라는 게 뭐다냐? 보이스카웃 잼버리 같은 건가?

남고1 나도 잘 모르지만 아마 비슷할 걸! 이곳에서 학생들이 교회 부흥회 같은 거 하는 건가? 암튼 바깥바람 쐬니까 좋긴 좋다!

남고3 좋긴 뭐가 좋아! 난 벌써 모기한테 한 방 물렸는데… 덥기 는 왜 이리 더운 거여?

여중1 너 쟤 알어?

여중2 누구?

여중1 쟤 쫌 귀엽게 생긴 애! 니네 초등학교 나왔다며?

여중2 아 저 멀대! 장배?

여중1 쟤 이름이 장배야? 그런데 왜 멀대라고 하는 거야? 키도 크고 멋있는데…

여중2 멋있긴 뭐가 멋있어! 쟤 공부도 딥다 못하고 맨날 선생님 한테 혼나기만 했는데! 왜? 쟤랑 사귀고 싶어서?

여중1 아니, 내가 미쳤니! 저런 애랑 사귀게? (사이) 아냐 어쩜 봐 서… 여기서 삼일 동안 같이 지내게 될 텐데 진짜 멀댄지 아닌지 자세히 보고나서.

여중2 근데 쟤네 딥다 부자다! 시내 청소년 회관 앞에 있는 치킨 집이 쟤네 꺼야!

여중1 뭐라구? 그럼 나 쟤랑 사귈래. 니가 나 소개해줘!

여고생1 쪼끄만 것들이 벌써부터…! 여기가 니들 연애하러 온델

줄 알어?

여중생들 (깜짝 놀라며) 엄마야! (다른 쪽으로 도망을 간다)

여고2 쟤들 왜 저러니?

여고1 웃겨! 오자마자 남자 애들 꼬시려구 하잖아 호호호!

여고2 너도 그랬잖아! 여기 오기 전에 멋진 애 있으면 이번 기회에 하나 낚아서 남자 친구 만들 거라구!

여고1 하지만 쟤네들은 꼬맹이들이잖아! 요즘 중학교 어린 것들이 더하다니까!

이때 엄 선생님이 호각을 분다.

엄선생 자, 모두 이리로 집합! 이쪽으로는 남학생들 그리고 저쪽으로는 여학생들. 더우니까 어서어서! 그리고 우선은 중고등학교 가리지 말고 빨리들 모여! 아니다. 운동장이 너무 더우니까 남학생들은 여기 고 선생님을 따라서 (건물을 가리키며) 저어기 저 등나무 보이는 건물로 가고 여학생들은 여기 오 선생님 따라서 여자 숙소인 그 옆 건물로 가라. 그리고 그곳에서 각각 숙소배정을 받아! 자, 선생님들. 날이 더우니 어서 애들 인솔해서 교실로들 가세요!

고선생 (남) 자, 남학생들은 모두 나를 따라와! (남학생들 모두 고 선생을 따라 나선다)

오선생 (여) (호각을 불면서) 우리 여학생들은 저기 저 벽돌건물이 있는 저곳으로 가야 하니까 짐 들고 날 따라와요! (여학생들 재잘대며 모자로 햇빛을 가리며 오 선생을 따라간다)

#25. 남자 고등학생 숙소(교실)

20여 명의 남학생들 대부분 런닝 차림이나 상반신을 벗은 채 자유로이 앉아있거나 부채질 하며 누워 있다.

남고1 아휴 꼬린내! 야 모두 수돗가에 가서 발들 좀 씻고 와라. 자슥들 양심들이 없어!

남고2 말똥! 너는? 니 족이 더 심하거든! 너부터 씻고 와 이 샤키야!

남고3 너는 족발 냄새가 아니라 북에서부터 남까지 쓰레기 공화국이야 임마! 아무리 성장호르몬이 왕성하다고 하지만 쏟아낸 건 좀 닦아내야 하는 거 아니냐?

일동 (끼득이며 웃는다)

남고1 그런데 여기 캠프에선 뭐 하는 거니? 담탱이가 꼬셔서 오긴 왔는데 아무래도 속은 거 같애!

남고2 속긴! 지난 번 학생교회서 마마탐슨 할머니 설교 때 너 울었다며? 그때 왜 울은 거니?

남고1 너는? (사이) 햐 그날은 좀 감동이더라! 예수님 애길 하는데 갑자기 엄마 생각이 나는 거 있지! 엄마한테 미안하고 잘못한 거만 생각나는데 나도 생각해보면 내가 참 한심한 놈이더라구. 그래서 회개기도 하라고 하는데 좀 눈물이 났지!

남고2 그래서 회개 좀 했어?

남고생1 절반쯤!

남고2 뭐, 절반쯤…? 할 때 한꺼번에 다하는 거지 절반만 하다니? 그럼 넌 절반은 깨끗하고 절반은 아직 더러운 거야?

남고1 그런 셈이지! 아직 내 양심상 거리끼는 것들이 좀 많거든!

엄마 잔소리 주제의 으뜸은 공부하라는 건데 정말 공부에는 자신이 없잖아! 그래서 지킬 수 없는 약속까지 회개한 답시고 다 털어 놓다간 양심이 허락지 않는 거 같아서 잠깐 기도를 중단하고 생각을 해설랑 할 거 안할 거 구분해서 절반쯤만 회개기도 한 거야!

남고3 참 골 때리는 놈이야! 그래서 그 반쪽 냄새가 쓰레기구나!

이때 영신이가 들어오며 소리친다.

영신 모두 자기 자리 정리하고 가져온 짐들 풀었어?
일동 네!
영신 와우! 냄새… 곧 2층 강당에서 오리엔테이션 한다고 하니까 가기 전에 발들 좀 씻고 올라가라. 여학생들이 절반인데 쪽 팔리지 않겠어?
남고2 영신이 형! 그런데 여기서 우리가 뭐 할 거예요? 맨날 박수치며 노래하고 기도만 하나요? 그럼 난 자신 없는데!
영신 설마 그렇기야 하겠어? 나도 잘은 모르지만 재밌는 프로그램이 많다고 들었어! 물론 하나님 만나는 시간이 제일 중요하겠지만!
남고3 하나님 만나는 시간 쫌 뒤로 하고 여학생들 단체로 미팅하는 시간 없어요?
일동 (웃음)
영신 너 까불래? 먼저 하나님 만나면 하나님이 선물로 단체가 아니라 개인적으로 원하는 사람을 만나게 해주실 건데 너 기도 무진장해야 할 거야!
일동 정말요?

영신 그러니까 빨리 윗도리들 입고 수돗가에 가서 발부터 씻고 들 와! 그리고 시간 없으니까 꾸무럭대지 말고 2층 강당으로 모이고 어서!

일동 옛! 알았습니다. 형님!

음악.

#26. 2층 강당

약 100여 명의 남녀 학생들이 마룻바닥에 앉아 있고 엄문용 선생님이 앞에서 마이크를 잡고 있다. 천장에 여러 대의 선풍기들이 소리를 내며 돌고 있지만 웅성거리는 학생들의 소음과 함께 더운 바람을 일으키는 것 같다.

엄선생 (마이크 소리) 아! 아! 자, 모두들 조용히! 집에서 답답하게들 있다가 이렇게 나오니까 좋지요?

남고3 아니요? 너무 더워서 더 답답한데요!

일동 (웃음)

엄선생 뭐 집에서 잔소리 안 듣고 공부하기 싫은데 탈출하니까 더 좋지 뭐!

남고생1 네! 맞습니다.

일동 (웃음)

오리엔테이션 하는 장면 속에 우영신 교수의 독백.

영신교수 (독백) 1971년 여름 우리는 처음으로 방학기간을 이용하여 탐슨 선교사님의 제안으로 십자군 캠프라는 행사를 가지게 되었다. 무엇을 하는지 무슨 일정 속에 하루를 보내는지를 알지 못한 채 시작된 십자군 여름 캠프 오리엔테이션에서는 그냥 남녀 학생들이 모인 공동체 생활 속에서 지켜야 할 기본생활질서에 대한 이야기만 했고 함께 인솔해 오신 선생님들과 강사 분들에 대한 소개만 있었다. 좀 따분할 수도 있었지만 남녀 또래 학생들이 모여 집을 떠난 시골풍경 속에서 공동체 생활을 함께 한다는 것은 따분함에 앞서 약간 설렘과 자유로움이 있어서 모두들 표정들이 밝았다. 그리고 그날 저녁 첫 번째 저녁 집회 시간에 큰 역사적인 변화가 일어났다.

#27. 저녁 집회 시간

Mrs. 탐슨이 100여 명의 학생들에게 설교를 한다.

영신교수 (독백) 참 신기한 것은 마마탐슨의 카리스마적 리더십이다. 마마탐슨은 웃기는 이야기도 호된 주의도 주지 않았고 더구나 고령의 나이였지만 일단 군중들 앞에서 마이크만 잡게 되면 모든 사람들이 할머니에게 시선을 집중한다. 일종의 최면술일까? 아니 절대 최면술이 아니었다. 그것은 그녀만이 가지고 있는 어떠한 힘? 아니면 능력? 여하튼 그 어떤 초능력의 힘이 마마탐슨에게 있는 것이 분명했다. 그 무더운 여름날 밤, 모기는 윙윙대고 100여 명의 젊은 학생들이 내뿜는 숨소리와 열기, 그 운집된 공간 안에서의 2시간, 그것은 청소년들에게는 매우 지루하고 지칠 수밖에 없는 시간과 공간이었지만 마마탐슨은 단 한순간의 호흡도 허용치 않은 채 학생들의 시선을 사로잡고 있었던 것이다.

Mrs. 탐슨   우리에게는 보이는 것과 보이지 않는 것이 있습니다. 그런데 보이는 것보다는 보이지 않는 것에 더 큰 의미가 담겨 있고 더 확실한 존재감이 있을 수 있습니다. 예를 들어 어머니의 사랑은 눈으로는 볼 수 없지만 그것은 우리들 가슴속에 아주 큰 의미로서 존재하고 있습니다. 신앙도 마찬가지입니다. 왜 우리는 우리가 눈으로 볼 수 없다고 해서 하나님의 존재를 부정하는 겁니까? 하나님의 존재는 비록 우리가 눈으로는 볼 수 없지만 어머니의 사랑과 같이 우리의 심령을 통해서 확실하게 느낄 수가 있고 또 큰 의미로서 존재하시기 때문에 그분을 믿고 그분의 뜻대로 산다면 우리는 우리가 할 수 없는 큰 기적을 체험할 수가 있고 우리의 미래를 남들이 부러워할 만큼 크고 멋진 인생으로 만들 수가 있는데 말입니다.

#28. 학생들의 집회모습

남녀 중고학생들이 마마탐슨의 설교를 열심히 경청하고 있는 모습.

Mrs. 탐슨   지금 이 자리에 앉아 있는 여러분들은 모두 세 종류의 사람들로 나눌 수가 있습니다. 먼저 하나님을 믿는 사람들이 있고 또 아직까지 하나님을 믿지 않는 사람, 그리고 마지

막 세 번째 사람은 하나님이 믿어지기도 하고 안 믿어지기도 하는 사람들이지요. 그러나 제 말씀을 잘 들으세요. 하나님께서 살아 계시다는 이 믿음을 선택하든지 말든지 그것은 여러분의 자유로운 선택이지만 만약 지금 이 시간에 여러분 모두가 하나님은 살아계시고 내 인생을 주관하시는 분이라고 믿는 순간에는 여러분의 인생은 달라지고 여러분은 하나님의 도우심 가운데 놀라운 기적을 체험할 수가 있는데 그것을 성경에서는 복 받는 자라고 말씀하고 있습니다.

#29. 학생들이 찬양하는 모습

Mrs. 탐슨의 인도로 학생들이 모두 찬양하는 모습.

일동 Have faithing God! Have faithing God! 주 믿으라 주 믿으라 주 믿어 구원을 얻어 새 생명 찾으라. (우렁찬 찬양을 한다)

#30. 학생들이 기도하는 모습

학생들이 모두 서서 흐느끼며 기도를 따라하는 모습.

Mrs. 탐슨 모두 나를 따라 하세요! 살아계신 하나님 아버지!
학생들 살아계신 하나님 아버지!

Mrs. 탐슨	저는 이 시간에 예수님이 나의 하나님 나의 구주이신 것을 믿고 고백합니다.
학생들	저는 이 시간에 예수님이 나의 하나님 나의 구주이신 것을 믿고 고백합니다.
Mrs. 탐슨	나의 죄를 용서하여 주시고.
학생들	나의 죄를 용서하여 주시고.
Mrs. 탐슨	주님은 내 안에 나는 주님 안에 살기를 희망합니다!
학생들	주님은 내 안에 나는 주님 안에 살기를 희망합니다!
Mrs. 탐슨	예수님의 이름으로 기도합니다.
학생들	예수님의 이름으로 기도합니다.

아름다운 찬송.

#31. 금강변

금강다리 밑 그늘에 행사용 텐트를 쳐놓고 남여 학생들과 선생님들이 물가에서 물놀이 하는 장면.

#32. 간식을 먹는 장면

학생들 대여섯 명씩 짝을 지어 수박, 참외, 복숭아 같은 과일을 나누어 먹는 장면.

#33. 운동장에서 아침 체조

아침 햇살이 비추이는 학교 운동장에서 여교사가 조례대 단상 위에서 체조시범을 보이며 전체 학생들과 선생님들이 체조음악에 맞추어 체조를 하는 장면.

#34. 나무 그늘에서 식사를 하는 장면

학생들이 식판에 담긴 음식으로 이야기를 나누며 식사를 하고 있다.

영신   어때? 이번 십자군 캠프 재미있어? 오길 잘했지?

남중1   이곳에 오기 전에는 담탱이 아니 담임선생님을 원망했었는데 진짜 오길 잘했어요!

남고1   첨에는 맨날 교회 부흥회처럼 박수치며 찬송가 부르고 목사님들이 돌려가며 설교만 하는 줄 알았는데 십자군 캠프가 이렇게 좋은 줄 몰랐어요!

남중2   (영신에게) 그런데 형! 뭐 한 가지 물어봐도 돼요?

영신   뭔데?

남중2   첫날밤에 마마탐슨이 따라하라던 기도 말인데요. 주님은 내 안에 나는 주님 안에 살기를 희망합니다라고 했잖아요!

영신   그랬지! 그런데 왜?

남중2   내 안에가 뭔데요? 한 식구가 된다는 말인가요?

영신   그렇지! 그런데 좀 더 깊은 의미가 있는 거 같애! 말하자면 성경에 이런 말씀이 있어! 요한복음인가 하는 곳에 예수님은 포도나무이고 우리는 그 포도나무의 가지라고 말이야! 그러니까 예수님과 우리는 한 나무처럼 한 몸이 된다는 거지!

이때 운동장 안으로 승용차 한 대가 들어온다. 아이들 식사를 하다 말고 승용차를 바라본다. 잠시 후 승용차에서 인 교장선생님과 숙녀 한 분이 내린다.

남고2 누구지?

남고3 새로 오신 선생님인가?

선생님 몇 분이 승용차 있는 곳으로 다가가서 숙녀 분에게 인사를 나눈다. 그리고 모두 함께 교장실이 있는 건물로 올라간다.

남중2 형 그런데요… 나무는 처음부터 한 나무잖아요! 그런데 어떻게 예수님 나무와 우리 나무가 하나가 둘이 될 수 있는 거예요?

남고1 그건 어려울 거 없어! 너 접붙인다는 말 들어 봤어?

남중2 접붙여요?

남고2 그래! 장배, 너 식목일 나무 심을 때 감나무하고 고염나무 가지를 서로 접붙인다는 얘기 못 들어봤어?

남중2 아! 우리 할아버지가 농장에서 그렇게 하시는 거 직접 본 적이 있어요!

남고2 본 적이 있다구? 그럼 잘 알겠네. 그렇게 작은 가지를 큰 가지에 접목을 시키면 나중에 가을이 되면 두 나무가 한 나무가 되고 그 나무에는 처음 감나무보다 더 맛있는 단감이 열리게 되지! 이해되니?

남중2	예! (갑자기 한쪽을 바라보며) 야! 순기야, 저기 쫑 지나간다!
남중1	어디? 어디?
남고2	야! 임마 갑자기 왜 그래?
남중2	순기 얘가 좋아하는 종순이가 저기 지나간다고요! 히히.
남고2	햐! 자슥들 쪼끄만 놈들이 그래 잘해봐라! 영신이 형! 밥 다 먹었어? 안 들어가요?
영신	그래 알았어! 장배랑 순기!
남중생1,2	예?
영신	(눈을 찡긋하고 엄지손가락을 내밀며) 잘해봐라! 하하하.

음악.

#35. 캠프파이어

한밤중 운동장에 장작더미로 커다란 모닥불을 쌓아놓고 그 주변으로 학생들이 빈 초를 들고 서 있다. Mrs. 탐슨이 마이크를 들고 설명을 한다.

영신교수	(독백) 그 캠프 마지막 전날 밤에 나는 여지껏 그렇게 아름다운 캠프 프로그램을 본 적이 없었다. 마마탐슨은 그 시간을 캠프파이어라고 불렀다. 우리들은 모두 그날 밤 미리 각자가 써온 자신의 잘못된 습관과 욕심 그리고 미처 회개하지 못했던 잘못된 기억들을 적은 접은 종이와 함께 초를 들고 그 모닥불 주변에 서 있었다.
Mrs. 탐슨	저는 지난 사흘 동안 여러분들이 모두 한 마음으로 뜻을

모아 하나님을 사랑하고 지금까지의 삶의 태도를 벗어나 작은 예수님의 모양을 가지고 살아갈 것을 결단했던 시간들이 너무나 보기 아름다웠습니다. 이 밤에 우리는 예수님을 영접한 구원받은 청소년들로서 이제부터 우리가 해야 할 작은 소명을 실천하기 위한 상징적인 시간을 가져볼까 합니다.

이때 어둠 속에서 음악교사가 클라리넷으로 "작은 불꽃 하나가"라는 CCM 음악을 조용하게 연주한다.

Mrs. 탐슨 지금 우리 주변은 캄캄한 어둠에 둘러싸여 있습니다. 우리가 사는 세상도 마찬가지입니다. 세상은 지금 죄악으로 어둠에 가득 차 있습니다. 이 어두운 세상 속에서 살아가는 우리는 이제부터 빛이 되어야 합니다. 우리 각자는 이 지구상에서 비록 작은 존재이지만 내 작은 빛이 또 다른 사람에게 빛을 전달하고 그 빛이 또다시 전달된다면 언젠가는 우리가 사는 세상은 어둠에만 있지 않고 아주 밝아질 것입니다. 이 빛은 사랑의 빛이요 생명의 빛이요 구원의 빛이기 때문입니다. 이것이 복음입니다. 그래서 이 시간 우리는 이제부터 그리스도 예수로부터 전달받은 작은 빛이 되어 내 이웃에게 이 복음의 빛을 전하는 의식을 거행하겠습니다. 다같이 "작은 불꽃 하나가 큰불 일으키어"라는 찬송을 부르면서 내 옆 친구들에게 차례로 촛불을 전해주길 바랍니다. 그냥 불을 전해주지 말고 기도하는 마음으로 나는 이제부터 예수님의 빛이 되겠습니다. 당신도 예수님의 빛이 되기를 원합니다라고 서로 마음의 다짐을 하면서 전해주길 바랍니다.

학생들의 나지막한 찬송과 흐느낌 속에서 옆 사람에게 촛불을 전달해준다. 어둠에서 차츰 밝아지는 촛불로 주변이 환해진다. 매우 아름다운 장면이다.

Mrs. 탐슨 그럼 이제 부터는 우리가 들고 있는 이 촛불을 하나로 모아 큰 빛을 발하는 힘이 되는 것을 상징하기 위해 여러분 앞에 놓여있는 이 나뭇단 위로 앞줄에서 선 학생부터 차례로 질서를 지키면서 나와서 촛불을 던져주길 바랍니다. 이때에는 촛불만 던지지 말고 오늘 낮에 여러분들이 각자 적은 나의 나쁜 습관과 버릇 또 게으른 신앙생활 등을 적은 종이도 함께 던져서 다시는 이런 어둠의 습관들이 내게 남아있지 말고 저 불꽃에 태워지듯이 나에게서 떠나게 해주세요 하는 기도와 함께 버려주길 바랍니다. 아멘 할렐루야!

다시 음악교사의 클라리넷 CCM 음악이 연주되면서 "작은 불꽃 하나가"라는 노래를 따라 부른다. 그리고 타오르는 모닥불 위로 초와 종이를 던지며 감동의 눈물을 흘리는 학생들. (음악소리 더욱 커진다)

#36. 우영신 교수의 서재

우 교수, 소파에 앉아 두 손의 깍지를 끼고 조용히 눈을 감고 앉아 있다. FM 라디오에서 조용한 음악이 흘러나온다. 바흐의 "G선상의 아리아"인 듯하다. 이때 아내 선혜의 목소리가 들린다.

선혜 (소리) 여보! 전화 왔어요. 진석이 아빠! 전화 왔다니까요!

영신교수 응! 그래 알았어. 여기서 받을게! (자리에서 일어나 전화기 앞으로 다가가 수화기를 든다) 여보세요? 전화 바꿨습니다. 네? 누구라구요? 이철 목사!

이철목사 (소리) 그래, 나야 나! 너무 오랜만에 전화했지?

영신교수 와! 진짜 오랜만이다. 그래 그동안 어디에 있었어? 삼년 전인가 우리 대학에서 대성고기독학생회 동창들 모임 가진 후로 처음인 거 같은데…

이철목사 (소리) 아마 그럴 거야! 기억 못하는 거 같은데 나 그때 미국 간다고 했었잖아!

영신교수 아! 그래 맞다 그랬었지! 미안 미안 나도 그동안 자네 미국에 가 있는 동안 학생들하고 다큐영화 찍는다고 여기 저기 돌아다니다 보니까 자네한테 연락 한번 못했었네. 정말 미안해! 그럼 그동안 주욱 미국에 있었던 거야? 한국엔 언제 돌아온 건데!

이철목사 (소리) 선교100주년 기념사업으로 교단사 만들라고 교단 본부서 미국에 보내줘서 파견갔다가 책 편집 작업 끝내고 간 김에 모교인 리폼드 신학대서 객원교수로 있었어! 그러다가 애들 문제로 잠시 나온 거야!

영신교수 그랬구나! 그래 언제 왔는데?

이철목사 (소리) 며칠 안됐어! 한 일주일 됐나? 인제 시차적응해서 제일 먼저 자네에게 전화하는 거야!

영신교수 고맙네! 암튼 우리 빨리 한번 만나야 되잖아? 지금 서울이지? 여기 친구들 모두 함께 올라갈 수는 없으니까 전처럼 자네가 내려오는 것이 좋겠는데.

이철목사 (소리) 그래 내 차차 주변 일들을 좀 보고 다시 연락할게! 그런데 말야 자네 혹시 박장배라고 기억하나? 우리 5년 후배 되는 친군데!

영신교수 박장배? 글쎄 낯선 이름은 아닌데 기억엔 없네! 그런데?

이철목사 (소리) 그래? 왜 우리 옛날 고2 때 성남중학교로 십자군 캠프 갔던 건 기억나?

영신교수 십자군 캠프라고! 물론이지! 어라 그런데 참 신기하네?

이철목사 (소리) 뭐가?

영신교수 방금 전까지도 음악 들으면서 그때 십자군 캠프를 생각하고 있었거든! 우리 할머니 마마탐슨, 할아버지 파파탐슨 모두를 생각하면서 말야! 그런데 자네가 그 십자군 캠프 얘길 꺼내니까 놀라서 말야! 오십년 전 얘긴데…!

이철목사 (소리) 그랬어? 암튼 그때 중학교 1학년 꼬마였는데 밤에 배탈이 나서 재래식 화장실로 혼자 뛰어 들어갔다가 똥통에 빠졌던 놈 있었는데 그거 기억나?

영신교수 알지! 그렇게 말하니까 기억이 난다. 걔네가 시내 청소년 회관 앞에 영화배우 김지미 씨네 건물에서 통닭집 했었는데… 이름이? 그래! 그놈이야. 장배라고 박장배! 그때 우리 그놈 수돗가로 데리고 가서 똥 씻겨낸다고 옷 벗기면서 웃기는 일 많았잖아! 하하. 그런데 그 친구가 왜?

이철목사 (소리) 야, 세상 참 좁더라! 그 친구를 미국서 만났어! 우리 리폼드 대에서…!

영신교수 정말이야? 아니 어떻게?

이철목사 (소리) 그 친구가 목사가 되어서 올란도에서 목회를 하고 있더라구! 그래서 만났지!

영신교수 아니! 리폼드는 미시시피 잭슨시에 있는 신학교가 아니었나?

이철목사 (소리) 거기가 제일 캠퍼스고 1989년에 두 번째 캠퍼스로 플로리다 주 올란도에 다시 세워 거기에도 리폼드가 있거든! 그린데 시금은 또 거기만 있는 것이 아니고 캐롤라이나 주 샬롯시 또 애틀란타, 워싱톤D.C, 휴스톤, 멤피스 등 미국 전역에 캠퍼스를 세워 큰 학교가 되었지! 왜 내가 제일 좋아하는 선배라고 전에 소개한 적 있던 김용익 목사님 있잖아. 그 선배가 지금 리폼드에서 신대원장을 하고 계셔! 암튼 박장배 목사를 거기서 만났어! 날 대뜸 알아보더라구! 내 이름까지 기억하면서 말야!

영신교수 그래. 야, 정말 기적이구만. 정말로 그 꼬마가 목사가 되었어?

이철목사 (소리) 그 박 목사가 대뜸 십자군 캠프 얘길 하는 거야! 자기는 그때 중학교 1학년이었는데 그때 예수님을 영접했고 그때부터 목사가 되기를 희망했다고 하면서! 자네 이름도 기억하면서 안부를 묻던데! 또 그 집에 초대받아 갔더니 "작은 불꽃 하나가" 왜 그 CCM 찬송 있지? 그 찬송을 틀어주더라구… 그 찬송이 자기 18번이라나 하면서!

영신교수 오! 하나님 신묘막측하신 하나님!

클라리넷 연주로 "작은 불꽃 하나가" CCM 찬송이 울려 퍼진다.

제 26 부

기독학생회 활동

#1. 성 프란체스코 수도원 입구

고등학생 영신이가 친구 두 명과 함께 가방을 들고 대성고 정문을
걸어 나오고 있다.

학교 앞에 성프란체스코 수녀원 담장으로 둘러쳐져있다. 이때 수녀
두 분이 앞서 걸어가고 있다.

영신 야! 저기 천주교 수녀님들이 걸어간다. 재훈아 왜 가톨릭
에서는 같은 성경을 가지고 있으면서도 성부 성자 성령 하
나님 외에 성모마리아를 하나님으로 믿고 있는걸까? 왜
그런지 넌 알아?

재훈 그걸 내가 어떻게 알아?

기혁 잘은 모르지만 그래서 우리 개신교에서는 천주교를 이단
으로 생각하고 있는 걸 거야. 아마!

영신 저기 천주교 수녀님들한테 한 번 물어볼까?

재훈 그래 니가 한 번 물어봐. 뭐라고 대답할지 궁금한데…?

기혁   가만 있어봐. 내가 물어볼게! (큰소리로 수녀들에게) 수녀님! 수녀님! 뭐 한 가지만 물어봐도 돼요?

수녀들 힐끔 쳐다보고는 다시 앞서서 걸어간다.

영신   수녀님! 천주교에 대해서 궁금한 것이 있어서 그러는데 뭐 여쭤보면 안 될까요?

수녀들 걸음을 멈춘다.

수녀1   뭐가 궁금한데요?

기혁   저 하나님은 성부, 성자, 성령 하나님으로 삼위일체 하나님이라고 알고 있는데 왜 천주교회에서는 마리아를 성모라고 부르면서 사람들이 하나님처럼 그 앞에서 기도를 하나요? 마리아는 하나님이 아니고 사람이잖아요.

수녀1   사람이지만 하나님이 되셨으니까요! 예수님도 하나님이시지만 육신의 몸을 가지고 이 땅에 태어나셔서 사람으로 사셨잖아요!

영신   그건 다르죠. 본래 하나님이셨는데 인간들의 죄를 사하시려고 육신의 몸을 빌려 잠깐 이 땅 위에 오신 분이니까요!

수녀1   다르지 않아요. 인류의 구속을 위해 하나님께서 그의 독생자이신 예수그리스도를 이 땅에 보내신 계획이 있으셨던 것처럼 성모님께서도 하나님의 계획하심 속에서 동정녀 몸으로 우리의 구원자이신 예수님을 탄생시키시기 위해 준비된 자로 오셨으니까요.

기혁   하나님의 계획하심 속에 준비된 자로 이 땅에서 동정녀로서 예비된 것은 이해가 되지만 그것은 어디까지나 예수님 탄생만을 위한 계획 속에 준비된 자이지 그 이상은 아니잖아요.

수녀2 그렇지 않아요. 그렇다면 어떻게 승천하실 수가 있고 또 원죄 사하심을 받은 거룩한 성모가 되셨겠어요?

기혁 뭐라구요? 성모마리아가 승천을 하셨다구요? 예수님처럼요?

수녀2 학생이 잘못 알아서 그렇지 성모마리아님은 예수님께서 부활 승천하신 후에 뒤이어 승천하셨어요!

재훈 와 말도 안 돼! 아니 성경 어디에 그런 말씀이 있나요? 마리아가 승천했다고?

수녀1 우리 가톨릭에서는 성모승천일을 아주 귀한 대축제성일로 지내고 있어요. 개신교는 우리와 같은 기독교이지만 성경만을 고집하고 있는데 우리는 성경과 함께 외경에 나오는 말씀과 전례적 교리를 아주 중요시 여기고 있어요. 거기에 근거하여 성모승천대축일을 개신교의 부활절 축제 이상으로 지내고 있지요!

영신 그럼 수녀님 아까 말씀하신 중에 마리아가 원죄 사하심을 받았다고 하셨는데 그건 또 무슨 말씀인가요?

수녀2 네. 마리아님은 예수님을 수태하셨을 때 이미 아담으로부터 전승되어온 인간의 원죄가 모두 사라졌기 때문에 거룩하신 예수님을 죄 없는 몸으로 탄생을 시키실 수가 있었던 거예요. 우리 가톨릭에서는 이 무염기태 교리와 몽소승천이라는 교리를 신자로서 반드시 믿어야 하는 교리로 규정짓고 있어요!

재훈 무염기태라니요? 또 몽소승천이라는 교리는 뭔데요?

수녀2 무염기태라는 것은 방금 설명한대로 마리아님은 보통의 인간들과 달리 원죄와 본죄를 사하심을 받은 거룩하신 분이라는 뜻이고 몽소승천 역시 예수님처럼 승천하셨다는 뜻이지요!

재훈 와 진짜로 말도 안 돼! 그래서 천주교를 이단이라고 하는구나!

영신 그럼 수녀님! 무염시태로서 원죄를 사함 받으시고 거룩하신 하나님 반열에 오르신 성모님께서 어떻게 남편 요셉과 가정을 이루어 예수님 탄생 이후로 여러 명의 자식들을 낳으실 수가 있었나요? 예수님의 동생들도 동정녀 몸을 계속 유지한 채로 그렇게 낳으셨단 말인가요?

수녀1 (영신을 뚫어지게 쳐다보며) 예수님의 동생들을 성모님께서 낳으셨다구요?

영신 그럼요! 성경 여러 군데에서 예수님의 동생들을 언급하신 대목이 나오잖아요. 야고보, 유다, 요셉 등 아마 남동생이 넷? 여동생이 셋? 정도 낳으신 걸로 아는데요?

수녀1 학생이 역사적인 신학교리를 잘 몰라서 하는 말일 거예요. 그 거론된 예수님의 동생들이라는 분들은 아마도 이복동생들이거나 친척동생들을 말할 수도 있어요. 어느 외경을 보면 요셉은 마리아와 처음 결혼한 사람이 아니라 재혼을 한 남편으로서 그 이전 첫 번째 결혼을 통해 이미 여러 명의 예수님의 배다른 형제를 낳은 분일 수도 있다고 하는 기록이 있지요!

기혁 (버럭) 이보세요, 수녀님들! 그런 엉터리 해석이 어딨어요! 아니 마리아가 요셉과 재혼한 두 번째 부인이라니요? 성경에는 분명히 예수님의 동생들이라고 했는데… 그리고 예수님께서 십자가 산상에서 자기의 사랑하는 제자 요한에게 마리아를 가리키면서 요한아 네 어머니이니라 그러니 잘 모시고 살거라라고 하셔서 그 후 요한이 마리아를 끝까지 모시고 살았다고 했는데 몽소승천이라니요! 정말 이해가 안 되네요! 야, 그만 가자!

재훈 잠깐만! 수녀님! 마리아는요 동정녀 탄생으로 예수님을 낳으신 후에요 자기 남편 요셉과 다른 가정처럼 부부 성생활을 통해 여러 명의 동생들을 낳은 사람이에요. 그런데 어떻게 거룩한 몸이 되고 하나님이 될 수가 있습니까요! 이건 정말이지 사기예요, 사기!

기혁 야, 그만 가자니까! 교리가 엄청나게 다르니까 기가 막혀 말이 안 나온다 말이 안 나와!

영신 야! 그래도 인사는 드리고 가야지! (뒤돌아보며) 수녀님들 안녕히 가세요! 실례 많았습니다.

수녀들, 제자리에 잠시 서 있다가 다시 발길을 옮긴다.

음악.

#2. 우영신 교수의 서재

책상에 앉아 천주교 교리책을 펼쳐들고 앉아있다. 조용한 음악.

영신교수 (독백) 그땐 우리가 너무 어렸고 순진한 터에 수녀님들에게 그런 무례한 모습을 보였다. 지금 생각해도 우리가 개신교

입장에서 틀린 말을 한 것은 아니지만 토론하는 자세가 옳지 않았던 것이다. 사실 지금도 나는 왜 가톨릭에선 신자로서 반드시 믿어야만 하는 교리로서 이 무염시태(無染始胎) 교리와 몽소승천이라는 교리를 강조하는지 잘 모르겠다. 성모라는 하나님 반열의 존재를 위해서? 우리 한국 가톨릭에서는 지금도 성모마리아에 대한 신앙심이 절대적이다. 이는 조선 땅에 첫 발을 내디딘 앵베르 프랑스 선교사가 당시 프랑스 가톨릭에서 널리 확산되고 있던 성모신심, 특히 무염시태라는 '원죄 없이 잉태하신 성모'께 대한 신심과 전통을 한국에 그대로 옮겨놓았기 때문이다. 따라서 그는 1838년 교황청에 '원죄 없이 잉태하신 성모마리아'를 조선교회 수호성인으로 청했고, 교황 그레고리오 16세는 1841년 8월 22일 이를 허락했다고 한다. 이후 한국 가톨릭 마리아 신심 단체의 효시인 성모성심회 회원들은 매주 정기 모임에서 죄인들의 회개를 위한 기도를 많이 바쳤고 제6대 조선교구장 펠릭스 클레르 리델 주교는 1877년 재입국한 후, 중국의 예수회 선교사 이탁이 저술한 「성모성월」을 한글 번역본으로 간행해 유포함으로써 성모공경을 더욱 신장시켰다. 이어 1822년 비오 7세 교황이 공포한 '성모성월 및 성모 공경에 관한 대사문'이 수록되어 있는데 이러한 글이 쓰여 있다. "우리에게 이 세상에서 가장 중요한 것은 천주의 성총이며, 이는 잠시라도 멀어져서는 안 되는 것이다. 악을 고치고 선을 행하여 선종하는 것은 모두 천주 성총의 도우심 때문이니, 자기 힘으로는 절대로 불가능할 것이다. 또 성모님의 인자하심에 의뢰하지 않고 이 성총을 얻는다는 것은 지극히 어려울 것이다." 이와 같이 생각할진대 어찌 성모님을 공경하고 성모님께 기도하는 데에 힘쓰지 않을 수 있겠는가? 글쎄다. 나는 타종교에 대한 예의를 지키는 것은 마땅하다고 생각하지만 「성모 성월」에 이 글귀만은 정말 받아들이기 어렵다. 이후 신앙의 자유가 보장된 한국 가톨릭은 1898년 명동성당을 '원죄 없이 잉태하신 성모마리아'께 봉헌했다. 한민족이 일본으로부터 독립을 성취한 8월 15일 광복절은 바로 성모승천대축일이었는데, 이 때문에 민족의 해방을 성모마리아의 선물로 받아들였다. 특히 반공 이데올로기와 맞물려 공산주의자들의 회개를 위해 기도하는 파티마의 성모 신심이 급속도로 퍼졌고 '원죄 없이 잉태하신 성모마리아' 교리 선포 100주년이 되던 1954년 한국 주교단은 성모 성년 대회를 개최하여 다시 한 번 한국 가톨릭교회를 성모마리아께 공식적으로 봉헌했다고 한다. 아, 같은 성경말씀을 기초로 세워진 기독교가 어찌 이렇게 다를 수가 있을까? 진리가 무엇인가? 진리로 자유케 된다고 하셨는데 서로의 교리를 서로가 진리라 하니… 주님 이 밤에 지혜를 간구하나이다.

조용한 음악.

#3. 학교 교실

국어시간. 몇몇 학생들은 엎드려 자고 어떤 학생은 창밖을 멍하니 쳐다보고 또 어떤 놈은 낄낄대며 주간지를 책상 아래 숨기고 읽고 있는 평범한 수업시간, 하지만 국어교사의 열강이 진지한 광경.

국어교사 『메밀꽃 필 무렵』을 쓴 작가 이효석은 우리나라 단편소설
에서 가장 뛰어나다는 평가를 받고 있는 소설가로서 그
는 소설의 형식을 빌려 시를 쓰는 작가로 유명한 분이지!
1928년 문학잡지에 단편소설「도시와 유령」을 발표하면
서 문단에 등단한 이효석은 그가 등단했던 초기에는 당시
다른 작가와 마찬가지로 계몽주의적인 영향으로 개혁 이
념을 강하게 드러냈었는데, 이후 순수문학을 지향하는 구
인회를 결성하면서 자연주의 경향으로 돌아서서 자연과의
교감을 시적인 문체로 묘사한 소설을 발표했다. 바로 그
대표적인 작품이 오늘 우리가 공부하려고 하는 『메밀꽃
필 무렵』인데 모두 엊그제 숙제를 내준 대로 이 작품을 읽
어들 왔겠지?

학생들 (모두 침묵)

국어교사 아니 왜 모두들 대답이 없어? 안 읽어 온 거야?

송식이 안 읽어 온 거가 아니고 못 읽어 온 거죠! (학생들 끼득끼득)

국어교사 왜?

송식이 책 읽을 여가가 없었어요. 다음 주에 공설운동장에서 한다
는 대전시 교련대회 준비로 매일 뺑이 치는데「동백꽃 필
무렵」을 읽어 올 놈이 어딨겠어요! 좀 봐주세요. 모두 죽을
지경이에요!

학생들 와! (함성을 지르며 박수를 친다)

국어교사 임마! 아무리 그래도 그렇지.「동백꽃 필 무렵」이 뭐냐,
「동백꽃 필 무렵」이!

학생들 (다시 끼득댄다)

송식이 제가 「동백꽃 필 무렵」이라고 했나요? 아참, 그건 김소월 작품이지!

학생들 (다시 폭소한다)

국어교사 암튼 너는 참 독특한 놈이다. 니가 스스로 생각해도 그렇지? (웃으며) 자, 그럼 송식이 말대로 교련준비 때문에 못 읽어 왔다고 하니까 지금 읽어보자 그리 긴 작품이 아니고 단편이니까. 자, 그럼 독특한 놈 송식이부터 읽어보자!

송식 (씩씩하게) 네! 그럼 제가 읽어보도록 하겠습니다.

일동 (모두 웃는다)

이때 교실 문을 노크하며 소사 김 군이 문을 연다.

국어교사 뭐야, 무슨 일인데?

김군 저… 이 반에 우영신 학생 교장실로 오라는데유!

국어교사 뭐라구 우영신? 아니 수업 중인데 왜 갑자기 오라는 거야?

김군 지는 모르지유! 암튼 오래유. (문을 닫고 사라진다)

국어교사 영신아 뭔 일 있어?

송식 쟈도 모르지유! 암튼 가봐야잖유?

학생들 (폭소)

국어교사 (피식 웃으며 영신에게) 어서 가봐!

영신 일어나서 교실 뒷문을 열고 나간다.

국어교사 (소리) 참 송식이 너는 학교명물이야. 코메디로 나가면 딱일 텐데.

송식 (소리) 그게 제 꿈이걸랑요. (다시 학생들 폭소)

#4. 교장실

교장실 안에 김신옥 목사, 안 교장, 최부영 교목이 소파에 앉아있고 그들 곁에 담임교사와 영신이가 서 있다.

안교장 오 영신이 어서 오라야. 지금 수업시간이디?

영신 예!

담임 영신아 여기 이사장님께 인사 올리거라.

영신 (고개를 숙이고 인사하며) 안녕하세요. 우영신이라고 합니다.

김목사님 그래 네가 영신이로구나. 내 잘 알지! 교장선생님하고 담임선생님 그리고 교목님한테서 네 이야기를 많이 들었다. 지금 Mrs. 탐슨 댁에서 일 도와주며 같이 살고 있다며? 그 선교사님도 네 이야길 아주 자랑스럽게 하시더구나!

영신 네, 감사합니다.

김목사님 내가 너한테 한 가지 부탁하고 싶은 것이 있는데…

영신 네?

김목사님 너무 긴장하지 말고… 지금 우리 대성학교랑 우리가 선교사님이랑 함께하고 있는 학생선교를 위해서 이 자리서 기도해 줄 수 있겠니?

영신 제가요?

김목사님 그래 니가, 지금! 여기 계신 모든 분들도 함께 기도할 테니까 네가 대표기도를 해주면 좋겠는데… 그래 줄 수 있겠어?

영신 (교목과 담임을 쳐다본다)

최교목 (눈을 찡긋하며) 괜찮아 우리가 평소에 기도하던 그대로만 하면 돼! 너 매일 옥상 기도실에서 네 친구들과 후배들 데리고 함께 부르짖으며 하는 기도 있잖아!

영신 저… 그럼 간단하게 기도를 해도 될까요?

김목사님 그럼 부담 없이 편하게 기도해봐. 너희들이 어떤 기도로 학원과 선교를 위해 기도하는지 듣고 싶어서 그래!

영신 네. 그럼 기도하겠습니다.

일동 다 같이 두 손을 모으고 눈을 감는다.

영신 살아계신 하나님 아버지! 오늘도 우리의 간절한 기도를 귀히 보시며 우리의 기도를 흠향하시는 아버지 하나님께 먼저 감사와 찬송을 드립니다.

김목사님 아멘!

영신 하나님의 뜻과 섭리가 계셔서 우리 교장선생님을 통해 이곳 목동에 대성학교를 세우시고 장차 이 나라 이 민족의 복음화를 위해서 믿음의 일군들을 양성케 하여 주심에 깊이 감사를 드립니다.

김목사님 (큰소리로) 아멘!

영신 하나님! 이러한 백성은 복이 있나니 여호와를 자기 하나님으로 삼는 백성은 복이 있다고 교장선생님께서 늘상 부르짖으며 가르쳐주신 그 기도와 외침이 우리 모두의 기도와 외침이 되게 하여 주시고 장차 이 나라를 살려내는 놀라운 기적을 이곳에서부터 이루어내게 하여 주시옵소서.

일동 (큰소리로) 아멘!

영신 하나님! 그러기 위해서 먼저 간절히 간구합니다. 우리 학교에 하나님의 성전을 세워주시사 전교생이 운동장이 아닌 하나님의 교회 안에서 예배드릴 수 있게 해주시고 또한 아직도 부족한 교실들이 많사오니 많은 신입생들이 믿음을 사모하여 우리 대성학교에 몰려와도 모자람 없도록 튼튼한 학교 건물을 허락하여 주시옵소서. 그래서 모든 선생님들과 학생들이 아침저녁으로 예배하는 학교가 되고 찬송과 기도가 끊어지지 않는 학교가 되어서 하나님께서 기뻐하시고 축복을 아낌없이 부어주시는 그런 우리 학교가 되게 하여 주시옵소서!… (잠시 머뭇) 예수님의 이름으로 기도 드렸습니다.

일동 (큰소리로) 아멘!

이때 안교장이 소리 내어 통곡하듯 흐느낀다. 함께 있던 사람들 역시 숙연하다.

안교장 (안경을 벗고 눈물을 닦으며) 기랬었구나! 니놈들이 가끔씩 옥상에서 소리치며 떠들기에 지금 뭐하는 긴가 했더라니 이런 기도들을 했었구나야! 영신아, 참말로 고맙구나. 참말로 고마워야!

김목사님 (역시 눈물을 닦아내며) 하나님 감사합니다. 하나님께서 허락하신 이 학교에 이렇듯 하늘의 뜻이 이루어지게 하시니 감사합니다. 고맙다 영신아! 정말 고마워!

안교장 모두 들으시라우요. 내레 한 칠팔 년 전에도 말이디 여기 영신이 같은 믿음 좋은 아들이 우리 학교에 있었어! 한번은 저기 저 송씨네 산 계곡 밑으로 학생놈들이 담배를 핀다는 소문을 듣고서리 내레 요놈들을 잡아 혼구녕을 내줄까 하고 내려갔더니만 웬걸 서너 명의 아들이 모여 기도하고 있는 거이야! 그래 내 너무 기특해설라므니 함께 옆에서 따라 기도하들 않았겠니! 기래 가지구설랑 아들 기도가 끝난 뒤 내 물었다. 느그들 언제부터 이런 기도 모임을 이 골째기서 했느냐고 말이야. 기랬더니 아주 오래 전부터 자기들끼리 해왔다고 하딜 안갔어? 내 그때도 지금처럼 많이 울었다. 그라고설랑 내 그네들한테 이런 약속을 했어. 내 꼭 학교 안에다 커다란 교회를 만들어 줄 테니끼니 기다려 보라고 말이디! 그런데 오늘 새삼 감사한 것은 우리 학교에 그 아들의 기도가 계속 이어져 왔구만 기래! 영신이 너 잘 들으라우야! 내 다시 약속하는데 말이디, 내년 안으로 내 꼭 학교 안에다 커다란 교회를 세워주갔어! 기건 내가 세우는 거이 아니고 우리 하나님께서 지금 내 맘에 그런 확신을 주신 거니끼니 너무 염려 말라우야! 니들 그 눈물의 기도를 안 들어 주시갔니?

김목사님 영신아! 지금 장로님께서 말씀하신 약속 실은 내가 한국에 돌아오기 전에 미국 교단 본부로부터 받아온 약속이야! 내가 아시아 선교를 위해 우리 대성학원의 학생들부터 영성훈련을 실시할 테니까. 청소년 선교훈련센타와 교회를 지을 수 있도록 원조를 부탁한다고 말이야. 그랬더니 총회장이신 랄프 맥퍼슨 박사와 본부 임원 이사들이 모두 OK라고 흔쾌히 약속을 해주셨거든. 그러니 믿고 기다려 봐라! 그리고 말이지 너 자주 나랑 만나서 우리의 이러한 영적 비전을 나누었으면 좋겠다. 비록 아직은 어린 학생이지만 말이지. 네 그 기도 안에는 무언가 하나님의 계획하심이 있는 것 같다. 그리 할 수 있겠니?

영신 네! 감사합니다.

음악.

#5. 우영신 교수의 서재

늦은 밤 홀로 책상에 앉아 깊은 명상에 잠긴 듯한 우 교수.

영신교수 (독백) 나는 지금의 내 영적 어머니로 모시고 있는 김신옥 이사장님을 아니 김신옥 목사님을 그렇게 처음 만나게 되었다. 그 얼마 전 여름방학 때 십자군 캠프로 성남중학교에 갔었을 때 검정 승용차로 캠프장을 잠깐 방문하셨던 그 숙녀분이셨다. 그때는 먼 거리서 잠깐 뵈었을 때 짙은 선글라스를 끼고 여름 날씨였건만 머플러를 목에 두르시고 오셨던 멋쟁이 아주머니셨는데 그분이 바로 남편 되시는 안기석 교장선생님과 함께 육이오 한국 전쟁 직후에 우리 대성학교를 세우신 이사장님이셨던 것이다. 그날 교장실에서 그런 기도사건(?)이 있었던 날부터 그 두 분과 나의 인연은 점차 더 가까워져서 언젠가부터 나는 그 두 분의 양아들이 되었고 그분들은 나의 양부모가 되셨다.

#6. 우영신 교수의 서재(전장과 같은)

쇼팽의 음악이 흐른다. 잔잔하게 외롭게. 창밖에 낙엽이 진다. 정말 쓸쓸하게 우영신 교수 커피 한 잔을 마시며 거실 창밖을 내다보며 서 있다. 서재 벽에 걸린 시계바늘이 밤 1시 40분을 향해 째깍거린다. 우 교수의 목소리로 그의 자작시가 쇼팽음악을 배경으로 조용하게 낭송된다.

영신교수 (시낭송) 가고 싶지 않았는데
어쩔 수 없이
가야했던 그 길

멈추고 싶었는데
어쩔 수 없어
멈출 수 없었던 그 길

그것이
압박이든 사랑이든
운명이든
나의 의지는
깃털처럼
가벼워야할 세월

정말 배가 고파서
정말 갖고 싶어서
정말 얄미워서
정말 사랑하기 때문에

울었던 지난날의 일들이
여전한 아픔이 되어
내 가슴을

멍들게 한다

울고 싶었지만
여전히 웃는
얼굴이어야 했고

외롭고
너무 외로웠는데
아무렇지도 않은 채
행복한 척
미련 없는 듯이
돌아섰던

그 시절이
정말 그리워진다

영상 # 11 장면과 # 12 장면이 서서히 O,L된다.

#7. 대흥동 시외버스터미널

영신이를 포함한 여름봉사활동을 떠나는 10여 명의 대성고 기독학생
회원들이 장 선생님과 함께 짐가방과 물품들을 정리하며 분주하다.

장선생 이놈들아, 차 조심해! 거긴 버스 정차하는 데 아냐! 이제
곧 버스 들어올 텐데 거기서 얼쩡대들 말고 어여 이 안쪽

으로들 들어와! 영신아, 물건들은 다 챙겨 온 거야?

영신 네! 개인 짐가방들 말고 박스가 총 12개인데 모두 챙겨왔어요! (용상에게) 용상아! 니네 조 짐박스 세 개 확인했지?

용상 예! 우리 조 꺼는 여기 이렇게 모아 놨잖아요!

영신 길수! 3조 니네 꺼는? 참 창길이는 연락해봤어? 시간 내로 오긴 오는 거야?

길수 우리 것도 다 확인했어요! 참 박스 한 개는 창길이가 올 때 가지고 올 거예요!

영신 그래? 그럼 저 박스는 뭔데? 저거 우리가 쓸 물품 아니었어?

길수 아! 이거요? 이건 여상 기독학생회 누나들이 우리 보고 가서 먹으라고 보내온 과자 박슨 거 같은데 그냥 우리 조에서 챙겨온 거예요. 창길이가 박스 한 개 가져오면 우리 조는 짐이 네 갠데요! 아, 저기 창길이가 왔네요.

영신 (창길에게) 야, 임마 빨리 와! 너 땜에 버스 못 탈까봐 걱정했잖아! 짐 박스는?

창길 (숨을 헐떡거리며) 저… 저기 우리 아버지가 자전거에… 자전거에다 싣고 왔어요!

영신 길수네 조는 그럼 다 된 거지? 그리고 철이네 조는 다됐고! (장 선생에게) 가서 쓸 물품박스 12개는 모두 다 챙겨 왔는데요.

장선생 그래, 모두 수고했다. 그런데 저기 창길이 아버님께서 오셨다구? (다가가) 아이구 창길이 아버님이시라구요? 저는 이번에 학생들 여름봉사활동에 같이 가는 인솔교삽니다. 어?

창길부 아이고 선상님! (밀짚모자를 벗으며) 수고 많으시네요. 창길애비 신주상올씨다. 이래 더운 날에 억수로 수고 많습니다.

장선생 저기 그런데… 혹시 곤룡재 너머 둔막골에 살던…? 그 주상이 아녀?

창길부 아니? 뭐라구요. (와락) 너 운택이 아녀? 그렇구나 운택이 맞제?

장선생 그래 나여! 나 장운택! 아니 이게 얼마 만이냐? 나 알아보겠어?

창길부 알구 말구라! 너 학생 적 모습 그대론디! 그려, 언젠가 집에 갔더니 친구들이 그라더라. 너 대전서 교편 잡고 있다고…! 그런데 우리 아 핵교 선생님이었구나. 야 참말로!

장선생 (학생들에게) 얘들아 인사 드려라! 여기 창길이 아버님이신데 내 어릴 적 고향 친구 분이시다!

학생들 (다같이) 안녕하세요!

창길부 그려 그려! 우리 창길이랑 같은 친구들이구먼! 잘들 갔다 오니라. 우리 창길이 놈 좀 잘 부탁하고잉!

이때 한쪽 구석에서,

창길 아이구 좆됐다!

영준 왜 그러는데?

창길 왜 그러긴 임마 저 생선 꼰대가 우리 아버지 친구라잖아! 난 수학이라면 정말 지긋지긋한데. 하필이면…

창길부 이놈 창길아! 너 일루 좀 와 봐! 여기 니네 선상님이 이 애비 소싯적 친구여!

창길 알아요! 방금 전에 말씀하셨잖아요!

창길부 (장선생에게) 이봐! 운택이 아니 장선생! 저놈아가 우리 장남인디 알지? 신창길이라고… 워떠 저놈 공부는 잘 하능겨?

창길 아버지!

장선생 아 그럼! 창길이는 공부 잘하고 신앙심도 좋고 착하고 게 다가 이쁘지! 수학을 좀 싫어해서 그렇지만…

창길부 아 사내놈이 이쁘면 뭘혀! 공부 잘하고 맘 씀씀이가 올바 르면 되얐지! 근데 뭐라고? 신앙심이 좋다고… 라? 뭔 신 앙심? 그라믐 저놈이 교회라는 델 댕기능겨? 하나님 믿는 그런…?

장선생 왜? 교회 다니며 하나님 믿으면 안 되는 건가?

창길부 그럼 안 되고 말고라 저놈은 우리 평산신씨 34대손으로 내리 종가댁 종손인디 하나님을 믿어뿔고 예수 믿는다고 조상 제사를 파하면 큰일잉게 말여!

영신 선생님! 버스 왔는데요?

장선생 그래? 그럼 조별로 짐 챙겨서 버스 뒷자리에다 옮겨 싣고 인원 체크하고 먼저들 차에 올라들 타고 있어!

창길부 저 그럼 말이여 바쁠탱게 어여 애들 챙겨갖고 버스 타고 가! 난중에 꼭 우리 다시 한번 만나서 술 한 잔 나누고 말 여! 꼭… (불쑥) 저 그런데 말여. 지금 야들이 더운 날씨에 뭣 하러 농촌봉사를 가는 거여? 혹시 교회 쪽 일하러 가는 건감?

장선생 아, 뭐 도시 애들이니까 농촌체험도 하고 교회에서 주일학 교 어린이들 성경학교도 가르치고 두루두루… 왜?

창길부 저 그럼 말이지 우리 창길이 놈은 여기 내뿌려뿔고 가면 안 되것남?

창길 (버럭) 아부지!

장선생 왜 그러는데…!

창길부 아녀 아녀 기냥… 기냥 잘 댕겨와! (영신에게) 저 잘 생긴 학 생! 학생이 3학년 선뱀감?

영신   네 아버님!

창길부 저 말여. (주머니에서 오천 원 지폐 한 장을 꺼내어 영신이에게 건네주며) 요거 월마 안 되는디 가서 더울 때 아이스께끼라도 사서 모다 낭구어 먹어! (창길에게) 니는 갔다가 집에 와서 난중에 애비히고 얘기 좀 하자잉, 지금은 이왕 길 나선 겅께 잘 놀다가 오고…!

음악.

#8. 시골길을 달리는 버스 안

차창 밖 들녘 풍경이 시원하게 펼쳐져 있고 학생들 즐거운 표정으로 재잘거린다. 이때 영신이 앞자리에서 창길이가 앉아 있는 뒷자리로 온다.

영신   (창길에게) 창길이 너 괜찮아?

길수   (창길에게) 기분 풀어 임마!

영신   왜? 창길이 너 아까 아버님이 가지 말라고 하셔서?

창길   그런 거 아니에요! 기냥…

영신   (길수에게) 길수야! 너 나랑 자리 바꾸자! 잠깐만 내 자리로 가 있을래?

길수, 염려스러운 표정으로 창길이를 바라보고 일어나 앞자리로 간다. 영신 창길이 옆자리에 앉는다.

영신	(창길에게) 창길이 너 왜 그러는데?
창길	별거 아니에요!
영신	별거 아니긴! 니 얼굴이 굳어 있는데…!
창길	형! 예수 믿는 사람들은 제사지내면 안 되는 거예요?
영신	아까 아버님 말씀 때문에 그러는구나!
창길	네! 사실은 우리 집에서는 내가 교회 다니는 거 아무도 모르시거든요! 특히 아버지하고 할머니는요!
영신	왜? 교회 다닌다고 하면 안 되는 거야?
창길	큰일나요! 아까 형도 들었겠지만 우리 집이 종갓집인데 내가 평산신씨 34대손이래요! 그래서 우리집에서는 일년에 열두 번을 넘게 제살 드리는데 앞으로 종가댁 종손으로 내가 그 제사를 책임져야 하거든요!
영신	그렇구나!
창길	아마 기억은 잘 나질 않지만 아주 내가 쪼그만 할 때부터 우리 할머니는 나를 무릎에 앉히시고는 노상 하시는 말씀이… 너는 평산신씨 사간공파(思簡公派) 34대 손으로 네 시조는 고려 왕건 때 개국공신이셨던 신승겸 어른이시다라고 하시면서 조상님들의 족보를 줄줄이 꿰시면서 가르쳐주셨어요. 어디 그뿐인 줄 알아요. 내가 걸음마를 뗀 때부터는 그 많은 조상제사 시 나를 머리맡에 앉히시고는 꼭 두 번째로 잔을 올리게 하셨거든요. 그런데 언젠가부터 어머니의 한숨 소리와 함께 어느 날 갑자기 우리 엄마가 쓰러지셔서 병이 들었는데 동네 사람들이 하는 말이 종갓집 일이 너무 고되서 쓰러진 거라고 하더라구요. 그런 일이 있은 뒤 엄마가 돌아가셨는데…
영신	(창길의 손을 잡으며) 창길아!

창길　괜찮아요! 아주 오래 전 얘기라서… 뭐!

영신　그런데 교회는 언제부터 다니기 시작한 건데?

창길　작년 여름 십자군 캠프 때부터요. 그때 거기 캠프장에서 탐슨 선교사님 말씀을 듣다가 갑자기 가슴 속에서 불이 나는 것 같이 뜨거움이 느껴지면서 믹 눈물이 쏟아졌는데 아마도 그때부터 예수님을 믿는다는 확신이 섰던 것 같아요. 그래서 그때부터 형 따라다니면서 교회에 갔던 거구요!

영신　그랬구나. 몰랐네. 너한테 오늘 처음 들었어! 그래서 그 후론 어떻게 됐는데…

창길　어떻게 되긴요! 아버지 엄마 몰래 혼자 교회에 다녔던 거죠!

영신　엄마라니, 돌아가셨다고 했잖아. 방금!

창길　새엄마요! 그런데 그 새엄마란 사람이 어떤 사람인지 아세요? 내가 어려서부터 고모! 고모 하면서 따라다녔던 사람인데 난중에 엄마 돌아가시고 난지 일년도 안 돼서 우리 할머니가 그 고모를 우리 집으로 델구 들어오시더라구요. 그리고는 나랑 내 여동생한테 이제부터 이 사람이 니네 새엄마다 하시는 거예요. 그러더니 그 여자가 할머니보다 더 지독하게 우리더러 문중이 어떻고 제사가 어떻고 떠들어 대면서 우리를 옥조이는데 정말이지 미치겠더라구요! 지난 봄엔가는 허락도 없이 내 방에 들어와서는 책상 서랍에 들어있던 기드온에서 나누어준 신약성경을 보고는 아버지한테 일러 바쳐서 할머니 아녔으면 난 그때 아버지한테 맞아 죽었을 거예요! … 그런데 오늘 아버지한테 들켰으니 형 나 어떡해요? 저… 형이 나를 위해 기도 좀 해줄 수 있어요?

영신 당연히 기도해주지! 너무 걱정하지 마. 하나님께서는 다 알고 계시니까 무슨 뜻이 계실 거야!

#9. 시골 교회 안에서

시골 아이들이 올망졸망 모여 있는 곳에서 영신이가 율동을 하며 노래를 가르치고 있다. 아이들도 따라한다.

영신 주먹 쥐고 손을 폈다 손뼉치며 주먹쥐고
또 다시 폈다 손뼉치며 두 손을 앞으로…
공같이 둥근 머리는 하나요 반짝반짝 빛나는 눈은 둘이요
냄새를 잘 맞는 코는 하나요 냠냠 잘 먹는 입도 하나요
주님말씀 잘 듣는 귀는 둘이요
튼튼한 팔다리가 둘씩이래요
(손가락을 하나씩 오므리며) 하나 둘 셋 넷 다섯
여섯 일곱 여덟 아홉 열! 모두가 하나님 우리에게 주시니
하나님 아버지 고맙습니다 (두 손을 모으고 기도한다)

하나님 아버지 오늘도 교회에 나와서
하나님 말씀도 재미나게 잘 듣고 또 이렇게
즐겁게 노래를 했습니다. 우리 모두 착하고
씩씩한 예수님 잘 믿는 주의 어린이가
되어서 장차 훌륭한 어른이 되게 해주세요!
예수님의 이름으로 기도드렸습니다. 아멘

#10. 재미있는 공작교실

봉사단 학생들이 분반을 맡아 아이들과 함께 둥글게 앉아서 색종이로 종이접기를 하고 있다.

#11. 레크레이션 놀이

길수가 앞에 서서 사회를 보며 게임을 인도하고 있다.

길수   어린이 여러분!

아이들   (다같이) 네!

길수   이제부터 모두 일어나서 우리 즐거운 게임을 해요. 다같이 서로 손을 잡고 선생님을 따라서 한 줄로 빙글빙글 돌며 "즐겁게 춤을 추다가 그대로 멈춰라" 하는 노래를 부르는 거예요. 그러다가 노래가 끝나면 제가 호루라기를 불면서 손으로 숫자를 표시할 건데. 여러분은 제 손을 보고 얼른 그 숫자대로 옆에 있는 친구들과 모여 손을 잡는 거예요. 3을 표시하면 얼른 세 명의 친구만 손을 잡아야 하고, 4를 표시하면 네 명만 손을 잡아야하는 거예요! 만약에 우물쭈물하다가 숫자대로 옆 친구의 손을 잡지 못하면 술래가 되는 거예요. 알았지요? 자, 그럼 연습게임으로 시작해 볼게요.

아이들   (다같이) 네!

길수   자 옆사람과 손을 잡으세요. 저기 창길이 선생님은 저 남자애와 여자애 사이에서 손을 잡아주세요. 다 모두 손을 잡았어요?

아이들   (다같이) 네!

길수   그럼 다같이 노래 먼저 불러 봅시다 "즐겁게 춤을 추다가 그대로 멈춰라!" 시작.

아이들   (다같이) "즐겁게 춤을 추다가 그대로 멈춰라!"

길수   네 아주 잘했어요. 그럼 모두 이 노래를 부르면서 둥글게 빙빙 돌아봅시다.

아이들   (다같이 원을 돌며) "즐겁게 춤을 추다가 그대로 멈춰라!"

길수   네 명!

아이들   (소리 지르며 흩어져 옆에 아이들과 네 명씩 손을 잡는다)

길수   자! 손을 못 잡은 철희하고 또 진용이는 술래가 된 거예요. 이번은 연습게임이니까 자, 지금부터 진짜로 시작합니다. 참 술래가 된 어린이들은 모두 이 가운데로 와서 앉아주세요! 자 다시 "즐겁게 춤을 추다가 그대로 멈춰라!" 다섯 명!

아이1   (역시 소리지르며) 와!!

아이들 깔깔대고 웃으며 재미있게 레크레이션 게임을 한다.

음악.

#12 교회마당 평상

여름밤 하늘에 별들이 반짝인다. 봉사대원들 런닝 차림으로 평상에 앉아 노닥거린다. 이때 교회 사모님이 수박을 들고 다가선다.

사모님 학생들 오늘 수고 너무 많았어요! 모두다 어쩜 그리들 잘
하는지 주일학교 어린이들이 너무 재미있어 하네요! 구경
오신 교회 집사님들이 모다 칭찬들 하셨구요. 자, 여기 시
원한 수박 가져왔으니까 한 조각씩 들어요!

학생들 와! 감사합니다.

철이 와 수박! 여름철 과일 중에는 수박이 최고지… 사모님 감
사합니다!

영신 저희 선생님은요?

사모님 오 장로님께서는 우리 목사님과 서재에서 말씀 나누고 계
신데 거기에서 드실 거야! 이런 시골 농촌에서는 이런 거
뿐이 대접 못하니 그리들 알아요!

길수 이거면 최고죠! 참 영신이 형! 여상 기독학생회 누나들이
보내준 과자 박스 가져와 뜯을까요?

영신 그건 안 돼! 내일 아이들 간식 때 먹게 해달라고 이 선생님
한테 벌써 말했는걸! 우리가 준비해온 것도 있지만 모자
랄 것 같아서…

길수 하긴 이런 원두막 수박이 최고지 뭐! (문득) 아니 그런데…

학생들 뭐… 뭔데?

사모님 오, 순영이 왔구나! 왔으면 들어오지 왜 거기 그렇게 서 있
어? 이리루 와 어서!

교회 문 앞에 서 있던 순영, 복숭아 한 소쿠리를 들고 다가온다.

사모님 그 들고 온 건 뭐니? 복숭아구나! 언제 땄어?

순영 아까 전에 교회 끝나고 집에 갔더니 오빠들하고 삼촌이 따
와서…

사모님	아이구 많이도 가져왔네. 오는 장날에 내다 팔 건데 이래 많이 가져와도 돼?
순영	학생선생님들 두세 개씩 먹을 거뿐이 안 돼요.
철이	그럼 우리 먹으라고 가져온 거예요? 와 난 과일 중에 복숭아가 최곤데!
길수	형은 조금 전에는 수박이 최고라면서!
창길	이 선생님 한 개 먹어도 되지요? (냉큼 복숭아 한 개를 집어든다. 그리고 손으로 비비며 덥석 한 입 깨물어 먹는다)
순영	아… 안 돼요!
창길	네? 안 돼요?
순영	물로 씻고 먹어야지 그렇찮음 몸에 두드러기 나요! 아직 물로 씻지 않았어요.
창길	엄마야!
학생들	와! (웃어제낀다)
순영	제가 얼른 우물에 가서 씻어 올게요!
영신	이 선생님 제가 들고 갈게요. 무거울 텐데…
순영	괜찮은데…

영신, 일어나서 순영이가 가져온 복숭아 소쿠리를 들고 우물가로 향한다. 순영도 뒤따라간다.

#13. 교회 뒤 우물가

풀벌레 소리가 요란하다. 영신, 우물 두레박으로 물을 길어 올린다. 그리고 순영이가 복숭아를 닦고 있는 함지박에다 물을 부어준다.

영신	이 선생님은 그렇게 손으로 복숭아를 문질러도 두드러기 안 나나요? 솔로 문지르시지!
순영	저희는 맨날 복숭아를 만지니까 익숙해져서 괜찮아요!
영신	대전에서는 이런 복숭아는 맛 볼 기회가 없는데…
순영	그럼 대전 기실 때 싸드릴 테니까 원하는 만큼 싸가세요.
영신	장날에 내다 팔 거라면서요!
순영	읍내 사람들이 다 먹나요? 저희 집 복숭아밭엔 다 따질 못해 저절로 떨어져 썩는 복숭아가 많은 걸요!
영신	그래요? 아, 아깝다.

이때 창길이가 어느새 왔는지 등 뒤에서 말을 건넨다.

창길	설마 형만 주는 거 아니겠지요? 저도 복숭아를 무척 좋아하거든요!
순영	(놀라며) 어마나!
영신	언제 왔어? 벌써 몸에 두드러기 난 거야?
창길	아니요! 그냥 손도 씻을 겸 복숭아 씻는 거 도우려구요! 애들이 빨리 가져오라고 난리예요. 저 이 선생님 저도 복숭아요, 알았죠?
순영	(웃으며) 네 얼마든지요!

음악.

#14. 교회마당 평상

봉사단 학생들 환한 웃음으로 왁자지껄 과일을 먹는 풍경. (롱샷으로) 어둠 속에서 빛나는 여름밤 하늘의 별들이 무척 아름답다.

길수   영신이 형! 무서운 귀신 얘기 하나 해줘요. 형 무서운 얘기 무지 잘 한다면서요! 예!

영신   웬 귀신 얘기?

길수   이런 무더운 여름 밤에는 귀신 얘기가 최고죠 더위를 날려버리는…

영신   덥냐? 난 먹을 감았더니 하나도 안 덥고 시원한데 지금…

용상   에이! 그래도 재밌잖아요. 형이 아는 거 하나만 해줘봐요! 얼릉.

철   그래 한 번 해봐! 너 얘기 잘하잖아!

영신   … 가만 있어봐. 생각 좀 하고. (이때 창길이가 들어온다)

용상   야, 신창길 어디 갔다 오는 거니?

영신   창길아!

창길   그냥 뭐 생각할 것도 있고 해서 동네 한 바퀴 돌다 왔어요! (호박 부침개를 보고) 뭐야! 나만 빼놓고 자기네끼리 이 맛있는 부침적을 다 먹었단 말야? 의리 없게끔…!

철   임마! 빨리 뒷곁 우물가에 가서 씻고나 와! 사모님이 니 것도 남겨주셨어. 빨랑 와 우리 지금 영신이한테 귀신 얘기 들으려고 하니까!

창길   알았어요! 형 먼저 얘기 시작하면 안 돼요. 나 금방 씻고 올 테니까…

용상   너 뒤쪽 잘 씻고 와! 아까 방구 픽픽 끼드만 낄낄!

창길   너 죽을래?

경쾌한 음악.

#15. 교회 마당 평상(# 19씬과 같은)

영신이 이야기에 모두 열중한다. 서로 붙어 앉아서.

영신   그렇게 남편이 출장을 가고 아무도 없는 빈 집에서 새댁
은 어린 갓난애기와 단둘이서 그 밤을 지새게 되었어!
그런데 이 새댁은 좀 무서운 거야! 왜냐하면 새댁이 사
는 그 집은 옛날 왜정 때 일본사람들이 관사로 쓰던 일본
식 건물이었거든! 또 방이 여러 개고 긴 다다미 복도가
있어서 복도 끝에서 뭔가 불쑥 나올 것만 같은 생각에…
물론 상상이지만 말이야! 그래서 이 새댁은 약간 무서워
서 대문부터 시작해서 현관문하고 뒤 부엌문을 꼭꼭 잠
그고 아기랑 함께 잠자리에 들었어! 그런데 이상하게도
그날 따라 잠이 오질 않고 계속 무서운 생각만 들더라는
거야. 그래서 이 새댁은 안 되겠다싶어 눈을 꼬옥 감고
억지로 잠을 청했지! 그래야 이 무서운 밤을 빨리 벗어
날 수가 있을 것 같았거든!

길수   아 그때 내가 같이 옆에서 잠을 자 주는 건데!

학생들   (다 같이 한마디씩 소릴 지른다) 아휴! 이런 저질… 생각하는
게 꼭.

길수   아니 왜들 그래? 난 우리 누나 생각나서 불쌍해서 한 말인

데! 니들하고 형이 더 저질스런 생각을 한 것 같은데…?

영신　자, 이야기 끊지 말고 더 들어봐!

철　알았으니까 어서 계속해! (학생들에게) 니들 이야기 도중에 말 끊지 마, 알았지?

영신　그렇게 눈을 꼬옥 감고 잠을 자는데 잠이 오겠니? 그치만 빨리 잠이 들게 해달라고 기도하면서 잠들기를 노력했지!

길수　그 새댁이 교회 다녔어요?

철　쉬 조용하래두. 말 끊지 말랬잖아!

길수　알았어요!

영신　그러다가 진짜로 새댁이 잠이 들게 된 거야! 그런데 그 밤 새댁이 꿈을 꾸는데 글쎄 꿈속에서 죽은 시어머니가 나타나더래.

학생들　(모두 놀라며) 뭐라구요? 죽은 시어머니가요?

공포스러운 음악.

#16. (새댁 안방) 꿈 속

새댁이 아기를 곁에 두고 잠을 자고 있다. 이때 모기향 같은 작은 연기가 방 안에 피어오르고 죽은 시어머니가 며느리 곁에 앉아 있다.

시어머니　(며느리를 깨우며) 얘야! 진이 에미야! 너 얼른 일어나거라! 얘야! 진이 에미야!

새댁　(잠에 깨어나며) 아니 어머님 아니세요? 언제 올라오셨어요?

시어머니　얘! 진이 에미야 너 아무 말 말고 어서 얼른 일어나서 진이 데리고 빨리 이 집에서 나가거라. 어서!

새댁   네? 아니 이 밤에 진이를 데리고 나가라니요? 그리고 어머니 언제 오셨어요? 아범은 지방 출장을 갔는데요!

시어머니   암튼 여러 말 말고 내 시키는 대로 하라니까! 너 어서 일어나서 니 애 데리고 어서 이 집에서 나가란 말이다! 빨리!

새댁   네, 알았어요. 어머니!

음악.

#17. 새댁 안방

새댁 꿈을 꾸는 듯 몸을 뒤척이다가 번쩍 눈을 뜬다. 이때 옆에 있던 아기가 운다.

새댁   어머니! (꿈에서 깨어나 몸을 일으킨다. 그리고 우는 아기를 들어 품에 안고 젖을 물린다. 그러다가 불현듯 소스라치게 놀라며) 엄마야!… 어머니? 작년 시월에 돌아가신 우리 시어머니?… 아니 꿈속에서 어머니가 왜? (아기를 안은 채 벌떡 일어나며) 아니야…! 아니야! (덜덜 떤다. 그러면서 방안 주변을 살핀다) 엄마야! (소리를 지르고는 방문을 열고 바깥으로 뛰어 나간다)

#18. 대문 밖

새댁 덜덜 떨며 대문 밖에서 아기를 안은 채 훌쩍이며 서 있다.

새댁 여보! 진이 아빠! 꿈속에서 돌아가신 어머님이 나타나셨어요. 그리고 위험하니 진이를 데리고 빨리 집 밖으로 나가래요. 그래서 이렇게 나왔어요. 무서워 죽겠어요. 여보! 나 어떡해요 네? 여보!

이때 집에서 20m쯤 떨어진 동네 슈퍼마켓에 불이 환하게 켜져 있고 그 앞 평상에 동네 할머니들 몇 명이 보인다.

#19. 동네 슈퍼마켓 앞

평상에 동네 아낙들이 깔깔대며 수박을 나누어 먹고 있다. 슈퍼마켓 안주인이 막걸리를 들고 나오다가 새댁을 바라본다.

마켓여 아니 저거이 누기야? 순철이 색씨 아니네? (소리를 친다) 이 보라우 야! 거기 순철이네 아니가?

새댁 (덜덜 떨다가 고개를 든다)

마켓여 와 기래? 와 이 밤에 얼라 델구 나와 게지구 그래 서 있는 긴데? 응? 남편이랑 싸웠네?

아낙1 아닌데? 순철이는 오늘 우리 그이랑 같이 지방 출장을 갔는데… 싸울 리가?

마켓여 기리디말구 이리 오라우야! 마침 여기 수박 짤라 나누어들 먹구 있으니끼니 날레 와 한 조각 맛보라우!

새댁, 아기를 안고 후다닥 뛰어 달려온다.

마켓여	뭔 일 있네? 와 놀라게지구 그러능기야?
새댁	(갑자기 울며) 아주머니! 무서워 죽겠어요
아낙2	뭐야? 무서워? 누가 자네 집에 들어오기라도 한 거야? 자네 신랑은 오늘 지방 출장갔다면서… 아니야?
새댁	(여전히 고개를 끄덕이며 운다) 맞아요!
마켓여	무슨 일인지 날래 말해보라우! 와 기러네, 응?
새댁	(더듬거리며) 저… 꿈에 돌아가신 시어머님이 나타나셨어요.
아낙들	(와락 놀래며) 뭐… 뭐야, 수… 순철엄마가 꿈에 나타났다고?
새댁	(고개를 끄덕이며) 네!… 꾸, 꿈속에서요.
아낙들	(실소를 한다)
아낙1	어서 이리와 앉아! 개꿈 꾼 걸 게지고 난 또 뭐라구! 자, 수박이나 한쪽 들어. 오늘 복날이라고 평양댁 아주마이가 수박 한 턱 낸 거다.
아낙2	허긴 산 사람도 아니고 죽은 시어머니가 꿈속에 나타났응께 젊은 새댁이 놀랄 만도 하지! 친정 엄마라면 또 몰라도.
마켓여	날이 더우니끼니 몸이 허약해져 그러는 기야! 몸이 허약 허믄 자꾸 꿈이든 생시든 헛거이 보이거든! 아 날래 여기 앉으라니까 기러네! 난 또 뭐라구…!

새댁 아이를 안고 평상에 앉는다 여전히 몸을 떨면서.

마켓여	기래 어드런 꿈을 꾸었네? 자네 시어마이가 어떻게 나타났는데?
새댁	꿈에 여기 이 집에 있음 안된다구 하면서 빨리 애기 데리구 집 밖으로 나가랬어요!
아낙1	어마나 세상에! 꿈에 죽은 귀신이 나가라 했다구?

아낙2	귀신은 무슨! 순철네 엄마라잖여! 새댁 시어머니 말여.
아낙1	아 시어미건 누구건 간에 사람 죽으면 다 귀신이제 사람이여? 거 참 희한하네 그려!
마켓여	기래갖구선? 뭐 다른 말은 없었네?
새댁	네. 첨엔 살아계신 분으로만 생각해서 무섭지가 않았는데 잠깐 뒤에서야 아, 어머닌 작년 시월에 돌아가셨지? 그럼 돌아가신 시어머니가 하고 생각하니까 갑자기 무서운 생각이 들어서 그냥 집에 있을 수가 없었어요.
아낙2	수박보다는 냉수 한 그릇을 떠다 줘야겠구먼 그려! (마켓여에게) 성님네 청심환 남은 거 있어요?

짧은 음악.

#20. 동네 슈퍼마켓 앞

여전히 평상에 동네 아낙들이 앉아 수다를 떨고 있고 새댁은 마음이 진정된 듯 아이를 어르고 있다.

마켓여	자, 이제 오늘 시마이 합세. 날래들 집에 들어들 가기요. 아 서방님들 안 기달리네?
아낙1	있으나마나한 늙은 송장! 혼자 궁상떨게 내버려두는 게 더 좋아요 성님!
마켓여	기따위 말이 어딨네. 기래두 서방은 서방인기지! 기래 새댁은 어드래 할 거이가? 집이 무서우면 내하구 우리 점방 방에서라도 잘래?

새댁   (잠시 망설이다가) 아니에요. 이제 맘이 좀 가라앉았어요! 그
          냥 집에 들어가 잘래요!

아낙2   그래 암것두 아닌 그냥 꿈이야! 사람 살다보믐 이런 꿈도
          꾸고 저런 꿈도 꾸는 거지 뭐! 다 기분 좋은 꿈만 꾸었어?
          진짜 무서운 건 말이지 귀신보다는 산 사람이야! 그러니
          까 그냥 애 델구 가서 자!

새댁   네. 고마워요, 할머니!

아낙1   할머니라고 부르지 마라! 느그 시어미하고들 모다 친군께
          기냥 아주머니라고 불러. 할머니라고 하믐 궁상맞은 거 같
          아서 싫다.

새댁   네. 아주머니!

아낙1   봐라! 얼마나 듣기 좋나! 그럼 모다 가 자고 내일 또 만나
          못 다한 말 또 하자잉?

          음악.

#21. 교회마당 평상

영신이 곁으로 모두 바짝 모여 앉아 진지하게 영신이 이야기에 몰
두한다.

영신   그렇게 해서 다시 새댁이 아기랑 같이 집안으로 들어갔
          다. 그랬더니 아주머니들한테 들은 말도 있고 해서 그런
          지 아까보다는 덜 무섭더래. 그래서 빨리 자야겠다고 하
          고선 다시 잔 거야! 그런데 이게 웬일이니? 억지로 잠이

들긴 들었는데 글쎄 꿈에 또다시 그 죽은 시어머니가 나
타난 거야!

길수 네에?

영신 그런데 이번에는 그 시어머니가 꿈속에서 막 화난 표정으
로 이렇게 말을 하더래! "너 왜! 밖으로 나가더니 다시 집
안으로 기어 들어온 거냐! 빨리 나가지 못하겠니? 정녕 네
가 화를 자초하는구나. 어서 나가라니까!" 하고 막 소리
를 지르는데 꿈속에서도 어찌나 무섭던지 악! 하고 소리
를 지르다가 그만 잠에서 깨어난 거야! 그리고는 얼마나
무섭던지 온 사지가 덜덜 떨리는데 처음보다 더 무섭더래.
그래서 안 되겠다 싶어 일단 꿈이던 뭐든 너무 무서워서
다시 도망치듯 아기를 데리고 밖으로 뛰쳐나간 거야!

용상 그런데 갑자기 뒤에서 누가 그 새댁의 머리를 확 쥐어 당
기더니 (큰 소리로) 네 이년 했어요?

학생들 엄마야! 야, 이 새끼야! 놀랬잖아!

철 니들 자꾸 이야기 방해할래?

학생들 아 아니요!

용상 형! 미안해. 미안쏘리!

영신 그렇게 밖으로 뛰쳐나갔는데 그만 온 천지가 모두 깜깜하
더래! 얼마나 무서웠겠니? 그도 그럴 것이 이미 시간이 밤
1시가 넘었거든… 슈퍼마켓도 불이 꺼져있었으니까…!

#22. 대문 앞

새댁, 아기를 움켜 안고는 사방을 두리번거리며 운다.

영신   (이야기) 너무나 놀라서 잔뜩 겁에 질린 채 울던 새댁은 슈퍼마켓으로 달려가서 할머니를 깨워 도와달라고 문을 두드릴까 하다가 곤히 주무시는 할머니를 깨운다는 것이 미안하기도 하고 또 그럴 용기도 나질 않더래! 그렇다고 어디로 마땅히 갈 곳도 없어 우왕좌왕했는데 그때 문득 생각난 것이 바로 동네 파출소였대! 그래, 그리로 가면 순경들이 있을 거니까 날 안전하게 지켜주겠지 했던 거야! 그래 가지고 그 밤에 그 새댁은 마침 그 집에서 한 200m쯤 떨어져 있던 파출소로 달려간 거야!

#23. 마을 파출소

환한 형광불빛이 활짝 열어놓은 문 밖으로 흘러나오는 자그마한 마을 파출소. 그 옆에 서 있는 전봇대 가로등에 날파리와 모기떼가 윙윙거린다.

#24. 파출소 안

상의를 탈의한 채 덜덜거리는 낡은 선풍기 바람을 쐬며 졸고 있는 경찰관 한 명과 상의 단추를 푼 채 부채질하며 책을 읽고 있는 젊은 경찰관 한 명이 있다. 이때 새댁이 아기를 안고 황급히 뛰어 들어온다.

새댁   (숨을 내몰아쉬면서) 아저씨! 순경아저씨! 저 좀 살려주세요

네 아저씨!

젊은경찰 (깜짝 놀라며) 아이 깜짝이야? 아니 무슨 일이십니까?

새댁 (다급한 목소리로 떨면서) 아저씨, 저 좀 도와주세요.

젊은경찰 아니 무슨 일인데 그러십니까? 뭔 사고라도 났습니까?

새댁 저 그런 게 아니라… (울면서) 무서워서 그래요!

젊은경찰 (상의 단추를 잠그며) 무… 무섭다니요 왜요?

새댁 저… 저희 집에… 저희 집에서.

젊은경찰 집이라니요? 혹시 도둑이라도 들어온 겁니까?

새댁 그런 게 아니라… 아저씨.

젊은경찰 진정하세요. 아주머니! 그리고 차근차근히 말씀해 보세요! 저 이 마을 주민 되십니까?

새댁 네! 이 동네 사는 사람이에요!

중년경찰 (엎드려 있다가 일어나 정복을 주워 입으며) 무슨 일입니까? 이 밤중에? 어? 젊은 아주머니는 저… 동네 적산 관사촌에 사는 새댁 아니세요! 맞죠? 그런데 웬일이십니까?

새댁 저… 무, 무서워서 그래요! 아저씨들!

젊은경찰 아니 글쎄 왜 무섭다는 겁니까? (컵에 물을 따라 새댁에게 건네면서) 저 아주머니 우선 이 물 한 잔 마시고 천천히 말씀해 보세요. 마음부터 가라앉히시구요. 그리고 왜 무서운지 아님 무슨 일이 있었는지 천천히 말씀해주세요. 여긴 안심하셔도 되는 곳이니까요!

새댁 (칭얼대는 아기를 달래면서 물을 마신다)

젊은경찰 자, 이제 편하게 말씀해 보십시오. 무슨 일인지!

새댁 저 그게 그러니까… 우리 애기아빠가 지방출장을 가서 저 혼자서 애기랑 함께 집에 있었거든요. 그런데 잠을 자기만 하면 꿈속에서 죽은 시어머니가 나타나서 자꾸 저더러 빨랑 애 델고 집 밖으로 나가라는 거예요! 처음엔 그러지 않았는데 자꾸 같은 꿈을 꾸니까 무서워서… 아저씨! 저 오늘 밤 여기 파출소에서 애기랑 있으면 안 될까요?

중년경찰 아, 난 또 무슨 일인가 했네! 아주머니 생각 좀 해보세요! 우리가 강도나 도둑놈 같은 나쁜 놈들 잡으라고 있는 경찰이지 귀신 잡으라고 있는 경찰입니까?

새댁 (다시 아기를 끌어안고 훌쩍거린다)

젊은경찰 아주머니 진정하세요! 저희도 깜짝 놀랬잖아요. 그런데 무슨 큰일인가 했다가 아주머니가 꾸신 꿈 때문이라고 하니까 맥 풀려서 그러는 거예요! 그러니까 여기서 잠시 마음을 진정시키신 후에 돌아가세요.

새댁 정말 무서워서 그렇다니까요! (다시 운다)

잠시 후.

중년경찰 이봐 김 순경! 자네가 아주머니 모시고 한 번 그 집에 다녀와 봐! 그리고 집안 곳곳을 살펴보고! (새댁에게) 그럼 괜찮겠지요? 아무도 없으면 괜찮은 겁니다. 사람이 무서운 거지, 귀신이 무서운가요! 아주머니가 여기 계시면 우리가 불편해서 그래요! 이해 좀 해 주세요! 야! 김 순경 뭐해!

젊은경찰 예! 알겠습니다. (새댁에게) 자, 아주머니 그만 일어나시죠! 여긴 애기 때문이라도 불편해서 안 됩니다.

새댁 (일어서면서) 아까 전에 동네 아주머니들도 그러시더니 경찰 아저씨도 같은 말씀을 하시네요! 하지만 저는 정말 무서워서 그래요!

음악.

#25. 집 마당

칠흑 같은 밤 2시경의 어두움. 젊은 순경 마당에 서서 플래시로 지붕과 벽체를 천천히 비추며 살핀다. 그 뒤에서 다시 공포를 느끼며 서 있는 새댁.

새댁 (거친 숨소리로) 저 아저씨. 더 무섭네요. 그냥 파출소로 돌아가서 날 밝을 때까지만 있으면 안 돼요?

젊은경찰 (플래시를 비추며) 여름이라 너무 더워 우리도 정복이라도 좀 벗고 있으려는데 아주머니가 계시면 좀 그렇잖아요. 그러니까 이해 좀 해주십시오. 저기 열린 문 입구가 현관이지요. 이 집 뒤로 돌아가면 뭐가 있습니까?

새댁 우물이 있고 그 옆에는 텃밭이 있어요!

젊은경찰 일단 집 안을 살펴야 하니까 제가 한 번 돌아보고 오겠습니다. 아주머니는 여기 그냥 계세요.

새댁 … 네!

젊은 경찰이 사라지고 새댁 혼자 떨며 서 있다. 그러다 문득 창문 쪽을 바라보다가 악! 하고 비명을 지른다. 창문 안으로 하얀 것이 비추다 사라진다. 새댁의 비명소리에 황급히 뛰어오는 젊은 경찰.

젊은경찰 무슨 일입니까? 왜 그래요?

새댁 (덜덜 떨며) 저… 저기 창문 안으로 뭔가 히뜩하니 하얀 것이

보였어요. 아저씨, 제발 그냥 같이 파출소로 가면 안 될까
요? 무서워 죽겠어요!

젊은경찰 혹시 저쪽에서 제가 비춘 이 플래시 불빛 때문이 아닐까요?

새댁 (덜덜 떨며) 모… 모르, 겠어요!

젊은경찰 그랬을 겁니다. 집이 되게 크군요! 저 바깥은 다 살펴봤으
니까 잠깐 같이 집 안을 살펴봐도 되겠습니까?

새댁 … 네!

젊은 경찰이 비추는 플래시 불빛을 따라 함께 현관 문 안으로 들어
가는 새댁.

#26. 집 내부

현관문을 열고 들어서면 어둠 속에서 젊은 경찰이 비추는 플래시
불빛에 비추어 일본식 다다미의 넓은 거실과 그 옆으로 긴 복도가
보인다. 복도 양 옆에는 미닫이 방문들이 있다.

젊은경찰 (벽에 있는 스위치를 만지며) 왜 전깃불이 들어오지 않는 거죠?
정전인가요? 아닌데 아까 우리 지서에는 불이 들어왔잖아
요! 혹시 아까도 이랬습니까?

새댁 (거친 숨소리로) 뭐가요?

젊은경찰 언제부터 전깃불이 안 들어왔느냐구요?

새댁 아니에요. 아까까지는 불이 들어 왔었는데요!

젊은경찰 그래요? 이상하군요! (플래시를 비치며) 방이 여러 개인가 보
네요! 저 첫 번째 방은 뭐죠?

새댁	예? 예, 그 방은 저희 안방인데요!
젊은경찰	그 다음 방은요?
새댁	그 다음 방은 애 아빠 서재고요, 그 앞문은 화장실 겸 목욕탕이에요!
젊은경찰	그럼 저 끝방은요?
새댁	저 끝방은 사용하지 않는 방인데… 아, 돌아가신 시부모님 위패하고 영정사진 모신 방이에요!
젊은경찰	그래요? (잠시 생각하다가) 그럼 잠시 그 방을 좀 가볼 수 있을까요?
새댁	(고개를 끄덕이며) 예…!

젊은 경찰 플래시를 켜고 끝방으로 가서 조심스럽게 미닫이문을 연다. 그리고 복도에 선 채로 플래시로 끝방 안을 두루 비춘다. 몹시 긴장을 하며… 그러다가 갑자기 '악' 하고 비명을 지르며 그 자리에서 털썩 쓰러진다.

| 새댁 | 악! 아--악 엄마야! |

강한 음악.

#27. 교회마당 평상(# 19씬과 같은)

이야기를 듣던 학생들 모두 다 악하고 소리를 지른다.

| 길수 | 와! 놀래라. |

창길 간 떨어지는 줄 알았어!

철 야! 이 사내새끼들이 그렇게 맘이 약해 가지구설랑…

용상 형도 금방 놀라 소리쳤잖아요!

철 그건 니들이 갑자기 소리치니까 그 소리에 놀라 그런 거지! (영신에게) 암튼 그래서 그래서 어떻게 된 건데?

영신 모두 재밌니?

창길 빨랑 얘기 계속해봐요! 그래서 어떻게 됐어요?

영신 그 새댁은 사실 아무 것도 보질 못했어! 하지만 그 경찰이 쓰러지는 것을 보고는 같이 놀라 소리쳤던 거야! 그리고는 새댁은 아기를 안고 여전히 소리치면서 밖으로 뛰쳐나왔지! 그런데 참 신기한 것은 그 짧은 순간에서도 사람에게는 본능적으로 위기에 대처하는 지혜가 발동하는가봐! 그 새댁은 소리치면서 현관문을 빠져 나오는 그 순간에도 퍼뜩 어떤 생각이 스쳐갔는데 그것은 시집 오기 전에 친정어머니가 들려준 말씀이었대. 사람이 위급할 때는 사람 살려! 하고 소리치면 안 되고 불이야! 라고 소리쳐야 한다고…

용상 아니 그건 왜요?

철 임마! 사람 살려 하면 주변 사람들이 무서워서 못 오잖아! 그렇지만 불이야! 하고 소리치면 자기들이 살려고 집 밖으로 뛰쳐나오는 법이거든!

용상 아하! 그런 깊은 뜻이…

영신 그렇게 그 새댁이 불이야! 하고 소리를 치고는 그녀도 대문 밖에서 쓰러진 거야. 그랬더니 마침 그 시간이 새벽시간이라서 사람들이 막 잠에서 깨어날 때쯤이었는데 집 밖에서 불이야 하는 소리가 들리니까 모두 어떻겠어? 마을 사람들이 모두 놀래서 그냥 집밖으로들 쫓아 뛰어들 나온 거야!

#28. 새댁의 집 문 앞

새댁은 쓰러져 있고 그 품에서 갓난아기가 자지러지게 울고 있다. 동네 사람들이 놀라 뛰쳐나온다. 이때 슈퍼마켓 안주인이 소리를 지른다.

마켓여 (사방을 향해 소리를 치른다) 이보라우요! 동네사람들이요. 모다 날래들 나오기요! 여기 새댁이 쓰러졌시요! 동네 사람들이요 날래 나오시라요!

동네 사람들 모다 놀라 대문 앞으로 모여든다.

아낙1 (새댁을 흔들어 깨우며) 야야! 새댁아! 너 시방 왜 이러능겨! 어서 퍼뜩 일나야! 어서!

아낙2 안즉은 살아 숨쉬는 거 본께 죽지는 안았는가보네! 어여 누가 청심환이라도 가져오고 냉수 한 사발 좀 떠갖고 와유 어서!

마켓여 (자지러지게 우는 갓난아기를 꺼내 안으며) 기룡환도 가져 오기요. 얼라한테는 이럴 땐 기룡환이 최고디. 아 날레 날레 좀 도우라야! 한 동네 사람들끼리 이러기요 정말?

아낙1 누구 남정네 걸음으로 파출소에다가도 알리고 또 119 구급차도 좀 불러줘요!

영신   (목소리) 그렇게 이른 새벽에 온 동네가 난리가 났지. 그때 동네 청년 한 명이 집안으로 뛰어 들어갔다가 나오며 다시 소리쳤어!

청년1   큰일났구면유! 저 안에 순경 한 사람이 쓰러져 있어유. 죽은 거 같아유. 어서 빨랑들 들어 가봐유!

노인   우리 동네에 이게 뭔 사단이다냐? 육이오 난리 맨치로 꼭 뚜새벽부텀 뭔 난리냔 말여 글쎄!

영신   (목소리) 그렇게 온 동리가 난리가 난 거야. 새벽부터 앰블런스 119 구급차가 소리를 내며 달려오질 않나, 파출소에서 경찰들이 여러 명 달려와서는 호각을 불며 현장정리를 하질 않나 아주 그 노인할아버지 말씀대로 난리가 난 거지.

철   (목소리) 그럼 그 집안에서 젊은 경찰이 어떻게 쓰러진 거야? 진짜 귀신이 있었던 거야?

노인   아 모다 그러구들 귀경만 하지 말고 어여 장정들은 저 집안으로 들어들 가봐! 저 안에 뭔 일이 났다잖여! 어여 빨랑들 들어 가보랑께!

#29. 집 안 복도

희미한 새벽 햇살에 집안은 어둠이 걷혀 사물의 실체가 분명하게 보일 정도로 밝아 온다. 동네 청년들 서너 명 몽둥이를 들고 복도에 걸친 방을 하나씩 열어제낀다. 그리고 영정을 모신 끝방에 이르러 문을 연다.

청년1 아까 그 순경이 여기에 이렇게 쓰러져 있었다니께! 죽은 줄 알았더만 다행히 죽진 않고 기절한 거라니께 맴이 한결 가볍구만 그려!

청년2 이 방은 순철이 형 부모님 영정사진 모셔놓고 제 드리는 방 아녀?

청년3 (갑자기 소리치며) 아니 저거시 뭐여! 저 커텐 뒤에 누가 숨어 있는 거 같혀!

청년1,2 (모두 깜짝 놀라며) 뭐 뭐라구? 뭐가 숨어 있는 거 같다구? (청년들이 모여든다)

#30. 끝방 안

방 벽 작은 창문으로 아침 미명의 햇살이 살짝 비추어 든다. 하지만 명암이 분명하여 밝은 곳과 어둠이 같이 섞여있다. 청년들이 몽둥이를 들고 방안에 들어서자 영정사진 놓인 곳이 커튼으로 가려져있고 그 뒤로 사람 모양의 거무스름한 물체가 으시시하게 보인다.

청년3 (약간 떨며) 저… 저것 봐. 사람이지! 누가 숨어 있는 것이 분명하잖여! (물체를 향해) 누 누구여? 누구냔 말여, 어서 정체를 밝히지 못하냐?

청년1 귀… 귀신이면 물러가고 사… 사람이면 냉큼 나오지 못혀? 뭔 장난질이여 꼭두새벽부텀!

청년2 야, 요즘 시상에 귀신이 어딨어! 저… 저건 분명 사람인께 어디 맛 좀 보거라 잉! (몽둥이를 번쩍 들어 올린다)

청년3 가만 가만! 그려 내가 몸무게가 제일 많이 나강께 나부텀 치는 게 순설격! (몽둥이를 번쩍 들고 내리친다)

가려진 영정사진 탁자의 커튼이 벗겨진다.

청년들 (악하고 소리친다)

커튼이 벗겨진 탁자 위로 소복을 한 여인이 머리를 산발한 채 입에 칼을 물고 피를 뚝뚝 흘리며 웅크리고 앉아 있다.

청년3 뭐여 넌? 어떤 년이기에 귀신처럼 하고 그곳에 앉아있능겨! 어서 내려오질 못혀? 이게 정말 죽을려고 환장했구먼! (다시 몽둥이를 번쩍 들어 올린다)

그러자 귀신 같은 그 여인이 손을 번쩍 내밀면서 고함을 친다.

괴여인 사… 살려줘유! 나 귀신이 아니고 사람이여유! 그러니께 때리질 마유. 제발! 살려줘유!

청년3 뭐여? 귀신이 아니구 사람잉께 살려달라고?

괴여인 야, 사… 살려줘유. 내 잘못했응께…!

청년2 뭐 이런 썩어빠질 년이 다 있어! 빨랑 내려오들 못혀! (몽둥이를 들어 올린다)

괴여인 아… 알았시유! 내려 갈랑게… (몸을 움직이다가 방으로 툭 떨어진다) 아이구머니요! (아픈지 몸을 매만진다)

청년1   너 누… 누구여 누구냥께? 어서 정체를 밝히지 못하겠냐?

에이 쌍! (머리채를 확 잡아당긴다. 가발이다. 가발이 훌렁 벗겨진다)

청년들   (다시 놀라며) 아니… 이게 누구여?

강한 음악.

#31. 교회마당 평상

학생들 모두 악하고 다시 소리를 지른다.

철   그럼 귀 귀신이 아니고 사람이었단 말이지?

용상   정말 귀신이 아녔단 말이에요?

길수   그럼 누… 누구였는데요?

영신   누구였겠니? 니들이 한 번 알아맞혀봐!

창길   슈퍼마켓 여자주인?

영신   No!

길수   중년경찰? 아니 귀신은 여자였지!

용상   남자가 여자로 변장했을 수도 있잖아?

철   그럼 혹시 그 수박 먹던 아주머니들 중에 누구 한 사람?

영신   아냐. 다 아니야! 바로 그 귀신분장을 했던 여자는 그 동네 사는 어떤 여자였는데 바로 그 새댁과 함께 계를 하던 계 오야였대!

창길   계 오야가 뭔데요?

철   계 오야는 곗돈을 관리하여 순번을 정해 순번에 따라 거둔 곗돈을 모아 전해주는 역할을 하는 책임자를 말하는 건데! (영신에게) 그 계 오야가 왜 그 집에서 그런 짓을 했던 거야?

영신 그건 바로 그날이 그 새댁이 곗돈을 탄 날이었거든…! 그 계 오야는 그 동네 사는 사람으로 새댁집의 숟가락이 몇 개이고 그 집 살림살이가 어떤가를 모두 알고 있는 아주 가까운 이웃이었지! 그래서 새댁이 그날 탄 곗돈을 훔치려고 그런 짓을 했던 거야!

용상 아니 도둑질을 하려면 그냥 도둑질을 할 것이지 왜 사람 무섭게 귀신으로 둔갑을 한 거야? 나쁜 년!

철 그건 아무래도 도둑질하다 들키면 젊은 새댁한테 힘이 부치는 나이든 여인이니까 귀신으로 분장을 해서 놀라 쓰러지게 한 다음 완전하게 돈을 가져 갈 수 있을 거라 생각하고 한 짓이 아닐까?

영신 맞아 바로 그거야! 그 계 오야는 철이가 말한 것처럼 그걸 노린 거지!

철 야 정말 무섭다. 귀신 얘기가 무서운 것이 아니라 세상 사는 것이 정말 무섭다는 얘기야!

창길 가… 가만요! 그런데 이 이야기가 실화인가요?

영신 아마 그럴 걸! 나도 우리 엄마한테 그렇게 들었으니까?

창길 말도 안 돼요! 이야기 내용이 다 그렇다 치더라도 어떻게 죽은 시어머니가 새댁의 꿈속에 그렇게 나타나 자기 며느리에게 도망을 치라고 일러줄 수가 있었을까요? 그것도 두 번씩이나…?

용상 맞아! 그 부분이 비과학적이야!

영신 비과학적이라구? 물론 그렇게도 생각할 수가 있겠지! 그럼 말이야 내가 한 가지만 물어볼게! 일반적으로 엄마가 아기를 잉태하면 말이야, 엄마 자신도 그렇지만 어떻게 그 주변에 있는 가족들이 먼저 태몽을 꿀 수가 있는 거지? 너희들도 모두 주변 어른들이 너희가 태어날 때 태몽을 꾸셨다는 말 모두 들어 봤을 거 아냐? 그건 어떻게 설명할 수가 있는 건데? 그것도 과연 비과학적일까?

이때 장 선생님과 이 목사님이 언제 오셨는지 그들 뒤에 서 있다가 말을 건넨다.

장선생 이놈들. 그냥 어린놈들인 줄만 알았더니 제법 대화내용이 진지한데?

학생들 선생님!

영신 아니 언제들 오셨어요?

장선생 니들이 소리 지르는 바람에 내 자러 가려고 하다가 몰래 와봤지! 목사님하고 말이다.

이목사 그럼 나도 한마디만 니들 얘기에 끼어들어도 되겠니?

영신 네! 그럼요! 말씀하세요. 목사님.

이목사 난 말이다, 이런 적이 많았다. 어느 날 무슨 일을 하다말고 문득 아니? 지금 내가 이 일을 언젠가 내 꿈속에서 본 적이 있었는데? 하고 말이야. 특히 신기했던 것 중에 하나는 지금 우리 교회 말이다. 내가 아주 오래 전 신학교에서 공부하던 시절에 지금 우리 교회 모습과 내가 이 교회에서 사역하는 광경을 꿈에서 분명히 본 적이 있었거든. 아주 생생하게 말이야! 언젠가 내가 문득 그것을 느끼고는 소스라치게 놀란 적이 있었어! 너희들은 그런 적이 없었니?

길수 엄마야! (놀라며 진지하게) 있었어요. 나도 오래전에 꿈속에서 내 현재의 모습을 본 적이 있었어요.

용상 저두요. 저두 그런 적이 많아요.

철 그런 걸 데자뷰 현상이라고 말하는가요?

이목사 그렇지 데자뷰라는 말은 '이미 보았다'는 뜻의 의미로서 프랑스어이지! 하지만 말이다. 나는 데자뷰라는 말보다는 성서적인 의미로서 풀이해보고 싶은데 성경에는 말이다 "알파와 오메가"라는 말씀이 있지. 예수님 자신을 가리켜 하신 말씀으로 "처음과 나중"이라고 해석하는데 이 말씀에는 시간적 의미와 공간적 의미가 담겨져 있지! 우리 인간들은 시간과 공간의 제약을 받지만 이 시간과 공간을 주관하시는 하나님이신 성자예수님께서는 과거와 현재와 미래가 아닌 지금 그 존재하심 속에 과거와 현재와 미래가 공존하시기 때문에 놀라운 역사나 기적을 나타내실 수 있으신 거야!

영신 그럼 그것이 영원이라는 말씀과는 어떻게 다른 건가요?

이목사 같은 말이야! 우리 인간에게는 영원이라는 무한대의 수치를 말할 수 없지만 우리 하나님께서는 영원의 무한대란 그분의 주권 안에 가지고 계시기 때문에 성경에 보면 "천년이 하루 같다"는 말씀으로 기록되어 있지! 많은 심리학자들은 나름대로 데자뷰 현상을 인간 스스로의 경험 속에 잠재된 무의식의 표출 또는 우연이라고 말하고 있지만 나는 그 초자연적인 현상도 다 하나님의 역사하심이라고 보는 거지!

영신 아직은 잘 이해가 되진 않지만 언젠가 제가 더 많은 공부를 해서 그때 목사님을 찾아뵙고 지금 이해되지 않는 부분에 대해서 질문을 드리도록 하겠습니다.

이목사　그래? 그렇게 하려므나. 나도 이제부터 더 열심히 공부를 할 테니까!

밤하늘의 별빛이 반짝인다. 밤하늘 풍경이 보일 때에,

철　　(소리) 아, 정말 이 여름밤이 아름답구나.
길수　(소리) 나는 이 여름밤이 너무 재밌어!
용성　(소리) 너무 소중해 이대로 시간이 멈추었으면 좋겠어!
창길　(소리) 나는 빨리 지나갔으면 좋겠는데!
학생들　(소리) (다같이) 왜?
창길　(소리) 그냥 그랬으면 좋겠다구! 내 맘이니까!

영신교수　(독백) 내 청소년 시기였던 1970년은 그런 추억을 남기며 지나가게 되었지!

음악.

제 27 부

뒤바뀐 이정표

#1. 대성고 학교 전경

운동장에서 학생들이 축구를 하며 소리 지르고 뛰어다닌다. 교정에 낙엽들이 휘날리고 화단에는 노오란 국화꽃과 붉은 맨드라미가 나란히 줄지어 심겨져있는 가을, 교실 어디선가에서 피아노 소리가 들려온다.

#2. 음악실

3학년 재군이가 피아노 앞에 앉아서 외스텐의 피아노 연주곡 '알프스의 저녁노을'을 열심히 치고 있다. 연주곡이 끝날 때 음악실 문이 열리며 고등학생 영신이가 손뼉을 치고 서 있다.

재군　(뒤돌아보며) 영신아! 웬일이야? 옥상 기도실에 안 갔어?

영신　응! 거기 있다가 오는 길이야! 기도회는 벌써 끝났는데 어디서 아름다운 피아노 소리가 들리길래 나도 모르게 소리를 따라 이곳으로 내려온 거지! 그런데 방금 친 이 피아노 곡이 뭐야? 정말 듣기 좋은데!

재군 '알프스의 저녁 노을'이라고 외스텐이라는 사람이 작곡한 피아노 협주곡이야!

영신 난 중학교 때 음악시간에 들었던 쥬페의 '경기병의 서곡'이라는 클래식 음악 딱 한 곡뿐이 모르는데…! 아 참 베토벤의 '운명'이라는 곡도 들어봤구나.

재군 넌 찬송만 좋아하는 줄 알았는데! 그나저나 니네 지난 여름봉사활동이 그렇게 재미있었다며? 부여 규암리교회였다고?

영신 응! 너도 같이 갔었으면 좋았을걸! 참 그때 왜 못 간다고 했었지? 넌 피아노를 잘 치니까 굉장히 도움이 됐을 텐데…!

재군 뭐 특별한 이유는 아니었어! 선희 누나네 집에서 피아노 무료 레슨을 받느라고… 못 갔어! 전학 온 놈이 남의 집에 얹혀 지내면서 무료로 피아노까지 배우는데 친구들하고 시골로 농촌봉사활동 간다고 말하기가 좀 그래서…!

영신 참 너! 이사장님 댁에서 지낸다고 했지? 부담스럽지는 않아?

재군 남의 집인데 부담스럽지 않다는 건 뻔뻔스러운 거지! 하지만 아침 일찍 학교에 가고 저녁 늦게 들어가서 밀린 공부하다 그냥 자고 하니까 그런 건 아직 못 느꼈어! 워낙 모두들 친절하신 분들이니까. 피아노는 식구들이 대부분 외출하는 토요일하고 주일 오후에만 치니까 뭐 그런대로… 그러다 보면 일주일이 금방 가! 너는 어때? 선교사님 댁에서 불편하진 않아?

영신   불편하긴, 얼마나 잘 해주시는데! 그리고 같은 울타리긴 하지만 우리가 사는 집이 별채로 있어서 생활에 불편은 없는데 선교사님한테 미안한 점은 참 많지! 정원 텃밭도 손봐야 하고 마당 청소도 자주 해야 하는데 그렇지 못하니까! 그래도 힘쓰는 일은 내가 대부분 해! 대신 엄마가 몸도 불편하신데 많은 일을 하시지!

재군   그래도 넌 참 대단해! 선교사님 댁에서 일하면서도 학교에선 기독학생회장으로 신앙생활 열심히 하고 또 공부도 잘하고 넌 도대체 못하는 게 뭐니? 같은 친구지만 너만 보면 참 부럽다니까!

영신   부럽긴 나보다 네가 재주가 더 많은 거 같은데! 너도 학교 성적 나쁘지 않지, 또 피아노 천재지, 신앙생활도 잘하고 점잖고 인성도 좋아서 노는 놈들조차 너 욕하고 시비 거는 애들이 아무도 없잖아! 그 정도면 됐지 뭘 더 바래?

재군   그런 것들이 밥 먹여주냐? 그나저나 큰일이다!

영신   왜? 뭔 걱정 있어?

재군   뭔 걱정이라니? 고3이 되갖고 앞으로 학교 졸업하면 어떻게 살아가야 할지, 넌 걱정도 안 되니? 하기사 넌 학교 졸업하면 선교사님 따라 미국으로 유학 가서 신학을 공부하면 되니까 이런 나 같은 걱정은 하지 않겠지만! 안 그냐?

영신   웃기는 소리 그만해! 그게 어디 쉬운 일인 줄 아니? 나도 처음엔 너처럼 그렇게 생각했어! 그런데 그게 아니더라구! 미국을 갈려면 먼저 군대를 갔다 와야 하고 또 군대를 갔다 오면 유학시험을 봐야 하는데 그게 만만치가 않은가 봐! 그리고 또 내가 무슨 돈이 있어서 팔자 좋게 유학을 갈 수가 있겠니? 고등학교도 선교사님께서 도와주셔서 겨우 다니고 있는데… 더구나 미국에 가려면 비자라는 것을 받아야 간다는데 이민을 가는 거 아닌 이상 한 가족 모두를 나라에선 안 보내준대요! 너도 알다시피 미국이 아무리 좋다 하더라도 몸 편치 않으신 엄마 놔두고 나 혼자 갈 수는 없는 거잖아!

재군   마마선교사님이 그런 거 다 해결해 주시지 않을까?

영신   남들이 보는 것하고 실제 생활은 다른 거야! 그나저나 너다른 곡 한 번 더 쳐줄 수 있어? 정말 피아노곡이 이렇게 좋은 줄 몰랐어!

재군   (피아노를 치면서) 너 이 곡 들어봤어? 베토벤이 만든 곡인데 '엘리제를 위하여'라는 곡!

영신   난 쥬페의 '경기병의 서곡'과 베토벤의 '운명'이라는 두 곡뿐이 모른다니까! 그것도 베토벤 '운명'은 화장실 문 두드리는 소리를 듣고 베토벤이 만든 곡이라고 해서 기억하고 있는 거지! '똑똑똑 또-옥! 똑똑똑 또-옥!' 맞지?

재군   그런 게 어딨니! 그건 사람들 웃기느라고 누가 지어낸 농담이지! 자 암튼 이 곡 들어봐!

영신   그런 거였어? 참 이 곡 제목이 뭐라고 했지?

재군   '엘리제를 위하여'

재군 '엘리제를 위하여'를 연주할 때 영신 가슴 뭉클한 감동을 느끼며 의자에 앉아 피아노를 감상한다.

재군   영신아! 다 끝났어 임마! 너 우는 거야?

영신   벌써 다 끝난 거야? (눈물을 닦고는 박수를 친다) 정말 감동적인데!

재군 역시 넌…! 참 영신이 너 지난번에 니가 쓴 시가 있었지? 충남대 백일장 대회에서 상 받았다고 한 시! 왜 국어시간에 선생님이 대신 읽어준 시 있잖아!

영신 그건 왜?

재군 있잖아 내가 '유모레스크'라는 다른 피아노곡을 칠 테니간 이번엔 니가 피아노곡에 맞추어 그 시를 한번 낭송해봐! 아마 멋있을 거야!

영신 그래? 난 옛날에 김소월의 '초혼'이라는 시를 외워 낭송해 보긴 했는데 내 시를 피아노곡에 맞추어 읽어보는 건 처음인데! 그리고 내가 쓴 시라지만 다 외우진 못해 보면서 해야지!

재군 그래? 암튼 우리 한번 해보자!

#3. 피아노 앞에서

재군이가 치는 피아노 앞에서 영신이가 자작시를 낭송한다. 유모레스크 피아노곡이 아름답게 울려 펴진다.

영신 이 가을에
사랑을 기도하게 하소서

태초의 운명을
빛으로 밝히시듯

흑암 중에
나의 운명
빛으로 채우소서
마음 열고
뜻 모아진 손길
자비로
생기를
일으키시고

우리를 밝힌
그 마음에
사랑을
기도하게 하소서

#4. 중도극장 무대

중도극장 안 대성중고, 대성여중고 학생들이 가득 차 앉아있는 대성예술제 행사에서 영신의 시낭송과 재군이의 피아노 연주가 계속 이어진다.

영신   진실한 마음
열어 주소서
궁창 아래
혼돈한 대기
우리 심령

은혜로
보호하소서

열기에 지친
젊은 가슴마다
지혜로
오순절을 알게 하소서

우리를 숨죽이고
낮은 마음
그 진실함
열게 하소서

이 가을
우리를 드립니다
한 알의 밀알
죽어야만
소중한 열매 남기듯
내 인생
땅에 떨구고
새 생명
일으키게 하소서

그것은 모두
당신의 것
내 것일랑은

기쁨

그 하나입니다

우레와 같은 청중들의 박수소리.

#5. 중도극장 무대 뒤 분장실

예술제에 출연하는 학생들로 붐빈다. 대성고 대성여상 혼성합창단 원들이 막 뒤에서 대기하고 있다. 영신이와 재군이가 들어온다.

용상 형, 정말 멋있었어요!

길수 형, 그거 누구 거 베낀 시 아니에요?

영신 너 죽을래? 야, 나 시간 없어! 빨랑 옷 갈아입고 분장하고 연극도 해야 하니까 오늘 끝나고 모두 가지 말고 극장 앞에서 만나! 창길이네 아버지가 우리 만두 사주신다고 했어.

길연 오빠! 우리는요?

영신 니네는 아니야! 지난여름에 농촌 봉사활동 갔던 애들만 모이라고 하시던데? 미안! (급하게 분장실로 들어선다)

길연 치! 너무해!

용상 넌 다음에 내가 사주면 안 되겠니?

길연 됐네요!

#6. 무대 위

바위투성이 험한 산중 길을 그린 배경막이 쳐진 무대 위에서 이스라엘 복장을 하고 연극을 하는 송식이와 기양이.

송식이 (나그네) 참 가도가도 끝이 없네. 예루살렘에서 여리고로 가는 길처럼 지루하고 힘든 길은 아마 없을 거야! 시원한 야자나무 그늘이 있나 마실 우물물이 있나? 인생길 고달프다고 하더니만 이 여리고 가는 길이 바로 고달픈 인생길일세 그려! (갑자기 최희준의 〈하숙생〉 노래를 부른다, 관중들 폭소를 한다) 인생은 나그네길! 어디서 왔다가 어디로 가는가… 구름이 흘러가듯.

무대 막 안쪽에서 연출을 맡은 이호영 교감 당황하며 작은 소리로 소리친다.

이호영교감 야! 임마 장난치지 말고 어서 올바른 대사를 해! 어서!
송식이 (무대 막 안쪽을 향해) 예? 아! 예- 여리고로 가는 외로운 나그네길! (객석에서 다시 폭소를 한다)
이호영교감 아휴 저 새끼 정말! 사람 죽이네.
길수 (이호영 교감 옆에서) 그래도 저 형 때문에 연극이 재밌는데요!
이호영교감 재미는 무슨 재미? 아이고 저놈을 시킨 내가 잘못이지!
창길 정말이에요! 객석에서도 재밌어 죽는걸요?
이호영교감 니들 저리 안 가? 야 안 되겠다. 기양이 니가 빨리 나가!
기양 아직 제 대사는 멀었는데요! 그래도 그냥 나가요? (관중들 웃음소리)

이호영교감 아이구… 가… 가만 있어봐! 할 수 없다 송식이 저놈 하는 대로 내버려 두자! 자슥! 연극 끝나고 보자! 네 이놈을 그 냥…!

송식이 (나그네) 근데 내 이 보따리 속에 든 보물들을 여리고에 있 는 보옥당에다 가서 팔면 돈이 배나 남는다고 했겄다! (다 시 폭소) 얼씨구씨구 들어간다 절씨구씨구 들어간다 작년에 왔던 각설이 부자 되갖고 들어간다! 어딜? 여리고 성이지! 헤헤헤. (다시 관중들 폭소)

이호영교감 안 되겠다! 야, 기양이 너 어서 나가! 저 자식 저대로 놔두 면 한도 끝도 없어! 뭘해 빨리 나가라니까!

기양 (산적두목) 예!! (칼을 들고 달려 나가며) 너 거기 무대서 까부는 놈! 뭐가 좋아서 그리 까불대며 가는 거냐?

이호영교감 아니? 저놈은 또 왜 저러는 거야? 도대체!

송식이 (나그네) 나… 나말이요? 여리고로 가는 나그네오만 댁은 누 시온데 고로콤 싸가지 없이 초면에 반말이다요? (다시 관중 들 폭소)

기양 (산적두목) 이 칼하구 내 더러운 인상을 보면 몰라? 나 여기 광야를 주름잡는 산적이시다!

송식이 (나그네) 산적이라고? 그런데 산적이면 산적이지 내한테 뭔 볼일이 있소? (폭소)

기양 (산적두목) 볼 일? 있구말구! 너 싸가지 나랑 거래를 좀 해야 쓰겄다!

송식이 (나그네) 아니 난데없이 뭔 거래?

기양 (산적두목) 이놈아! 너는 그 등짐에 맨 보따리 물건들을 내 게 주고 나는 니놈 목숨을 살려주는 그런 피차 쌍방에 좋 은 거래 말이다!

송식이 (나그네) 뭐라고라? 고것이 거래라고라? 싫은디! (관중들 폭소)

기양 (산적두목) 싫음 내가 제안한 우리들 거래는 깨진 거시여! (칼을 높이 쳐든다)

송식이 (나그네) 오메! 참말로 와 이런다요! 내 목숨이 고로콤 탐나시요?

기양 (산적두목) 네놈 목숨이 탐나는 거시 아니라 네놈 보따리가 탐나는 것이제!

송식이 (나그네) 그럼 안 되는디 요건 내 그 뭐시냐 내 두쪽보다 더 중요한 거신데. (다시 자지러지는 폭소)

이호영교감 야 임마 기양아! 그냥 칼로 내리쳐! 그냥 죽이라고 임마!

기양 (산적두목) 예? 아 알았어요! 야이이. (칼로 내리치려고 한다)

송식이 (나그네) (무대를 돌며 도망 다니고 기양 그 뒤를 따라 돈다. 관중들 폭소를 자아낸다)

기양 (산적두목) 아! 힘들어 우리 잠깐 쉬었다 다시 하자.

송식이 (나그네) 그려! 그건 좋은 제안이여! 하 덥다! 여기 중도극장엔 선풍기도 안 트나? (폭소)

기양 (산적두목) 이놈 요때다 이놈아! (칼로 내리친다) 요오오-얏!

송식이 (나그네) 오메야 나 죽네! 파평윤씨 14대손 여기 여리고 광야서 죽네 그려! (무대 위에 쾅하고 소리 내며 쓰러진다. 관중들 폭소와 함께 요란하게 박수를 친다)

기양 (산적두목) 자슥 말이야 진작에 쓰러지지 말야! (수학선생 말투를 흉내낸다. 그리고 나그네 보따리를 뺏어들고 퇴장한다)

객석 관중들 박수소리.

#7. 다시 무대 위

영신이가 사마리아 사람으로 분장한 채 무대에 오른다!

송식이 (나그네) 어이! 거기 지나가는 잘 생긴 양반! 나… 나 좀 살려주시요!

영신 (사마리아인) 아이쿠 깜짝이야? 이게 무슨 소리야? 분명히 날 부르는 사람 목소리였는데? 누… 누구요?

송식이 (나그네) 오, 오른쪽으로 고갤 돌려 날 좀 보시요! 나가 지금 산적놈한테 칼 맞고 쓰려져 있질 않소! 내가 보이오?

영신 (사마리아인) 이크! 보입니다. 그런데… 그런데 어쩌다가 그렇게?

송식이 (나그네) 아 산적놈한테 칼 맞아 쓰려져 있는 거라고 했잖소! 말하기도 힘들어 죽겠는데 참말로!

영신 (사마리아인) (덜덜 떨며) 거 안 됐구만요. 그런데 이걸 어쩌지?

송식이 (나그네) 아 뭘 망설여요! 나 지금 죽어가는데 어서 날 좀 도와주시구려 어서! 설마하니 당신도 날 해친 산적놈 다시 나타날까봐 두려워서 조금 전에 이곳을 지나갔던 제사장하고 서기관놈처럼 날 버리고 도망갈 거요?

영신 (사마리아인) 아니 방금 전에 제사장하고 서기관이 다친 당신을 도와주지도 않고 도망을 갔다구요?

송식이 (나그네) 글쎄 그렇다니까! 성전에서는 안식일마다 불쌍한 사람들 외면하지 말고 도와주어야 한다고 떠들던 놈들이 막상 이 불쌍한 나를 두고는 도와주기는커녕 내빼더라니까!

영신 (사마리아인) 가… 가만 아픈데 힘들게 말하지 말고 가만히 계시요. 먼저 목이 마를 테니까 이 물을 마시요. 내 당신

가슴에 흐르는 피를 멈추도록 끈으로 묶어야겠으니까! (물병을 입에 대주고 머리띠를 풀어 가슴을 묶는다)

송식이 (나그네) 고맙소! 내 당신을 보니까 사마리아 사람 같은데 정작 의롭다고 행세 깨나 하면서 으스대던 제사장과 서기관 같은 이스라엘 놈은 이런 나를 버려두고 도망을 가고 죄인이라고 우리가 상대도 하지 않는 사마리아 사람인 당신은 날 도와주는구려!

무대 막 뒤에서.

이호영교감 자식 이제야 제대로 대사를 하는구만 그래!

기양 사실은 아까 송식이 저놈 대사를 까먹어서 그랬던 것 같아요!

이호영교감 그렇지? 나도 그렇게 생각했다, 암튼 송식이 저놈은 정말 못 말린다니까!

다시 무대 위.

영신 (사마리아인) 자! 내 어깨를 잡고 힘주고 일어나 보시구려! 일단 피는 멈추게 했으니 어서 저 여리고성 입구에 있는 주막으로 갑시다. 힘들더라도 그리로 가야만 하오!

송식이 (나그네) 나, 돈 없는디… 다 털려서! (관중들 다시 폭소)

영신 (사마리아인) 아오! 하지만 돈이 문제요? 사람 목숨이 더 중요하지!

관중들의 박수소리와 함께 음악.

#8. 우영신 교수의 서재

영신교수 (독백) 참 신기하다! 아주 오래된 기억이지만 난 그날의 그 설렘을 아직도 분명하게 기억하고 있다. 그날 그 대성예술제 때 비록 짧은 꽁트극이었지만 수많은 관객들 앞에서 처음 서 보는 그 무대에서 나는 왠지 모르는 설렘과 깊숙한 희열이 마치 연극제목이었던 '종소리'처럼 내 가슴에 큰 울림으로 다가왔던 것이다. 그것은 마치 첫사랑의 설렘과 좋은 결과를 통고받고 기다리는 설렘 그리고 꿈을 이룬 설렘과 기쁨 그것과 다를 바 없는 분명한 가슴 속에 파장을 일으킬 정도의 큰 울림이었던 것이다. 언젠가 대배우 이순재 선생님이 해주신 말씀이 생각난다. '난 무대에 오를 때마다 에너지가 솟구치는 것을 자주 경험했다. 그리고 슬픈 연기를 하거나 구겨진 막장 인생역을 맡아 횡설수설 할 때도 내재된 마음 한구석에는 희열이 담겨있음을 느낀다'라고…! 그 어르신 외에도 많은 연기자들의 공통된 표현은 무대 위에서의 그 설렘과 희열 그 매력으로 인해 무대를 떠날 수가 없다고 한다. 바로 그들의 그 숙명적인 끼와 무대를 향한 그리움을 나는 내 고등학교 3학년 그 시절에 경험을 했던 것이다.

음악.

#9. 선교사 사택

책가방을 들고 사택 문을 열고 들어서는 영신, Mrs. 탐슨이 화단 옆 텃밭에 있는 비닐하우스 안에서 상추를 뜯고 있다.

영신   마마! 저 집에 왔어요. 그 안에서 뭐하고 계세요?

Mrs. 탐슨   오! 영신, 가든에 네가 만든 비닐하우스 안에서 상추를 따고 있다. 미국이나 필리핀에는 이런 상추가 없어. 한국 상추는 정말 부드럽고 맛이 있어서 난 상추가 정말 좋구나.

영신   엄마에게 따달라구 하시지 왜 직접 따세요. 허리도 안 좋으시면서…? 마마는 그냥 안으로 들어가세요. 제가 책가방 놓고서 바로 따드릴게요!

Mrs. 탐슨   오 아니다. 나는 상추를 먹고 싶어서 일을 하는 것이 아니라 지금 운동을 하는 중이다. 집에서 쉬는 날에는 온종일 파파와 함께 거실에서 책이나 읽고 음악이나 들으니 몸이 예전 같지가 않아. 나이 들수록 이렇게 햇볕을 쬐고 몸을 움직여야 좋은 거야. 그러니 넌 네 방으로 들어가서 자유롭게 지내! 참 길자에게 오래된 친구가 찾아온 모양이다.

영신   엄마한테 오랜 친구가? 누굴까? 오케이, 마마!

#10. 사택 별채 영신네 집

영신이 엄마 방으로 향한다.

영신   엄마! 저 왔어요! 그런데 손님 오셨다면서요?

길자	(소리) 영신이고? 그래, 니 빨랑 들어와 봐라!
소리	어머야! 저기 영신이 목소리라예?

영신 엄마 방문을 열고 들어간다.

#11. 길자 방안

방문을 열고 들어선 영신이 중년여인이 된 선녀를 보고 깜짝 놀란다.

영신	이모! 선녀이모 맞지요?
선녀	그래 내다. 내 기억나나? 시상에 어쩜 이리도 늠름하이 잘 생겼드노! 옛날 어릴 때 모습이 아직 있어가 내 척 알아는 봤다만서도 참말로 잘 생겼데이! 얼라 때도 인물이 그리 좋더만 크니까 완전 신성일이는 명함도 못 내밀겠다! 니도 내 보이 알겠나?
영신	그럼 알구말구요! 이모는 하나도 안 늙어서 예전 그대론대요!
선녀	어쩜 말솜씨도 어릴 때 그대로네! 이리 기분 좋게 인사하는 거 보이! 그래 엄마 모시고 사느라 그동안 고생 많았제? 내 언니한테 니 얘길 다 들었다. 참말로 대견테이. 참말로 대견해!
영신	이모부는요? 이모부도 편안하시지요?
길자	그리 서 있지 말고 이리와 앉그라.
선녀	그래, 이리와 앉어! 야, 참말로 어쩜 이리도 신수가 훤할까! (잠시 머뭇하다가) 그 사람은 지금 이곳에 없다!

영신	예?
길자	선녀이모 신랑은 작년에 사고로 하늘나라로 먼저 가셨다 카네!
영신	이모!
선녀	괘않다! 사람 팔자란 다 즈그 운명에 따라 가고 오는 거니 까는 맘 쓰지 않아도 된다!
영신	죄송해요! 이모 아들은요? 이름이 뭐였지요?
선녀	우리 두석이 맹두석!
길자	니 아 이름이 두석이었드나?
선녀	야! 맹두석이… 갸 애비가 영신이처럼 똑똑한 아로 키우고 싶어가 머리 두자에 주석 석자를 써가 맹두석이라 안 했능교! (영신에게) 우리 두석이 갸는 잘 있다. 벌써 열한 살인데 갸도 니 맨치로 지 혼자서 열심히 공부하면서 아직꺼정은 속 썩이지 않고 잘 크고 있다. 내 언제 델고 올꼬마.
영신	그래 이모는 지금 어디서 사시는데요?
선녀	내? 우린 지금 금산서 살고 있다. 두석이 애비캉 예전에 산내서 와이셔츠 공장하다가 다 말아처먹고 근근이 남은 돈 하고 받을 돈 간신히 거두어가 금산으로 가가 삼 장살 안 했드노! 다행히 하늘이 도와가 지금은 시장서 가게 터 잡고 그냥 그럭저럭 남한테 손 안 벌리고 잘살고 있다.
길자	니, 인삼도매상을 크게 한다켔제?
선녀	크기는 예! 모다 시장 인삼도매상들 맨치로 모다 고만고만하게 사니더!
길자	참 딸금이는? 딸금이는 우에 됐노? 느그들 같이 안 살았드노?
선녀	그때 공장을 끝장내고선 두석애비가 같이 금산으로 가자켔

드만 자기네는 두 애들 델고 서울에 영화일 하는 복수 씨라 꼬 왜 전에 꼬붕이 꼬붕이하던 그 삼촌한테 가가 새롭게 인 생 시작한다카메 안 갔능교! 그카고는 여즉 소식 없어예!

길자 딸금이 아가 둘이나 됐드노?

선녀 하모요. 큰애는 우리 두석이캉 나이가 같은 기집아고 작은 애는 두 살 터울로 사내아라예! 천주봉씨가 자기네 천씨 가문에 장손이라고 어찌나 아한테 끔찍한지! 손도 몬 대 고로 안 했능교. 큰애는 천희주고 장손이는 천현진이라예.

길자 근데 느그 신랑 맹씨캉 그 주봉이랑은 전에 친 처남 매부사 이라 안 켔나? 근데 두석이 애비 장례식 때도 안 왔드노?

선녀 연락이 두절되가 그 사람 죽었다고 통지할 방법이 없어가 연락을 못 했어예! 우에 됐던 간에 여기 이남선 그래도 일 가친척이라곤 주봉씨뿐이었는데…

길자 어디 가든 잘 살고 안 있겠나? 그나저나 이제는 이래 소식 을 알았으니까는 니도 내한테 자주 연락 하그래이 아도 한 번 델고 오고.

영신 그래요 이모! 저도 두석이가 어떻게 생겼는지 무척 보고 싶어요. 참 이모는 교회에 다니세요?

선녀 어데! 내는 그동안 사능기 바빠가 너랑 언니 생각하면서 교횔랑 다녀야겠다 생각은 했지만서도 어디 그럴 여가가 있드노? 하지만 우리 두석이는 지 혼자서 열심히 동네 교 회를 다니고 있다!

영신 꼭 두석이를 보고 싶어요. 그리고 이모도 이제부터라도 두 석이 다니는 교회에 꼭 함께 다니셨으면 좋겠구요!

선녀 그러자! 근데 아무리 보아도 넌 어쩜 그리 인물이 훤하냐! 니 장차 영화배우해도 되겠다!

영신 히히! 실은 그런 맘이 전혀 없는 것도 아니에요. 하지만…

길자 무신 소리고! 니는 장차 미국 가가 공부 열심히 해서 목사님 된다 안 켔드나?

영신 누가 뭐래요? 그냥 그렇다는 얘기지…!

음악.

#12. 학교 교실

3학년 영신이네 반 학생들 모두 시끄럽게 떠들며 장난치고 있을 때 교실 문이 드르륵 열리며 담임선생님이 들어온다. 학생들 자리 정리하며 조용히 한다.

이기복선생님 자, 모두 제자리에 앉아라. 뭐야 중학생도 아니고 거기 규양아 창문 좀 열어라 뭐지? 이 냄새가? 암튼 우리 반만 들어오면 고약한 냄새가 난단 말이야. 이놈들 이제 성인들 될 날이 얼마 남지 않았다고 대놓고 학교건 집에서건 담배들을 피우는가 보지? 그러지들 마라. 이제 평생 어른으로 살아갈 건데 뭐가 그리 급하다고 벌써부터 담배에 인을 배기게 하니?

송식이 두환이 저놈은 초등학교 때부터 피었는데요!

학생들 (까르르 웃는다)

이기복선생님 아주 자랑이다 응! 임마. 흡연하는 사람들은 대부분 신장이 작아! 왠줄 알아? 담배 성분 안에는 니코틴이라는 악성물질 성분이 들어있어서 키 크는 성장판을 침식시키거든. 그런데 두환이 같은 경우 태권도 선수가 된다며? 그럼 외국 선수들 같이 키가 커야 하는데 그렇게 담배 골초가 돼서 더 이상 키 크지 않으면 어쩔려구 그러니!

두환 어! 그러면 안 되는데? 송식이 이 개새…

송식이 선생님 작은 고추가 맵고 마른 장작이 더 화력이 쎄다는 말이 있잖아요! 저놈 더 이상 키 크지 않아도 태권도 선수로 성공할 것 같은데요. 쟤 고추 무진장 맵고 화력이 쎄요!

학생들 와! (소리치며 웃는다)

이기복선생님 (따라 웃으며) 암튼 모다 이제 좀 각성들 해라. 졸업도 얼마 남지 않았는데… 장래를 생각하면서 긴장들 좀 해봐!

학생들 네!

이기복선생님 오늘 우리 반에 좋은 소식이 있어서 내 수학선생님한테 시간을 양보받고 이렇게 들어왔다. 모두에게 다 좋은 소식은 아니겠지만 암튼 좋은 소식이니까 모두 다 친구로서 같이 기뻐해주길 바란다. 너희들이 지난번에 치른 예비고사 말이다. 오늘 그 합격자 명단이 나왔는데 대전고 학생들도 약 70%만 합격했고 나머진 떨어졌다고 하는 그 예비고사에 우리 학교에서만 모두 11명이 합격을 했어!

학생들 와! (소리친다)

이기복선생님 내 그 합격자 명단을 불러볼 테니까 합격자들은 모두 나와라! 먼저 이철! (학생들, 왜 소리치며 박수친다) 다음은 최재훈. (역시 박수를 친다) 자, 박수는 한꺼번에 치기로 하구! 우영신, 이기양, 권순호, 오재영, 한기만, 이대상, 송대민, 박수덕, 마지막으로 고송식. (이때 학생들 왜 함성을 지르며 박수를 친다)

#13. 우영신 교수의 서재

조용한 음악과 함께 커피를 마시며 책상에 앉아있는 우영신 교수.

영신교수 (독백) 대학입학예비고사는 대학교육과 고등학교 교육의 정상화를 도모하기 위하여 1969년부터 실시해온 국가시험제도였다. 대학에 진학을 하려면 반드시 이 시험을 통과해야만 대학입학시험을 치룰 수 있는 자격을 부여 받게 된다. 그런데 소위 남들이 3류 학교라고 지칭하던 우리 대성고등학교에서 대학입학 예비고사 합격자가 무려 11명이나 나왔던 것이다. 이것은 수치상 400명이 넘는 대전고 3학년 학생들이 70%만 합격했다면 120명 가량이 불합격을 한 건데 우리 학교같이 3학년이 두 학급에 80명 정도 규모에서 열한 명이 합격을 했다는 것은 누가 보아도 자랑스러운 결과가 아닐 수 없었다. 그래서 학교로서는 큰 경사였던 것이다. 더구나 놀라운 것은 우리 기독학생회에 소속된 학생들이 11명 중 9명이나 합격되었다는 사실이다. 당시 학교 내에서 비기독교인으로서 믿음을 거부했던 주변 선생님들이 때때로 우리를 보면 "기도가 밥 먹여주냐? 니 인생은 니가 챙겨야지 하나님도 니 인생 책임지지는 못하는거야!"하며 핀잔을 줄 때가 많았는데 우리는 당당하게 그 어렵다는 예비고사를 모두 합격을 했으니 이 얼마나 감사한 일인가? 이사장이신 김신옥 목사님께서는 그런 우리들을 교장실로 불러 모으시고 다니엘과 사드락과 메삭과 아벳느고라고 칭찬하시면서 축복해주셨던 기억이 난다. 그리고 얼마 되지 않아 본격적인 대입시철이 다가와 모두 자기 진로에 대해 염려할 때에 나 역시 심각한 딜레마에 빠지게 된 것이다.

#14. 선교사 사택 거실

Mrs. 탐슨과 김진애 선생, 영신이가 함께 대화를 나누고 있다.

Mrs. 탐슨 영신! 김신옥 목사님한테 네 이야기를 들었다. 또한 한국의 대입제도에 대해서도⋯ 정말 장하다. 미국에서도 대학에 진학을 하려면 SAT라는 자격시험을 치루어야만 대학에 입학원서를 낼 수가 있는데, 이곳 한국에서도 SAT만큼이나 어려운 시험이 있었다는 것을 몰랐다. 그 시험을 네가 패스했다는 것이 정말 자랑스러워! 우리 하나님은 믿음 안에서 온전한 삶을 지켜가는 사람들에게 큰 복을 주시는 분이시다. 그런데 너와 철, 재훈 등 이곳에서 열심히 영성훈련을 받던 네 친구들 모두 다 한국의 SAT를 통과했다니 너무나 기쁘구나.

김진애선생 학교에서도 선생님들께서 너희 기도하는 친구들을 이야기하시며 매우 기뻐하셨는데, 어떤 선생님 한 분은 전에 너에게 그렇게 교회에만 미쳐가지고 공부도 안 하고 다니다가 대학에 갈 수가 있겠니? 하시면서 니가 대학에 간다면 내 손에 장을 지진다, 이놈아! 했다면서? 그 말을 몹시도 미안해 하시더라. 내가 이 모든 말을 마마탐슨께 말해주었더니 저렇게 기뻐하시는 거야!

영신 하나님께서 제게 베풀어 주신 은혜에 대해서 제가 감사하고 제가 믿음의 열매를 맺어야 하는 것처럼 공부 역시도 제가 책임져야 할 일이기에 틈틈이 했을 뿐인데 이런 결과를 주셨네요! 그저 감사할 뿐이에요.

Mrs. 탐슨 Good! 그런데 네게 묻고 싶은 질문이 있구나! 이제 고등학교를 졸업하면 너는 어떤 진로를 택할 것인지 결심은 한 거니?

영신 글쎄요? 아직 확실히 결정하지는 못했어요. 실은 오래 전부터 고민은 많이 해왔었지만 여러 가지 생각하는 것 중에 어느 하나를 정한다는 것이 쉽지가 않아요. 계속 기도는 해왔지만 아직까지 확실한 응답을 받은 것도 없고…!

김진애선생님 어마! 영신이 너 목회자가 될 거 아니었어? 우리 모두는 네가 학교를 졸업하면 국내에서든 또는 미국으로 가서든 신학을 공부해서 장차 훌륭한 목사님이 될 거라고 기대했었는데…!

영신 저도 그럴 생각이 전혀 없는 것은 아니에요! 그것을 제일 기본으로 생각하고 있어요. 하지만 이런 생각도 들더라고요. 이제는 세상의 문화가 많이 바뀌었기 때문에 교회에서 목회하는 것만이 주의 일을 하는 것이 아니라는 생각을요! 우리 한국에서는 대부분 신학을 졸업하면 교회에서 목회하는 사역이 거의 대부분인데 저는 다른 방법으로 주의 일을 하면 어떨까? 하는 생각을 한 거지요!

김진애선생님 그것이 무언지 말해줄 수 있겠니? 마마탐슨께서도 무척 심각하게 생각하시고 계신 것 같은데!

영신 네, 예를 들어 미디어 사역이라는 것도 있잖아요?

김진애선생님 미디어 사역이라니? 그것은 신종어 같은데…? 혹시 방송이나 영화 같은 사역을 말하는 거니?

영신 그렇죠! 세실 비 데빌 같은 영화감독은 목사는 아니었지만 그의 재능과 사업으로 영화 〈십계〉와 같은 웅장한 기독교 영화를 만들어서 세계에 보급했어요. 또 존 휴스턴 감독도 〈창세기〉 같은 훌륭한 영화를 만들었고 윌리엄 와일러 감독도 영화 〈벤허〉를 만들어서 전문 목회자들 이상으로 기독교에 공헌을 한 분들이잖아요. 물론 그들은 사업적인 측면에서 그런 영화들을 만들었다고 할 수는 있겠지만 저는 사역이라는 차원에서 그런 일을 하고 싶었어요. 어차피 주의 종으로서 쓰임 받기를 결심한 이상 교회 목회자로서 복음을 위해 쓰임 받는 거나 여기 마마와 같이 선교사로서 쓰임받는 것도 중요하지만, 방금 말씀드린 미디어 사역이라고 하는 새로운 문화사역자로서 쓰임을 받는 것도 모두 같은 사역으로서 하나님께서 기뻐하실 거라고 생각을 했던 거죠! 하지만 아직은 잘 모르겠어요! 결정하기가 쉽지 않네요!

김진애선생님 가… 가만 있어봐! 마마탐슨께서 지금 네가 하는 말을 무척 궁금해 하실 테니까! (Mrs. 탐슨에게 영어로 통역을 하며 속삭인다)

Mrs. 탐슨 영신! 네 표정을 보고 대략 짐작은 했다만 미스 김을 통해 네 생각을 정확하게 들었다. 역시 너는 자랑스런 내 아들이구나! 하지만 영신아! 내가 너의 친할머니라면 아니 너의 친할머니로서 조언을 한다면 너의 생각하는 모든 것에 반대할 이유는 하나도 없구나. 다만 목회사역을 하든 미디어 사역을 하든 다 옳은 일이지만 아직은 네가 전문 사역자가 아니고 그러한 사역자의 꿈을 키우고 있는 학생으로서 그러한 과정을 실천하기 위해서는 우선순위를 먼저 준비할 필요가 있다고 생각한다.

영신 과정의 우선순위라뇨?

Mrs. 탐슨 어렵게 돌려 말하지 않으마! 먼저 신학교에 입학하여 신학을 공부한 후에 다시 미디어에 관한 전문적인 공부를 하고 그 방면으로 나가서 사역을 하는 방법이 있을 것이고 다음으로는 미디어 관련 전문학과에 먼저 입학하여 그 공부를 한 후에 다시 신학을 공부해서 보다 완전한 미디어 사역자가 되는 일, 두 가지 방법이 있을 텐데 너는 어느 길을 먼저 택하는 것이 좋은지 그것을 먼저 결정하는 것이 중요하다는 말이다.

영신 마마! 모두 같은 말이 아닌가요? 순서는 다르지만 결과는 같으니까요!

Mrs. 탐슨 아니다. 같은 말이 아니야! 대부분의 사람들은 너와 같이 같은 말이라고 생각할 수 있겠지만 내 생각과 경험으로 볼 때에는 전혀 다른 두 길이었어! 나도 처음에 파파를 만나기 전 젊고 아름다웠던 처녀시절에는 말이다 너와 같은 생각에 머물러 딜레마에 빠진 적이 있었단다. 그때 나는 미국의 저명한 전도자 '에이미 심플 멕퍼슨' 여사의 부흥집회에 참석을 했다가 살아계신 하나님을 만나게 되었지. 마침 그 시대가 세계1차대전이 있었던 시기였고, 미국 역시도 경제적으로 아주 어려운 불황 시기였어. 그래서 많은 사람들이 가난에 허덕일 때였는데, 그때 나는 이런 생각을 했었지! 내가 만약 훌륭한 무비스타가 되어 돈을 많이 벌수 있다면 먼저 주의 이름으로 가난한 사람들을 구제 해주면서 복음을 증거할 거야. 그러면 많은 사람들이 주님 앞으로 나오겠지? 하고 말이야. 그리고 다른 한편으론 내가 신학을 먼저 공부해서 성경을 잘 이해하고 복음에 대한 확실한 무장을 한 다음에 영화계에 진출하여 가난한 자들을 구제하고 복음을 전한다면 좋겠다고 말이야! 그런 와중에 나는 어느 날 바울의 이야기를 읽으면서 후자의 길을 선택하기로 결심을 했지!

영신   바울이라니요? 성경에 나오는 그 사도 바울 말씀인가요?

Mrs. 탐슨   그래! 사도바울 이야기는 잘 알고 있지? 사도 바울도 다메섹 사건 후에 예수님은 과연 하나님의 아들이시고 우리의 구원자이심을 확신했지! 그런데 우리의 구원자 예수님을 어떤 방법으로 어떻게 사람들에게 증거해야 할까? 하는 방법에 있어서 그는 선택의 귀로에서 망설였던 것 같아! 먼저 자기 명예를 회복한 후에 자기의 지식과 신분을 이용하여 보다 많은 관료들에게 또 보다 폭 넓게 복음을 전하는 방법과 다른 하나는 이름도 없이 빛도 없이 모든 것을 내려놓고 그리스도의 충실한 종으로서 예수님만을 증거하는 일! 이 두 가지의 일을 놓고서 어떤 선택을 해야 할지 고민을 했던 거야! 그러다가 그는 기도하던 중에 결국 두 번째 길을 선택한 거지!

영신   어떤 이유로서 그런 선택을 한 건데요?

Mrs. 탐슨   성경 잠언에 이런 말씀이 있어! 사람이 자기 길을 결정할지라도 그 걸음을 인도하시는 이는 하나님이시라고. 사도 바울도 나도 그 걸음을 인도하시는 하나님의 뜻을 따른 거지! 내가 생각하는 하나님은 일의 선택에 앞서서 또는 자기가 생각하는 방법에 대한 옳고 그름에 앞서서 그분 앞에 순종하는 자세를 먼저 보시는 하나님이시라고! 물론 두 가지 모두가 다 선한 결정이라고 생각할 수 있겠지만 모든 인생은 그 첫 발걸음에 의해 방향과 속도가 달라지게 되어 있거든! 하나님은 전지전능하신 분이시야! 내가 영화배우가 되어 돈 많이 벌어 많은 사람들을 구제하면서 전도하는 방법은 선한 생각일 수 있지만 하나님은 내게 이렇게 말씀해 주셨어! 돈으로 사람들을 구제하는 일은 또 다른 누군가에게 맡길 테니 너는 이 순간 전도의 열정을 가지고 전도자의 길을 가라고! 하나님은 내 중심에 그렇게 말씀해 주셔서 나는 그 말씀에 순종을 했던 거야!

영신 그럼 저는 어떤 결정을 내리는 것이 하나님의 뜻일까요?

Mrs. 탐슨 그건 나도 모른다. 기도해 보자꾸나! 물론 네 자신의 기도가 더 중요할 테니 이제부터 다른 기도 말고 하나님의 뜻이 무엇인지를 먼저 구해보거라!

영신 네! 그렇게 할게요!

#15. 학교 교장실

김신옥 목사님과 영신이가 상담을 하고 있다.

김목사님 무척 힘들지? 오늘 너를 이렇게 만나자고 한 것은 너를 위해 중보기도를 해주고 싶어서야! 마마탐슨을 통해 너의 기도 제목에 대해 들었다. 난 구식 사람이라서 미디어 선교사역이 뭔지는 잘 모르겠지만 지금까지 난 너를 만나고 나서부터 하나님께서 또 한 사람의 귀한 목회자를 예비해 두셨구나 하는 생각을 하고 있었거든… 그런데 좋은 기독교 영화를 만들어서 보다 많은 사람들에게 전도하겠다는 너의 뜻에 반대할 생각은 없다만 먼저 신학을 공부한 후에 목사가 되어서 영적 기반을 닦아 놓은 후에 그 길을 걸으면 어떻겠나 싶구나!

영신 글쎄요? 아직은 잘 모르겠어요! 아무리 하나님의 뜻이 무엇인지 말씀해달라고 기도를 드리고 있지만 이제 며칠 있으면 고등학교 졸업이고 또 대입원서 마감일도 임박한데 아무런 응답을 받지 못하고 있어요.

김목사님 인석아! 그렇게 시간에 조급해서 끌려 다녀서는 안 돼! 그런 말 있잖니! 인생은 방향이 중요하지 속도가 중요한 것이 아니라고! 하나님께서 네 대입시험에 맞추어 네 기도에 응답해주실 거라는 일방적인 생각은 오만이야! 대학이야 이번에 못 가면 내년에 가도 되고 또 내년에도 못 가면 내후년도 있지만 어느 길을 가든 네가 선택하는 길은 하나님의 분명하신 뜻 안에서 가야하는 길이 되어야 하거든! 그래야 그것이 축복이 되는 것이지 그렇지 않으면 내 믿음의 인생길은 헛되게 될 수도 있는 거거든!

영신 그럼 목사님! 제가 만약에 신학을 공부한다면 어떤 신학교를 가야 하나요? 전 아직까지 그것도 결정하지 못했는걸요!

김목사님 그것 봐라! 넌 이미 아니라고 하면서도 네 마음속으로는 그 미디어 선교인지 뭔지에 대한 확고한 마음의 결정을 해놓고 목회 생각은 소홀하게 생각했던 거야! 어느 신학교를 가야 하다니? 여즉 그것도 생각하지 않았던 거니?

잠시 침묵.

영신 목사님! 목사님 말씀이 옳아요! 실은 말이죠. 남들한테는 목회사역이니 미디어사역이니 하는 사역에 대한 면을 내세웠지만 어찌 보면 그건 가면일 수도 있었던 것 같아요!

김목사님 아니 그건 또 무슨 말이니? 가면이라니…!

영신 솔직히 말씀드리자면 저는 하나님의 뜻에 대한 응답을 기다린 것보다는 제 심령 속에서 지금 영과 육의 싸움이 계속되고 있는 상황이었어요!

김목사님 너 지금 무슨 말을 하고 있는 거니?

영신 저는 태어날 때부터 지금까지 가난이라는 환경 속에서 자라서 그런지 어머니가 너무 불쌍했어요! 그래서 지금도 우리 어머니 병도 완전히 낫게 해드리고 싶고 또 돈을 많이 벌어서 어머니에게 호강시켜 드리고 싶거든요. 그런데 제가 신학을 결정하고 목회자의 길을 걷는다면 그 모든 것을 포기해야 하는데 정말 그러고는 싫지 않았어요. 그래서 저는 지금 영적인 싸움을 하고 있다고 말씀 드리는 거예요! 신학이냐 영화계 진출이냐를 놓고서요…

김목사님 그렇구나! 그래서 네가 지금 이러는 거구나! 인석아! 너 왜 이렇게 못 났니! 내 너를 잘못 본 것 같다! 네가 믿는 하나님이 그런 하나님이었니?

영신 목사님! 믿음이라는 것이 뭔가요? 믿음을 내세우고 믿음을 자랑해 왔지만 역시 육체를 가지고 있어서 그런지 아님 그릇이 작아서 그런지 저는 지금 어떤 결단을 내리기에는 믿음의 분량이 너무 적은 것 같아요!

김목사님 그렇지. 아직 어린 너에게 내가 너무나 많은 것을 기대했던 모양이구나. 어른인 내가 잘못이지! 하지만 영신이 너 잘 들어라! 네가 아직 연소하기 때문에 이해는 간다만 하나님을 믿는다는 것은 전적으로 그분에게 의탁하는 것을 말하는데 왜 너의 가난과 너의 어머니와 너의 장래를 하나님께 의탁하지 못하는 거니? 그러지 마라! 언젠가 네가 어른이 되고 큰 사역자가 되면 지금 너의 이런 모습이 부끄러울 수가 있는 일일 테니까 말이야! 하기사 나 역시도 그랬으니까…!

#16. 학교 교장실

김신옥 목사님과 영신이가 대화를 나눈다. (#15장과 동일) 그러다가 대화 내용에 따라 1960년대 대성학원 스틸사진이 영상으로 펼쳐진다.

김목사님 영신이 너 1936년인가 베를린올림픽 때 일장기를 가슴에 달고 울면서 마라톤에 출전해서 금메달을 딴 손기정 선수라고 알지?

영신 그럼요! 우리 대한민국 체육계뿐 아니라 우리 민족의 자존심을 세계무대에서 보여주신 대한민국 최고의 영웅이지요!

김목사님 내가 그분 사모님과 아주 잘 아는 사이였단다.

영신 정말요? 아니 어떻게요?

김목사님 그 얘기를 좀 해 줄까? 그러니까 아마 그때가 1961년인가 2년쯤이었을 거야. 그때 우리 대한민국은 정말 나라경제가 세계 빈민국 가운데에서도 최고로 빈민국으로서 아주 어려운 형편이었지. 마찬가지로 우리 대성중고등학교도 살림살이가 말이 아니었어! 학교 선생님들에게 월급도 제대로 주지 못해서 설 명절 때 우리 안 장로님께서 자신의 피라도 뽑아서 선생님들에게 설이라도 지낼 수 있게끔 돈을 조금씩이라도 줘야 되지 않겠느냐고 하시면서 우시던 때였으니까! 그러니 학교 시설은 또 얼마나 후졌겠니! 하루는 주일날 예배를 마치고 교회를 나오는데 학교 직원 한 분이 우리한테 쫓아왔어! 무슨 일이냐고 하니까 새로 지은 11칸짜리 교실이 아직 준공도 하지 않았는데 무너졌다는 거야! 그때만 해도 건축업자들이 돈이 부족하니까 부실공사를 많이 해서 종종 그런 사고가 일어나기도 했지만 설마 우리 학교 신축교사가 그렇게 될 줄이야! 참 기가 막히더구나! 그런데 그때는 더 기가 막혔던 사건이 있었던 때야! 그 사고 얼마 전에 우리 둘째아들 녀석이 대여섯 살쯤 됐는데 심하게 앓더니 치료도 해보지 못하고 그만 하나님께서 데려 가셨었거든! 나한테는 아직 그 슬픔이 가라앉지 않았을 때였는데, 그런 고난이 다시 일어나니까 난 그때 정말이지 죽고 싶더라니까! 그래서 매일 "주님 차라리 저를 데려가주세요!" 하고 울부짖으며 거의 실신 상태였어! 그런데 말이다. 그런 악재 속에서도 역시 남자들은 다르더구나. 우리 안 장로님이 "이대로 주저앉을 수는 없다. 학생들을 눈비 맞으며 바깥에서 공부시킬 수는 없지 않은가? 또 우리의 슬픔 때문에 학생들에게 소홀해서는 안 된다"고 하시면서 본인이 직접 삽자루와 곡괭이를 들고 나서시는 거야!

음악.

#17. 김 목사님 사택 안

허름한 주택, 전화가 "따르릉!"하고 울린다. 중학교 1학년 딸 선희가
전화를 받고는 엄마를 소리쳐 부른다.

선희 (김신옥 선생에게) 엄마 전화야! 전화 받을 수 있어요?

김신옥선생 전화라구. 어디서 온 전환데? 선희야 지금 엄마가 받기 곤
란한 전화가 있으니까 어디시냐고 먼저 물어 봐줄래?!

선희 저 어디신데요? 네? 서… 영채 선생님이시라구요?

김신옥선생 선희야! 엄마가 전화 받을게. 엄마 선생님이야!

달려가듯 전화기 앞으로 가서 수화기를 든다.

김신옥선생 서… 선생님! 서영채 선생님! (울컥 목이 멘다)

서영채교수 그래 나다. 신옥아! 나야!

김신옥선생 아… 앙, 앙. (갑자기 소리 죽이며 오열한다)

서영채교수 여보세요? 신옥아! 나라니까! 너 지금 우는 거니?

김신옥선생 아… 앙 앙. (계속 운다)

서영채교수 그래. 내, 니 소식 들었다. 울지 마! 니가 울면 나는 어쩌라
구! 신옥아! 울지 말라니까! 어떡해! (따라 운다)

잠시 후.

김신옥선생 (마음을 진정시키며) 선생님 죄송해요. 정말 죄송해요.

서영채교수 그래 안다. 내 니 심정을 왜 모르겠니! 하지만 우리 신옥이
가 어떤 사람인 줄 내 잘 아니까 그만 진정해라. 그래야 전

화 건 내가 편할 수 있지!

김신옥선생 선생님! 죄송해요… 그래 어쩐 일이세요? 모두 평안하시지요?

서영채교수 그래 니 덕분에 잘은 있다만 어찌 편할 수 있겠니? 우리 신옥이가 이런 어려움을 당하고 있는데… 그래서 하는 말인데 너 시간 되는대로 곧장 서울로 올 수 있겠니?

김신옥선생 서울에요? 무슨 일 있으세요?

서영채교수 무슨 일은 무슨 일, 니 일 때문이지! 내 생각 같아선 내일이라도 당장에 왔으면 좋겠는데…!

김신옥선생 아니 제 일 때문이라고요? 내일요?

서영채교수 그래. 너 손기정 선생님 부인 강복신 여사라고 알지? 내 친구 말이야!

김신옥선생 그럼요! 잘 알지요!

서영채교수 실은 말이다 네 소식을 듣고 우리끼리 만나지 않았겠니!

김신옥선생 선… 생님!

서영채교수 강복신 여사 말구도 화신 박 회장님 막내딸 박 여사 뭐 등등 아무튼 엊저녁에 모다 너 아는 사람들로 일곱 명이나 우리집에 모여서 저녁 한 끼 났다. 그리고 큰돈은 아니다만서도 널 돕기로 했어! 그러니 낼이라도 속히 서울로 올라오너라!

김신옥선생 선생님! (다시 눈물을 쏟아낸다)

#18. 기차 안

가방을 옆에 낀 채 차창 밖을 내다보며 눈물을 지으며 생각에 잠

겨있는 김신옥 선생. 그 앞에 이복실 서무과장(여)이 마주하고 앉
아있다.

서영채교수 (소리) 이거 모두 다 현금 포함해서 금붙이 팔고 하면, 한 돈
　　　　　백만 원은 되지 않겠니? 니 남편 안 선생 말대로 아이들
　　　　　눈비 맞아가면서 야외에서 수업을 받게 할 수는 없잖아!
　　　　　그러니 일단 은행에다 이 돈을 예치시켜놓고 대출을 받아
　　　　　서 내일이라도 당장에 교실을 짓거라! 마침 몇 사람들이
　　　　　더 동참하기로 했으니까 더 모을 수가 있을 거야! 강복신
　　　　　여사는 신옥이 네가 같은 평양도 출신이라고 아주 적극적
　　　　　이더라. 손기정 선생님이 평북 의주가 고향이라고 하대!
　　　　　손 선생님도 너네 학교를 적극적으로 도우라 하셨대!

김신옥선생 (소리) 선생님 정말 고마워요! 이 은혜를 어떻게 갚아야 할
　　　　　지…

서영채교수 (소리) 은혜는 무슨…! 이게 신옥이 다 니 복이지! 모두 다
　　　　　너를 평소에 좋게 보아왔으니까 이렇게라도 하는 거지!
　　　　　요즘 같은 세상에 너 아닌 다른 사람 같으면 이런 큰돈들
　　　　　을 내놓았겠니? 그러니까 암말 말고 어서 급한 불부터 끄
　　　　　고 난중에 네가 갚을 수가 있게 될 때 그때 갚으면 돼! 감
　　　　　사하는 마음을 잊지 말고 말이야! 그것이 은혜 갚는 거야!
　　　　　알았지?

김신옥선생 (소리) 저… 선생님! 제가 엊저녁에 남편하고 같이 생각해
　　　　　본 건데요. 차라리 선생님께서 저희 학교 이사장직을 맡아
　　　　　주시면 어떨까요?

서영채교수 (소리) 내가? 아니 왜?

김신옥선생 (소리) 저희가 이사장직을 맡기에는 너무 벅차서요. 그렇

다고 선생님께 학교재정을 다 책임져 달라는 말씀은 아
니에요!

서영채교수 (소리) 아니 무슨 뜻인지는 알아! 하지만 이 늙은이가 무슨
일을 할 수 있다고…?

김신옥선생 (소리) 일은 저희가 다 할게요. 선생님께서는 그냥 직책만
맡아 주세요! 그래야 저희 맘이 좀 편할 수 있을 것 같아서
요…!

서영채교수 (소리) (잠시 머뭇하다가) 그러면 좋지! 아주 명예스런 일인데
마다할 이유가 없지. 그러자꾸나. 나도 늙어 교수직 떠나
면 그런 이름 정도 하나 있으면 나쁠 건 없겠지! 그런데 신
옥아!

김신옥선생 (소리) 네, 선생님!

서영채교수 (소리) 사실은 말이다. 내 누구한테도 하지 않은 말인데…
너만 알고 있으면 좋겠구나! 나 실은 오래 살지 못해!

김신옥선생 (소리) (깜짝 놀라며) 선생님! 그게 무슨 말씀이세요?

서영채교수 (소리) 놀라기는! 그럴 필요 없어! 이미 내 마음은 준비가
다 돼있으니까! 너 혹시 영어로 캔서라는 병명 들어본 적
있니?

김신옥선생 (소리) 캔서라니요? 처음 들어보는 이름인데요?

서영채교수 (소리) 그럴 거야! 아직 우리나라에서는 생소한 병명이니
까! 의사들 말로는 암이라고 부른다는구나. 그런데 그 병
의 치료율이 거의 제로야! 그러니까 내가 이사장 할게! 어
차피 오래 살지 못할 바에야 니네 학교재단 모든 잘못된
책임 생기면 내가 다 짊어지고 가면 되잖아! 젊은 너희들
부담 줄여주고 말이야!

김신옥선생 (소리) (깜짝 놀라며) 선생님 그건 아니에요!

이때 이복실 과장이 김신옥 선생한테 말을 건넨다.

이복실과장 저 이사장님! 서영채 교수님이란 분은 어떤 분이세요?

김신옥선생 아주 훌륭하신 분이야! 우리나라 최초 여성 경제학자신데 중앙대학교에서 나를 가르치신 우리 선생님!

이복실과장 그러신 분이 어떻게 그렇게 큰돈을 우리 학교에다 희사하실 수가 있었을까요?

김신옥선생 들었잖아. 혼자 하신 것이 아니야! 이 과장은 대전에 도착하는 대로 시간이 없으니까 상업은행으로 바로 가서 이 가방에 든 돈과 금붙이를 빨리 예치하고 학교로 가! 안교장이 은행 대출건하고 공사하는 다른 조치는 다 준비하고 있는다고 했어! 참 우리 학교 거래은행이 상업은행 맞… 지? 아? (갑자기 얼굴이 창백해진다)

이복실과장 네 상업은행이에요! 그런데 이사장님! 왜 그러세요? 안색이 창백한데 어디가 불편하세요?

김신옥선생 아니야! 그런 건 아닌거 같은데 왜 이리 갑자기 어지럽지? 힘이 하나도 없고 말이야. 이상하다? 이… 이 과장! (갑자기 가슴을 움켜쥐고 쓰러진다)

이복실과장 이사장님! 이사장님! 정신 차리세요! 네 이사장님! (주변을 향해) 여기 역무원 누구 없어요! (다시 소리치며) 여기 사람이 쓰러졌어요. 도와주세요 네! (울면서 쓰러진 김신옥 선생을 부르며 가슴을 흔든다)

#19. 학교 교장실 (#15 씬과 같은)

김신옥 목사님과 영신이 대화를 나눈다.

김신옥목사 난 그때 우리 쳑 목사님 사모가 된 이복실 과장이 없었으면 그냥 찻간에서 죽었을 거야! 여러 가지 정신적인 충격으로 다운된 상태에서 식사를 한 기억이 없을 만큼 몇날 며칠을 아무것도 먹지 않은 채 지쳐있던 상태라서 갑자기 쇼크가 왔던 모양이야! 난중에 의사 말로도 신체적 면역 기능이 제로 상태였고 정신적 스트레스로 인해 쇼크현상이 와서 쓰러진 것 같다고 하면서 아주 위험했다는 거야! 이후 나는 근 일년 반 동안을 마치 식물인간과도 같이 걷지도 혼자 앉지도 못하는 중환자가 되어 누워만 있게 되었지. 그 기간 중에 우리 선생님이신 서영채 선생님께서도 돌아 가셨고 학교도 굉장히 어려웠고… 그런데 하루는 의식은 있지만 아무런 기운이 없어 축 늘어져 누워있는데 누군가가 내 곁에서 이런 말을 하는 걸 내가 얼핏 듣게 되었어! 아마도 이복실 과장이었던 것 같아! "김신옥 이사장님의 하나님은 죽었는가 봐요! 그렇지 않다면 김신옥 이사장님의 믿음이 지금껏 엉터리였든가!" 나는 그 말을 듣고는 내 믿음이 어찌나 부끄럽던지 그만 펑펑 울었어! 그러다가 "그래 내 믿음으로 이 병을 고쳐보자!" 하고는 사람들에게 나를 어디든 좋으니 기도원 같은 곳으로 가서 있게 해달라고 요청을 했어. 그렇게 해서 간 곳이 저기 옥천 가는 증약이라는 동네에 있는 조그마한 기도원처럼 운영하는 세천교회였지! 그곳에는 목사님도 안 계시고 성도들도 없이 윤 장로님이라는 연세 많으신 할아버지 한 분이 교회를 지키며 사역하고 계셨는데 어느 날 새벽기도회를 하는 중에 갑자기 꿈인지 환상인지? 지금도 잘 모르겠지만 어쨌든 그때 갑자기 하나님의 음성이 나한테 들려오는 거야! 내 기억으로는 윤 장로님이 성경봉독을 하시던 그 이사야서 43장 1절 말씀으로 말이지! "신옥아 너를 창조하신 여호와께서 이제 말씀하시느니라. 신옥아 너를 조성하신 자가 이제 말씀하시느니라. 너는 두려워 말라 내가 너를 구속하였고 내가 너를 지명하여 불렀나니 너는 내 것이라"하고 말이야! 와! 그 말씀이 내게 들려오던 날! 세상 사람들이 이해하지 못할 신비한 기적이 일어났는데 내가 완전히 치료함을 받은 거 있지! 난 다시 그렇게 살아난 거야.

영신 와! 정말 이럴 수가!

김신옥목사 그렇게 하나님의 기적으로 다시 살아나게 된 나는 이번에는 다시 새로운 생각을 하게 되었단다!

영신 아니 새로운 생각이라니요?

김신옥목사 여러 가지 생각들이었지! 아, 지금까지 나는 하나님의 은혜는 입었지만 하나님의 뜻보다는 나의 생각과 뜻을 우선해온 삶이었구나! 또 나의 신앙은 내 스스로 만들어낸 자아 만족이었지 하나님께서 기뻐하시고 원하시는 진짜 삶을 나는 살지 못했구나 하는 깨달음이었어! 그래서 새로운 결심을 하게 된 거지. 이제부터라도 대성학원의 운영을 내 생각과 방법에 우선하지 말고 하나님께서 원하시는 경영방식대로 기도하며 응답주시는 대로 해야 한다는 것부터 시작해서 나의 삶과 나의 생활방식 전체를 하나님께 의탁하기로 했던 거야! 그러다가 결국 나는 나이 45세에 새로운 인생, 새로운 삶의 방향을 향해 나가기로 마음을 굳게 먹고 신학을 공부하기로 결심을 하게 되었지!

영신 신학을요?

김신옥목사 그레 여기서부터 너에세 해낭되는 이야기가 될지 모르니 자세히 듣기를 바란다. 나는 우리 하나님께서 우리 대성학원에 속한 다섯 개 학교를 세우게 하신 뜻은 저들로 하여금 말씀으로 양육 받게 하여 믿음의 사람들로 키워내라는 것임을 깨닫고 나부터 온전히 하나님의 말씀을 알아야 한다는 생각을 가지고 신학을 공부하기로 결심한 거야. 그것도 미국에서 말이지!

영신 목사님! 학교와 가정은 어떻게 하시고 하필 미국으로 신학공부를 선택하신 거예요?

김신옥목사 처음엔 그것이 나에게 제일 큰 걸림돌이었어! 영신이 네가 네 엄마를 걱정하듯이 말이야! 그때 나는 다섯 아이의 엄마였잖니! 큰애가 중학교 3학년이었고 국민학교 6학년, 1학년 두 남자애하고 또 다섯 살짜리 딸, 세 살 막냉이 아들 그렇게 모두 다섯! 모두 한창 엄마의 손길이 필요한 나이의 아이들이잖아! 또 학교는 학교대로 남편이 할 수 없고 나만이 할 수 있는 일들이 많았거든. 그런데 그 모든 것을 다 버려두고 미국으로 신학을 공부하러 떠난다는 것이 어디 쉬운 일이었겠니? 내 주변 사람들이 모두 다 날 보고 미쳤다고 했지! 하지만 나는 사생결단의 심정을 가지고 당장을 생각하지 말고 미래의 우리 대성학원과 우리 애들을 생각하자!는 결심을 가지고 결행을 했던 거야! 참 나도 독했지?

영신	그런데 어떻게 됐어요?
김신옥목사	어떻게 되긴? 영신이 니가 지금 보는 그대로지! 아마 지금 그렇게 된 상황이더라도 나는 무척 망설였을 텐데, 그때는 어디서 그런 용기와 결단을 내릴 수 있었는지? 그것이 하나님께서 주신 거 아니겠니? 그 결과 지금 우리 대성학원이 이렇게 성장 발전할 수가 있었고, 한 해에 2-3천 명의 학생들이 가슴에 예수님을 심볼 마크처럼 달고 졸업을 하는 큰 축복을 받은 거지? 영신아!
영신	네?
김신옥목사	내가 네게 빌립보서 2장 13절 말씀을 줄 테니까 당분간 이 말씀을 꼭 암기묵상하면서 지내 볼 수 있겠니? 네가 최종 결심할 때까지 말이다!
영신	네! 그렇게 하겠습니다.

음악.

#20. 우영신 교수의 서재

영신, 두 손을 모으고 책상에 앉았다가 일어나 창가로 다가선다. 창밖으로 멀리 빌딩 숲 사이에 빨간 교회 십자가가 보인다.

영신교수	(독백) "너희 안에서 행하시는 이는 하나님이시니 자기의 기쁘신 뜻을 위하여 너희에게 소원을 두고 행하게 하시나니…" 이 말씀이 그때 나의 영적인 어머니 김신옥 목사님께서 내게 권면해 주신 말씀이다. "… 자기의 기쁘

신 뜻을 위하여 너희에게 소원을 두고 행하게 하신다!" 나는 지금도 이 말씀을 내 인생의 좌우명으로 삼고 있다. 지금까지 육십을 넘긴 인생을 살다보니 수많은 혼돈과 공허와 흑암이 깊은 어둠이 때때로 내게 엄습해 올 때가 많다. 나는 그때바나 이 말씀을 생각하며 "내 안에서 행하시는 하나님! 하나님의 기쁘신 뜻을 위해 존재하는 축복받은 내 인생"을 주절대며 하나님께 내 상황들을 호소한다. 그러다보면 말끔하게 해결함을 받고 그 위기상황에서 벗어나는 경험을 많이 했다. 하지만 그때는 어린 마음에 나는 기도에 주력하지 못하고 내게 유익하다고 생각하는 "자기의 소원"만을 고집하면서 기도하시는 주변 어르신들의 기대를 벗어나서 뒤바뀐 이정표를 향해 나가기를 결심했던 것이다.

#21. 고등학교 졸업식날

여느 고등학교 졸업식장과 마찬가지로 졸업식장 안에는 단상에 내빈들 아래 좌석에 졸업생들, 주변에 꽃을 든 졸업생 가족들로 가득 차 있다. 그 가족들 사이에 어머니 길자와 후배 길수, 창길, 용상이가 꽃다발을 들고 서 있다.

사회 다음은 교가 제창이 있겠습니다. 일동 기립!

음악선생님이 지휘봉을 들고 단상 위에 오르고 단 아래 학교 브라스밴드부가 악기를 들고 준비하고 있다. 지휘봉이 움직이고 밴드부의 연주에 맞추어 일동 교가를 부른다.

다같이 하늘과 조국의 부름을 받아 대한의 건아로 이룩한 동산
광활한 한밭벌 용두봉 위에 이름도 거룩한 대성중고교
다하자 다하자 하늘과 조국의 거룩한 뜻을
날리자 날리자 겨레의 자랑 우리 대성중고교

사회 바로! 다 같이 착석해 주시길 바랍니다. 다음은 교장선생
님의 송별사가 있으시겠습니다. 졸업생들 앉은 채로 차렷.
교장선생님께 인사!

안 교장님 인사를 받고 송별사를 하고 내빈 축사에 이어 졸업장 수
여 및 각종 시상하는 장면들이 음악과 함께 잠깐씩 비춘다. 어머니
길자의 모습이 클로즈업!

길자 하나님 아버지요, 참으로 감사합니데이. 아무것도 없는 우
리 두 모자 살림에 하나님께서 우릴 도와주셔가 국민핵교
도 제대로 못나올 형편인데도 우리 영신이를 저래 고등핵
교까정 졸업하게 해주시니 내 우에 아버지 하나님께 그 은
혜를 갚을 수가 있겠능교! (눈물이 흘러내린다) 그라고 영신이
아부지요. 지금 보고 있능교? 우리 영신이 쟈가 지금 모든
졸업생 아들 앞에서 한 번도 아니고 저래 세 번씩이나 높은
양반들한테 상을 받고 있네예! 쟈가 우리 아가 맞능교? 진
짜로 맞걸랑 당신이 계신 곳에서 박수라도 쳐주이소. 야?

길수 어머니! 영신이 형이 또 상을 받아요! 벌써 세 번째예요!

길자 지금은 무신 상이고? 남사스럽고로. 한 번만 받으면 될끼

지 뭔 상을 저래 또 받능기가? 상 몬 받는 아들 부모들한
테 미안스럽고시리…!

용상 저 상은 공로상이에요! 우리 학교를 빛냈다고 주는 공로
상이요. 얼마나 큰 상인데요. 아무나 못 받아요 저 상은!

길자 그민해라! 소리 좀 낮추고…

창길 (박수를 치고 휘파람을 불어 댄다) 영신이 형!

길자 야들아, 내 그만 나갈란다. 내 나가가 바깥에 있을 테니까
는 우리 영신이한테 그리 알려도고! 그라고 모다 기냥 가
지 말고 꼭 점심들 먹고 가거레이!

창길 왜요? 어디 불편하세요? 제가 모시고 갈까요?

길자 아이다. 내 혼자 갈 수 있다카이. (뒤돌아 나가며) 하나님 감사
합니데이! 영신아부지요, 끝까지 우덜 아 잘 보고 가시소!

창길 예? 어머니 뭐라 하셨어요?

길자 아… 아이다. 내 혼자 한 말이다.

음악.

#22. 졸업식장 앞

인산인해. 어머니 길자와 선희, 길수, 용상이가 계단 앞 화단에 모
여 있다. 그때 영신이가 꽃다발을 목에 걸고 상장 꾸러미를 들고 창
길이와 함께 계단 위에서 두리번거린다.

길수 아, 저기 형 나왔네요! (손을 들고 소리치며) 형! 여기요! 영신
이 형!

영신이 창길이와 함께 다가온다. 영신이 길자 앞으로 다가서며 울먹인다.

영신 엄마!

길자 오냐 우리 아들! 그칸데 니 그라믐 안 되능기라. 남들한테 상 좀 나누어 줄끼지 그리 혼자서 다 타가면 쟈들 부모 맴이 이떻겠노!

영신 엄마!

길자 사내 자슥이! 니 동생들 앞에 부끄럽고로 울기는?

영신 엄마 나 졸업했어! 고등학교에⋯ !

선희 이제 대학교도 갈 놈이 뭘 그래?

길수 형! 신학교 안 가고 일반 대학에 갈 거야? 어디로 갈 건데요? 서울?

영신 아직 잘 몰라! 그런데 철이랑 기혁이는 어딨지? 밖으로 나온 거 아직 못 봤는데⋯?

용상 아까 형들을 만났는데 그 형들 교회 사람들하고 형들 가족들하고 많이 와서 내일쯤 우리 기독학생회 임원들만 모두 같이 만나자던데요? 형한테도 꼭 그렇게 전하라고 했어요!

선희 얘들아, 아니야! 아까 탐슨 선교사님 비서가 그랬는데 내일은 마마선교사님이 영신이 친구들하고 너희 기독학생회 후배들 모두 집으로 초대한다고 했어! 졸업기념 파티를 해준다고!

길수 와! 파티! 그런데 파티가 뭔데요?

창길 파티가 뭐긴 그냥 파티지! 우리나라 말로 잔치! 선희누나 고맙습니다.

선희 고맙긴 난 그냥 전달한 것뿐인데! (길자에게) 그럼 아줌마!

아니 최 집사님 난 바빠서 그냥 가볼게요!

길자   아이다. 가긴 어델 가노! 점심 묵고 가야제! 이레 왔다가 기냥 가뿔뭄 안 된다!

선희   아녜요! 난 더 좋은 일 있어서 가야해요! 그이가 기다려요!

길자   알았다 그럼 살펴 가거레이 고맙다. 내 내일 맛있는 거 마이 만들어 즐꺼구마! 참 니 만나고 있는 남자도 오라 캐라!

선희   그 사람 군인이라서 내일 아마 못나올 걸요! 영신아 축하해! (인파 속으로 사라진다)

영신   엄마! 선희누나 애인 있어요?

길자   내도 안즉은 잘 모르지만 저래 말 하는 거 보이 안 있겠나? 아니다, 있다 카드라! 내 김 목사님한테 잠깐 들었다!

영신   애들아, 암튼 고맙다! 모두 고마워! 이렇게들 와줘서! 저기 사진관 있는 사거리 길 건너편에 있는 진성관 알지? 그리로 가자!

다같이   오케이!

창길   형! 잠깐만 난 조금 있다가 갈게요!

영신   왜? 무슨 일 있어?

창길   아니 그게 아니고 누가 오기로 했거든! 형 축하해 준다고!

영신   누군데?

창길   이따 보면 알아요! 아니 그런데 왜 이렇게 늦는 거야?

영신   알았어! 너 진성관 알지? 그럼 그리로 같이 와! 자리 잡고 기다릴 테니까!

길자   (화들짝 놀라며) 아니 이게 누꼬? 선녀 아이가!

영신   아니 선녀이모?

선녀와 두석이가 꽃다발과 선물을 들고 온다.

길자	야가 느그 아들이가?
영신	니가 두석이구나? 맹두석!
두석	(꽃다발과 선물을 건네며) 형 축하해요! 제 이름도 아시네요!
영신	그럼 잘 알고말고. 우리 이모 아들인데 그럼 우리 이종사촌 간이잖아!
선녀	하모 그렇제! 암튼 영신아! 축하한데이. 공부하느라 얼마나 수고 많았드노!
영신	(후배들에게) 얘들아 먼저들 진성관으로 가있어! 바로 따라 갈게! (선녀에게) 이모! 고마워요! 두석이 너도⋯ 금산서 오시는 거예요?
길자	그러게 말이다. 그나저나 금산서 예꺼정 올라카믐 아침 식 전부터 왔을 낀데 느그 시장해서 우에 하노? 야기는 됐다 하고 우덜도 얼릉 쟈들 따라가자! 가서 뭐라도 묵고 우덜 사는 곳으로 가가 좀 놀다 가재이. 니 그케도 되제?
선녀	하모요! 내 두석이 이놈아를 영신이 쟈한테 소개할라꼬 안 델꼬 왔능교! 가입시다. 오늘은 내가 한턱 낼끼고마요!
길자	아니다. 그카면 안 되제! 아이고 우리 하나님 아버지요! 참 말로 고맙습니데이.

음악.

#23. 진성관 중화요리 집

모두 다 밝은 웃음과 기쁨 속에서 왁자지껄 이야길 나눈다.

길수 형! 아까 선희 누나가 한 말이 무슨 말이에요? 형, 신학교 안 갈 거예요?

영신 왜? 넌 아까 그 누나가 한 말이 내가 신학교에 안 가는 걸로 들렸니?

길수 아니 뭐… 그렇게 들렸다기보다는 사실 우리들도 형이 신학교에 가기에는 예비고사 합격한 것이 너무 아깝기도 해서… 혹시나 해서 물어 본 거예요!

영신 글쎄! 솔직히 말해서 아직은 잘 모르겠어! 생각 같아선 서울로 가서 고학을 해서라도 내가 생각하는 일반대학교를 다니고 싶지만, 여기 형편이 그러기에는 좀 힘들 것 같고. 그래서 일단은 충남대학교 국문학과에다 원서를 내긴 했지만… 마음은 가는데 그것도 확실한 건 아니야! 어쨌든 지금 계속 기도 중이니까!

용상 (길수에게) 봐 임마! 내 말이 맞지? 형 신학교가 아닌 일반대학교에 갈 것 같댔잖아!

길수 아직 확실한 건 아니라잖아! 임마!

영신 왜? 니네끼리 나를 두고 무슨 내기라도 한 거냐?

길수 아니에요! 그런 건 아니지만 형이 목사님이 안 된다면 솔직히 지금까지 우리가 옥상 기도실에서 부르짖던 기도가 너무 허무해서요! 우린 아니! 내 경우엔 형이 꼭 훌륭한 목사님이 되어서 우리나라 기독교에 쓰임 받는 큰 종이 되게 해달라고 기도해 왔거든요! 그런데…

영신 그런데 뭘! 내가 목사가 안 된다구? 길수야! 약속하는데 너 나중에 내가 너한테 큰 보답을 할 테니까 나에 대한 그 중보기도 끊지 않았으면 좋겠어! 나 아직 목사 포기한단 말 누구한테도 안 했어! 충남대 원서를 낸 건 말이지, 내 소명이 미디어 사역인지? 아니면 목회사역인지를 결정하지 못한 상황에서 만약의 경우를 대비해 그냥 일단 접수해 본 거니까!

용상 역시 형은 형이야! 솔직히 나도 형이 하는 고민을 지금 하고 있거든요! 그러니까 형이 먼저 내 고민거리 해결하는 거 보고선 나도 형 뒤를 따를 테니까! 하나님한테 혼나지 않게 잘 부탁해요. 형!

이때 어머니 길자가 옆방에서 두석이를 데리고 영신이 있는 방으로 들어온다.

길자 모다 잘 먹었노? 부족하진 않았드나? 더 시켜다 줄까?

길수 아니에요 어머니! 내 생전에 이렇게 맛있는 거 배불리 먹어본 건 처음이에요! 이제 더 들어갈 공간도 없어요! 하하!

길자 그래 우에 됐든 모다 고맙다! 내 내일에는 더 맛있는 거 해줄꼬구마! 니들 아까 전에 안 선생이 하는 말 들었제? 선교사님이 니들을 초청해서 파티 열어 주신다는 말! 그카니까는 내일 모두다 꼭들 온나! 알았제?

용상 아 여부가 있겠어요, 어머니! 전 오늘 저녁부터 굶을 거예요!

길자 그래라! 내 마이 만들어줄 테니까는…! 그카고 영신아, 우리 두석이 느그들하고 예 있으면 안 되나? 지 깐에는 형 만나 보고자파 왔는데… 지를 안 불러주니까는 섭섭한가 보다! (두석에게) 그렇제?

영신 아, 미안하다. 두석아 이리로 와! 그렇잖아도 널 부르려고 했어! (후배들에게) 애들아 내 사촌 동생이야, 이름은 두석이 맹두석! 잘 생겼지?

용상   아니 그럼 두석이라면 돌대가리? 하하 돌대가리가 뭐야! 하필…

두석   이니에요. 대가리 두자는 맞는데요, 석은 돌 석자가 아닌 주석 석자예요!

용상   아 미안 미안. 그냥 형이 장난 좀 친 거야! 야, 너두 정말 영신이 형처럼 잘 생겼다. 야! 눈도 큼지막하니… 난중에 고민 많겠는데 여자 때문에!

두석   지금도 그래요! 여자 애들 때문에!

길수   뭐라구? 하하하! 이놈 정말 재밌는데! 자, 그렇게 서 있지 말고 여기 형 옆자리에 앉아! 밥은 먹었니?

두석   저기 옆방에서 큰 이모님 하고 먹었어요! (용상에게) 그런데 형! 형 이름은 뭐예요?

용상   나? 내 이름은 서용상! 근데 그건 왜 묻는 건데?

두석   아! 그러니까 생쥐 서자에 얼굴 용자. 그래서 형 얼굴이 생쥐 닮았구나!

용상   야… 야, 임마! 생쥐라니…?

일동   (폭소를 터뜨린다)

두석   헤헤! 미안 쏘리! 저두 장난이에요. 복수한 거예요!

길수   와 너두 보통 아닌데? 너 몇 살이니 두석아?

두석   (능청스럽게) 아직 스무 살은 안 됐어요!

용상   야! 이 녀석 서영춘처럼 코미디언이네!

모두가 다시 즐겁게 웃는다.

영신　아니 그런데 창길이는 왜 아직 안 오는 거니? 아까 누굴 기다린다고 했는데…?

길수　(입구를 바라보며) 아! 창길이 저기 왔는데요! 근데 어? 저 여자는 누구야? 부여 규암교회 순영이 선생님 아니야?

영신　뭐라구? 순영이 선생님?

길수　창길아! 여기야 여기.

창길　아! 거기 있었네. (방으로 들어오며) 난 너무 늦어서 모두 간 줄 알았지! 영신이형 미안해요 너무 늦어서…

영신　아냐, 괜찮아! 그런데 누구 같이 왔니?

창길　예! 순영이 누나요. 부여 규암리 교회에서 만난…! (순영에게) 순영누나! 뭐해요, 빨랑 들어오질 않구! 여기 모두 다 있어요. 길수! 용상이!

순영이 손 보따리를 들고 머뭇거리며 들어온다.

영신　순영 선생님! 어서 오세요. 아니 여기까지 어떻게?

창길　내가 오늘 형 졸업식이라고 편지했더니 오늘 온다고 하더라구요!

순영　축하해요. 영신… 씨! 모두 잘 지내셨어요?

길수　와! 누나 반가와요. 이게 얼마만이에요? 지난여름에 우리가 규암리로 봉사활동을 다녀온 후로는 처음이네요!

용상　그런데 창길이, 너는 순영 선생님이랑 계속 연락하고 지냈던 거야?

창길　(약간 부끄러운 듯) 왜 누나랑 연락하며 지내면 안 되냐? 영신이 형! 누나가 형 졸업선물이라고 뭘 많이 가져왔네요!

순영　별거 아니에요! 오늘 꽃다발을 사오려고 했는데 창길 씨가 꽃다발은 많이들 사올 거라고 해서 마침 집에서 가공한 복숭아 통조림하고 쨈을 조금 가져왔어요!

길수, 용상 네에? 창길 씨요?

순영 (얼굴이 빨개지며) 뭐 달리 부를 호칭이 마땅치 않아서…

창길 (역시 일굴이 빨개지며) 니들 왜 그래 임마!

영신 암튼 고마워요! 이렇게 오시지 않아도 되는데… 그리고 통조림하고 쨈이라니요? 우리나라에서도 이런 거 만드나요?

순영 네 새마을운동사업으로 마을마다 영농조합을 만들어서 군 단위로 하나씩 있는 이런 거 만드는 공장에다 농사 진 과일을 가져다주면 이렇게 만들어줘요!

영신 와! 정말 대단하네요. 우리나라도 이제 개발도상국이 진짜로 되는 거 같네요!

길수 개발도상국이요?

용상 복숭아 도. 높을 상, 나라국 좋은 복숭아 생산하는 나라라는 뜻이잖아, 임마!

두석 생쥐형! 그 뜻이 아니고요. 발전해가는 나라라는 뜻이잖아요.

용상 나도 알아, 임마! 웃기려고 한 거지!

일동 하하하!

#24. 우영신 교수의 서재

영신교수 (독백) 나의 고등학교 시절은 그렇게 화려하게 막을 내렸다. 비록 가난으로 시작된 고교 시절이었지만 하나님께서는 나에게 가난을 느끼지 않게 하셨고 좋은 사람들을 만나 좋은 시절을 가지게 해주셨던 것이다. 그리고 신학교 문제도 역시 내 발걸음을 인도해주시는 하나님께서 나의 일반 대학교 진학을 막으셨고, 미국 신학교로 가기 전 내가 다니던 교회에서 처음 시작한 한국 L.I.F.E Bible College라는 신학교에 입학을 하게 하신 것이다. 그러나 나는 그즈음 딱히 어느 때부터라고 말할 수는 없지만 스스로 영적인 사춘기에 돌입했던 것 같다. 청춘이라는 연령대에 들어섰기 때문일까? 나는 내 삶에 대한 또 내 신앙에 대한 그리고 내 믿음에 의해 스스로 선택했던 모든 일까지도 회의를 느끼면서 왜라는 질문을 계속하게 되었고 그로 인해 긍정보다는 부정적인 판단을 가지면서 나 홀로 고통을 자처하는 상황을 초래했던 것이다. 그 한 예가 도무지 신학교에 다니는 것에 기쁨을 느끼지 못했다. 또 그때부터 시작한 야행성 습관으로 밤늦게까지 잠을 자지 않으면서 이것 저것 시간을 소비하다가 새벽녘에야 잠을 자고 아침 늦게 일어나는 고약한 습관을 가지게 된 것이다. 그러니까 그때가 1971년이다. 그 해 연도를 내가 기억할 수 있었던 것은 그해 4월 27일 대한민국 제7대 대통령 선거가 시행되어, 박정희 후보가 당선되었기 때문이다. 정치에는 큰 관심이 없는데도 말이다.

제 28 부

청춘시대 Ⅰ

#1. 야간 신학교 전경

교회 교육관 건물을 활용한 Korea L.I.F.E Bible College라는 팻말
이 붙어 있는 교회 교육관 건물. 환한 불빛이 창문 밖으로 새어 나
온다. 그 창문 너머로 들여다보이는 10명 남짓한 신학생들 공부하는
모습.

#2. 신학교 강의실

박선규 교수의 열띤 강의와 젊은 남녀 신학생들 다섯 명, 그리고 나
이 많은 여성들과 중년의 남자 전도사들 다섯 명이 앉아 있다.

박선규교수 우리가 잘 아는 성경말씀 중에 이런 말씀이 있지요. 욥기
서 8장 7절 말씀으로 "네 시작은 미약하였으나 네 나중은
심히 창대하리라"고… 저는 오늘 신학교 개강 첫 날 첫 시

간에 이 말씀을 먼저 드리는 것은 지금 이 자리에 함께 하고 있는 열 명 남짓한 신학생 여러분들의 모습이 남들이 보기에는 어떠한 모습으로 비춰질지는 모르겠지만 분명한 것은 여러분들은 그 누구도 아니고 하나님께서 직접 부르신 그 부르심을 받고 이곳에 오신 축복 받으신 분들이고 장차 여러분들은 그 하나님의 부르심에 합당하게 쓰임을 받아 귀한 종으로서 사역을 하실 분들이라는 점입니다. 그렇기 때문에 세상적인 눈에 어떠한 모습으로 비춰지는가에 대한 강박관념을 버리시고 나는 택함 받은 하나님의 종으로 부르심을 받았다고 하는 자부심을 가지시길 바라는 뜻에서 드리는 말씀입니다. 두고 보십시오. 서대문 순복음교회 지하교실에서 결핵환자의 몸으로 신학을 공부하던 젊은 청년이 오늘날 세계 최대의 교회인 여의도 순복음교회 담임목사가 되어 큰 사역을 하고 계시지 않습니까? 마찬가지로 여러분들 중에도 그 조용기 목사님 이상으로 크게 쓰임 받는 목사님이 이곳에서 탄생될 것입니다.

신학생들 아멘! 아멘!

박선규교수 자, 그럼 강의를 시작하겠습니다. (칠판에다 신론이라고 쓰면서) 저는 오늘 기독교 교리강론에 있어서 가장 중요한 신론(神論)에 대해서 강의하려고 합니다. 먼저 강의에 앞서 여러분께 질문을 하나 드리겠습니다. 여러분! "하나님은 어떠한 존재"시라고 생각 하십니까? 앞에 앉으신 우영신 선생이 한 번 말해 보겠습니까?

영신 하나님이 어떤 분이시냐고요?

박선규교수 아니 하나님이란 분의 존재성을 묻는 겁니다. 우리를 향한 하나님의 활동하심과 역사하심을 말하는 것이 아니라 아!

물론 그것을 포함해서 하나님이라는 그 존재 그 실체 본체는 어떠하신가를 묻는 겁니다.

영신 에… 그러니까? 하나님은 스스로 계신 분이시고 만물을 창조하셨고 또 우리 인간과 세상의 역사를 주관하시는 분 아니신가요?

박선규교수 네! 다른 분? 네 저기 이창우 선생님!

창우 영으로 존재하시고 무소부재하시고 또 무한하신 영원 속에 존재하시며 불변하시는 영이 아니실까요?

박선규교수 네! 좋습니다! 또 다른 분?

재군 존재, 지혜, 권능, 거룩, 공의, 선함, 진리 가운데 거하시면서 우리를 창조하셨고 하늘과 땅의 모든 권세를 가지시고 영원 영원히 우주만물 삼라만상을 통치하시는 분이십니다.

박선규교수 네! 그렇지요. 이번에는 이 세 젊은이들 말고 인생 연륜이 좀 있으신 분들 중에 누구 말씀해 주시겠습니까?

정권사 하나님은 하나님이시지요! 우리가 우리 자신도 모르는데 하나님을 어떻게 알 수 있겠습니까마는 제가 생각하는 하나님은 그냥 하나님이신 거 같아요!

박선규교수 네! 모두 감사합니다. 정말 모두 정답만 말씀해주셨습니다. 그러나 우리가 이번 학기 동안에 배우게 될 아니 함께 연구하게 될 공부는 신학 중에서도 가장 기초 학문으로서 신론 즉 하나님의 존재에 대해서입니다. 특히 우리에게는 익숙한 삼위일체 하나님에 대해서 연구를 하게 될 텐데 왜 하나님은 한 분이시라고만 생각하는데 세 분이시고 그 세 분이 다시 같은 하나님으로서 하나 되신다는 이 복잡한! 믿지 않는 사람들이 이해하기 힘든 삼위일체론에 대해 좀 더 세밀하고 정확하게 또 분명히 알아야 될 것들을 함께 공부해보고자 합니다.

음악.

#3. 밤길

수업을 마친 영신과 재군 그리고 창우가 가로등이 세워져 있는 신학교 언덕을 이야기 하며 함께 내려온다. 벚꽃 잎이 휘날린다.

영신　오늘 강의 어땠어?

창우　정말 새로웠어! 아 그래서 대학이구나 하는 생각이 들던데… 우리가 알던 상식적인 것에서 더 전문적인 학문의 깊이를 다룬다는 것이 정말 좋았어! 여길 선택한 것이 정말 잘한 것 같아!

영신　참, 재군이 너! 지난번에 예비고사에 불합격한 것이 아니고 일부러 시험을 안 본 거라며? 왜 그랬던 거야? 너 정도라면 충분히 합격을 할 수 있었잖아… 순호 같은 애도 붙었는데.

재군　오늘 봤잖아! 나도 창우처럼 오늘 강의가 너무 좋았는데 내가 만약에 일반대학에 갔더라면 오늘 이런 강의를 듣지 못했을 거 아냐!

영신　그러니까 넌 예비고사에 붙으면 신학을 안 하고 일반대학에 갈 것 같아서 일부러 시험을 보지 않았다 그 말이야?

재군　뭐 그렇지! 실은 나도 그런 결심을 하기까지 얼마나 힘들었는 줄 아니? 어차피 목회자로 쓰임을 받을 바엔 아예 포기할 건 포기하고 한 길만 걷는 것이 더 좋을 거라고 생각을 한 거지!

영신　야. 정말 대단하다. 나는 니가 음대로 진학해서 유명한 피아니스트가 될 줄 알았는데!

창우　신학을 공부해서 믿음의 확신을 가지고 피아노 앞에서 연주하는 피아니스트기 된다면 더 좋은 거 아냐? 연주만 하는 것이 아니고 영혼을 울려줄 좋은 찬송곡들을 작곡하는 작곡가가 되어서 말이야!

재군　너희들 나 좋으라고 하는 말들은 고마운데 그런 것 저런 것 모두 버리고 목회자의 길만 가겠다고 결심한 내 맘을 절대 방해하지 말아줬으면 좋겠다!

창우　미안, 미안! 그러나 니가 좋아하는 그 피아노 재능을 버리기에는 너무나 아까와서 그렇지! 차라리 그 재능 나나 주지!

재군　그래, 그거 너 가져라! 난 아무런 미련이 없으니까!

창우　그럼 너 매일 같이 나한테 피아노 가르쳐 줄 수 있어? 아니 그건 농담이구. 야, 재군아! 정말 교회서 성가대 반주 정도 할 줄 알려면 몇 년 정도 피아노를 배워야 해?

재군　그건 사람의 재능에 따라 다르겠지만 너 같은 경우에는 아마 삼십 년?

창우　관둬라 야! 그 세월 허비할 바에 차라리 교회 청소해서 하늘의 상급을 더 받겠다!

재군　나도 농담이야! 그런데 영신이 넌 왜 말이 없는 거야? 뭐 삐졌어?

영신　삐지긴? 너희들이 너무 위대해 보여서! 지금까지 내가 보아왔던 내 친구들의 모습이 아니라 너무 멋지고 훌륭해 보여서…

재군　무슨 말이야?

영신	빈 말 아니야! 나 방금 속으로 하나님께 기도했어! 이런 친구들이 내 친구가 되게 해주셔서 하나님 정말 감사드린다구 말이야!
창우	빈 말이 아니구 우리가 이렇게 한 길로 들어섰으니까 이제부터 우리 셋이서 하나된 맘으로 귀한 사역 함께 도우며 해보자!
재군	삼위일체로 말이지?

일동 함께 웃으며 갈 때 봄 향기가 진하게 불어온다.

#4. 선교사 사택 안 영신이네 집

영신 엄마 방문 앞에 선다.

영신	엄마, 저 왔어요. 주무세요?
길자	아니다. 시간이 몇 신데! 근데 빨랑 들어와 봐라.

#5. 어머니 길자 방

영신이 방문을 열고 들어온다.

영신	왜요? 무슨 일 있어요?
길자	니 얘기 들었나? 아까 전에 니 신학교 간다꼬 나간 뒤에 파파선교사님이 되게 아팠다!

영신   (놀라며) 네에? 그래서 어떻게 됐는데요? 병원엔 모시고 가
           셨어요?

길자   김 목사님하고 안 장로님이 와가 최 목사님캉 김진애 선
           생님이 모다 출동해가꼬 충대병원에 안 갔드노? 다행히도
           아프다카던 가슴이 마이 진징되가꼬 돌아오시긴 했다만서
           도 내 심장이 이리 쿵쾅거리는데 마마선교사님은 우에 했
           겄노?

영신   아이 참! 교회전화로 해서 나를 부르지!

길자   그럴 경황도 없었고 니 부를 여가도 없었다카이. 그카고
           니 공부하러 갔는데 불러 우에 할 낀데? 내일 아침절에 일
           찍이 일나가 파파선교사님한테 가봐라! 니 배는 안 고프
           드냐? 뭐 좀 챙겨줄까?

영신   아니 괜찮아! 아까 저녁 먹고 갔잖아요!

길자   그럼 니 방에 가가 쉬그라. 또 밤에 잠 안자고 라디오 듣는
           다고 밤 새지 말고!

영신   알았어요! 그럼 엄마 잘 주무세요!

#6. 영신이 방

잠옷을 갈아입고 침대에 누워 책을 펼쳐들고 있다. 라디오에서 음악
이 흘러나온다.

영신   (소리) 하나님의 존재의 무한하심이라고? 그거야 당연한
           거지!

박선규교수 (소리) 영으로 존재하시는 하나님은 무한하시고, 영원하시

며, 변함이 없으신 영이십니다. 하나님께서는 그분의 존재 밖에 있는 모든 장소에 동일한 방식으로 관계하시는 것이 아니라, 장소에 따라 다른 방식으로 관계를 맺으시며 활동하십니다.

영신 (소리) 하나님은 모든 장소에 동일한 방식으로 관계하시는 것이 아니라, 장소에 따라 다른 방식으로 관계를 맺으시며 활동하신다고? 그게 무슨 뜻일까? 그렇다면 지금 내가 고집하고 있는 새로운 전도사역인 미디어 선교사역도 시대의 변화와 장소에 따라 이를 인정해주시고 관계하여 주시며 나를 통해 활동하시고 역사하신다는 말씀일까? 글쎄? 이것도 내 자의적인 해석일 수도 있잖아! 아, 모르겠다. (책을 덮고 머리맡에 놓인 라디오를 튼다)

이때 이종환의 '별이 빛나는 밤에'가 라디오에서 흘러나온다.

이종환 (라디오 소리) 나아가는 곳에 광명이 있나니
젊은 그대여 나아가자!
오직 앞으로 앞으로 또 앞으로
가시덤불을 뚫고
비록 모든 사람이 주저할지라도
젊은 그대여 나아가자!
용기는 젊은이만의 자랑스런 보배
어찌 욕되게 뒤로 숨어들랴

진실로 나아가는 곳에 광명이 있나니
비록 나아가다가 거꾸러질지라도

명예로운 그대, 젊은 선구자여
물러섬 없이 오직 나아가자!

이 시는 1936년 중앙이라는 잡지 2월호에 발표한 '선
구자'라는 시입니다. 이 시를 쓴 빅팔양이라는 시인은
1905년, 경기도 수원에서 태어나 배재보통학교를 다녔
고 18살 되던 해인 1923년에 〈동아일보〉 신춘문예에 '신
의 술(神의 酒)'이라는 작품을 발표하면서 문단에 등장했는
데요 이 박팔양 시인의 필명은 김려수(金麗水)로서 여기서
여수(麗水, 如水)는 그의 호였지요. 그는 일찍이 문학소년으
로서 시인 정지용, 그리고 다른 친구들과 함께 《요람》이
라는 시 전문 잡지를 펴내기도 했습니다. 박팔양 시인이
남긴 대표시집으로는 1940년에 발표한 《여수시초 (麗水詩
抄)》라는 시집이 있습니다. 자, 그럼 여기서 잠깐 음악 한
곡을 듣고 계속해서 다음 이야기를 나누도록 하겠습니
다. 여러분께 들려드릴 이 곡은 프랭크 포쉘 악단의 "나
에게 만일 시간이 주어진다면 if I only had time" 1966년
유러비존 송 컨테스트에서 줄리오 이글레시아가 불러서
우승한 곡입니다.

나이 들어 정말 좋은 사람을 만났는데
이미 서산에 해 기울 듯이
때 늦은 생의 부질없음을~~~ 자 들어 보시지요!

음악이 흘러 나온다. 이때 문 밖에서 누군가 영신이를 부르는 소리
가 들린다.

Mrs. 탐슨 (소리) 영신! 영신 아 유 데어? 영신!

어머니 길자, 마마할머니를 안고 등을 두드려준다. 영신 선교사 본
채로 뛰어 달려간다.

#7. 선교사 침실

파파탐슨이 침대에 누워 가슴을 안고 통증을 호소하고 그 옆에서
영신이가 기도하며 간병하고 있다.

영신 마마! 혹시 병원에서 파파가 아프다고 하면 먹으라고 준
약이 어떤 약이지요?

Mrs. 탐슨 글쎄 약봉투에 너희 나라 말로 글씨를 써서 난 잘 모르겠
구나. 네가 한번 살펴보렴!

영신 (병원약 봉투를 살펴본다) 마마! 이 약이요! 여기 진통제라고
써있어요! 우선은 오늘 밤에 이 약을 드시게 하고 내일 아
침 일찍이 다시 병원으로 모셔야겠어요!

Mrs. 탐슨 영신아! 왠지 나는 겁이 나고 무섭구나! 네가 오늘 밤 여
기 파파 곁에서 있어주면 좋겠구나. 그래 줄 수 있겠니?

영신 물론이지요! 먼저 이 약을 드시고 상태를 봐서 제가 옆에
거실로 나가 기도하고 있을 테니까 너무 염려하지 마시고
마마도 침대에 누워 주무세요. 엄마도 가서 주무시고요.
저는 내일 낮에 특별한 일이 없으니까 밤에 잠을 안 자도
괜찮을 거예요! (길자에게) 엄마! 할아버지 약 드시게 물 좀!

길자 (컵에다 물을 따라 건넨다) 예 있다!

영신 (파파탐슨을 일으켜 앉히며) 파파! 염려하지 말아요! 여기 일어
나서서 이 약을 드세요. 그러면 통증이 가라앉을 거예요!
그리고 내일 아침에 다시 저랑 같이 병원에 가봐요. 하나
님께서 오늘 밤 파파를 지켜주실 거예요!

Mr. 탐슨 (일이니 앉으며 영신이 주는 약을 먹는다) 영신! 고맙다. 네가 우
리 곁에 있어 주어서 정말 든든하구나. (가슴을 가리키며) 여
기 여기 이곳이 너무 아파! 그러나 괜찮겠지? 몹시 염려되
지만 마마와 네가 옆에서 기도해주니 나쁜 염려랑 하지 않
으마! 휴우!

Mrs. 탐슨 허니! 아프면 안 돼요! 우리가 이곳 한국에서 해야 할 사
역이 너무 많아요! 그러니까 제발 아프지 말고 기운을
차리세요! 허니! (두 손을 모으며) 오! 하나님 우리를 도와주
세요!

잠시 후.

Mr. 탐슨 (한숨을 내쉬며) 마마! 너무 염려하지 말아요! 이 약을 먹고
나니 금세 가슴통증이 가라앉고 많이 편해졌어요! 아마도
큰 병은 아닌 것 같소! 그러니 모두 염려하지 말고 이제 모
두다 가서들 자요! 오 허니… 사랑해요 여보!

Mrs. 탐슨 오, 허니! 하나님 감사합니다. 감사합니다!

Mr. 탐슨 (가슴을 쓸어내리며) 정말 신기하구려! 영신이가 건네준 약을
먹으니 금세 통증이 사라졌어요! 우리 기도하는 영신이한
테는 힐링의 은사가 있는가 보다! 자! 이제 잠이 몰려오는
데 나 누워 잘 테니 모두들 가서 자요! 영신아! 파파를 좀
눕혀 주겠니?

영신　네. 파파! (파파의 머리와 어깨를 조심스레 잡으며 침대에 눕힌다)

Mr. 탐슨　(가슴을 다시 만지며 눈을 감고) 고맙다! 그럼 나 잘 테니 모두 다 굿 나잇!

영신　마마! 마마도 어서 침대로 가서 누우세요! 난 옆방 거실에 가서 있을게요. 굿 나잇 마마. 파파!

Mrs. 탐슨　그래, 잘 부탁한다. 영신아!

음악.

#8. 충남대학병원 병실

파파탐슨이 침대에 누워있고 마마탐슨이 의자에 앉아 곁에서 기도하고 있다.

#9. 병원장 실

병원장과 심장외과 과장인 Dr.오 그리고 김신옥 목사와 영신이가 앉아있다.

병원장　오 박사 어떻든가요? CAD가 맞던가요?

Dr.오　네! 맞습니다.

김신옥목사　CAD라니요?

Dr.오　네, CAD란 관상동맥에 이상이 있는 협심증을 말하는데 심장 근육이 산소를 충분히 공급받지 못할 경우 발생하는 일시적인 흉통 또는 압박감을 말하는 겁니다.

병원장　그래 심전도 검사와 CT촬영 결과는 어떻던가?

Dr.오　네! 현재 상황으로 봐서는 전형적인 과로와 노쇠현상으로 인한 발생으로 판단되기 때문에 당분간 약물치료와 함께 안정적인 휴식을 취하면 괜찮아질 것 같습니다.

김신옥목사　그럼 오 박사님 생명에는 지장이 없는 거지요?

Dr.오　그렇습니다. 하지만 워낙 고령이신데다가 심장 자체가 약하셔서 좀 더 경과를 지켜보는 것이 좋을 듯 싶습니다. 저기 젊은 사람들 같으면 뭐 그다지 염려하지 않아도 되지만요! 이 협심증이라는 것은 일반적으로 우리 심장 근육은 산소가 풍부한 혈액의 꾸준한 공급이 필요하거든요. 심장에서 나온 대동맥에서 갈라져 나온 관상동맥이 이러한 혈액을 전달하는데 우리에게 필요한 산소 요구량이 부족하다거나 심장의 작업부하가 충분한 양의 혈액을 심장에 공급할 관상동맥의 능력을 초과할 때 협심증이 발생하는 거거든요. 관상동맥이 좁아지면 관상동맥 혈류가 제한될 수 있으니까요! 그렇기 때문에 우선은 안정을 취하셔야 하고 질산염, 베타-차단제, 칼슘통로 차단제 같은 약물치료제를 당분간 사용하셔야 할 것 같습니다. 물론 경피 관상동맥 중재술이나 또는 관상동맥 우회이식 수술 같은 것이 있긴 합니다만 아직은 거기까지는 생각하지 않으셔도 될 것 같습니다.

김신옥목사　정말 다행이네요. 아이구, 암튼 선생님 수고 많으셨어요. 정말 감사드립니다.

Dr.오　아닙니다. 병원장님! 그럼 전 내려가도 되겠습니까?

병원장　오 그래요. 오 박사 수고 많았어!

영신　저 그런데 박사님! 병원에는 언제까지 입원해 계셔야 하나요?

Dr.오 글쎄요? 특별한 이변이 없는 한 한 일주일 정도? 아니면 넉넉잡고 열흘 정도면 괜찮을 것 같은데…?

영신 네 감사합니다. 박사님.

Dr.오 저 그럼 실례하겠습니다. (원장실을 나간다)

김신옥목사 원장님 정말 감사드립니다. 저분들은 우리한테는 정말 VIP 손님들이거든요! 엊저녁부터 정말 조마조마 했습니다. 정말 고마워요. 원장님!

병원장 원 별말씀을 다 하십니다. 그나저나 이사장님! 아니 이제부터는 목사님이라고 불러야 하나요? YWCA운동을 다시 시작하셨다구요?

김신옥목사 네, Y운동은 제가 미국 가기 훨씬 전부터 아니 윤보선 대통령 영부인인 공덕귀 여사를 모실 때부터 해온 일이라서 다시 맡게 되었어요. 병원장님 사모님도 우리 대전 YWCA 이사신 거 아시죠? 많은 지도편달을 부탁드립니다.

병원장 아, 여부가 있겠습니까? 아내 일이 제 일인 걸요. 안 그러면 저 큰일납니다. 하하하.

음악.

#10. 입원실

파파탐슨이 입원해 있는 1인 병실에 간이침대가 놓여 있고 영신이가 파파탐슨을 돌보며 책을 보고 앉아있다.

영신교수 (독백) 그 해 그러니까 내가 고등학교를 졸업하고 신학교에 처음 입학하던 해 봄날 내가 모시고 있던 파파선교사님이 갑작스레 심장 협심증으로 충대 병원에 입원을 하게 되었다. 그 입원을 하시던 보름 간을 나는 할아버지 파파선교사님을 모시며 간병하게 되었는데, 그 짧은 보름 동안 나는 할아버지가 왜 하나님으로부터 크게 쓰임 받는 사역자이신가를 깨달을 수가 있었다. 하지만 나의 이기적인 영적 사춘기의 고집스러움은 여전히 내 심장 속 깊이 뿌리내리고 있어서 그 깨달음의 감동을 벗어나고 있었던 것이다. 참 안타까운 일이 아닐 수 없었다.

Mr. 탐슨 (침대에 누운 채로) 영신아 정말 고맙다. 나 때문에 네가 정말 수고가 많구나!

영신 아니에요. 전 이렇게 파파와 함께 할 수 있는 시간이 있어서 너무 행복하고 좋은 걸요!

Mr. 탐슨 나도 너와 함께 있는 시간이 좋단다. 내가 여지껏 알지 못했던 동양문화에 대해서 너로 인해 많이 알게 되었고 나중에 미국으로 돌아가서 내가 아는 지인들에게 이 동양문화에 대해 이야기해줄 걸 생각하니 무척 흥미롭고 가슴이 뛰는구나!

영신 안 돼요. 가슴이 뛰면 안 돼요! 차라리 다른 데를 뛰세요!

Mr. 탐슨 하하! 그래야겠지! 심장병이 다시 발작되면 안 되니까? 그런데 아까 네가 들려준 그 이야기 나는 아직도 이해가 잘 안 되는구나! 어디 다시 한번 해줄 수 있겠니?

영신 네. 그런데 제 영어가 너무 짧아서 잘 전달되지 않을 수도 있으니 이해되지 않는 대목은 이따 김진애 선생님이나 박선규 교수님이 오시면 그때 다시 통역해 달라고 하세요!

Mr. 탐슨 그러마! 하지만 난 너의 그 서툰 영어가 더 듣기 재미있구나! 마치 옛날 내 딸 에이미가 세 살 때 내게 들려준 이야기 같아!

음악.

#11. 옛날 이야기

영신이가 들려주는 이야기 내용에 따라 장면이 새롭게 나타난다.

영신 아주 오랜 옛날 어느 마을에 효성이 지극한 젊은 아들이 살고 있었어요. 그 아들은 평생 가난 속에서 자신을 키워주신 늙은 노모에 대한 은혜를 생각하며 열심히 일을 해서 어머니를 잘 보살펴드렸어요. 이를 본 마을 사람들이 그를 칭찬하며 동네의 자랑으로 삼으며 기뻐했지요. 그리고 효성이 지극한 이 아들을 위해 동네사람들이 주선해서 그에게 아주 예쁘고 참한 처녀를 소개해서 결혼까지 하게 해주었어요. 그런데 이 예쁘고 참한 여인도 어찌나 심성이 곱던지 아들 못지않게 시어머니에게 정성을 다해 효도를 하는 착한 며느리인 거 있지요. 그리고 얼마 후에 이 착한 아들며느리는 예쁜 아들을 낳았고 이 가정은 모두가 부러워하는 정말 행복한 가정이 되었어요. 그런데 그만 늙은 노모가 치매에 걸리게 되었지요. 그로 인해 이 행복한 가정에 큰 어려움이 생기게 되었는데 그래도 착한 아들며느리는 치매에 걸린 어머니를 더욱 지극정성으로 모시며 살았어요. 그러던 어느 날이었어요.

#12. 뒷산 아래 밭터

효자아들이 열심히 땀을 흘려가며 곡괭이로 밭을 일구고 있다.

아들　아! 이 밭모퉁이에다 수수를 심어야지. 그리고 수수가 자라 열매를 맺게 되면 그 수수로 어머니가 좋아하시는 수수떡을 해서 우리 어머니께 매일 드릴 거야! 아, 생각만 해도 기쁘구나.

이때 어여쁜 각시가 먹을 것을 담은 함지박을 이고 남편이 있는 밭으로 다가온다.

아들　여보! 어서 와! 마침 배가 고팠는데 때맞추어 잘 왔네.

그때 밭고랑을 딛고 걸어오는 각시가 휘청거리다가 쓰러진다. 그리고 다시 일어서서 남편 있는 곳으로 다가온다.

아들　여보! 조심해! 왜 넘어진 거요? 어디가 아프오?
각시　아니요. 발을 헛디뎠나 봐요. 서방님 그 곡괭이 좀 잠깐 저에게 줘보세요!
아들　이 곡괭이를 왜?
각시　그냥 잠깐 줘봐요!
아들　그래? 자, 예 있소! (곡괭이를 각시에게 건네준다)

각시는 그 곡괭이를 들고 밭터 위쪽으로 가더니 곡괭이로 땅을 파기 시작한다. 멀리서 이를 바라보는 아들.

아들 무슨 일인데 나한테 시키지 않고 저곳에다 땅을 파는 거야? 참 이상하네?

땅을 다 판 각시가 이번에는 자기가 들고 온 함지박을 가지고 와서 그 안에 담긴 음식을 그 땅에다 쏟아 붓고는 흙으로 덮어 손으로 다독거린다. 이를 본 아들이 다가와서 각시에게 묻는다.

아들 여보! 나 주려고 가지고 온 새참 음식 아니었소? 그런데 왜 아깝게시리 그 음식을 땅에다 묻는 거요?

이때 아내가 흙무더기 앞에서 머리를 풀더니 소리내어 울며 곡을 한다.

아들 여보! 당신 미쳤소? 왜 머리를 풀고 곡을 하는 거요? 어서 자초지종을 말해보시요! 대체 무슨 일이요?

곡을 하던 각시가 남편에게 안기며 더욱 큰소리로 울기 시작한다.

#13. 초가집 안뜰 마루

각시가 함지박을 이고 급히 안뜰 마당으로 들어온다. 이때 부엌에서 시어머니가 히죽거리며 나와 며느리를 부른다.

시어머니 얘야, 새 아가 어디 갔다 오는 거니? 너 무척 배고프지?

각시 아니 어머니, 왜 부엌에서 나오시는 거예요? 필요하신 거 있으시면 저한테 말씀하시지요!

시어머니 히히히! 하도 뱃가죽이 땡겨 뭘 먹을까 하고 정지간에 들어왔다가 내 우리 아들 줄라고 씨암탉 잡아 푹 고았다. 그러니까 어여 퍼다가 느그 신랑한테 갖다 주거라! 뽀얀 국물이 우러나는 게 참 잘 고아진 거 같다. 어여 히히히!

각시 저, 어머님 잠깐만요! 우리 아기 잘 자고 있는지 방에 갔다가 올게요! (방문을 열고 방으로 들어간다. 잠시 후 울부짖으며) 아니? 어머니! 애기가 없어요! 우리 애기가 없어요! 우리 애기가 없어졌다구요!

시어머니 미친년! 그걸 왜 나한테 물어보는 거야? 히히히. 아, 어여 씨암탉 퍼서 우리 아들한테 갖다주라니까 그러는구나!

각시 (울부짖으며) 우리 아기가 없어졌다구요. 우리 아기 누가 델고 갔어요? 네 어머니? (문득 소스라치게 놀라며 급히 부엌으로 달려간다. 그리고 비명을 지른다) 악! 아악!

시어머니 (바닥에 앉아 작대기로 땅을 파면서) 니 배는 똥배 엄마 손은 약 손! 히히히. (실성한 노인의 모습이다)

#14. 뒷산 아래 밭터

아들과 각시가 서로 부둥켜안고 통곡을 한다. 한참 후에 정신을 가다듬고 아들이 각시에게 말을 건넨다.

아들 여보, 마누라! 이제는 돌이킬 수 없는 일! 우리가 언제까지 이렇게 울고만 있어야 하겠소! 인명은 재천이라 하지 않았소! 죽은 우리 아가가 우리 자식으로 살 수 없는 운을 타고난 모양이요. 그러나 부모자식으로 맺은 인연이니까 아이가 극락왕생할 수 있도록 제를 올려줍시다. 그리고 노망 들린 어머니를 더 이상 원망하지 맙시다. 내 자식 죽인 노망 들린 어머니를 구박한들 그것이 무슨 덕이 되겠소? 자식은 이제 다시 낳으면 되지만 어머니는 한 번 잃으면 영영 이별인데 우리가 참고 온전치 못한 어머니에게 더욱 극진히 효를 행하는 것이 사람의 도리요. 하늘이 기뻐하실 일이 아니겠오?

각시   (남편을 끌어안고 운다)

#15. 초가집 안뜰

삼현육각이 울려 퍼지고 고을 사또가 행차한다. 온 동리 사람들이 몰려든다. 초가 안뜰로 들어선 사또 앞에 옷을 깨끗하게 바로 입은 아들이 마당에 무릎을 꿇고 엎드려있다.

사또   본관 충주의 박언범은 의관정제하고 어명을 받들라! 오! 감개무량하도다. 죽은 자식의 슬픔을 가슴에 묻고 늙어 병든 노모의 노망으로 저지른 화를 덮으며 극진한 효를 행한 박언범과 그의 아내 여산 송씨의 덕행을 칭송하며 그 효행을 본보기로 삼아 자자손손 대대로 효를 가행의 근본으로 삼게 하기 위하여 이 고을을 효자고을로 명하고 박언범의 덕행을 기념하는 효자비를 세우고 전각을 지을 것을 명하노니 나라의 뜻을 소홀히 하지 말고 즉각 시행할 것을 명하노라.

온 동리 사람들 땅바닥에 엎드리며 "성은이 망극하옵니다!"를 외친다.

음악.

#16. 입원실

파파탐슨이 침대에 누운 채로 옆에 의자에 앉아있는 영신이와 이야기를 나누고 있다.

Mr. 탐슨 영신아! 동양이건 서양에서건 부모님께 효를 행하는 것은 옳은 일이고 성경에서도 부모에게 효를 행하는 자는 하나님께서 장수의 축복을 주신다고 했다. 하지만 네 이야기는 너무 끔찍하구나! 살인행위를 효라는 이름으로 덮어버리다니 이건 서양 사람이라기보다 한 인간으로서 정말 이해가 되지 않는다. 일반적으로 거칠고 폭력적이고 난폭한 서양 사람들에 비해 동양 사람들은 조용하고 거칠지 않으며 정적인 사람들이라고 생각하고 있는데, 네 이야기를 듣고 보니 동양 사람들에 대한 인식이 달라지는구나. 어제도 네가 나에게 불러준 "아리랑"이라는 노래가 참 감미롭게 들렸는데 네가 해석해준 노랫말을 생각해보니 정말 무척 잔인하더구나!

영신 아니 잔인하다니요? 왜 그렇게 생각하셨어요?

Mr. 탐슨 우리 서양문화에서는 나를 버리고 떠나는 사랑하는 사람에게 아름다운 축복으로서 이별을 인정하는데 동양문화에서는 왜 떠나는 사람에게 저주를 하는 거니? 나를 떠나 4km도 채 가지 않아서 발목이 부러지라고? 그건 결코 아름다울 수 없는 문화라고 생각한다.

영신 파파! 그것은 은유적인 표현일 뿐 실제 그렇다는 것은 아니에요!

Mr.탐슨 그것을 내가 몰라서 하는 이야기겠니. 너희 나라 문화가 참 독창적이고 아름다운 것은 인정하지만 긍정과 부정이라는 표현에 있어서 긍정을 보다 긍정으로 표현하지 않고 긍정을 부정에 강한 부정으로서 긍정을 표현하는 고약한 언어문화가 있더구나. 내 미스 김한테 들었는데 사랑하는 대상에게 사랑한다고 말하면 될 것을 미워 죽겠어! 알미워! 또 아주 독한 말로서 사랑하는 자녀들에게 이 벼락 맞어 죽을 놈아! 나가 죽어라! 라고 한다며? 그러면 안 된다. 또 있다. 사랑하는 아들이나 딸 이름을 지을 때 어릴 때 아명을 개똥이 말똥이라고 불러야 커서 명 길게 산다고 해서 그렇게 부른다며? 그것도 아름답지 못한 거야! 넌 어떻게 생각하니?

영신 물론 그럴 수가 있겠지요. 하지만 우리나라 사람들이라면 누구나 좋아하는 된장, 고추장, 김치를 서양 사람들은 아주 싫어하고 서양 사람들이 좋아하는 머스타드나 고약한 냄새가 나는 치즈를 한국 사람들은 잘 먹질 못하잖아요. 그것을 고유의 전통문화라고 이해할 수는 없나요?

Mr.탐슨 영신아! 이제 두고 보거라! 앞으로 2-30년 안으로 세계의 문화는 거의 같은 인식과 같은 취향으로 문화가 통일될 것이다. 의복이나 하우스 문화가 이미 그러하듯이 말이다.

내가 너에게 이 말을 하는 것은 너는 장차 전 세계를 돌아다니면서 글로벌한 국제무대에서 사역을 해야 할 사람이니까 한국 사람으로서의 전통이니 고유니 하는 문화를 지켜가는 것도 이해를 한다만서도 글로벌한 문화에 익숙하되 하나님의 말씀을 토대로 한 문화를 형성해 가야 한다. 무슨 말인지 이해하고 또 동의해 주겠니?

영신 네, 파파! 그런데 한 가지 파파한테 듣고 싶은 것이 있어요! 할아버지 젊은 날의 이야기를 듣고 싶어요! 어려운 영어를 사용하지 마시고 쉬운 영어로 제게 말씀해주실 수 있으시겠어요?

Mr. 탐슨 무슨 이야기를 듣고 싶은데? 나는 요즘 건강 때문인지? 아님 나이 때문인지는 모르겠지만 말하는 것에 대해 자신이 없어! 하지만 내 이 마음속에는 수백 권의 소설책과도 같은 이야기가 담겨져 있단다.

영신 네, 할아버지의 사랑이야기를 듣고 싶어요. 또 어떻게 해서 마마를 만나시게 되셨고 언제 어떤 동기로 예수님을 믿고 사역자가 되셨는지도 궁금해요!

Mr. 탐슨 하하! 내 속에 백 권의 이야기가 담겨져 있다면 네가 요구하는 이야기는 99권 분량의 이야기가 될 것 같구나!

#17. 1차 세계대전의 영상

Mr. 탐슨의 이야기 내용이 당시 실제 다큐 영상으로 비추게 된다.

Mr. 탐슨 (독백) 제1차 세계대전은 20세기 초 최초로 우리 인류가 겪게 된 가장 큰 재앙이었지! 이 전쟁에서 사상자가 무려 천만 명이나 죽었고 2천만 명 넘게 부상을 당한 전쟁이었으니까… 이 1차 세계대전이 일어나게 된 가장 큰 원인은 19세기 말부터 20세기 초에 영국을 비롯하여 유럽 각국의 열강들과 또 미국 등지에서 자본주의 경제 이론을 바탕으로 한 자국의 경제 이익을 얻기 위해 제국주의로 전략하게 된 데서 시작되었다고 볼 수가 있지! 그래서 당시 세계열강들은 저마다 해외에다 식민지를 만들어 자국의 세력을 넓혀갔고 이로 인해 격렬한 경쟁이 시작되면서 세계전쟁이 일어났던 거야! 동양에서는 일본이 그랬어! 더 자세한 내용은 네가 이 다음에 역사책을 보면서 공부하다보면 알게 될 테니까 그쯤 해두고, 암튼 제1차 세계대전에서 가장 치열하게 싸운 나라들은 독일과 영국, 프랑스, 러시아였지! 그 무렵 내 나이 스무 살 때쯤이었나? 암튼 그때 나는 영국의 귀족가문에서 태어나 무엇 하나 부족함이 없이 풍족한 생활을 하고 있었지. 그리고 그 해에 명문 케임브리지대에 입학을 하게 되었는데 항상 전쟁의 위기감은 있었지만 그래도 나름대로 전통적인 학풍이라는 것이 존재하면서 캠퍼스 낭만이라는 것이 있었어. 그래서 나 역시 나이가 나이인지라 멋진 청춘으로서 같은 대학교 여대생과 연애를 하게 되었지. 이름은 마리라고 미국에서 유학온 아가씨였는데 정말 아름답고 지적인 케임브리지 여대생이었어! 지금 마마가 들으면 섭섭한 얘길 수도 있겠지만 우리는 그때 정말 깊이 사랑했어! 매일같이 하루도 서로를 만나지 않으면 병이 날 정도였으니까! 그런데 하루는 그녀가 내 아기를 임신했다고 하는 거야! 처음엔 나도 너무나 놀랬지만 정말 기뻤어! 사랑하는 여인이 내 아이를 가졌다는 사실이 말이야! 하지만 영국 귀족가문에 장자였던 나는 부모님으로부터 결혼 승낙을 받기가 힘들었지! 그렇지만 이미 우리는 스무 살이 넘은 성인이었기에 부모의 동의 없이 혼인신고를 할 수가 있어서 정식으로 혼인신고를 하고는 케임브리지 타운의 어느 작은 2층집 방을 구해 동거를 시작했어. 당시는 혼인신고를 해야만이 생활물품을 배급받을 수가 있었거든. 그러나 전쟁 중이라서 일자리를 구하기가 힘들었고 부모님으로부터 생활비 지원이 일절 없었기 때문에 경제적인 어려움이 컸었지. 하지만 사랑의 힘이란 가난 따위는 고난으로 생각하지 않았기 때문에 나름 얼마나 행복했는지 몰라. 그때 그녀 마리는 에이미라는 우리의 예쁜 딸을 낳았는데 얼마나 귀엽고 예쁜 딸아이였는지 몰라! 하나님께서는 지금도 내가 지쳐 힘들 때면 가끔씩 우리 딸 에이미와 함께 노는 꿈을 허락해주시는데, 나는 그 시간이 비록 꿈일망정 얼마나 행복한지 꿈을 꾸고 나서는 언제나 하나님께 감사를 드리곤 할 정도이니까! 그러던 어느 날이었어. 나에게 정부로부터 징집명령이 온 거야. 그렇지 않아도 결혼이라는 이유로 친구들이 모두 자원입대하여 떠난 이후라서 늘 혼자 남아있는 것이 수치스럽던 차에 나는 결심하지 않을 수가 없었지. 그래서 마리를 설득하여 전쟁이 끝날 때까지 마리와 에이미를 미국 마리의 집으로 가 있으라고 하고 나는 군에 입대를 하게 되었어. 몇 년 후 아니 정확하게 그 해가 1915년이었지! 그 해 7월 내가 스페인 전선에서 군생활을 얼마 남기지 않았을 때였는데 미국에 있는 마리의 부모님으로부터 편지가 온거야! 아! 나는 지금도 그 편지 내용을 믿을 수가 없어! 영신아! 내 손 좀 잡아다오!

#18. 병실

Mr. 탐슨이 누워 있는 병실 침대 옆에서 영신이가 시중을 들고 있다.

영신 (침상에 누워 있는 Mr. 탐슨의 손을 잡는다) 파파! 괜찮으세요? 물 좀 드릴까요?

Mr. 탐슨 그래. 물 좀 마시고 싶구나!

영신 (보온통에 담긴 물을 한 잔 따라서 Mr. 탐슨에게 건네준다)

Mr. 탐슨 (물을 약간 마시고 영신에게 컵을 건넨다) 고맙다!

영신 파파! 피곤하시면 잠시 쉬었다가 다른 시간에 하시던 이야기를 마저 해주셔도 돼요! 잠시 주무실래요?

Mr. 탐슨 아니다. 오랜만에 내 속에 담겨있던 이야기를 털어놓으니 오히려 답답하던 것이 사라지고 시원해진 것 같아! 영신이 너 내가 아주 쉬운 영어로 이야기해 주었는데 이해할 수가 있었니?

영신 그럼요! 한 85% 정도? 암튼 파파가 쉬운 영어로 해주셔서 대략 이해를 했어요. 재밌었구요!

Mr. 탐슨 그래, 그럼 됐다. 내 계속하마! 그런데 내가 어디까지 말을 했더라?

영신 파파가 스페인 전선에서 미국 마리 부모님으로부터 편지를 받았다고 하셨잖아요!

Mr. 탐슨 그래. 내 거기까지 말했었지! (영신이의 손을 꽈악 잡으며) 내

생애 최고의 나쁜 소식이었어!

영신   무슨 내용의 소식이었는데요?

Mr. 탐슨   자 잠깐만… 잠깐… (눈물을 글썽이며 깊은 한숨을 내쉰다) 미안하다. 영신아! 마리 부모님으로 온 편지 내용은 다름 아니라 그 해 5월에 미국에 있던 마리가 에이미를 데리고 내가 제대를 하기 전에 영국 우리집 본가가 있는 웨일즈 카디프로 간다고 떠났다는 거야! 놀라운 것은 그동안 우리 부모님들이 마리와 나의 결혼을 인정하고 미국에 있는 마리에게 집으로 오라고 했다는 거지! … 그런데 마리가 영국으로 가기 위해 에이미와 함께 4월 27일 뉴욕에서 루시타니아호라는 배를 탔다는데 5월 7일 그 배가 북대서양 인근에서 독일군의 U-20라는 잠수정이 쏜 어뢰에 맞아 침몰했다는 거야! 오, 주님!… 그 사고로 1959명의 승객 가운데 무려 1198명이 죽었고 761명만이 구조되었는데 마리와 에이미의 생사여부를 알 수가 없다는 내용의 편지였어!

영신   아! 파파!

Mr. 탐슨   그 순간 나는 멍하니 서 있다가 쓰러지고 말았지! 그리고 얼마 후 내가 눈을 떠보니 어느 야전군 병원이었어! 나는 절대로 마리와 에이미가 나를 떠나서는 안 된다고 생각을 하고 그만 그 병원을 탈출하고 말았어! 그리고 영국으로 돌아갔지. 그때만 해도 전시 중이었기 때문에 민간인 복장을 하고 스페인을 탈출하기가 그리 어려운 것이 아니었으니까. 하지만 영국 그 어디에도 마리와 에이미를 찾을 수가 없었어. 그래서 다시 미국으로 가는 여객선을 타게 되었는데, 이번에는 군인신분이 탄로가 나는 바람에 다시 배에서 쫓겨나 탈영병이란 이유로 군 영창생활을 하게 되었지! 그러나 하늘은 스스로 돕는 자를 돕는다고 했잖니! 나는 그 영창생활 중에서 처음으로 하나님께 기도를 드렸지! 하나님 제발 나를 이 영창에서 빼내어 마리와 에이미를 찾게 해주세요 하고 말이야! 그러던 어느 날 누군가 날 찾아 면회를 왔다고 해서 나갔더니만 그곳에는 아버지와 어머니 그리고 내 동생이 와 있더구나!

영신 아! 영국에서 귀족이시라던 아버지 어머님께서요?

Mr. 탐슨 그래! 그 뒤로 긴 이야기가 있었지만 간단하게 말하자면 영국 왕실과 그리 멀지않은 인척관계로 공작이라는 직위를 가지고 있던 아버지의 덕분으로 나는 영창에서 나와 영국 런던 시립병원에 다시 입원하게 되었고 그곳에서 군복무를 마치고 퇴임하게 되었어!

영신 다행이네요. 그런데 그 다음에는 어떻게 되었어요?

Mr. 탐슨 영신아! 나 다시 물 좀 줄래? 약 먹을 시간이잖아?

영신 아, 그렇네요! (보온통에 담긴 물을 한 잔 따라서 Mr. 탐슨에게 건네준다)

Mr. 탐슨 (물과 함께 약을 드시고) 고맙다! 하루는 카티프에 사시던 아버지께서 런던으로 날 만나러 오셨더구나! 그리고는 다시 케임브리지 대학으로 복학을 하라 시는 거야! 그래서 나는 마리와 내 딸 에이미를 찾기 전까지는 아직 공부할 생각이 없다고 말씀드렸어! 그랬더니 뭔 서류봉투를 내미시는 거야! 큐나드라인이라는 선박회사 봉투였는데, 네가 들어 봤는지 모르겠다만서도 그 선박회사는 타이타닉이라는 침몰된 여객선을 소유하고 있었던 선박회사야! 암튼 그 봉투 안에는… 아! 마리와 오우… 내 사랑하는 딸 에이미가 1915년 5월 7일 루시타니아호가 침몰되어 사망했다는 사망확인서와 함께 위로 보험금 사만 오천 달러의 수표가 들어있는 거야! 그러면서 아버지는 나에게 마리와 에이미의 죽음을 인정하라고 하셨어! 정말 미치겠더구나! 나는 그때부터 부모나 형제 그리고 주변의 친구까지 모두에게 단 1%도 사랑이라는 감정이 없이 사람이건 국가건 내가 바라볼 수 있는 세상 어떤 것에도 사랑 없는 미움이라는 감정에 사로잡히게 된 거야! 영신이 너에겐 절대 그런 시간이 네 인생에 있지 않길 바란다. 그건 지옥과도 같은 거였으니까!

영신   오, 파파!

Mr. 탐슨   난 한참 후에 내 정신과 생활이 어떤 계기로 온전하게 돌아왔을 때 깨달은 것이 있었어! 천국은 사랑이고 지옥은 미움이라는 사실을 말이야!

영신   어떤 계기라니요? 예수님을 다시 영접하셨을 때를 말씀하시는 건가요?

Mr. 탐슨   그래, 난 그 당시 폭격으로 런던시내 곳곳에 화염이 피어오르는 것을 보고는 런던이 바로 지옥이라고 생각했어! 사랑이 없는 도시! 내 사랑을 앗아간 도시! 그래서 어느 한순간 그래, 난 이 도시를 벗어나야 한다. 아니 이 영국, 이 유럽을 벗어나야 한다. 그리고 내 사랑하는 마리와 내 딸 에이미의 웃음소리가 어느 하늘 공간 아래 잠들어 있을 미국으로 떠나야만 한다는 생각을 하게 되었지! 그리고는 무작정 다시 미국행 배에 오르게 된 거야. 또 내게는 아내와 딸의 죽음으로 남긴 4만 5천불이라는 당시로는 꽤 큰 돈을 가지고 있었으니까 미국 어디든지 내 마음에 끌리는

대로 마리와 에이미의 환상을 좇아 돈 걱정 없이 마구 쏘
다니게 되었지!

영신　미국 전역으로요? 미국은 영국 런던보다 수천 배나 더 넓
고 더 광활한 곳이었는데도요?

Mr. 탐슨　그때의 내 감정과 환상에 사로잡힌 상태에서는 시간과 공
간적 감각능력이 전혀 이성적이지 못했기 때문에 그런 염
려 따위는 없었어. 처음에는 뉴욕에서 필라델피아로 그리
고 다시 버지니아주로 해서 미국의 큰 도시를 무작정 헤매
고 다녔는데 애틀란타, 뉴올리언즈. 달라스, 오스틴, 오클
라호마, 덴버로 해서 포틀랜드, 샌프란시스코, 그리고 로스
앤젤레스까지 모두, 그러니까 동부에서 남부로 남부에서
중부로 또 서부지역까지 종횡무진하게 된 거야!

영신　그냥 무작정으로요?

Mr. 탐슨　부작정은 아니었어! 너 환청이라는 것이 뭔지 아니?

영신　네 그냥 실체도 없는 상황에서 무슨 소린가 들리는 그런
현상을 말하는 거 아닌가요?

Mr. 탐슨　그래 잘 아는구나! 그때 난 그 환청에 사로잡혀서 도시에
서 도시로 마구잡이로 떠돌아 다녔던 거야! 여보! 아빠!
나 여기 덴버로 왔어요. 여보 우린 지금 여기 오클라호마
에 있어요! 하는 그런 소리들이 말이야! 일종의 정신병이
었지! 그러다가 하루는 너무 견딜 수가 없어서 나도 모르
게 어느 교회로 들어갔었는가 봐. 그리고 그 텅 빈 교회 안
에서 소리쳐 울부짖었던 거야! 하나님 나에게 왜 이러시
는 겁니까! 왜 내 인생을 이렇듯 짓밟아 버리시는 겁니까?
도대체 내가 무슨 죄를 그렇게 많이 지었다고 이렇듯 혹독
한 시련을 주시는 거냐구요? 하면서 말이야! 그렇게 혼자

서 실컷 울다가 지쳐 그랬는지 기운이 없어 터덜터덜 걸어 나오는데 이게 뭐야? 교회 로비 벽면에 어떤 포스타가 보였는데 거기에 글쎄 에이미가 온다! 라고 하는 커다란 글귀가 써있었어! 몇월 몇일부터 에이미가 이곳 세크라멘토에서 기적을 일으킨다라는 보조 글씨와 함께 말이야!

영신　환상이 아니고 실제로 그런 포스타가 붙어있었단 말이에요?

Mr.탐슨　그렇다니까! 순간 나는 다른 사진이나 보조글씨 내용은 보지 않고 오직 에이미라는 글씨 그것만 보고 그 에이미가 온다는 장소의 주소를 찢었어! 그리고 급히 교회를 나와서 마침 마차가 서 있는 곳으로 가서 마차에 올라타고 마부에게 그 찢어온 주소를 내보였지! 그리로 빨리 가자고 하면서… 그리고 세크라멘트 가든이라는 광장에 가게 되었는데… 와! 그곳에는 이미 수천 명의 사람들이 모여 있었고 커다란 대형 천막 안으로 사람들이 서로 들어가려고 소동을 벌리고 있었던 거야!

영신　그곳이 뭐하는 곳이었는데요?

Mr. 탐슨　처음엔 나도 잘 몰랐지! 그런데 일단 에이미라는 사람을 만나 보기 위해서 무작정 사람들을 헤치고 그 천막 안으로 들어갔는데 어? 이상한 거야.

영신　아니 왜요?

Mr. 탐슨　갑자기 내 두 다리가 후들거리고 또 내 온 몸이 사시나무 떨리듯 떨려오는 거야! 그래서 난 그만 땅 바닥에 폭 하고 쓰러지고 말았지! 그랬더니 마침 옆에 있던 어떤 젊은 청년이 자리에서 일어나더니 나를 일으켜 자기 자리에 앉히더라구. 그때 천막 안에 있던 모든 사람들이 자리에서 일어서더니 "오 성령이여 임하소서"라는 찬송을 부르는 거야. 그 소리가 얼마나 우렁차고 웅장하며 거룩하게 들려오는지 나는 그저 놀란 채로 그냥 내 자리에 앉아만 있었어! 이어 지금 그 찬송 제목들이 잘 기억이 나진 않지만 계속해서 여러 가지 찬송을 불렀고 그 찬송이 멈추고 사람들이 다시 자리에 앉자 한 여인이 저 앞 단상 앞에서 소리를 지르는 거야! "왜 방황하느냐! 여기 이곳에 온 것이 내가 부름이 아니었더냐!" 하면서 예언을 하는데 마치 그 목소리는 하늘의 천사가 외치는 소리 같았고 또 분명 나를 향해 외치는 소리 같았어. 그래서 나는 나도 모르는 사이에 벌떡 일어나서는 모든 사람들의 시선에도 아랑곳 하지 않고 크게 소리를 질러댔지. 아까 교회에서처럼 말이야! "그러니까 이제 어떻게 하시렵니까? 나를 이곳에 부르신 이가 있어 내가 이곳으로 이끌려 왔다면 이제 나를 어찌 하실 건데요?" 하고 말이야! 그랬더니 또다시 어느 곳에선 지는 잘 모르겠지만 이번에는 여인의 목소리가 아닌 다른 조용한 목소리로 "평안하라! 평안하라! 평안하라!" 하시는 거야! 그리고는 나는 이후 기억이 없고 내가 다시 정신을 차렸을 때는 에이미라는 전도자가 설교를 하고 있었지! 그녀의 이름은 '에이미 심플 맥퍼슨'이었는데, 그녀는 미국의 대표적인 은사주의 전도자로서 미국 기독교사에 실려 있는 유명한 부흥사였어!

더욱이 놀라왔던 것은 그녀의 설교가 끝나고 많은 사람들이 그녀에게 안수를 받기 위해 줄지어 서 있었는데 나도 자의로 그랬는지 아님 누군가가 당신도 일어나서 저 대열에 서라 해서 서 있었는지는 잘 기억이 나진 않지만 어쨌든 서있었더니 내 차례가 오자 그 에이미라는 전도자가 나를 향해 다시 이르기를 "왜 방황하느냐! 이제 그 방황을 멈추고 내게로 오라" 하는 거야! 그리고는 나는 다시 두 다리에 힘이 빠져서 서있지를 못하고 다시 쓰러졌지!

음악.

#19. 선교사댁

베란다에서 Mr. 탐슨이 이불을 덮은 채 흔들의자에 앉아 햇살을 받고 있다. 그 앞으로 채소밭에서 영신이와 어머니 길자가 채소를 가꾸고 있다. 이때 Mrs. 탐슨이 바구니에다 딸기를 가득 담아서 베란다로 나오면서 소리친다.

Mrs. 탐슨 영신! 길자! 일 그만하고 이리로 와서 이 딸기를 먹자! 영신아! 빨리 엄마 모시고 이리루 와라! 어서!

영신 예스 마마! 엄마 빨리 가요!

길자 아임 오케이! 너나 가그라. 내는 이거 마자 하고 잠깐 시내 볼 일 있어가 나갔다 와야 한데이!

영신 왜요? 약 타러 병원에 가려구요?

길자 아이다 약은 엊그제 안 받아 왔드노! 오늘 선녀이모캉 어데 갈 데가 있다! 니나 빨리 마마한테 가보그라!

영신, 채소밭에서 일어나 손을 털며 마마에게로 다가간다.

Mrs. 탐슨 길자는 왜 안 오는 거니?

영신	엄마는 하시던 거 마저 하고 잠깐 시내에 다녀와야 한대요!
Mrs. 탐슨	그래? 아까 Mrs. 김(김 목사님)이 사람을 시켜서 이 딸기를 보내왔는데 정말 맛있더라. 이따가 길자가 시내 다녀와서 먹게끔 조금 남겨 놓을 테니 가져가거라. 그런데 지난번에 병원에서 파파와 무슨 이야기를 나누었기에 파파가 저리도 기분이 좋아지셨는지 내게 말해줄 수가 있겠니?

이때 Mr. 탐슨이 의자에 누운 채로 한 손을 입에다 대고 눈을 찡긋한다.

영신	모르겠는데요? 파파한테 직접 물어보세요!
Mrs. 탐슨	내가 물어봤지! 그랬더니만 처음에 파파가 에이미 심플 멕퍼슨 집회에서 은혜 받던 이야기를 했다던데? 그 말이 진짜야?
영신	물론이지요! 파파는 아주 세세하게 당신이 그 집회에서 경험했던 놀라운 이야기들을 해주셨어요! 그리고 마마를 처음 만났던 이야기도요! 아마 마마와의 사랑이야기가 새삼 즐거웠던 모양이지요! 진짜예요? 할머니가 할아버지를 더 많이 좋아해서 늘 데이트 신청을 먼저 하셨다는 거 말이에요!
Mrs. 탐슨	(행복해 하며) 파파가 그렇게 말하던? 그럼 맞겠지 뭐! 워낙 오래된 일이라서 나는 기억이 잘 안 나거든…!

이때 Mr. 탐슨 의자에서 일어나면서 담요를 거둔다.

Mr. 탐슨	여기가 좀 춥네! 나 들어가서 잠깐 누워 있을 테니까 영신

이에게 우리 젊은 날 사랑이야기를 마저 해주구려! 내가 영신이한테 그 이야기는 직접 마마에게 들으라고 했거든!
(Mr. 탐슨이 담요를 가지고 안으로 들어간다)

Mrs. 탐슨 (Mr. 탐슨을 향해) OK! 자, 영신아. 우리 이야기를 들을 준비 됐니?

영신 OK 마마! 대신 파파처럼 쉬운 영어로 이야기하셔야 해요!

Mrs. 탐슨 세크라멘토라는 도시는 참 아름답고 고풍스런 도시지! 1893년에 스위스에서 건너온 John Sulte 가족이 처음으로 이주해 와서 세운 도시인데 우리 캘리포니아의 수도가 된 도시야! 참, 너 클레멘타인이라는 노래 아니? (흥얼거리며) 이 노래가 바로 세크라멘토에서 발생한 노래야! 1848년 부터 1855년까지 서부 개척 시대에 골드러시를 배경으로 한 노래인데 가사 내용을 보면 골드러시 때 이주한 광부 가 어린 딸이 오리들을 물로 돌려보내다가 익사해 사랑하 는 딸을 잃은 후 그리워한다는 슬픈 노래이지. 바로 그 도 시에서 파파는 에이미 심플 멕퍼슨 여사를 만나서 예수님 을 영접한 동시에 성령세례를 받고 거듭나게 되었지. 그 뒤로 파파는 에이미 전도집회 준비위원으로 캘리포니아 를 비롯하여 여러 주를 옮겨 다니며 매일 같이 순회전도 집회를 다니게 되었는데 나 역시 에이미 심플 멕퍼슨 집 회를 통해 예수님을 영접하고는 그녀의 천막집회 여행을 따라 다니다가 우리는 베이커스 필드라는 도시 집회에서 서로 만나게 되었어! 파파는 정말 멋있었어. 잘 생긴 외모 에다 영국식 발음의 매너 있는 신사. 또 무엇보다도 열심 있는 신앙을 가지고 있었는데 이 멋진 사람이 도대체 나 를 본척만척하는 거야! 나이도 나보다 스무 살이나 더 많은 중년 남자이면서도 말이야. 그때 파파는 마흔다섯 살이었고 나는 스물다섯이었거든 그렇지만 사랑이란 나이 차이에 아무런 문제가 되질 않았어! 그러다가 몇 사람이 모여 서로의 신앙간증을 나누게 되었는데, 그때 나는 파파의 아픈 상처를 알게 되어서 그에게 위로가 되고 싶어 내가 먼저 청혼을 하게 되었지! 그때 마마가 한 말이 무엇인줄 아니?

영신   무어라 하셨는데요?

Mrs. 탐슨   내가 이제부터 당신에게 마리와 에이미가 되어 주겠어요! 나를 받아 주시겠어요? 그랬더니 한참을 하늘의 별들만 바라보던 파파가 뭐라 했는지 아니? 에블린! 마리와 에이미는 이미 저 별처럼 먼 곳으로 나를 떠나갔어요. 그 빈자리에 당신의 이름을 새겨놓아도 정말 괜찮을까? 하는 거야!

영신   와! 정말 너무나 환상적이고 낭만적인 사랑의 고백이었네요!

Mrs. 탐슨   그래. 우린 그렇게 서로의 사랑을 고백하고 결혼을 하게 되었지! 그리고 그 해부터 우리는 유럽을 비롯해서 필리핀, 한국까지 30년이 넘도록 선교사로서 사명을 다해 온 거야! 사랑이야기 끝!

경쾌한 음악.

#20. 길자의 방

어머니 길자의 방. 길자와 영신이.

길자 그래 저녁은 잘 챙겨 묵었나? 뭐하고 먹었는데? 내 니 묵
으라꼬 오뎅 볶아 놓고 명태국 끓여 놓고 갔는데 그거 해
서 먹지! 먹었드노?!

영신 그럼 먹었지요! 이 장정이 굶을까봐? 근데 왜 이렇게 늦었
어요? 선녀이모는 잘 갔어요? 막차 안 놓쳤나?

길자 야야! 선녀이모한테 좋은 일 안 생겼드노!

영신 좋은 일?

길자 그래 좋은 일이제! 선녀이모 담주에 재혼한다 카드라!

영신 재혼이요? 아니 두석이는 어떡하구요?

길자 아 뭘 어떡해? 그 녀석 땜에 하는 결혼인데!

영신 그게 무슨 말이에요? 두석이 땜에 하는 결혼이라니요?

길자 실은 우덜한테는 말 안 했는데 작년부터 갸네 집이 사는
기 사능기 아니었던 모양이드라카이! 내한테까지도 즈그
는 금산서 인삼도매상 한다꼬 했는데, 지금서 들어보이 작
년 봄에 어떤 사기꾼 놈들한테 속아 쫄딱 네바다이 당했다
안 카드나.

영신 네바다이요?

길자 그래 네바다이! 사기 말이다! 하루는 워떤 놈이 비까번쩍
한 자가용을 타고 금산시장에 나타났는데, 시장 사람들이
모다 그 사람한테 꾸뻑꾸뻑 절을 하더란다. 그라드니만서
도 그날 저녁에 온 시장 인삼도매상 사람들을 요정집 마냥
근사한 데로 저녁 초뎰해가 느그 이모도 영문도 모른 채

갔덩기라. 그란데 거기에 거 뭐시냐. 여로! 그래 그 여로에 나왔던 태현실이를 못되게 굴던 나쁜 깡패로 나왔던 배우 놈이 떡하니 그 남자랑 같이 앉아가 어찌나 말을 잘 하던 지 모두 다 그 두 놈한테 깜빡했던 기라!

영신   깜빡했다니 그게 무슨 말인데요?

길자   깜빡 속았다는기지! 이라드란다. 금산인삼 값이 금값이 라서 지금이 호잰데 국내서보단 중국으로 가 팔면 여기 금값의 두세 배는 더 된다카믐서 상인조합을 만들자고 캤다는 기라. 개인이 팔면 사기를 당할 수 있으니까는 시 장사람들이 조합을 만들어가 똑같이 공산당매냥 이익 분 배를 하면 안전하고 같이 묵고 같이 벌 수 있으니까는 그 리카자 하믐서 상인대표 몇 사람을 선출해가 같이 중국 으로 가자켔다는 기라. 공무원까지 끼어서 말이다. 그카 니까는 혹하지 않을 사람이 워디 있드노? 그케가 여러 인삼장사꾼들이 서로 좋다카믐서 지들끼리 남자들이니 까는 밤새 부어라 마셔라 하며 술을 처마시드니만 여러 사람들이 조합도장을 찍고설랑 있는 집에선 몇천만 원씩 투자를 했다는기라.

영신   아! 어쩌면 좋아요! 그건 사긴데!

길자   그래 말이다. 그런데 느그 선녀이모도 처음에는 끼새가 이 상혀가 안 할라켔는데 다음 날 식전 일찍이 그 영화배우캉 뭔가 하는 놈이랑 그 기름독에 빠진 듯한 자가용 타고 온 서울놈하고 또 그 시장 바닥서 인삼장사를 몇십 년 했다 카는 이하고 몽땅 다 떼지어 와가 이카드란다. 자기네들은 절대 나쁜 사람들이 아이고 금산지역 개발사업에 힘을 보 텔라고 온 사람들인데 장차 사업이 성공해가 금산인삼시

장이 크게 개발사업으로 돈을 벌게 되믐 그때 지역 국회의원으로 출마를 할 테니까는 그때 표 한 표만 도와주면 되는 기라 카면서 안심시키고는 개발사업에 투자를 하라캤다는 기라. 그라면서 한 가구당 오백만 원 투자가 1구좌로 기본인데 느그 선녀이모한테는 3구좌까지 받아 줄 테니까는 절대 남들한테는 말하지 말라카면서 그래 꼬들기드란다. 그카니까는 느그 이모도 그때는 뭐에 씌어가 그랬는둥 당장이라도 부자가 될 것 같았고 돈이 쌓이면 두석이 앞날이 평탄대로일 것 같아 그만 그들 제안대로 도장을 찍어주고, 또 있는 거 없는 거 다 달달 털어가꼬 3구좌 값으로 자그만치 천오백만 원을 넘겨준 기라. 가시나 겁도 없제. 우에 그리 큰돈을… 무시라 무시라.

영신 아! 정말 나쁜 놈들 같으니라고…! 그래 이모는 어떻게 됐데요?

길자 어찌 되기는! 한 반년 동안은 어리석은 거시 그 나쁜 놈들 말만 믿고설랑 쪼들리면서도 참고 지내다가 같이 중국에 갔던 인삼상인 대표라 카는 사람이 중국서 돌아와 갔고는 자기들이 사기당한 것이라고 하는 말을 듣고는 기절해 버렸다카드라!

영신 혹시 그 중국꺼정 따라갔다 왔다던 인삼상인대표라는 사람도 같은 한 패가 아닐까요?

길자 어데! 그 영감님도 하도 주변에서 피해본 사람들이 난리치고 또 그 양반도 억수로 돈을 많이 떼여가 한날은 농약을 먹고 자살했다 카든데 설마 한 패겠드노? 무시라 무시라. 어데 사기칠 데가 없어가 그리 착한 시골 사람들한테꺼정 그 짓을 했드노. 참말로 천벌 받을끼라 그놈들! 그나저나 느그 선녀이모 우덜한테는 내색을 안 하고 으수로 고생 마이했든가 보데… 불쌍한 가시나…!

영신 두석이는요? 두석이도 지네 생활 형편을 알았을 거 아니에요?

길자 모를 리가 있나! 고놈이 나이는 아직 어려도 애어른인데! 한번은 즈그 엄마헌테 이라드란다! 엄마, 우리가 이래 살아 있는 것만도 하나님의 은혜고 또 우리가 남한테 어렵게 한 게 아이니까는 언젠가는 하나님이 그 돈이 복이라카믐 우덜한테 그 복을 도로 돌려주실 꺼니까 염려말라고! 그라꼬 자기는 엄마 돈으로 호강하고픈 생각 없으니깐 앞으로도 지 걱정은 말고 엄마 건강 걱정이나 하라 했다능 기야! 그게 얼라가 할 수 있는 말이고?

영신 암튼 안됐네요! 근데 어떻게 이런 상황에서 선녀이모가 다시 재혼을 한다는 거예요? 나는 이해가 안 가는데…

길자 지 먹고 잘 살자고 하는 재혼이드노! 다 두석이 생각해가 울며 하는 결혼인데… 니는 안즉 멀었다. 똑똑한지 알았드만서도 이자 보니까 어린 두석이만도 몬하다 카이! 두석이가 또 그라드란다. 엄마! 엄마도 내도 자기 인생이라는 거시 있는데 엄마 더 이상 나 때문에 엄마 인생 희생하지 말고 엄마도 좋은 세상 살아야 하니까 나는 엄마 재혼하는 거 절대 찬성합니다 캤다는 기야! 어린 것이 얼마나 대견트노! 그래가 선녀이모가 마이 울었다 카드라!

영신 나는 그런 뜻이 아니고…! 암튼 그런데 두석이는 같이 델고가 함께 산데요? 다시 재혼하는 그 새이모부는 뭐하는 분인데요?

길자 선녀이모가 두석이 어데 놔두고 혼자 시집갈 사람이가?

두석이가 선녀한테 어떤 존재인데! 그라고 그 새이모부 될 사람도 교회 장로님이고 또 저어기 저 가수원 쪽 구봉산 아래 있는 뭐라 카드라 성 뭐시긴데…? 암튼 거기서 양로원을 운영하는 분인데 이북에 계시는 부모님을 생각해서 양로원을 차리게 되었다 카드라. 울매나 훌륭한 분이드노! 그래가 그 장로님한테 그랬단다. 우리 두석이를 대학꺼정 공부시켜주고 친 자식처럼 돌봐주면 내 당신한테 갈 거이고 안 그럼 내는 안 가더 그랬더니만 대학이 뭐요, 내 형편 닿는 대로 힘껏 두석이 미국 유학꺼정 시켜주고 장가가서 지 자립할 때꺼정은 꼭 돌봐줄 것을 약속합니다 하더란다. 그리고 그 간에 빚진 것도 모다 갚아주는 조건으로 하고… 그래가 선녀이모가 맴 결정을 한 모양인데 내 사마 한 치 건너 남이라 카지만 비록 내 혈육은 아니다만서도 잘됐다 싶은기 오늘 실은 선녀이모 가족으로 그 장로님을 만나가 저녁식사 대접 잘 받고 오느라 이래 늦었다카이. 위뜨노 니 생각은?

영신 아니 엄마! 내 생각이 뭐가 중요해? 어른들이 모두 좋으시면 나도 좋은 거지! 한번 날 잡아서 두석이 녀석 한번 만나봐야겠네요!

길자 꼭 그래라! 두석이가 니를 을매나 좋아하는데 앞으로도 니 친형제맹키로 갸를 잘 돌봐줘야 한데이 알았나?

영신 아, 그럼요. 나도 동생 없는데 잘 됐지. 뭐 그찮아도 지금도 그렇게 생각하고 있어요!

길자 그라고 말이다. 니 딸금이 이모 알제? 그 딸금이도 소식이 닿았다 카드라! 이번 선녀이모 결혼식 때 내려온다 켔꼬 또 순신이라꼬 전에 내 니한테 한번 얘기해줬을 텐데 인천

방직공장서 같이 형제맹키로 지내던 갸 말이다. 아니제. 니한테는 모다 이모뻘이다! 암튼 그 순신이도 어떻게 어떻게 연락이 닿아서 이번에 모두 온다 켔다. 아이고 하나님요, 그저 감사 감사합니데이…!

음악.

#21. 영신이 방

영신이 이불 위에 무릎을 세운 채 앉아 멍하니 생각에 잠긴다.

영신 (독백) 엄마는? 엄마도 엄마 인생이 있는 것인데… 그 좋은 세월 다 보내고 나 하나만을 위해 저리도 고생하고 사시는데… 하나님! 때 늦은 기도지만 우리 엄마한테는 나 말고 행복을 느낄 수 있는 더 좋은 분은 없을까요? 그 모든 것을 포기하시고 저리 혼자 사시는 우리 엄마에게도 주님! 남은 여생 행복한 삶으로 인생을 여유롭게 사실 수 있도록 은혜 베풀어주시면 안 되나요? 제가 만약 저 불쌍하신 우리 엄마를 남겨두고 나 홀로 미국으로 공부하러 떠난다면 얼마나 외롭고 힘드실까요? 제발! 주님 그래서는 안 된다는 거 잘 알지만 지금 같아서는 엄마에게 좋은 인연으로 만날 수 있는 분이 나타나기 전까지는 저는 미국으로 떠날 수 없을 것 같아요! 그래서 말인데요! 하나님! 저 주님이 주신 또 다른 비전으로 복음을 위한 미디어 사역을 할 수 있게 해주세요! 제가 일반 대학교에서 미디어 관련 학과를 다니며 전공을 한 후 그 계통에서 일하며 경험을 쌓았다가 어느 정도 기반을 닦은 후에는 전적으로 미디어 사역으로 복음 증거할 테니 주님! 그 길을 제게 허락해 주세요! 주님 떠나 살 수 없듯이 저도 엄마 떠나서는 살 수 없을 것 같아요! (잠시 멍하니 앉아 있다가 라디오를 켠다)

이때 라디오에서 FM음악 보니 엠의 '바빌론 강가의 그늘' 레게 음악이 들려온다.

음악   By the rivers of Babylon, there we sat down
Yeah we wept, when we remember Zion.

When the wicked carried us away in captivity
Required from us a song
Now how shall we sing the lord's song in a strange land

Let the words of our mouth and the meditation of our heart
Be acceptable in thy sight here tonight

By the rivers of Babylon there we sat down
Yeah we wept, when we remember Zion.

By the rivers of Babylon (dark tears of Babylon)
there we sat down (you got to the sing a song)

Yeah we wept,(sing a song of love)
when we remember Zion. (yeah yeah yeah yeah yeah)

By the rivers of babylon (rough bits of Babylon)
there we sat down (you hear the people cry)
Yeah we wept,(they need their God)
when we remember Zion. (ooh, have the power)

라디오 (소리) 안녕하십니까? 이종환의 '밤을 잊은 그대에게' 오늘 들으신 첫 곡은 청취자 여러분이 너무나 사랑하시는 카리브해 자메이카의 4인조 디스코그룹 보니 엠이 부른 '바빌론 강가에서'였습니다. 이 곡은 구약성경 시편 137편에 나오는 "우리가 바빌론 여러 강변 거기 앉아서 시온을 기억하며 울었도다. (…) 여호와여 예루살렘이 해 받던 날을 기억하시고 에돔 자손을 치소서"라는 성경구절을 가사화한 노래로서 지금 전 세계적으로 인기 폭풍몰이를 하는 팝 음악입니다. 정확하게는 레게음악이라고 할 수가 있습니다. 고대 히브리민족은 기원전 10세기 각각 앗수르와 신바빌로니아에 의해 멸망했었지요. 그때 바벨로니아로 끌려간 유대인들이 지금의 현 이라크 수도 남부에 흐르는 유브라데스 강가에서 부른 설움과 울분의 노래가 저 시편 구절입니다. 여기서 보니 엠이 부른 이 노래의 가사를 보면 … 우리는 바빌론 강가에 앉아 있었죠. 그래요 우리는 울었어요. 시온을 생각하면서 악한 사람들이 우리를 붙잡아 왔어요. 그리고 노래를 하라네요. 지금 우리가 이국 땅에서 어찌 찬송가를 부를 수 있겠나요. 그냥 입에서 흘러나오는 말과 우리들의 마음만을 오늘밤 여기 당신 앞에 바칩니다.

바빌론 강가에서 (바빌론의 어두운 슬픔이여)
우리는 앉아 있었어요 (노래를 불렀어요)
그래요 우린 울었어요 (사랑의 노래를 불렀죠)
시온을 생각하면서요
바빌론 강가에서 (바빌론의 나쁜 역사와 하나가 되겠죠)
우리는 앉아 있었어요(사람들의 통곡이 들려요)
그래요 우리는 울었어요 (그들은 그들만의 신이 필요하겠죠)
시온을 기억하며 (오~ 힘이 필요해요)

지금 이종환의 〈밤을 잊은 그대에게〉에서는 특집으로 보니 엠의 노래에 대해서 이야기를 나누고 있습니다. 참 애절하고 슬프면서도 경쾌한 노래, 이것이 자메이카 음악의 특징인 레게음악의 매력이라고 할 수가 있습니다…

영신 (벌떡 일어나 자세를 바르게 하며) 그래, 바로 이거야! 이렇듯 성경의 이야기를 대중문화의 매개체로 활용해서 미디어 전파를 이용하여 많은 사람들에게 복음을 들려주고 보여주는 것! 이것이 하나님께서 내게 주신 사역의 달란트인 거야! 나는 지금 이런 사역을 꿈꾸는 거야! 오! 하나님 감사합니다! (이불 위에 엎드려 기도를 하고는 일어나 음악에 맞추어 춤을 춘다)

이때 엄마 길자의 방에서 소리가 들린다.

길자   (소리) 영신아! 영신아! 니 지금 뭐하노? 지금이 몇 신데 아
즉까지 잠 안 자고 라디오를 그리 크게 틀면 우에 하노?
파파랑 마마 잠 깨우면 안 된데이… 퍼뜩 라디오 끄고 니
도 잠자거라! 내일도 학교 가고 낮에 일할라믐 고단할 테
이까는 어서!

영신   (라디오 볼륨을 줄이며) 알았어요 엄마! (그러면서 계속해서 흥얼대
며 춤을 춘다)

보니 엠의 음악 Up-down된다.

#22. 우영신 교수의 연구실

연구실 창밖에 아직 채 물들지 않은 가을나무 가지들이 작은 바람
에 흔들리고 있다. 우영신 교수 연구실 안에 두어 명의 교수들이 함
께 차를 마신다.

박일환교수   그래서 말인데요. 앞으로는 정통 연극작품보다는 총체극
형태의 공연무대가 많이 성행할 것 같습니다. 이제는 오페
라뮤직, 또 무용, 영상들이 같이 혼용되어서 다양한 표출
로서 화려하게 보여지는 뮤지컬 같은 토탈티어터 아니면
관객들이 관심을 갖지 않을 전망입니다. 어떻게 생각하세
요? 우 교수님!

영신교수   뭘 어떻게 생각해! 당연한 말씀인데… 그래서 말인데 이
번 졸업공연 작품도 박 교수 말대로 그런 점을 고려해서
한번 어렵더라도 뮤지컬로 해보면 어떨까? 예를 들어 앤

드루 로이드 웨버가 작곡하고 팀 라이스가 대본을 써서 1971년 영국에서 발표해서 크게 히트를 친 '지저스 크라이스트 슈퍼스타' 같은 뮤지컬 작품을 말야! 난 오래 전부터 이 작품을 무척 탐냈었거든, 아주 오래전부터 말이야!

조영범교수 예? '지저스 크라이스트 슈퍼스타'를요?

영신교수 왜, 어려울까?

조영범교수 그 작품은 비언어연극이긴 하지만 우리 과 애들이 과연 해낼 수 있을까요? 음악학과나 무용학과라면 몰라도…! 우리 애들이 연기나 춤은 될지 모르겠지만 노래는 좀 어렵지 않을까 해서요?

박일환교수 그보다 더 중요한 것은 요즘은 저작권 문제가 있어서 그런 해외 유명작품에는 로열티 문제로 작품 자체를 구하기가 어려울 것 같은데요. 지난번에 원작자의 허가와 로열티 없이 뮤지컬 '캣츠'를 공연한 모 극단이 아주 혼났거든요. 뮤지컬 '캣츠'의 작품 저작권을 갖고 있는 영국의 'RUG' 측한테 무려 총수입액의 18.5%에 해당하는 1억여 원을 물어야 했으니까요! 로열티 2,3천만 원 아끼려다가 '괘씸죄'로 걸려든 거죠!

영신교수 그런 일이 있었어? 하지만 우리는 상업적인 공연이 아니라 학생들을 위한 교육적인 공연인데도 영국의 'RUG' 측한테 꼭 허락을 받아야 하나? '지저스 슈퍼스타'도 '캣츠'와 같은 영국의 'RUG' 회사 거지? 모두 작곡가 앤드루 로이드 웨버가 만들었으니까…

박일환교수 글쎄 그건 잘 모르겠지만 암튼 요즘은 저작권 시비 문제가 강화되어서 기획단계 때부터 심중하게 고려해 봐야 할 거 같아요!

영신교수 그럼 못하는 거네. 뭐!… 하지만 잘 찾아보면 어떤 방법을 구할 수 있지 않을까? 정말 꼭 하고 싶었던 작품이었는데 말이야.

조영범교수 아니, 오래 전부터 생각해 오셨던 작품이라 하셨는데 뭐 특별한 사연이라도 있으셨던 거예요?

영신교수 사연은 무슨…! 아니야. 그것도 사연일 수 있겠다. 그러니까 1971년도에 말이야. 나는 신학교에 다니고 있었는데 정말 신학교를 졸업해서 목사를 하고 싶지가 않았어! 꼭 싫어서가 아니라 당시 건강이 좋지 않으셨던 어머니를 한국에 두고 미국으로 신학공부를 하러 간다는 것이 마음에 내키지 않았던 거지. 그래서 젊은 맘에 생각한 것이 신학공부보다는 미디어 사역을 하는 것이 좋겠다고 생각해서 주변의 기대를 벗어나 일반대학으로 방향을 튼 거지! 그 해 바로 대학에 들어갈 수 없으니까 이듬해에 미술학과로 말이야! 그런데 마음 한편으론 그것이 몹시도 죄스러워서 죄책감을 가지고 있었는데 자메이카 출신 그룹인 '보니엠'이 부른 '바빌론 강가에서'라는 노래를 우연히 듣다가 그렇다 바로 이거다 대중예술을 통해서도 얼마든지 복음을 증거할 수가 있어! 했던 거지. 그런데 그 해에 바로 내가 말한 '지저스 크라이스트 슈퍼스타'라는 작품이 영국에서 초연된 거야! 야, 정말이지 난 해방된 느낌이었어. 죄책감이 사라졌고 나는 꼭 미디어를 통해 대중예술로서 사역을 해도 되겠구나 하는 확신을 가지게 되면서부터 신학을 벗어나 지금 이 길을 걷게 된 거지! 그런 사연이야!

조영범교수 그럼 꼭 이번 공연을 '지저스'로 해야겠네요! 아이들 졸업작품 공연만이 아닌 우 교수님 은퇴 기념공연으로 말이지요!

박일환교수 아! 그렇네! 그럼 만약에 우리가 이번에 '지저스 슈퍼스타'를 하게 된다면 우 교수님께서 직접 예술감독 겸 총연출을 맡으셔야겠네요!

영신교수 그러면 나는 좋지!

조영범교수 그럼 이렇게 하시지요! '지저스 슈퍼스타' 작품은 우리 연영학과 학생들만 할 것이 아니라 무용학과와 음악학과가 공동으로 참여해서 서로 보완해주는 걸로요. 제가 학과장 회의 때 무용학과와 음악학과 주임들에게 협조를 구하면 모두 동의해 줄 것 같아요! 더구나 우 학장님 은퇴기념 공연이라고 하면 모두 좋아할 것 같아요! 문제는 저작권이 문제인데…?

박일환교수 방금 좋은 생각이 떠올랐는데요! 이러면 될 것 같아요. 지금 국내에서 '지저스 슈퍼스타' 저작권을 사용하고 있는 극단 블루컴퍼니 측에다 양해를 구하면 어떨까요! 마침 그 회사 기획실장이 우리학교 3회 졸업생이라서 협조적일 것 같은데요!

조영범교수 그 아버지가 대표라는 그 극단 정 뭐더라 암튼 그 정 실장 말이지?

박일환교수 네! 학과장님도 잘 아시잖아요! 지난번에 우리 졸업생들 그 극단에 취업하려고 갔을 때 학과장님과 제가 면접위원으로 참석하셨던 거기요!

조영범교수 그래 맞다. 그 극단에 우리 졸업생 애들이 세 명이나 직원으로 근무하고 있지 아마? 그럼 내 당장에 오늘 저녁이라도 그 정 실장을 만나봐야겠구만! 어때 박 교수도 같이 갈래?

박일환교수 좋지요! 근데 오늘 저녁 식사비는 선배님이… 헤헤!

조영범교수 아휴 저 짠돌이…

영신교수 아니 식사비는 내가 대줄게!

박,조교수 아니에요. 학장님!

음악.

#23. 대학 강의실

우영신 교수가 텅 빈 강의실 창가에 서서 생각에 잠겨있다.

영신교수 (독백) 그래 우리들 심령에는 항상 두 영이 서로 존재하고 있어서 한 영은 거룩하신 성령님께서, 또 다른 영은 그것을 대적하는 악한 영으로… 우리는 늘 영적인 싸움을 하고 있는 거겠지! 선한 영은 빛으로… 악한 영은 어둠으로 생명의 길과 사망의 길이라 했는데! 아, 아무리 변명하고 합리화 해보지만 내 걸어온 길은 어떤 길일까? 문득 문득 드리워지는 내 인생의 어두운 그림자. 그것이 무얼 의미하는 것인지? 내가 만약 신학을 전공하고 성직자가 되었더라면! 아니면 지금 내가 처음 내 자신과의 언약처럼 미디어로 복음사역에 전력을 다하고 있었더라면…! 정말 세월이 빠르네… 어느새 그 시간이 50년을 훌쩍 넘겨버렸으니까… 그때 나는 내 진로의 방향이 바뀌려고 해서 그런지 하루는 일간스포츠라는 신문을 보게 되었는데 그 신문 한 모퉁이에 이런 광고 기사가 써있는 것을 보았어! 일간스포츠사와 한진영화사가 공동으로 신인스타를 뽑는다고 하는 기사를 말이야! 한참 젊을 때여서 그랬는지 나는 무조건 그 신문기사를 오려가지고선 서울로 상경을 하게 되었지. 누구와도 상의 없이 혼자서…

가을 단풍이 한 잎 두 잎 떨어지는 만추의 풍경이 비추인다.

#24. 종로5가 골목길

많은 스타 지망생들과 가족들이 한진영화사 건물 앞에서부터 종로약국 앞까지 인산인해를 이루며 서 있다. 젊은 영신이 70년대 초반에 유행했던 통바지에 더블재킷 양복을 입은 채 그 인파 속으로 걸어 들어간다.

영신 (줄지어 서 있는 젊은 청년에게) 저 혹시 한진영화사에서 선발한다는 영화배우 면접시험에 오신 겁니까?

청년 예! 그런데요?!

영신 저도 면접 보려고 온 건데 여기 이렇게 줄지어 서 있는 사람들 모두가 다 면접 보러 온 사람들인가요?

청년 당연하죠! 꼭두새벽부터 와서 줄 서 있잖아요! 그런데 이런 오디션 처음 오신 겁니까?

영신 오디션이라니요?

청년 배우 면접시험 말입니다. 여기선 모두 오디션이라고 합니다!

영신 아! 예, 오디션… (아이쿠 하나님!) 예 .그냥 심심해서 한번 경험 삼아 와봤습니다!

청년 경험 삼아서요? 어디 학원 출신입니까?

영신 아니! 어느 학원 출신이라니요? 전 대전에 있는 학교법인 대성학원 출신인데요!

청년 그런 출신학교 말고요! 어디 연기학원 출신이냔 말입니다.

영신 그런 학원들도 있습니까?

청년 그런 학원도 있나요? 영화배우 하려는 사람들은 대학에서 연극영화학과에 다니는 연기 전공학생들 말고는 필수 코스로 연기학원에서 기초연기를 배운 사람들이 이런 오디션에 찾아다니는 건데 이런 오디션이 처음인 것 같네요! 그럼 포기하시는 것이 나을지도 몰라요. 소문에 의하면 오늘만 약 몇 만 명이 오디션에 참여할 것 같다던데…

영신 몇 만 명이라구요? 아이쿠…! 아무래도 대전이라는 시골 촌구석에서 살다보니 이런 서울 풍습을 잘 몰라서…

청년 아, 대전서 오셨군요! 저 그럼 이렇게 하세요. 저도 실은 일자릴 구하기가 힘들어서 밑천 없어도 되는 배우나 한 번 해볼까 싶어 이런 델 기웃거리고 다니는데 아무리 생각해도 이번엔 더 자신이 없네요. 그래서 면접을 볼까 말까 생각 중이었는데 여기 이리로 와 서세요. 비교적 앞줄이라서 오디션 대기번호가 빠를 겁니다. 제 뒤로는 아마 몇 만 명 이상은 더 줄 설걸요!

영신 아니 그래도 되겠습니까?

청년 그럽시다. 예전엔 신성일이다 엄앵란이다 하는 인물만 좋으면 배우가 되는 시절도 있었지만 지금은 그렇지가 않아요. 제작자나 감독들이 개성 있는 연기자를 선호 하거든요. 그런데 보아하니 형씨는 인물도 되고 연기도 곧 잘 할

거 같으니까 내 조건 없이 양보하는 거요! 자 그럼. (줄 밖으로 나간다)

영신 (줄 안으로 들어서며) 고맙습니다. 형님!

청년 이 담에 형씨 성공해서 유명 배우가 되거든 내 얼굴이나 꼭 기억해주시구려! 자, 그럼!

영신 (등 뒤에다 대고) 저 형님 이름이라도…

청년 (인파들 속으로 사라지며) 내 이름은 장두이라고 합니다.

음악.

#25. 오디션 장

오디션장 안에 심사위원으로 이서구 작가, 한갑진 사장, 영화배우 김희갑 같은 유명 영화인들이 책상 앞에 앉아있다.

진행원 (대기실 쪽을 향해 소리친다) 오백사십삼 번.

영신 (문을 열고 들어온다) 네. 오백사십삼 번입니다.

진행자 들어오시오. 글구 저기 심사위원 선생님들 앞에 가 서시요!

영신 (약간 긴장하며) 네!

한갑진 (이서구 작가를 가리키며) 여기 이 분 누구신지 알아요? 김희갑 선생님은 너무 유명하신 어른이시니까 잘 알 테구!

영신 (당황하며) 잘 모르겠는데요?

한갑진 아, 배우 하겠다고 하는 사람이 이분 존함을 보고도 잘 모른단 말이요?

이서구 김희갑 선생님 같이 유명하신 배우 아니구설랑 일반 사람들이 작가나 연출가 얼굴을 알 수 있나! 그래, 청년은 뭐 하러 배우가 될라구 허나?

영신 (약간 더듬으며) 저… 실은 배우가 되기보다는 배우 경험을 쌓은 후에 나중에 영화감독이 되고 싶어서…

이서구 그래? 아니 감독이 되고 싶으면 직접 감독 밑에서 몇 해 동안 조수 생활하며 현장 경험을 쌓는 것이 더 수월할 텐데!

영신 그래도 영화의 기초는 연기라고 생각해서!

김희갑 암, 그렇구말구! 영화나 연극의 가장 기본은 연기지! 연기를 모르고서야 어찌 연출이나 감독을 할 수 있겠나! 옳은 생각이야! (천천히 영신을 살펴보다가) 아니 그런데 감독을 하기에는 인물이 너무 아까운데…? 자-알 생겼다. 정말 잘 빠졌어! 어때, 연기를 한다면 어떤 작품의 배우 역할을 하길 희망하나?

영신 네! 비극을 하고 싶습니다.

김희갑 왜? 왜 비극을 하고 싶은데?

영신 저 주제넘은 소립니다만 아직까지 우리 국민들 가슴 속에는 전쟁의 상흔으로 슬픔이나 한으로 가득 차 있어서 그 가슴 속 슬픔을 눈물로서 빼내고 싶어서 그렇습니다. 마치 고름을 짜내면 아픔이 덜 한 것같이 말입니다.

김희갑 난 말이야! 반대로 한으로 가득 차 있는 사람들에게 웃음으로 웃게 해주어 슬픔을 잊게 해주려고 희극배우가 되었는데… 정반대로구먼.

이서구 (진행원을 바라보며) 김 부장 잠깐만! 한 일분이면 돼! 자네가 말한 그것을 카타르시스라고 해서 그리스 비극이 그것인데 그리스 비극과 자네가 생각하는 비극의 차이점이 뭔 줄 아나?

영신	글쎄요. 잘 모르겠습니다. 집에 가서 한 번 공부해보겠습니다.
한갑진	(진행원에게) 이봐! 김 부장, 아직 오디션 대기자들이 많이 남았지?
진행원	네. 아직 엄청나게 많이 남았습니다.
한갑진	그럼 말이야. 오백오십 번까지만 하고 점심 먹구 하자구! 그리고 오늘 천이백 번까지만 하고 내일 이어 한다고 밖에 다 방을 써 붙이게나! 어때요, 두 분 선생님들 그렇게 하시는 게 더 낫지 않을까요?
김희갑	거럼 거럼! 그렇게 하지 뭐! 나야 뭐 요즘 백수라서 노상 노는데 뭘!
이서구	왜 이러십니까 선생님! 듣자 하니 황정순 선생님과 콤비로 좀 있으면 팔도강산인가 하는 작품 크랭크인 한다면서요?
김희갑	내보다 내 근황을 더 잘 아는구먼! 모르는 거이야. 영화판 한두 해 있어 봤어? 배역이 언제 또 바뀔지 누가 아나! (영신을 보며) 그래 오디션 끝난 거이야! 그래 나가봐! 수고했어요! 허… 그 친구 참 자-알 생겼구만 그래!
영신	(고개를 꾸벅 숙여 인사하고는 문 밖으로 나간다)

음악.

#26. 대학 강의실

23번과 같은 장소 우영신 교수 여전히 창가에 서 있다.

영신교수 (독백) 그때 그렇게 아무것도 모른 채 인터뷰 몇 마디 나누고 오디션을 끝냈는데, 얼마 후 집으로 등기우편 한 통이 날라왔어! 우편물을 뜯어보니 아! 한진영화사로부터 온 내용인데 내가 8천대1의 경쟁을 뚫고 남자 주연배우로 뽑혔다는 합격통지문이었어! 하지만 난 그때 기쁨보다는 무거운 납덩이같은 무게의 묵직한 근심이 내 가슴 속으로 쿵! 하고 날아와 내려앉는 것만 같았어! 그리고 무언가 두근두근거리며 마치 죄지은 사람이 양심의 가책을 견디어 내지 못하고 괴로워하는 듯한 통증이 몰려오는 거 있지!

이때 학생들이 언제 들어왔는지 모두 책상에 앉아 있는 모습이 보인다.

연희 (목소리) 교수님 수업 안 하세요?

영신교수 (문득 놀라며) 아! 그… 래! 미안 미안! 언제들 들어왔어?

정수 무슨 걱정이라도… 있으세요?

영신교수 걱정은 무슨? 내 옛날 생각 하느라 잠시 넋이 나갔던 모양이다. 자, 그럼 수업을 하지. 모두 다 왔지? 출석체크 안 한다!

연희 저 그런데 교수님. 우리 4학년들 졸업공연 작품을 교수님께서 '지저스 크라이스트 슈퍼스타'로 고르셨다면서요?

학생들 와! (함성을 지른다)

정수 근데 교수님들께서 우리 연영과 학생들이 노래를 부를 수 있을까 걱정을 했다면서요?

영신교수 그래. 뮤지컬의 생명은 노래거든! 그런데 너희들이 잘 할 수 있겠어?

연희 걱정 마세요. 교수님! 열심히 노력하면 그리 어려울 거 없

어요! 뮤지컬은 성악전공 애들이 부르는 노래 스타일 하
고는 다르잖아요! 믿어보세요. 교수님!

영신교수 그래. 믿고 말고 할게 뭐 있겠어! 이미 그렇게 교수회의에
서 결정을 했는데!

학생들 와!

우영신 교수 다시 잠시 창문 밖을 내다보며 혼자 중얼거린다.

영신교수 (독백) 그 팔천 대 일의 경쟁력을 뚫고 일약 스타탄생으로
거듭나게 된 나의 인생은 결국 그것으로 인해 큰 변화가
일어나게 된 것이다.

음악.

도완석 장편 시나리오

길 위의 초상 3

초판 1쇄 인쇄일 2023년 4월 18일
초판 1쇄 발행일 2023년 4월 25일

지 은 이 도완석
만 든 이 이정옥
만 든 곳 평민사
　　　　　서울시 은평구 수색로 340 〈202호〉
　　　　　전화 : 02) 375-8571
　　　　　팩스 : 02) 375-8573
　　　　　http://blog.naver.com/pyung1976
　　　　　이메일   pyung1976@naver.com
등록번호 25100-2015-000102호
ISBN　　　978-89-7115-084-9 04800
　　　　　978-89-7115-821-0   (set)
정 가　　 26,000원